BEICHENG FANHUA

北城繁花

俞运康 著

天津出版传媒集团

百花文艺出版社

图书在版编目（CIP）数据

北城繁花 / 俞运康著. -- 天津 ： 百花文艺出版社，
2025. 3. -- ISBN 978-7-5306-9017-8

Ⅰ . I247.5

中国国家版本馆 CIP 数据核字第 2024SG0269 号

北城繁花
BEICHENG FANHUA

俞运康　著

出 版 人：薛印胜　**责任编辑**：张　雪
装帧设计：汤秀兰　**特约编辑**：杨君伟
出版发行：百花文艺出版社
地址：天津市和平区西康路 35 号　**邮编**：300051
电话传真：+86-22-23332651（发行部）
　　　　　　+86-22-23332656（总编室）
　　　　　　+86-22-23332478（邮购部）

网址：http://www.baihuawenyi.com
印刷：三河市元兴印务有限公司
开本：710 毫米 ×1000 毫米　1/16
字数：337 千字
印张：20
版次：2025 年 3 月第 1 版
印次：2025 年 3 月第 1 次印刷
定价：89.80 元

如有印装质量问题，请与三河市元兴印务有限公司联系调换
地址：河北省廊坊市三河市黄土庄镇尚庄子村
电话：0316-3180002
邮编：065200

小说简介

小说描写了改革开放时期，在成都市城北荷花池市场演绎的商贸故事，以展现时代的进步，城市的变化和发展。

主人公金荷是城北郊区一位农村姑娘。改革春风吹来的时候，她顺应时代的潮流，从做小买卖经商开始，走进了风起云涌的市场经济之中，从而见证了荷花池市场从起步、兴隆、鼎盛，到华丽转型发展的全过程。同时，她也在商贸市场的奋斗中，以女性的善良、坚强、宽容、敏慧成就了自己的事业和人生。

目　录

已无法考证，是哪位诗人，曾写下这么一句诗：

"风拂北城郊，香溢荷花池。"斯人已去，留下了一

个地名——城北荷花池。

——题记

引 子

夏雨初霁，荷塘里依然荡涤着雨后的涟漪。

这里是成都市城北近郊的一个地方，名叫北荷池。也有人叫它荷花池，也有人叫它红花岭。这里有许多个荷塘。

传说很多年前，一位姓陈的军阀，尽一己之力，私家出资，在这里开田造塘，就留下了这片荷花池塘。从那时起，一直以来，这里就以种植荷藕远近闻名。到了每年的绽蕊季节，荷塘里繁花盛开，美丽极了。

在一块荷花池塘边上，住着一户金姓人家。中华人民共和国成立后的土地改革时期，就把这一块荷塘分给了他家。四五年后，虽然又收归了集体，却一直都由他家照看着。

清晨，金志豪起床打开房门，从小院出来。他看见院前雨后的荷塘里，飘浮着一抹抹淡淡的雾霭，从在晨风中摇曳的荷叶和荷花之间，慢慢地逸出。整个荷塘笼罩在烟雾缥缈中，犹是仙境的景致一般。季节已经进入了初夏农历的五月，又到了荷花开放的季节，荷塘里溢满浓郁而熟悉的清香。

突然，金志豪眼前一阵闪亮，一枝金黄色的荷花，在荷塘中央独立地伸出花蕾，扶摇直上，闪闪发光。

金志豪揉一揉惺忪的眼睛，想把它看得清楚一些。那枝花蕾在荷叶的簇拥中，轻轻地摇动着身姿，在摇曳之间，花蕾慢慢地舒展开来，开成了一朵漂亮的金黄色荷花。花蕊也是金黄的，吐出一股淡淡的荷花的香气。

金志豪的双眼，紧紧地盯着那枝荷花，脚下不由自主地在荷塘岸边移动。他想靠得更近一些，看得更真切一些。

荷塘里年年荷花开放，白的、大红的、粉红的都有，就是没见过这朵金黄色的，与众不同。他想：我莫不是在做梦啊？掐一下大腿，清醒的呀！"是不是预兆着什么事情呢？"他心里便有一些疑惑。

他越想走近那朵金黄色的荷花，可始终不可及；他越想把那朵金黄色的荷花看得清楚一些，可始终揉不亮自己的眼睛。

忽然，那朵金黄色的荷花在荷塘中，摇了摇身子，竟然徐徐上升，飘浮了起来。那朵金黄色的荷花，飘摇着妙曼身姿离开了荷塘，在柔曼的晨雾中轻若浮云，晃晃悠悠，不紧不慢地向对面的塘边飘了过去。

于是，金志豪不由得加快了脚步，沿着塘边朝那朵飘逸的荷花追赶过去。但他心头越急，脚步却越是沉重，越是追赶不上。他眼睁睁地看着荷花飘到了塘边上，飘到了自家小院的住房顶上。

那朵金黄色的荷花，似乎非常依恋这个小院。它绕着小院内的房顶，转悠了三圈之后，陡然间便没有了身影。

金志豪心里"嘀咕"着，赶紧大步地奔跑起来。一口气跑到小院前，推门入院，四处察看。他一心想把这朵稀罕的金黄色荷花采摘到，捧在自己的手里，留在自己的家里。可是，小院里哪里还有那朵金黄色荷花的影子？

金志豪不无遗憾，胸中有了些许惆怅。他进到堂屋里刚坐下，就听见接生的陈婆婆呼喊着说："生了生了！生了个胖胖的乖女子！"

金志豪心中不觉一惊，一个愣怔醒了过来。他的耳朵里，就传来了女婴的第一声哭啼，把整个小院子都震响了。

金志豪此刻猛然回过神来。自己分明是一直都在堂屋的木椅上，斜躺着身子坐着，听到了陈婆婆的呼唤，听到了女儿出生的哭啼。哪里有飘起金黄色荷花的这一幕啊？

这时他才恍然醒悟，自己在漫长的等待中做了一个梦，一个梦而已。

但，这个梦定然是一个好梦！

金家有女

金荷七岁了，应该上小学了。

往年这个时候，正是开学的时候，也是新生入学的时候。新生金荷应该会和其他新生一样，进入学校高高兴兴地坐在教室里。可是，今年不一样了，学校都停课了。老师和学生都搞运动去了，都不上课了，也没有招收新生入学。当然，金荷也读不成书了。

金荷不能去学校读书，倒也不是多大的难事。金荷的父亲金志豪本来就是老师，他想，女儿在学校读不成书，就在家里自己教吧。学校都不上课了，他也闲在家里，闲着也是闲着。金志豪有了这个打算，就在家里当起了女儿的老师。

说来，金家教书也是有传统的。

金志豪的父亲金伯儒，一生都以教书为业，从清末开始，他便是私塾先生。科举被取消后，原想以读书进入仕途的金伯儒，已觉无望，就在祖辈世家留下的几间房屋里，隔出两间，开了一个私塾教馆。教馆招收居家附近的农家男童入学，只收取微薄的资费。即使有的家境穷困，一时拿不出铜板的，也可以用粮食、蔬菜代替。金伯儒一家便以此维持住生计，算不上富裕，却每年小有结余。

金伯儒原来也是独苗一棵，人到中年，才喜得儿子金志豪，一脉单传留住了香火。金志豪童蒙时，也由金伯儒自己教他读书识字。金志豪成人后，上了成都县里的中学，一边自己努力学习功课，闲暇时也在家协助父亲执教私塾。

那时，方圆几里地的孩童，大多都在金家教馆里，或多或少地读过几年书。金志豪自己读书也很用功，后来，考上了城里的大学，毕业后被分配到城里的一所中学教书。几十年下来，金家父子不与世争，只为教书育人，很得这一方农家们的尊重。

　　几十年如一挥之间。中华人民共和国成立不久，搞起了土地改革。

　　金家地处城市近郊北荷池，北荷池又归肖家村管辖，属农村住户。土改那年划定家庭成分，金伯儒以私塾为生，没有一分土地，农会给他家先定了一个"乡村私塾先生"的成分家庭。后来农会想来想去，又觉得不伦不类。金家虽然没有一分土地，却有几间瓦屋和学馆，比没有土地只有一两间破草屋的贫农强一些，就按下中农处理，给他家定了成分。

　　贫农和下中农，是农会和农村土改的依靠对象，农会要分给他家一块土地。这下，却让金家有些犯难，一辈子都未曾种过庄稼，拿土地来做什么？农会来人与金伯儒商量过来，讨论过去，一时定不下来。后来，还是金伯儒说："要不这样，就把屋前的这块荷花池塘分给我家吧。"农会经过协商，最后作出决定，把他家门前的那块荷塘，分给了金家。

　　说来也很巧，土改那年金志豪也读完大学，娶了媳妇。他家分到一片荷花池塘时，他们的儿子也刚好出生了。双喜临门，金伯儒就给孙子取了名字，叫作金池，意即金家的荷花池塘。

　　金家拿到荷塘，也不会管理，就由那些荷藕长在塘里，不收也不种，年年就看荷花自开自谢，任由其自生自灭。村里有人来摘莲子，挖荷藕，只要打个招呼，也任由摘挖，只是保证荷塘里年年有花开就行了。金家还是办自己的私塾学堂，收点微薄的学费度日。

　　这年，政府要办学校，金家的私塾教馆就要关门了。政府找到金家父子，让金伯儒去乡村小学校当老师，每年以粮食折算工资，用以养家。金家父子也开明，捆倒绑倒都是一样，只要能养家糊口就行。于是，金伯儒成了村里小学的教师，金志豪还是做着中学的教师。

　　几年后，农村搞合作社，搞互助种植，金家没田没地不好参与。那块荷塘还是定在金家户下，任由它一年一度地周而复始，花开花谢。

　　一直到了公社化时，一切田土均收归公社，当然也包括那片荷塘。对此，金伯儒也不计较，仍然当着农村小学的教师。荷塘收为集体所有，又搬不走，每年的荷花依旧在家前照样地开，照样地谢，金家却省去了那份与村民就收莲子和塘藕协商的闲心，金伯儒父子依旧做着教师的本职。

那天，金志豪的老婆又要生产了，接生的陈婆婆一早就来到金家。左等右等，等了一天，老婆都没有临盆的样子。陈婆婆就只好留在金家，一边观察，一边做着接生的准备。

金志豪的老婆这次已经是第二胎生育了。第一胎生了个儿子，金家有了血脉的传承，这次老婆又怀上了，金伯儒、金志豪父子就想要一个女孩。都说女孩乖巧，好养，长大了又顾家。再则，金家已两代没有女孩，所以这次全家人一心都盼望着金志豪的老婆早日生产，而且最好是个女孩。

陈婆婆是附近一带出了名的接生婆，都说她接生的孩子长得好看，男孩英俊，女孩漂亮。远近的人家要生孩子，一般都不会去医院，说医院花钱多，人也不熟，还不如找大家都信得过的陈婆婆。金志豪的儿子，也是陈婆婆接生的。

这天到了临产的晚上，似乎还没有动静。陈婆婆就吩咐金志豪，到堂屋里去对付一夜。她说："男人是不能看女人生娃儿的，这是祖祖辈辈传下来的规矩。"虽然她没有说是为什么，但既然是祖宗留下的规矩，就得照办。屋里就由陈婆婆和临时请来的帮手张妈守在内室里，随时准备接生。

好在天气已过了立夏多日，金志豪在堂屋里的椅子上和衣半躺着，盖一床薄被也能应付过去。到了后半夜，他就迷迷糊糊地睡着了。

日有所思，夜有所梦。迷糊中，金志豪做了一个梦，梦见一朵金黄色的荷花，从屋前的池塘中飘到了自家的小院内，飘到了自家的屋顶上。

一阵惊呼把金志豪惊醒，原来是女儿出生了。

张妈用一张新棉毯包裹着女儿粉红的身子，就像是包着一个鲜红的肉团，从里屋出来让金志豪看。

金志豪第一眼便看出襁褓中的女儿似乎有些像他，心里一阵高兴，嘴里就好不连贯地叫出声来，自言自语地说道："好好好……正如我愿……名字叫金荷吧！对对对……名字就叫金荷！金家的一朵荷花！"

从此，金家祖孙三代，第一次出生了一个女子，名字叫作金荷。

金荷从小就长得乖巧伶俐，十分聪颖听话，又是三代之后的第一个女孩，一家人都把她当成掌上明珠般的呵护着。

金荷在家里让父亲教了一年的识字、算术后，学校又恢复招收新生，开学了。一切又从头开始学起，还多了除语文算术外的科目，这些对新入学的新生，都有很大的吸引力。金荷对什么课程都很新奇，也很有兴趣，每天放学回来，自觉地完成作业后，都会主动对爸妈讲起在学校上课的情形，再就是讲一些同学间的趣事。

父母见金荷对学校的一切都很喜欢的样子，心里就有一丝难过。相比较，金荷比同年入学的新生大了一岁，父母都觉得是自己亏欠了金荷。早一年出生，或晚一年出生那该多好啊。现在，却让她读书要多耽误一年。

其实，在那个年代，这样的现象很多，也很正常。拿已经退休的爷爷金伯儒的话说："谁叫你生不逢时呢？只要有书读就是好事，大就大一岁吧。"

所幸的是金荷入学后，学校独出心裁，搞了一个入学新生的摸底测验。金荷的测试成绩特别优秀，学校经过认真考虑，就把她和另外几个考试成绩最好的新同学，都跳升一级，分别插入了二年级的班次上课。

小学四年级时，金荷的爷爷金伯儒，可能是太想念已去世多年的老伴了，思念过度让他得了一场大病，不久后便不治而亡。从此，金家由三代人变成了两代，金荷也失去一位疼爱她的长辈。

读完小学后，金荷去到村外的中学读书。

因家处城市北郊的农村，到城里去上中学，每天就要走很长的一段路。好在城市建设已到了住家的边缘了，后来又通了公共汽车，金荷如果不想走路，就可以搭一程公交车，但她却始终不愿意。她不想让父母多花钱，一年四季上学都是陪着同村的同学姐妹，一起走着去，走着回来。

记得偶尔一两次，金荷找母亲要了一角钱坐公交车，都是为了赶上考试时间才不得已。"不然，我才不会去坐公交车哩！"那次，她对同村的冯小玉、王家蓉说。她们都是同村的同学，是从小在一个村里长大的好伙伴，每天都相约一起走路上学，怕她们误会自己偷懒，不想走路了。

父母见金荷这么懂事，这么节省，每天早上去学校，傍晚才回家，十分辛苦，家里的事就让她少做，或者不做。可是，金荷回家做完功课，就会主动做一些家务。尽管那时金池读完中学就成了回乡知青，在村里忙完集体的农活后，无事可干，就承担着家里的主要事务。

初中三年读完后，村前村后的人，都说金家有女初长成，已经出落成水灵灵如花似玉的黄花闺女了。可是，读完初中的金荷，就不想再去读高中了。初中这三年，金荷每天一早，就从家住郊区的村里往城里的学校赶。到学校里到底学了些什么？只有金荷心里最明白。

那时，中学里的课程不多，每学期学校还要腾出一些时间来，安排学生参加学工学农学军的社会实践活动。

学工就是分期到学校附近的一些工厂去，参加劳动，参观和学习。看工人师傅是怎样开机器的，一边听工人师傅讲解，还要一边记笔记。然后，就是帮着工人师傅打扫卫生，清除机器加工零件后撒落在周围的铁屑、铁渣。学生年龄小，稍没有点常识或是不注意，就容易受伤或出事故，工人师傅都不敢也不愿让学生去做。学校每有学工安排，老师和同学都提心吊胆。

学农主要是学习怎么挖地种庄稼，怎么养殖鱼和生猪。有一次在养猪场，听养猪师傅讲猪的人工受精繁殖，听得前面的女同学很不好意思，直往人群的后面躲。而几个男生却偷偷地嘻笑，故意说没听懂，要师傅重讲一遍。把师傅和同学们弄得面红耳赤的，低垂着头不欢而散。

只有学军简单一些，但必须纪律严明。教官教大家练习立正、稍息，一二三四正步走，齐步走。这些都是由部队派来的解放军士兵教授，要求严肃认真，不像学工学农那样好玩，显得枯燥。同学们一个个煞有介事，都做出十分严肃认真的样子。

每次学工学农学军下来，除开会总结外，还要学生写出体会和心得。这样，就占去了一半的学习时间。初中三年，金荷觉得还没学习到什么有用的知识，很快就结束了。

金荷觉得日子过得真快，就像过了三五个节假日，就初中毕业了。所以，高中还有三年，金荷已经感觉到没有心思再读了。

但是，这个年纪，这个年头，不读书又能干什么呢？又有什么可干呢？金荷又想不明白自己现在该干什么？能干什么？

那天，金荷在家人面前流露出这个心思时，父亲却指望着她能好好读书，多学点知识。虽然那时大学已经停止招生，只招工厂、农村、部队推荐的工农兵大学生，读完高中只有一条回乡当知青的路，父亲还是希望她把高中读完再回到家里。他心想，说不定还能走工农兵大学生这条路哩！

哥哥金池已回乡几年了，把家里的事都承担了下来。因此，他也鼓励金荷还是把书读下去。他说："走一步看一步，后面的变化谁也说不清楚，多读点书总要好一些。"

金荷又看看母亲。母亲的眼里尽是鼓励她继续读书的神色。

眼看着一家人都这么想，金荷顿时只好打消了休学的念头。在接下来的高中这三年，金荷还是坚持了下来。

高中三年下来，金荷已有十八九岁了，长成了一个亭亭玉立的大姑娘。那时虽然已经没有人再下乡当知青了，家在城市里的同班同学，有关系的几乎都进了城里的工厂，或其他单位。有的不死心就在家里重温功课，等待时机。而像金荷这类家在农村的，作为返乡知青，只能回到队上参加生产队的集体劳动。

回到农村的金荷，和同村的冯小玉、王家蓉等一道回乡的同学到队里报到，被安排在生产队里干农活。金荷想，以前没干过种庄稼的事，就跟着学，听从安排叫做什么就做什么。只是她手脚笨了一些，不像冯小玉她们，以前帮着家里做事较多，久了对农活的做法就知道一些。

其实，金荷的母亲不也是这样过来的吗？

金荷的母亲也是一个农家妇女。年少时也读过几年书，然后回到农村参加劳动。只因她与金志豪在乡村读书时是同学，早就相互认识，两人心中还有莫名其妙的好感。后来长大了，这种好感把同学关系变成了恋人关系，也算两小无猜吧。再后来就嫁给了金志豪，如今成为了金荷的母亲。

一年后，国家出台了恢复高考的政策，往届的毕业生都可以参加当年的大学招生考试，无疑让一些有志读书的人看到了希望。

在乡村已经参加了农业劳动后的金池、金荷哥妹俩，也有了这个愿望，跃跃欲试，有心想要去搏一把，争取考上大学。于是，他们又拾起丢掉了的书本，开始在农活忙过之余，抱起数理化等课本"啃"了起来。

其中，金池是一心想考出一个好结果，改变眼下的命运。他想最好是能考上一所工科学校，学出来后最好是能分到一家工厂，或科研单位上班，也算实现了自己原来的梦想。而妹妹金荷受父亲的影响较多，对文科颇感兴趣，什么文学梦，或者教师梦，都是她多年来的心愿。

要说呀，女孩子的心细就在这里，没复习多久，金荷便另有所思。

眼看着现在家庭的环境，一家四口都是老大不小的成年人。一年四季的吃穿用度，仅靠父亲当教师的收入，确实在现在的生活中，有些穷于应付。尽管在生产队农业劳动，家里有三人在挣工分，两女一男每天工分却评不上多少。每年年终结算下来，还是入不敷出。挣的工分，虽说勉强能把分得的粮食、蔬菜费用敷衍过去，生活上另外的开销，只能由父亲的工资来弥补。倘有一个大项的费用，还是显得捉襟见肘。

因此，金荷想如果兄妹俩都考上大学读书，这费用算下来就是一笔天文数字的开销，钱从哪里来？那样的话，家里就只有母亲一人的工分维持，势必十分棘手。再加上父亲的工资收入，也不可能承受得了他们两人读书和生活的全部开销。兄妹要同时去读大学，那可是想都不敢想的事啊。

想到这里，金荷便在心里打起了退堂鼓。但她又怕影响金池一心想上大学的火热情绪，金荷心里有了异样的想法。在金池面前，她丝毫不敢表露出来，每天还是陪着金池，装出用心复习的样子。

金池对妹妹的心理变化，却一点没有察觉。他每天的心思，还是专注在课本知识的学习和复习上。哥妹俩的高考报名和一切手续的准备，都由金荷有条不紊地去办理，一切都在顺利中进行着。金荷的意思就是想让金池有更多的时间，去做好高考的一切准备，争取能考上大学。而金荷自己也已经做好了考不上的心理打算，一切能让哥哥金池如愿以偿，也就足够了。

于是，金荷每天都像往常一样，在金池面前随时都做出认认真真复习功课的样子，让金池对她的心思毫不知晓。

生产队里知道这兄妹俩在准备高考，特地为他们放了一星期的假，让他们专心复习。队长说："这几天你们就不要干活了，考完了再说，工分照评。"兄妹俩很是感动。

一个星期后，高校招生考试，开始了。

考场就设在金荷读中学时的那所学校里，离他们的家还有一段距离。上午考完后，下午还要接着考试，中午吃饭便只好在学校附近的饭馆里解决。

考试那三天，正是夏季最热的日子，为了能帮助金池完成考试，金荷也算是煞费苦心。午饭后就在学校找了一处荫凉的地方，让他好好休息一会儿，以便有充沛的精力应对下午的考试。

金荷在这所学校初中高中，共读了六年书，对学校的环境十分熟悉，要找一个清静又凉爽的地方，难不倒她。考试结束后，金池对金荷十分感激，说："多亏你在这个学校读过书，找得到一个好的地方，让我们中午休整。要不然中午这两小时，就会十分难熬，也休息不好。"

一个月以后。一天，公社办公室找人带话给金池，叫他去拿学校的录取入学通知书。金池喜出望外，兴冲冲地跑到公社办公室。但拿到的通知书，却只有一份，就是他报考的那所工科大学招生办发来的。他心有不甘地问递给他通知书的那人："只有这一份吗？"

那人说："是呀！只有这一份。"

金池又问："我妹妹金荷的呢？"

"只有金池的，没有金荷的。"那人回答。

"不可能！不可能！"金池几乎是吼叫起来。

"那就再等两天看看吧，说不定那时就有了呢！"那人耐心地说道。

金池想想，也是这个道理，便拿着通知书回家了。

在家里等了几天，金池始终没有等到金荷的通知书，心里就有些不理解，闷闷不乐的样子。按说自己早回乡村几年，原来所学的课程早就遗忘干净了，都是临时抱佛脚，现炒现卖的。而金荷才回乡一年，本来读书时成绩也不错，应该比他还考得好才是，怎么就没能录取呢？左想右想，金池心里就是找不到答案。

还是金荷一句话让金池解除了疑惑。金荷说："那两天，我也不知道是怎么的，总是找不到状态，临场发挥不出来，考得就差吧。"

看着妹妹无所谓的样子，每天照常赶去参加农活，并没有什么不愉快的神色和举动。金池心想，妹妹金荷说的是实话，考试临场发挥不佳。他便放下疑虑，还鼓励她再好好复习，明年再考。

第二年，金荷没有再去参加考试，而是经公社办公室安排，到了村里的小学校，去当了一名代课老师。

这所小学就是爷爷金伯儒不当私塾先生后，那时办起来的乡村小学，爷爷也曾经在那里教过书。也是金荷上小学时，读过的学校。这么多年了，学校还是那所学校，位置没有变，校舍也没有变。学校的教师有来的，也有走的，总数没有增加，就赶不上每年学生不断增多的需要。因此，学校每年都会临时在村里找几个代课老师，以应所需。

今年，金荷等到了这个机会。

金荷当代课老师，教的是一年级的语文。

可能这是一个程序，或者是惯例，不可能你新来当代课教师，一来就教四年级或者五年级，需要一个考验或认可的过程，尽管金荷可能有这个能力。对此，金荷也不计较，她心里对自己说道："说白了，代课老师并不是学校的正规编制，能代多久也不由自己决定，代一天就认真做好这一天吧。"

再说了，金家几代人都以教书为职业，这个传统也教会了金荷。她做事不会有半点马虎，即便现在只是代课，当一天老师就要尽到老师的职责。

金家所住的地方本来就地处城郊，城市发展的步伐，这些年出乎人们意料地快。金荷到学校代课的第二年，这一片地带就进入了城市扩建的范围，迁来了一些工厂和单位，这里拆乡建立了街道。

原来住在城乡接合部的村民，现在统统地改为了城市居民。金荷代课的学校也要与另一所学校合并，正式纳入城市小学编制。代课教师不属于学校教师队伍的正式成员，要全部辞退。也就是说，像金荷这样的群体，从今以后既不是村民，也不属国家公办学校的成员，只能是城市的居民。

一句话，金荷等于失业了，但可以参加街道举办的再就业培训，然后自谋职业，自寻出路。

这样，金荷就像读完高中那会儿，又从学校回到了家里。不同的是那时回到村里，可以参加村上的农业劳动，挣工分养活自己。而这次回家，虽然叫作城市居民了，可是却无事可做，得靠自己去想办法，寻得一条生路。

回家后的那些日子，金荷十分苦闷，大门不出，二门不迈，把自己关在家里苦苦思索，也找不出一个万全之策。她真不知道该怎么办了，以后将会是一条什么样的生路，又该怎么去走呢？二十来岁的年纪，金荷遇到了人生路上的第一个十字路口，东南西北，一时让她找不准方向。

就像她读高中那年，一家人聚在一起，劝说金荷继续读书一样，今天他们又聚在一起，要为金荷的生路出主意。

这次，一反常态的倒是母亲先说了话："小荷这次哪里都别去了，就待在家里帮我做做家务。今年她也快二十一岁，老大不小了，合适时找个人家嫁了吧……"

在中国传统的婚俗习惯中，无论男女，一旦到了适婚年纪，男婚女嫁都是再正常不过的事了。金荷的母亲受传统意识的影响，潜移默化，说出这样的话，催促待字闺中的女儿早日婚嫁，也是再正常不过的。尤其是农村的男女，到了适婚年龄，倘若还没有谈婚论嫁，仿佛都是极其让人费解的事，容易遭人讥讽。

可是，现在国家提倡晚婚晚育，就打破了许多传统的观念，传统的意识。同时，也让人们在结婚年龄上的选择，有了更大的自由度。

金荷的母亲此话一出，说得金荷脸上绯红，一直红到了耳根部。她羞涩地打断母亲的话说："妈呀！看你说些啥子哟。我现在不想嫁人！"

父亲金志豪也说："在家做做家务倒是可以，嫁人的事暂时也可以不提。还是要先找个什么事做，合适一些。"

最后，哥哥金池开腔了："先别着急，金荷就在家歇一两年，等我毕业了还是能养活她的。关键是要找到一个满意的工作，这两年就注意观察一下，车到山前必有路，办法总会是有的。"

结果，一席讨论下来，什么都没解决。金荷心里对自己未来的去向，一直感到很忐忑、彷徨、茫然。

金荷在家里无所事事，这样前前后后，又闷闷不乐地待了两个月之久。直到那一天，冯小玉来找她，两人说了一下午，总算解开了金荷的心结，让她脸上又挂起了往常的笑容。

投石问路

　　冯小玉和金荷，是从小学到高中的同学。她们同住一个村，同路上学放学，同时高中毕业后，又同时回到乡村当回乡知青，是多年的好伙伴，无话不谈的好朋友。拿现在的话说，就叫"闺蜜"。

　　两年多来，冯小玉都在生产队上做农活，一直心有不甘。近来听别人说城里市场开放了，原来村里的人，有人去那里做起了生意，心里就痒痒的，也想去试试。只因一时苦于找不到合伙的人，不好下手。最近街道化失去了农活，总得为自己找条生路，她才想起了金荷。原本知道金荷在乡村小学代课，其间她还来学校看过金荷。现在乡村变街道，小学合并后也搬走了，代课老师也退回了家里。冯小玉想金荷不当老师了，岂不正好约上金荷合伙，一起去城里的市场转转，看看有什么适合自己干的，哪怕是小生意也行。

　　到了金荷家，冯小玉把来意一说，没想到一拍即合，倒让金荷也来了兴趣。两人便你一言，我一语地说笑开来。

　　冯小玉说："来你这里之前，我心头还没数，还怕你不想干呢。"

　　金荷说："反正在家里待着，也没什么事可做。还是你的主意多，我想可以试一试吧。"停一会儿又说，"只是这事我从来没干过，不知道行不行？"

　　"什么事是一干就会的呢？我也没干过，行不行只有干了才晓得。"

　　"道理是这样，就像在学校读书时，什么题目都是在学习中才会做的。"

　　"那就算是学习吧，读书时你就是个优秀生嘛，学做生意我看你也得行。"

　　"别的先不说，要做生意你想过本钱没有？这钱从哪里来？"金荷说，

"这是实质性的问题。"

"凑吧。"冯小玉说，"至于凑多少才够，我也没有数。"

"那就先想想我们准备做什么，生意有大有小，用钱有多有少，眼下做什么合适，也是关键。"

"我们可以出去看看，找一个合适的先做做再说不迟。"

"去哪里看？"

"眼下市场开得最红火的就是青年路了。"冯小玉说，"原来村里的那个夏二娃，听说现在就在青年路做生意，我们可以先去那里转一转，就算探路吧。"

金荷说："那倒也是，说不定还可以在夏二娃那里学点经验。"说到这里，又想起什么似的，问冯小玉："王家蓉怎么样了？把她也叫到一起，人多主意多，也好办事。"

冯小玉说："她才生了个小孩，现在那头还忙不过来哩。"

王家蓉结婚金荷是晓得的，那天她还凑了礼去参加过婚礼，但没想到这么快就生孩子了，便说："那就以后再说吧。"

冯小玉以为金荷把她今天说的事没放心上，要等到王家蓉一起去，心里就急了。她赶忙说："要等王家蓉，那不晓得要等到猴年马月？事不宜迟，我们还是自己先干起来再说。"

金荷"噗哧"一下笑了起来，看着冯小玉着急的样子，她知道是误会了，就顺着冯小玉的话说："事不宜迟，事不宜迟。"见冯小玉愁眉顿解，又说，"要不我们明天就去青年路逛一逛，行不？"

冯小玉说："那好。明天我一早就来约你。"

次日，冯小玉约上金荷，两人一早就骑上自行车，由北荷池出发，穿街过巷，差不多一小时的工夫，就到了位于盐市口旁边的青年路。

青年路位于市内最繁华的商业地段上，东临春熙路，西接盐市口，南去东大街，北走总府路。它的周边商厦店铺林立，是商家相对集中的地方。青年路街上，行人接踵而至，人头攒动，格外热闹。这两三年，经商浪潮波及了青年路，便把这里变成了一个充满无限商机，又抛洒着不尽的热汗和泪水的神奇地方。

早先，这里不叫青年路，而称九龙巷，是城市内一条普通的街巷，长不过三百米。许多年前，这里还是一片空旷的平坝，坝上有九条小沟渠。沟渠的流水在这里汇集成一条大渠后，就流向盐市口的金河。后来，在这里建起了街巷，就叫九龙巷。

到了抗日战争时期，日寇轰炸成都，九龙巷被炸，燃成了一片火海。为此，成都招募了一批年轻人组成"抗日青年远征军"，他们就从这里誓师出发，汇入川军奔赴抗日前线。为了纪念他们"一寸山河一寸血，十万青年十万军"的铁血意志和壮举，遂将九龙巷改称青年路，一直沿袭到今天。

恢复重建后的青年路，原来也是一条很窄小的街道，街道两边是低矮的瓦房。如果行人稍微多一点，街道上几乎难以容下一辆小汽车通过。

可是，就是这样一条狭窄的青年路，如今却商家云集，成为了成都市内的一块无数商家趋之若鹜的"风水宝地"。

冯小玉和金荷到了青年路，找地方把自行车寄放好，就朝青年路的街巷里走。看着眼前的一切，却没有她们想象中的市场那样整洁有序。在长长的街上倒是有不少的摊位，几乎每个摊位都立着一把大大的遮阳伞，或是简易的布棚，把街沿都挤满了，让本来就窄小的青年路变得更加狭窄、脏乱。

整条街道上，就像乡村赶场天一样热闹。街上的人有不断离去的，也有不断拥进来的，摩肩接踵，熙熙攘攘。

一些摊位上堆着各类货物，摊主不断地在招揽过往的顾客。还有的店摊前，有年轻的小伙子站在木凳上，把两只手合成一个喇叭状，声嘶力竭地高声叫卖："走过路过，不要错过。过了这店，没有好货。"还有一些卖家，手里展示着衣物站在街中间，边喊边向路人兜售。叫卖声此起彼伏，让一条窄窄的街巷上空，充满了"嗡嗡嗡"的声音，不绝于耳。还有卖各种食品和小吃的铺子前，买主不少，生意还不错。

其中最惹人注目的是三五人一群，两三人一伙，背包打伞像一群群赶远路的，"叽叽喳喳"操着外地口音的人。他们男女皆有，都是年龄在三十岁左右，扛着一个个塑料编织的或是布质的大口袋，里面塞满了各种物品，鼓鼓囊囊显得十分沉重。他们有的行色匆匆，像是急着去赶车，有的却围在卖各种小吃的摊子前，显得饥肠辘辘的样子。

其余的人群却行动缓慢，就像是闲暇逛街的，东看看西瞧瞧，有说有笑，慢慢悠悠地在各色物品的摊位前徘徊。这部分人都较为年轻，或者就是上了点岁数的，看举动和神色，就是来购物的。

冯小玉和金荷边走边看，青年路上的生意确实红火。但她们也有些不解的地方，一些摆在街边的摊位中，有些摊位上却是空空如也，货物寥寥。有的摊位旁，有人无精打采地收拣着余下的货物，有些店铺却已开始收摊，准备打烊关门了。也有的店门已经闭着，像关了门似的。

冯小玉和金荷也装着逛街购物的样子，在一些摊位前踟蹰，翻看一些货物，间或问一问价钱。她们在十多个货店和摊位前转悠了下来，也没看出个所以然来，而是对一些衣物售价感觉到诧异。譬如，外观看起来都差不多的一件衣裳，不同的店摊却是不同的标价，有些还相差得特别悬殊。还有就是有些衣物，根本就不标价钱，顾客问到哪件，店主才报一个价，好像各种物品的价格，都储存在脑壳里。还有各种小商品，其种类之多，样式之杂让人甚觉新奇，有些东西真的是闻所未闻，前所未见。几处摊位转了一趟下来，就叫金荷和冯小玉一边是大开了眼界，一边又是大惑不解。

这时，金荷像突然想起了什么，她拉住似乎兴趣正浓，还在和一个摊位的老板问这问那的冯小玉，从人群中挤出来，站在一处行人稍显稀疏的街沿边。她说："我们这样看，就像无头的苍蝇一阵瞎撞，也看不出一个名堂来。"

冯小玉说："不看不问，怎么能知道一些情况呢？我们多看几个摊位，多费点口舌，不就会看出一些名堂来了嘛！"

金荷笑起来了，说："明明有人可以去问路不去问，就在这里瞎转，还多看几个摊位，那要转到何时何地呢？"

冯小玉迷惑了，问道："找谁能问得清楚？"

金荷说："你不是说夏二娃就在这里做生意吗？我看找他也许能行。"

冯小玉立马醒悟过来，兴奋地说道："对对对，去找夏二娃！"接着朝金荷自责地笑笑，又说，"我咋个脑壳一下就短路了，把他搞忘了呢！"

几番打听和寻找，金荷和冯小玉并没有费多大的周折，便找到了夏二娃的店铺。店门是虚掩着的，从里面传出"窸窸窣窣"的响声。

此刻，夏二娃正在自己的店铺内折腾着一堆货物，货物可能是刚取回来的，包装像一件件邮寄的包裹。夏二娃和一个小伙子正忙着用剪刀剪开包裹，从里面取出一件件用透明塑料袋罩着，像是衣裤之类的东西，在店内墙角的塑胶地板上码好。见有人推门进店，夏二娃头都没抬一下，就嘴里喊道："对不起，对不起！今天暂时不营业。"小伙子站起来摆摆手，也做出要闭门谢客的样子。

冯小玉站在门边，用身子把门挡住，朝里面叫道："吔！夏二娃！你就是这样接待顾客的吗？"

夏二娃这才抬起头来，一看是冯小玉和金荷站在门边，惊诧了两秒钟，脸上马上露出歉意的面容。他站起身来笑笑说："哎呀！这真是有眼不识金镶玉了，不知道有二位贵客光临！请坐请坐！"

没想到夏二娃在外头混了两年，变得油嘴滑舌了。金荷心里这么想着，前几年，夏二娃可不是这个样子，在村里老实得话都说不出伸展的两句。

夏二娃和金荷、冯小玉原来都是一个村里的人。夏二娃叫夏明贵，在家里排行居二，村里人都叫他夏二娃。叫久了就不容易改口，无论在什么场合，一见面都这么叫他。夏二娃比金荷冯小玉她们大了两三岁，读了初中就回到乡上务农。那时夏二娃显得十分的本分老实，在生产队里劳动挣工分，任劳任怨，勤恳能干。他平常语言也不多，不善言笑，只晓得默默地做活路，偶尔耍点小聪明。因此，给人的印象虽然不深，但也不错。

金荷冯小玉她们高中毕业后回到农村，最初还在队里一起做活路时，都能经常见到夏二娃，彼此都较了解和熟悉。只是金荷去村里的小学校当代课老师后，便很少见到夏二娃了。也就是在那个时候，夏二娃已经从农村出来，跑到城里做起了生意，到今天已经有三年多了。三年多混迹于城市的生意场上，社会上的人情世故，生意上的待人接物，给了夏二娃很多磨炼。以至于让金荷觉得，如今的夏二娃看起来，好像变了一个人似的。

夏二娃的店铺并不大，就是租用的青年路街边住户的房屋，稍加了改造和简易装修了门面而成的，面积也就十多个平方米左右。店内摆了一个货柜，一个货架，两个凳子，再堆点货物就挤得满满当当的了。一般来了顾客买东西，都是站在店门外从货架上翻看，或者由夏二娃在店内的货柜里找。今天金荷和冯小玉来了，要在店里接待，确实难为了夏二娃。更何况今天还进了这么多货物，都只好挤放在墙角的地上了。夏二娃叫请坐，只不过是一句客套话罢了，真要让金荷她们二位进店来，实在难以落脚。

夏二娃看看屋内凌乱的样子，就对金荷和冯小玉说："二位贵客，可是有什么要事吗？"

冯小玉说："没要事我们会从家里淘神费力地来找你吗？当然是有事的啰！"

这时，夏二娃就只好对小伙子说："你把这些收拾整理一下，我陪她们去茶馆里坐坐。中午饭你就自己去吃了。"然后，他又转过身来，对金荷和冯小玉说，"这里太窄了，我们找个清静的地方喝点茶，也方便说话。"

出了店门后，夏二娃就带着金荷冯小玉二人，朝春熙路的方向走。不多远向右拐进入通向东大街的一条街巷，在一间茶房前停下脚步。夏二娃说："这里清静，平常我们都爱到这里来吃茶，好多生意也都可以在这里谈。"

到了茶房，金荷见茶房的店名叫"清心茶坊"。心想，这店名取得多好，名曰"茶坊"，还没喝茶，便让客人心里顿觉一阵凉爽，老板经商有道啊！

进得茶坊，室内窗明几净，整洁有序。可能是上午的缘故，屋内客人并不多，只有四人分两处各自谈着自己的话，像是谈生意，也像是商量事情。茶坊内有盆栽的点缀，和四面墙上的字画装饰，衬托出这里的氛围，就是一个约人说话，洽谈生意的好去处。

像这样的茶坊、茶铺、茶楼，市内还有很多，公园里也有。品茗饮茶，在本地已经形成了一种文化，浸透到了社会各个阶层人士的骨髓里去了。古往今来，在这片"九天开出一成都，万户千门入画图"的四季飞花之地，因茶而由，不知道演绎出了多少千奇百怪的故事和笑谈。

夏二娃对茶坊老板只说了一句："老规矩。"他们刚找好了位置坐下，三杯茶水便已端到了面前的圆桌上，还有一盘咸味的葵瓜子，一盘五香的黑瓜子。看来夏二娃没少到这里来，这么熟悉。

夏二娃热情地招呼金荷和冯小玉说："不要客气哈，慢慢喝，慢慢吃。"说着拿出一盒"红塔山"香烟，抽出一支潇洒地点燃后，信手把烟盒摆在茶几上。他自己先端起茶杯呷了一口茶，又说，"二位今天兴致好高，想起了来逛青年路。"

冯小玉拿起烟盒看了看，说："还不是听说你在这里做生意嘛，就过来看看。"说完，她和金荷狡黠地相视一笑。

这动作并没有躲过夏二娃的眼睛，他说："这么多年了，你们才想起来看我，怕不是有什么事要我办吧？"

金荷听他这么说，知道现在的夏二娃，已不是当年老实本分的夏二娃了。就想暂时不把话题说破，先打听打听青年路的商情再说。就对夏二娃说道："我们来青年路逛逛，看有什么东西可买。"

夏二娃一听，就来了精神，对金荷、冯小玉二人说："如今的青年路已今非昔比了，你看满街的商铺货物齐全，琳琅满目，要啥有啥。"便试探地问金荷，"你想买些什么呢？"

金荷说："乍一看商店是多，货物也不少，可是大上午的，怎么有些店门已关，有些货摊上却空着呢？"

一听金荷这么说，夏二娃就"哈哈哈"地笑了起来。抽了口烟，说："这，你就是有所不知了。"看着金荷冯小玉二人疑惑的眼神，夏二娃没有马上回答，而是又吸一口烟，又呷一口茶水后，才慢条斯理地说道："而今的青年路，已是批发零售各种服装，鞋帽等生活物资的综合市场。因地处市内中心地带，交通便捷，人流量大，每天生意特别兴隆。你们看到的店铺关门，摊位无货，其实人家是早已把生意都做完，收刀捡卦了。"

金荷、冯小玉二人，顿时露出惊讶不解的神情。只听夏二娃又说："青年路的早市，每天从凌晨四点左右就开始了，有时还更早。所谓'无利不起早'就是这个意思。"

说到这里，夏二娃见她俩仍有疑惑，吸了一口烟，又说道："那些从外地拥来的买主，到这里来批发服装等货物，基本上要扫走一半的市场物资，然后用专车，或赶客车运往外地的县市和乡镇。你们在街上看到那些扛着大包小包的人，都是从外地来这里批发货物的商贩。"

"哦！"金荷和冯小玉异口同声地叹道，"原来是这样。"她们二人不知道，那时成都的青年路服装市场，已成为四川，甚至是西南地区最大的服装集散地之一。这里每天人流量可高达二十多万人次，资金交易额在千万元左右。这里还流传着一句口头禅："十万不算富，百万才起步。"

不说不知道，一说吓一跳。夏二娃见二人听得津津有味，表情又是一惊一诧的，就感到十分得意，便又侃侃而谈道："每天，从早到晚来青年路批发采购的商贩，多时可有数千人。他们有四川省内各市县的，也有云南、贵州、湖北、陕西、甘肃等外省的。一条青年路，连着千万家。你说，这里的市场有多大，生意有多好！"

说到这里，金荷觉得青年路真的是一个做生意的好地方，就有必要向夏二娃讲明来意了。她与冯小玉对视了两秒钟，便向夏二娃问道："夏二娃，哦不，"歉然一笑，"夏明贵老板，你出来做生意有几年了？"

夏二娃也笑了笑，说："老板谈不上，就叫我夏明贵好了。"然后，又答道，"三年多了。"

冯小玉也说："三年多了，看来夏老板赚了不少的钱了。"

夏二娃心里明白，一般人都会把但凡称"老板"的人，当作有钱人来看待。今天金荷冯小玉左一个"老板"，右一个"老板"地叫他，好生奇怪？她们可能并不是说他夏二娃多么有钱，但一定是有什么事相求于他。于是，他便直截了当地向她们说道："我猜你们今天到青年路来，并不像要买什么东西，而是另有目的。你们就直说吧，我能帮得上忙的，一定效力。"

金荷听夏二娃这么一说，心头不觉一怔：夏二娃真成了精灵鬼了！既然他已心头了然了，她们也就不必掖着藏着，顺水推舟把来意挑明了。金荷就望着夏二娃的脸，说："我们也想到青年路来做点生意！"

冯小玉在旁边也附和着金荷说："就是，就是！"

五天后，金荷和冯小玉的货摊也在青年路上摆起来了。

那时，在城市改造中，政府为了解决年轻人的就业问题，鼓励年轻人自谋职业，自寻出路。有些胆大的年轻人，就拿着无息贷款或借来的钱，跑到沿海地区一些市场，甚至找到一些加工厂家，批发服装和其他百货物品，然后贩运回到青年路，做起了批发或零售的生意。后来，做的人越来越多，青年路也慢慢地聚集了人气，形成一个集中的批发零售市场，名气也越来越大。

夏二娃正是这个时候，赶上了天时、地利，到青年路来做起了自己的服装生意。三年多下来，虽然起早贪黑，吃了一些苦，受了一些累，总算在这里站住了脚跟，结识了一些人，守住了一些人脉，也赚到了一些钱。

五天前，金荷、冯小玉来找到他，表达了要到青年路来做生意的意愿，希望他能搭把手，帮一下忙。以前同是一个村的，又都相识和熟知，夏二娃便愿出这个力。凑巧的是那几天，正好他有个曾经一起跑过沿海，一起做生意的朋友想改做其他生意，手里有一批小物品愿出让，换取本钱。夏二娃得知后先稳住那位朋友，然后找金荷、冯小玉二人一起商量。

夏二娃对金荷冯小玉说："你们要想做生意，可以从小商品做起，先学一学，试一试。"

金荷和冯小玉就说："我们什么都不懂，我们听你的。"

得到认可后，夏二娃就从那位朋友手中接过商品，转由金荷冯小玉二人去售卖，先练练手气。

这批小物品有各色纽扣，大大小小二十多种，每种都有一大包。另外还有当时流行的各型男女丝袜、童袜等各类物品十多种。这些都统称小商品，但也有一定的市场。"在青年路，只要你肯干、肯钻，就是捡个砖头都能卖钱。"夏二娃这样鼓励金荷冯小玉二人说。见二人同意，不出三天就把事情搞定，第五天金荷和冯小玉就摆起货摊，在青年路做起了自己的小生意。

说起做生意，冯小玉家里都一致同意。现在近郊划规街道，失去土地的村民变成了市民，却又解决不了他们全部人口的生存问题。虽然附近的工厂招收了一批进去，当时的个人身份就叫作"农转非"。但因年龄都偏大了，学习技术较困难，多数都成为搬运工、零杂工，且以男性为主。其余的除了到退休年限的人，享有一定金额的生活费外，年轻的不能或不愿进厂的，就给予一次性资金，然后自找出路。这也是冯小玉要出来做生意的原因。

而金荷的父母一听说她要去青年路做生意，就觉得很不称心。原来父母想金荷在村里当代课老师，继承了一家祖辈的传统和事业，很是有脸面。如果以后有机会最好能转正，成为正式教师，就解决了她一生的职业问题。可是，他们不曾想到，改成街道后，乡村小学搬出去与别的学校合并，就辞退了代课老师，他们心中的愿望就再难以实现了。现在的金荷成了无业的市民，有一阵金荷的父母心里很是难过，不大同意她去做生意。他们说："一个女娃子家家的，哪里是做生意的料啊？"

但是，金荷的哥哥金池却不这么看，他说："看现在的形势发展，做生意未必就不是一条光明的前路。"他很支持金荷去外面的世界闯一闯，说不定还能干出一番令人羡慕的事业来呢。

眼看金荷时下的处境，又看看金池的态度，迫于无奈，金荷的父母才勉强同意她去试试看，把做生意当作一个暂时的办法，如果不行就立即停止。

这样，金荷和冯小玉两人才征求了家人的同意，合伙凑了一千元钱，作为基本的启动资金，从夏二娃的朋友手中购得那批货物，开始了她们的生意。

金荷和冯小玉的货摊，就搭在夏二娃的商铺前。

夏二娃的商铺在青年路的中段，位置还不错。两年多前他把生意转移到青年路来做，在青年路上从这头走到那一头，来回走了两趟就看中了这个位置。这里原是一住户人家，简易的砖木结构的老建筑，但还结实，稍加改造装修，做个店铺不成问题。

青年路自从形成市场以来，街上的好多住户，都愿把自己的房屋改成店面出租。夏二娃找到这家住户后，经过几番商谈，住户同意隔出临街面的一间屋出租给他，但改造装修要保证房屋的安全，所花费用应由夏二娃承担，合同期两年。夏二娃前后花了将近三千元把出租房修葺一新，就成了眼下这个样子，做起了服装生意。去年，夏二娃又和房东签下五年的出租合同，他想赚到钱后，再安上那时很显得时髦的铝合金卷帘门，准备在这里长期干下去。

这天，金荷和冯小玉骑自行车，一早就赶到夏二娃的店铺前，见夏二娃和那小伙子已把摊位搭好。

那小伙子是夏二娃雇用的伙计，姓黎，叫黎水生，十八九岁的样子，夏二娃叫他小黎。小黎原来也是家在农村，读了初中就回家务农一年。前年才从农村来到青年路找事做，被夏二娃请来当店员。黎水生就住在店里，晚上用木板搭起简易的木床，铺上垫子和被盖睡觉，守看着店铺。

夏二娃做的是服装批发生意，每天凌晨四点左右，他从在城里租的住房来到青年路，就和黎水生一起打开店门，迎接一大早赶来的第一批顾客。生意好的时候，可把店里进的衣物卖去一大半。打发了这些来批发的买主后，他们马不停蹄地就又得赶去进货，或者联系供应厂家发货，或者取货。成天忙里忙外，余下的时间就由黎水生守住铺面，应付临时来的客人。

金荷冯小玉二人来后，夏二娃正好利用店前的街沿搭了个摊位，也可以拉点人气。在青年路眼下可是寸土寸金，能利用店前这块地方搭一个货摊，夏二娃也多半是与金荷、冯小玉原是同村人的缘故，换个人他是绝对不会同意的。

今天一早见自己的批发生意做得差不多了，他就叫黎水生把铺床的木板搬出来，搭在昨天做好的木架上。木板上面再铺上一张床单，就可以摆上要出售的货物了，形成了一个货摊。

因为街沿很窄，货摊就没有多大，刚好能摆下一排货物。这也是夏二娃算来算去，才勉强搭起的一个货摊，权当金荷冯小玉操练生意的临时场地，以后有机会了再想想办法。

夏二娃见金荷冯小玉二人来了，就赶紧招呼她们和黎水生一起，把从朋友那里转手过来的纽扣、丝光袜等货物，在货摊上分类摆好。他说："卖钱不卖钱，摊摊先扯圆，做生意嘛，就要有个做生意的样子。今天是第一天，就看你们的财运了。"

说完，夏二娃还向黎水生交代："在照看店铺营业的空闲时，帮助金姐和冯姐二人揽一下生意，她们不清楚的，帮着指点指点。"

随后，夏二娃看看手表，已是上午九点半了，就说自己还有事，留下金荷、冯小玉和黎水生三人，便离开了店铺。

至此，金荷和冯小玉，开始了自己平生以来，做生意的第一个日子。

商海试水

金荷和冯小玉，以前从来没做过生意。

其实，要说在农村，一点买卖也没做过好像说不过去。自留地里的蔬菜，鸡窝里的鸡蛋，自己省下不吃或少吃，拿到集市上换点买盐买布的钱，也是农村人常常盘算着过日子的常事。

尤其是冯小玉的家，自己读书要花钱，家里生活除柴米油盐之外，哪样不用钱呢？所以，她常帮着父母把家里的蔬菜，养鸡生的鸡蛋拿到市场上卖，也是正常的。但你能说这就是做生意吗？当然不是。从严格意义上来说，这与上古时代没货币时，以物易物换取自己所需物资的交易，性质是差不多的。

冯小玉如此，金荷就更不消说了。在金荷来说，自己即使是买东西的次数，都能用手指算清楚，更别说会卖东西了。要不是眼下闲得无聊，冯小玉又来找到她合伙，出于无奈，或者说但凡有点其他的办法，她恐怕这一辈子，都不会出现在青年路的摊位前。

这天，金荷和冯小玉第一次站在了自己的生意摊位前，不是东张西望，就是不停地翻检着货架上的东西，都显出手脚无措的样子。

还是黎水生老练一些，他从店内端来一根能供两人并坐的木凳，说："二位姐姐坐下等，生意自然会来的。"

这批货物，夏二娃从朋友手中转过来时，朋友因急需用钱，就以进货价格出让，没赚一分钱。夏二娃也一分钱不赚，转交给金荷和冯小玉，并为了她们生意的顺利开张，搭起架子摆在了自己的店铺前。为了让她们心中有数，他对各种货物算出不同的价格，明码实价的标在货签上面。为此，夏二娃还拟出了一个明细表，把进价和售价统统列在上面，价差便是毛利润。一切都做得这么全面，这么仔细。

因此，金荷冯小玉二人对夏二娃十分感激，说是要请他吃饭。

夏二娃"呵呵"一笑，说："钱都还没有赚到，哪有先吃饭的道理？"没有把她们的话当一回事，还拿出了计算器，手指在键上一阵点击，帮她们毛算了大约能赚到的利润。然后，不忘提醒她们一句，"这是生意顺利前提下的数字，就看你们的了。但愿这两天有个好行情吧。"

说来也让金荷和冯小玉活该吉利。就在夏二娃交代好了一切，因有生意上的急事，离开了店铺没一个小时左右，她们的第一笔生意开张了。

从街巷的那一端，走来提着布袋的一男一女，大约都在三十岁的年纪，看样子像一对夫妇。他们边走边朝两边的货摊张望，走到金荷冯小玉二人的摊位跟前，就停下了脚步。那个男的用手抓起一把纽扣在手掌上摊开，认真地看了一会儿，放回原处，又抓一把另一种，也是这么认真地看看。边看边问："怎么卖？"听口音，像是从乐山方向来的。

一看有了买主，金荷和冯小玉立即都站了起来，脸上微笑着等待买主挑选东西。听到买主问价，金荷便将标有价格的货签，递到买主的眼前让他看。而这时，那位女顾客也在看摊上的丝袜等货物，冯小玉就热情地接待那位女顾客。

两位买主没看多久，也没有还价，那男的很财大气粗地问一句："你们有多少货？"

金荷想，莫非第一天就碰上大买主了？赶忙答道："各种都有一袋，共有二十几袋吧。"

男的又问："能打点折吗？"接着又补充说，"我们多买一些。"

对此，金荷就有些为难了，不知怎么回答。只听冯小玉说："大哥，我们是小本生意，赚钱不多，有点不好办啊！"

那男女就没再问什么，转身在一起"嘀咕"了几句。后又转过身来，男的就对金荷和冯小玉说道："这样吧，我们远道而来，一下也搬不走这么多。你们的各种纽扣，丝袜，我们就各买一半。"

金荷和冯小玉一听，心头一热，一阵暗暗地窃喜，嘴里就赶忙答道："要得！要得！"

那男的说："打包吧，结实一点，好方便我们运走。"

这时，黎水生从店铺里出来，看见这两位顾客，就笑着迎了上去。金荷看见他们都朝对方点着头笑了笑，就像是熟人似的，虽然双方都没说话，也算是打了招呼。

金荷马上就去张罗着，找出事先准备好的各种塑料口袋，分装各种纽扣和丝袜。丝袜数起来还好办，一双一双都是用透明塑料袋装好了的，一袋一袋地点个数就行了。

纽扣一粒一粒地散着，品种又多，数数太慢。黎水生就想办法说："反正每袋有一个总价，用秤分出一半就行了。"冯小玉先还怕秤不准蚀本，再看点数工作量太大，太费时间，又怕买主等不及要走，错过了生意，才勉强同意。一阵忙乎，花了一个小时才打包完毕。

其实，但凡纽扣这类小商品，只要买主需求量大，大多是用秤来称着卖的。只是金荷和冯小玉第一天做生意，还不知道这个窍门。

黎水生拿出计算器，就由金荷冯小玉二人和男女买主点货报数，一阵计算。双方核对准确无误后，那女人从身上背着的挎包里拿出一摞钱来，由男的点钞交给冯小玉。这笔交易便这样完成了。

临分别时，那男女说："你们的货不错，我们很满意。"看金荷和冯小玉向他们挥挥手说着再见，男的又补充说了一句，"不久后我们还要来，有货的话给我们留一些。"

送走顾客，金荷和冯小玉好不开心，开张第一天就来了两个大买主！货物一下卖出一半，除去成本后，相当于利润也就收回了一半。真是喜不自胜，让她们喜笑颜开。

客人走后，金荷问黎水生："你和他们以前认识吗？"

黎水生说："他们以前来店里买过服装。"

金荷就"哦"了一声，心想是老买主就好，可能还会来照顾生意的。便没再说什么。

不管怎么说，是新顾客也好，是老顾客也好，开张第一天就做了这么一笔好买卖，无疑让金荷和冯小玉感到欢欣鼓舞。看来做生意并不是一件多么困难的事，反而使人获得了说不出来的欢欣和快乐。这便增强了二人要把生意做下去的信心和决心。

接下来，这天还来了一些零散的买主，陆陆续续又卖出了一些货物。到了下午五点后，青年路上的人越来越少了，其他摊位已经开始收捡货物。夏二娃外出办事一天，现在都还没回来。这时，黎水生就走出店门，对金荷她们说差不多了，示意她们可以收摊下班了。

走在回家的路上，金荷和冯小玉一边骑自行车，一边说说笑笑，高兴和愉悦油然而生，两人把自行车都蹬得飞快。

一连几天，金荷和冯小玉的生意，都在不紧不慢地维持着，虽说没有第一天那么好的运气，但每天的出售量也还使二人满意。两周的日子过去了，手里余下的货物已经不多了，最多再有一周，她们的货物就将告罄。二人都觉得应赶快进货，不然就撵不上市场的需求。

这天一到青年路的店铺，金荷二人就找到夏二娃，说起要赶紧进货的事。毕竟她们是初涉商道，还有很多事得依赖夏二娃的帮助，比如人脉关系的疏通，进货渠道的寻觅，经销代销的选择，成本利润的测算……经商之道，就像一本教科书，摆在她们面前，需要她们不断地学习，琢磨，求助，破解难题。眼下，能助她们一臂之力的就只有夏二娃了。

夏二娃虽然一天都在忙着自己店里的业务，对金荷她们的生意也比较留意和上心。夏二娃心想，既然她们找到自己帮忙，是看在以往一个村的老熟人的面子上，也是对他的信赖。自己出手拉她们一把是举手之劳，也是对她们信任自己的回应。短短半个多月的日子，她们就像刚学步的孩子，能上路了，但走得并不稳当，该出手扶一下就要出手。于是，夏二娃安慰金荷和冯小玉，让他们别急，这两天他就在朋友中间再寻找一遍，看还有什么货物可以转手经营的。

金荷就说："这些天我们经营纽扣和丝袜之类的货物，已经尝到了甜头，有心把它继续经营下去。"又看看冯小玉和夏二娃，"听你这么一说，还有其他品种，就不知道销路如何了。"

"做生意嘛，图的就是赚钱。"夏二娃说。"货物不同，价值也不同，利润也是有所差别的。你不多种都试试，怎么能知道呢？我们做买卖，就是要追求利益的最大化。只有多种都做了，才有比较，才有认识，也才有选择。"

一串话说完，说得金荷冯小玉二人不住地点头。

冯小玉说："行啊！夏二娃，啊不，夏二哥！你都可以当老师了！"

金荷也附和着："夏二哥说得好，就听老师的。"

夏二娃听她二人的话后，一下就笑起来了："老师不敢，叫夏二哥就行。"接着说，"我说的是真的，没跟你们开玩笑。我做生意也是这么走过来的，现在你们才开始，多做几年就晓得锅儿是铁做的了。"

冯小玉说："我就晓得纽扣丝袜赚钱，那天一上午就赚得比后来几天都多。"

夏二娃说："财运还要看你们的眼光和胆识，但这又不是一天两天就能练出来的。经商的路还长哩，就看你们愿不愿走下去，做生意就像过河，水有深有浅，就看你们敢不敢下水，除非你们不干了。"

金荷突然觉得夏二娃不但变得能说会道了，说话中还有点哲理性哩！便说："夏二哥，有你的帮助和指点，我们哪能不愿干下去呢！"

冯小玉也说："夏二哥又当财神又当保姆，干！怎能不干？"

说着三人都笑起来了，夏二娃赶忙摆摆手："我既不是财神，也不是保姆，路还得你们自己去走才是。只是以后我的店里进货时，也把适合你们经营的货物寻找一些。"

金荷冯小玉二人十分感激，连连笑着说："谢谢夏二哥！谢谢夏二哥！"把夏二娃心里说得美滋滋的。

就在三人的说说笑笑当中，也把后续的生意怎么做梳理了一遍。金荷和冯小玉决定眼下就开始，把经营的品种范围扩大一点，多样化一点，多种商品都尝试一下，趁还有夏二娃的指点，为自己下一步的路该怎么走作一次浅浅的探索。

其实，冯小玉和金荷第一次摆货摊的那一天，夏二娃是另有心思。他为金荷和冯小玉把货摊安顿好以后，就向黎水生、金荷和冯小玉三人交代，现在自己要去忙店铺里的货源，让三人各自看好店铺和摊位上的生意。离开青年路，他就去到了距盐市口不远处的染坊街，自己朋友的商铺就在那里。

染坊街，原来也是一个城内闻名的服装和小百货的市场。市场开放的当年，那里就依托着附近的人民商场，盐市口地方产品市场的人气，拓展成为一个以小百货为主的商贸场地。购物的市民逛了盐市口的人民商场，地方产品商店之后，都不惜劳累，情愿多走几步路，来到染坊街的市场选购小百货商品。也有慕名而来的顾客，专为买小百货。

那时，小而又窄的染坊街一时变得人头攒动，十分拥挤，生意做得热火朝天。后来，好多商家都看到了这里的人气，纷至沓来使小巷不断地延伸，扩展到了临近的街道。商品也从小百货为主，扩大到了针织品和服装。

夏二娃最初进城做生意，也是在染坊街摆地摊练手艺。在这里，他认识了几个小摊贩。两年多前，自从青年路的市场打开以后，抢走了这里的一半生意，好多商贩又离开这里，加入了青年路的经商大军。他们都想在更大的舞台上去一显身手，其中，也包括夏二娃一个。

走了一些商家，自然也为规模相对比青年路市场就小的染坊街，腾出了一些经营的机会和空间。染房街有一些商家从经商开始，就在这里打拼，他们有外地来的，也有的本身就是这条街上的住户。好不容易拼出了自己的一片天地，他们的阵营，他们的根基就在这里，始终不愿意离开，便一直坚守了下来。夏二娃的朋友崔世福，就是这样一个例子。

夏二娃找到朋友说明来意，朋友也乐意帮这个忙。于是，就出现了金荷和冯小玉开张第一天的那一幕。

崔世福找了一个女搭伴，假扮成乐山人夫妇。买纽扣和丝袜时，见到了金荷和冯小玉。回去后脑壳一转，心里便明白了夏二娃这是"耗子别左轮枪，起了打猫的心肠啊"。

黎水生是认识崔世福的，当时一见，两人心照不宣，心里便知道夏老板又在打歪主意了。

有人说商场就是战场，也有人说商场就是舞台，只是在不同的时候，战场就变成了舞台，反过来舞台也能变作战场。从这个意义上讲，商人既可当战士上战场，亦可当演员上舞台。经商多年的历练，那天，崔世福和搭档假扮的乐山夫妇，这一幕出色出彩的表演天衣无缝，才让金荷和冯小玉没有看出丝毫的破绽。

而夏二娃为什么要导演这出戏，也是有他的良苦用心的。

夏二娃自从初中毕业，就没有再读书了。回乡干了几年农活，便遇到了这个大好的时机，只身来到城里做起了买卖，一做就是三年多。

要说夏二娃的经商头脑和意识，不是这时才有了的，也不是这时才练就出来的。早先，回乡后在农村劳动，别看他老实干活，不善言谈，其实心里早已生出了做买卖的萌芽。从做点小的蔬菜生意时，夏二娃就有了经商的意识。他会从别人手里低价买进，转手高价卖出，赚点差价。他也曾经因私下悄悄地倒卖各类票证之类的东西，被市场管理人员抓到过。被狠狠地训斥了一顿不说，还被没收和罚过款，但他却始终心存不甘。现在不同了，大张旗鼓地动员、支持做生意，等来了好机会，无疑又激起了夏二娃的雄心壮志。

起初，为了在城里站稳脚跟，夏二娃一边早出晚归摆地摊、揽生意，起早贪黑地干，一边东走西看，琢磨着生意场上的诀窍，摸索着各种生财之道。他吃了一些苦，受了一些累。一年多后，从染坊街转移到了青年路的市场。他租下房屋开起了门店，做起了服装批发，生意才算做得平稳，有了一些起色。就这么一晃，又是将近两年。

入城三年多来，夏二娃赚了一些钱，又在城里租了住房，生活相对有了点规律。但是，眼下的夏二娃，已是二十五六岁的人了，仍然是孑然一身，单身汉一条。

这次，金荷和冯小玉为做生意来到青年路，主动地找到夏二娃帮忙。二位的到来，无异于为他人生的路途上送来了希望。犹如久在夜路上行走的人，看到前方有星火的闪烁一样，看到了方向，看到了光芒。

夏二娃与金荷、冯小玉虽然是同村的人，相互知晓，但之前接触不多，无非就是在做农活时有那么一点交道，平常也没有往来。为做生意他们在青年路上走到了一起，在夏二娃看来，似乎是冥冥之中有了一种缘分。这种缘分，有可能就会改变他今后的人生，起码给他目前的生存状态，带来新的变化。

而在金荷和冯小玉看来，这种缘分是不是就只是在生意场上的巧遇，夏二娃却不得而知。

不管金荷和冯小玉是出于什么目的，但看在都是同村的人，且又从小就相识的面子上，这个忙夏二娃还是乐意去帮的。只是在帮的过程中，夏二娃又多了一个心眼而已。出此下策，夏二娃是想稳住她们，稳住了就有希望。

从第一天摆起货摊，不出一月的时间，金荷和冯小玉从夏二娃朋友那里进货的商品，几乎就全部出售完了。要不是这两天夏二娃找朋友帮忙，又进了一些杂货，金荷二人的摊位上就会空空如也，没什么货可卖了。

一个月下来，金荷和冯小玉大概毛算了一下，卖货的钱减去进货的款，剩下来的就是利润，就是她们赚到的钱。换句话说，就是她们二人的经营劳动所得。当然，这里面还隐藏着夏二娃付出的摊点费、人脉关系打点等一些隐形开支，以及黎水生付出的劳动等等。

不算不晓得，一算了不得。等金荷二人算了一遍之后，她们所应得到的报酬，差点让她们激动得跳了起来。二人怕有误，于是又仔仔细细地再算了一遍，结果确实无误。她们二人每人所能分到的钱，达一百四十二元五角六分。这些钱在当时是她们在农村大半年的工分价值，即便是拿工厂相比，也抵一个

二、三级技术工人，三到四个月的工资！

第一个月的收获，使金荷和冯小玉感到惊喜，也觉得意外。每天一大早就起床，从市郊的北门外赶到青年路，做完一天的生意，又从城里骑车回到家里，想起来辛苦是比在家里辛苦，但得到的回报却大有所值，这让她们特别欣慰。

金荷想，在去来城里的一路上，不都是行色匆匆的人吗？他们还不都是在为了自己和家人的生活而奔波。没有含辛茹苦，哪有生活的充实，哪有收获后的快乐和富裕？第一个月的经商，似乎让她在经历中得到了很多新的人生感悟。

再说，金荷和冯小玉的家人，每天看着她们早出晚归，风风火火的样子，心中虽有怜悯和难受，但她们得到的欢乐，却又让家人备感宽慰。尤其金荷的母亲，更是打消了心中的疑虑，转而赞同女儿最初的决定，每天都眉开眼笑，甘愿为她做好早晚两顿饭和生活上的后勤。

初次经商收到的回报，夏二娃的热心帮助，家人的支持，让金荷和冯小玉做起生意来更有了信心。她们商量之后，决定把这月的收获所得，作为流动资金又全部投入经商的运营中，扩大自己的经营范围和经营品种，如若不够，二人还可凑一部分。总之，经商不能停顿，范围尚可扩充。

这天，午饭后金荷和冯小玉一起，又找到夏二娃在茶坊里小坐一会儿，谈起了下一步的生意如何进行。

金荷先就与冯小玉一起做生意的感受，对夏二娃说："我们俩就是最好的搭档，心往一处想，劲往一处使，再加上有夏二哥的帮助，所以才这么顺利。就像在海里游泳一样，遇到了风平浪静的好日子，真让我们开心得不得了。"

夏二娃说："我也看出来了，你们两个也是做生意的料。如果要把生意做得大一些，经营范围是一个方面，还有一个经营目标，做什么更合适的问题，资金的投入也是一个问题。"

冯小玉说："资金目前就是这么多，要我们再更多地投入，眼下还有困难。夏二哥你就帮我们参谋一下，下一步的经营朝哪方面走更好。"

"要说经营的品种，光是百货服装类就有上千种，关键是做什么合适。既不能投资过多，又有利润可赚，这就要有所选择，看什么最适合你们做。"夏二娃说道。

金荷说："正因为是这样，所以我们才找你参谋参谋。夏二哥，你做了这么多年生意，走过的桥比我们走过的路都多，哪样更适合我们做，你应该比我们更有数。"

　　夏二娃听她们说着，并用期待的目光看着他，他便也想想，然后说："这样吧，这几天你们二人轮流守着摊子，拿一人就在青年路各处看看，一看别人经营的品种，二看什么货物卖得最好，多看多比较，慢慢地就能做到心中有数了。"

　　金荷先对夏二娃说："这倒是个办法。"转头又对冯小玉说，"下来我们就去看看。"等冯小玉点点头后，又调头朝着夏二娃，"夏二哥也可帮我们留意一下，最好尽快有个定夺，我们也好朝这方向去做准备，去做努力。"

　　夏二娃又何尝不是如此呢？当年他先到了染坊街摆地摊做小生意，就对其他地摊的经营物品颇感兴趣，想着法变来变去地更换着商品，哪种赚钱多，卖得快的，他就变换着卖，跟着市场变化变更自己的商品。仗着自己小本买卖，船小好调头的优势，把自己的生意做得小、快、灵、稳。赚了一些钱后，就转战去了青年路。今天，他对金荷和冯小玉说的，也算是经验之谈。

　　说到经营范围，青年路市场，以经营服装和小百货为主。你不可能开一间大型百货商场，将所有包罗万象，全部都经营。资本有限，场地有限，只能量力而行，做着自己的有限生意。而百货的品种繁多，选择性很大，只能从中挑选适合自己的去做。这一点，金荷二人和夏二娃心中，都是十分明确的。

　　说到赚钱，做生意当然图的就是赚钱，以最小的成本，获取最大的利益为目的。至于怎么才能做得到，途径却是各种各样的。古往今来在商贸行当中，不知道上演过多少摄人魂魄，跌宕起伏的闹剧和惨剧。

　　就眼前的青年路而言，商家众多而又各有门道。有卖"吼货"的，身边摆一大堆物品，天天扯起个大嗓门，中气十足地叫卖。也有卖"旧货"的，从外地进了一些垃圾商品，其中有走私的"洋垃圾"，甚至遗物，重新清洗熨烫，以旧翻新，再挂出销售。也有卖"贼货"的，店家专门低价收购一些来路不明的商品，悄悄卖，打折卖，只要赚得到钱就行。也有卖"假货"的，面料造假，品牌质量造假，以假乱真，不敢公开地卖，就把买主哄进小巷或私家院内躲着兜售，把钱骗到手就跑。也有卖"跳楼货"的，一些不法商贩，假借一个铺名或地名，以托收待付为手段，骗得一些外地商品后，赶紧低价抛售，尽快地脱手后，拍屁股走人……不一而足。

　　但是，这些都是商道上时有的乱象，是商海中泛起的沉渣泡沫，是"短命"的买卖，不会长久，也不会成为气候。只是因为市场管理尚不健全，被善于钻营的人钻了空子，一时出现的混乱现象。走正道的，当然还是青年路上那些绝大多数正儿八经做生意的商家。

这些都是说得多余的话。

面对金荷和冯小玉二人，夏二娃要做的是如何为她们，做出一个合理的判断和正确的选择，方能达到既要符合她们实际状况，又能赚到钱这个目的。

夏二娃以自己经商的经历和经验，诚挚地对她们二人说："以我的经验，要以较低的成本，去获取相对较大的利润，就只有尽量地减少中间环节。"

冯小玉问："这是什么意思？"

夏二娃便耐心地讲解道："比如说进货渠道，同样一种商品，我从生产厂家直接进货，你却从别的商贩手中进货，我比你就少了一个环节。你进货的价钱肯定就比我高，相应的成本就比我高。如果我们都以同样的价格出售，你赚的钱肯定就比我少。如果你要提高售价，别人货比三家，肯定会买我的而不买你的。这样，我的资金周转就比你快，又可以投入下一轮的生意中去。懂吗？"

说完，夏二娃又摸出"红塔山"香烟抽了起来，露出十分得意的神色。

当时的红塔山香烟，仿佛成了一个标志。能抽上"红塔山"香烟的，不是当官的，就是有钱人。冯小玉看见夏二娃洒脱地抽着香烟的样子，又拿起夏二娃放在茶几上的烟盒来，把玩似的反复翻转地看着。她心想夏二娃恐怕是发了财了，已经迈入有钱人的行列。

金荷在一旁听得全神贯注，听夏二娃说完，不禁拍了一下手，说："听夏二哥这么一席话，真是胜读十年书。"看着夏二娃得意的面容，又说，"难怪那次我们到青年路就看见有的店铺里，同样的东西标价却不相同，其实就是进货渠道不同啊。"

夏二娃赶忙纠正道："也不尽然，我只是举个例子罢了。其实还有质量不同，生产厂家不同，而且还有以次充好，以假乱真，甚至是真货假货鱼龙混杂等情况，价格也会不同。"

听到这里，冯小玉好像被夏二娃说的话弄糊涂了，她不无感慨地说："没想到做生意还有这么多学问，把脑壳都搅昏了。"后又对夏二娃说，"夏二哥，要不这样，哪天你带我们实地考察一下，也免得我们多走弯路。"

夏二娃便立刻说道："要得，要得！不几天后我就要进货，如果你们愿意，不妨出去走一走，也好长些见识。"

其实，从另一个角度来说，在稳定和增强金荷和冯小玉她们继续经商的决心和信心的同时，夏二娃心中的另一个设想，或者说目的，也成功了一半。

夜遇不测

夏二娃到青年路做服装批发生意，才开始也是经朋友介绍，认识了从生产厂家进货的商贩，转手经销。后来做久了一点，有点资本了，他灵机一动，也想避开一道手商贩，直接从厂家进货。这样做自然会降低成本，增加利润，赚更多的一些钱。

可是，俗话说："鱼有鱼路，虾有虾路。"别人创下的路子，不可能轻易就拱手让出来，让你没有付出，尽捡便宜。所以，你得适当地加以价码，才能拿到你中意的商品，因为别人也要生活，也要赚钱，也要生存。理由就是这么简单，这么直截了当。

后来，夏二娃找了朋友去打探，去通融，又是好礼相送，又是请客吃饭，仍然无济于事。别人防范得非常谨慎，把自己的行情做得像保密局的人似的，不吐露丝毫。要想从别人那里获取丁点信息，确实比上天还难。万般无奈之下，夏二娃只好破釜沉舟，提着个包袱南下，去碰碰运气。

那年，夏二娃约上现在仍然在染坊街，做着小百货生意的朋友崔世福，一道从成都出发，想去闯出一条自己的路子。事前他们打听了一些情况，就定下先到浙江的义乌，后到福建的石狮，再到广东的广州一线，试探一番。

据说义乌的小商品种类繁多，以手工小作坊加工为主，成本低廉而不失时髦。石狮的服装和小百货商品，多从海外走私进来，高级时尚，很受内地人青睐，尤其是年轻人特别喜欢。而广州则城市繁华，商业发达。若以服装购买为主的话，广州因生产厂家众多，用料讲究，又临近港澳，款式新颖，换代及时，最为理想。总之，义乌、石狮、广州三地，商贸和交易各有特色，各有长处，是内地商家长途订购和贩运货物，特别是服装和小百货的最佳选择之地。

夏二娃和崔世福花了将近一个月的时间，他们像跑码头的串串一样，把这三个地方跑了一遍。每到一地逛了许多市场，各种五花八门、琳琅满目的商品，看得他们眼花缭乱。他们联系了一些当地的商贩和生产厂家，收集的名片一大摞，像一副扑克牌一样，也搞到了很多信息。返回时，他们顺便也买回了一些商品和样品。夏二娃以服装为主，男女样式皆有。崔世福则是做小百货生意的，看到的商品太多太杂，就精选了几种。两个人大包小包带回的东西，让他们小赚了一笔，都觉得不虚此行。从而也坚定了自己经营的品种和方向。以后就与生产厂家建立了联系，签订了订货合同，以远程订购的方式，由厂家直接邮寄到成都，疏通了直接从厂家进货的渠道。

这次金荷和冯小玉找到夏二娃，他便毫无保留地把这个办法传授给她们。关键的第一步，还是要由她们出去走走看看，选定商品，积累一点感性认识，建立起足够的经商信心。

几天后当金荷和冯小玉，再次找到夏二娃商量事情的时候，他就把他曾遇到过的经历和自己的想法，向二人全盘托出，征求她们二人的意见。

夏二娃把自己曾经走过的弯路，向金荷冯小玉二人简单地述说完后，就说道："如果要想在生意中获取更大的利润，只有走直接经销生产厂家产品的这条路子。一是货源充足，能保障供应和及时；二是价格稳定，波动极小，在相当长的一段时间内，几乎没有什么变化；三是减少了一道中间商的环节，投入的成本相对更低一些，获取的利润也就相对高得多。"

有这么好的事情，放在谁的面前，都会情愿去做的，金荷和冯小玉当然也不会例外。

此刻，冯小玉就问："夏二哥，你说的这些也正是我们愿意做的，可是我们怎么才能与厂家取得联系呢？"她看看金荷，也是同样疑问的眼神，又补充了一句，"总不可能写一封信，人家就会认可的吧？"

"写信只能得到一些信息，比如产品介绍，规格售价之类的东西，而要真正取得供求关系，还是要面对面地接触，才能获得双方的信任。"夏二娃说。"再说，没有实地考察，对品种、质量、价格等，都无法知晓，你敢说一切都信得过吗？稳妥的办法，就只有不惜花点钱，直观考察。耳听为虚，眼见为实，这样自己也会放心得多。我当初就是这么想的，也这么干了。"

冯小玉说：“我们可是两眼一抹黑，方向都找不到，你叫我们到哪里去考察呢？”

听冯小玉这么说，夏二娃就笑了："当年我也像一只瞎猫，到了那边就一阵瞎撞，你还别说，还真让我瞎猫逮到死耗子了。"

金荷说："算你运气好！夏二哥，我们别的不说，你就说我们该怎么办吧。"

"走出去，拿回来。"

"此话怎讲？"

"把我们需要的商品做到心中有数，带着目标出去寻找，再把适合的商品购回来，只要眼力准确，何愁赚不到钱呢？"

这已是夏二娃第二次向他们说起外出考察的重要性了。下来后金荷就与冯小玉合计了一下，决定就照夏二娃说的去做。

而夏二娃所经手的服装批发，已将近两年都是由一家生产厂家供货，样式没有多大的改变。虽然进货出货也还较顺利，但走势却变得越来越慢，运转周期越来越长，资金的回笼已经逐渐地在向下滑。因此，他也想再出去找一找是否有更新颖的款式，更新的厂家供货，不能在一棵树上吊死。再加上金荷和冯小玉也想把她们生意的范围扩大一些，经营的品种增加一些。夏二娃才三番两次地鼓励金荷二人去外地实地考察和进货。他见她们二人同意了他的想法，心里十分高兴，就为她们策划起外出的计划来。

夏二娃说："一般做我们这种生意的，服装看广东的广州，百货看浙江的义乌。原来有个福建石狮，但石狮那里走私货多，货源不稳定，一般就是一锤子买卖，具有一定的风险，再说近两年那里已经在走下坡路了。我们要去，还是广州和义乌稳当一些。"

冯小玉便问夏二娃："走这两个地方，大约要多少时间？"

夏二娃答道："坐火车去来，顺利的话短则七八天，长则近半月。"

金荷说："要这么久哇？我还担心着摊子上的生意哩！"

夏二娃就说道："要赶火车，要看商品，要找厂家老板洽谈合作，这点时间不抓紧，恐怕还不够哩。"想想，他又说，"这样吧，你们两人留一个照看生意，去一个也行。"

金荷和冯小玉便说："这方面还是夏二哥有经验，我们就听你的。"

这样，他们就初步定下了外出的方向和日期。准备在适宜的时间出发。

五月份一到，天气便慢慢地一天热似一天，青年路上的商贸情形，也像这个季节的天气一样，一天火似一天。

青年路市场管委会看到这样的形势，就与有关部门商量，决定仿效春熙路的办法，照葫芦画瓢，把青年路上的夜市也打开。如此一来，既招来更多的顾客，满足市民的需求，也可以增加市场管理的收入，商家也高兴，何乐而不为呢？

此举措于多方面均有利，一旦由管委会提出，响应者众，相关部门便立即批准通过。青年路上的夜市，就与春熙路近相呼应，热火朝天地开张了。

经过三天的准备，火车票也买好了，夏二娃就与冯小玉定了第二天出发。

自从前几天他们商定好这件事后，金荷就和冯小玉为货摊上的生意，颇费心思地盘算了一阵。

金荷说："我看着眼下的经营情况还不错，现在夜市也打开了，抓住这个机会，一定会多赚点的。"

冯小玉就问："那么你的想法怎么样？"

金荷就说："你和夏二哥出去看吧，我留下来守摊位，只是现在的货物不多了，在你走之前，还是要进一点才是。"

本来冯小玉就想出去走一走，看看外面的世界开开眼界。听金荷这样说，便满口同意："要得！我们再找夏二哥想点法，进一批货，起码要维持到我出去买的货回来的时候。"

金荷："行。只是你采购货物时，找夏二哥参谋一下，他的经验毕竟要多一些。"

冯小玉："好的，这点你就放心好了。"做一个鬼脸，又说，"未必你还不相信我嗦。"

"相信，相信。"金荷说着，两人都同时笑了起来。

夏二娃和冯小玉去义乌和广州已近十天。

那天，金荷收到冯小玉从义乌托运，发回来的一批货物和一封信。信上说他们在义乌联系上了两个厂家和几个商家，先交了部分预售金后，就选了这批商品先发回来。现在他们已向广州出发，最迟几天后就可回到成都。信中附了一张托运物资的清单，清单上还标明了各类物资的进价。

金荷收到托运通知单后，就交给黎水生去取，她独自照看着店铺和摊位。

下午，黎水生用借来的三轮车，从火车东站（货站）拖回一大箱货物，打开看就是纽扣和丝袜等商品。这些就是金荷她们之前卖过的东西，生意也不错。虽然没有她们想扩大品种的其他货物，金荷还是感觉满意，毕竟做生意有近半年的经验了，也算轻车熟路，做起来顺手。

这次冯小玉从义乌进来的纽扣，与以前的相比，无论是颜色、形状、大小、质量都有很大的不同。单就颜色而言，五花八门，晶莹剔透，闪烁光亮，十分诱人。金荷把冯小玉进的货照着清单分好类别，并按她们以前计算利润的办法，在货签上标出各个类别的售价。

金荷在心中把这批货物默算了一下，心想这次一定比她们才开始卖的那些，更能吸引买主，也一定会卖一个好价钱，一定也会赚得更多一些。

现在市场上出售的纽扣，均以盘扣、力扣、合金扣、布包扣、双眼四眼扣为主，根据不同的服装和用途，选用不同的纽扣。

金荷她们销售的则以传统的双眼、四眼纽扣为主，因为这类纽扣是服装上用得最多的。其次，兼销部分盘扣、合金扣、布包扣等。一般双眼、四眼纽扣的材质为塑胶，经过机械压制而成，是男女各式服装上用得最广泛的。用量大又可成型成批生产，相对成本就低一些。也有用有机玻璃作原料，经过色彩处理后再压制成各种素色和多色的纽扣。这种纽扣很受妇女青睐喜欢，多用于女式服装，可以起到与服饰布料相映衬，画龙点睛的作用，也可对服装的款式起到美妙的点缀。这种纽扣材质要求相对较好，制作工艺相对复杂，成本也相对要高一些，自然利润也相对看好。

第二天，正好又是星期天。这天来逛青年路市场的顾客似乎比平时要早一些，而且显得更多。熙熙攘攘的街上客人接连不断，有的路段甚至挤得水泄不通。

金荷一早就赶到了青年路摊位前，她把冯小玉托运回来的纽扣、丝袜和其他商品一起就摆到了货摊上。还好这些新进的商品，确实较以往的更新颖，更是光彩夺目。不一会儿，来金荷的摊位上看商品、买东西的客人就渐渐地多了起来，忙的时候，真让她应接不暇。

金荷从上午到下午，可以说没有多少时间停歇过。一来是今天的客人多，卖出去的商品也较前些天多得多，二来这次冯小玉进的货确实好看，外观和质量让买主满意，有点抢手。这样好的生意，让金荷不但觉得冯小玉这趟出去十分值得，而且对她的眼力也佩服起来。当然，这其中也有夏二娃的眼光和参谋。

到了傍晚吃晚饭的时候，金荷卖出去的纽扣和丝袜都已不少了。眼见街上的行人渐渐散去，黎水生从店铺里走出来，对金荷说："金姐，你休息一会儿吧，我帮你看着摊子，你顺便也把晚饭吃了。"

金荷就问黎水生："你吃了吗？"见黎水生点点头说吃了。她便说，"好吧。"她走进店铺拿着空碗，去一条叉巷里的面店吃晚餐。

这个面店，金荷与冯小玉常来，店老板对她们较熟了。见金荷来了，面店老板不问她吃什么，反倒问金荷："今天生意如何？"金荷笑着高兴地回答："还可以。"面店老板就招呼金荷坐下休息一会儿。他照金荷以往的习惯，煮了一碗清汤杂酱面，用金荷的空碗装下，端到了她的面前。

付钱后，金荷也不像往常坐在面店里吃，而是往外走。她惦记着摊位上的生意，就端着碗边走边吃，朝自己的货摊走去。凡是做生意的人，恐怕大多数都是这样，每时每刻都在想着自己的生意。更何况像金荷这类才开始做生意不久的人呢，并且今天的行情又是特别的好。

到了摊位上，黎水生说："金姐，吃完饭就该下班了。"

金荷摇摇头说："还有夜市哩，下来后我才下班。"

黎水生笑一笑："我看你今天好累哟！你下班吧，夜市我来帮你守。"

金荷又摇头，没有同意："还是我来吧，反正也不会太晚。"就又坐在自己的摊位前，等待来逛夜市的顾客。

将近夜晚十点，夜市接近尾声，金荷就开始收摊。黎水生帮助金荷收拾完货摊上的东西，就催金荷快走，说明天还有生意。余下货架之类的东西，就由黎水生收捡，完后他自己也好休息了。

金荷离开青年路，正好是夜晚十点钟。她骑上自行车，朝西出青年路后右拐，沿长顺街到西玉龙街，再左转到了骡马市，就上了人民北路大道。这是她和冯小玉回家常走的一条路，也是最便捷，离家最近的一条路。

人民北路一直向北走到尽头，就是成都火车站了。成都火车站，它是四川连接外省的一个重要站点。从这里可以北上陕西、甘肃，也可到达中原和华北地区。南下重庆、贵州，转道可去湖北、湖南、江浙地区和广东、广西。新建成的成昆铁路，又把这里和云南昆明连在了一起。整个四川通过成都火车站为枢纽，并以宝成线、成渝线和成昆线为纽带，与全国各地相连。南来北往的行人和物资，即可从成都火车站走向全国各地，走向四面八方。

地处城市北郊的北荷池，就在离成都火车站不远的东侧一方。原来田园风光的地方，进入城市化改造以后，肖家村辖下的北荷池已进入街道化管理，修起了几条与人民北路相接的便民道路。金荷和冯小玉的家，虽然还在北荷池的原地，但听说不久后便将迁移，一条道路也修到了她们家的面前。

金荷骑车到了这里往右拐，就上了一条便民道路，再往前不足两里地之遥，便可到家了。刚走了近一百米路，这时突然从路边窜出一个人来，距金荷有五米左右，拦住了她的去路。这人用低沉的声音吼了一句："站住！"

新修的道路上没有路灯，金荷看不清对方的面容，只知道可能遇到打劫的了。金荷不理睬他，用劲蹬了一下自行车想冲过去。可是那家伙等自行车到了跟前，猛地一跳，双手死死地抓住金荷的自行车龙头，就往旁边一拽。自行车被那家伙拽倒，差点把金荷也拽得摔倒在地上。

此刻，金荷离抢劫者只有一米之遥，她已经隐约看清了对方只不过是一个十七八岁的小伙子。她一边斥责小伙子："你要干什么？"一边下意识地用右手摁住斜背在肩上的挎包。那里面，就装着今天销售商品的五百多元营业款。

小伙子也看明了金荷是个女的，同时也把金荷这个动作看得一清二楚。心知里面一定有钱，就用手来抢这个挎包。

无奈挎包斜背在金荷肩上，又被金荷双手死死地捂住。金荷嘴里不停地大声叫喊："你要干什么！你要干什么！来人呀！有人抢劫啦！"

小伙子眼看夺不下金荷的挎包，而且对方还在不停地喊叫。他一时性急，从裤兜里摸出一把开关刀，把刀打开就想往金荷的手上刺过去。

金荷见状，赶紧缩手躲过了这家伙刺来的一刀，刀尖就扎在金荷的挎包上。

小伙子抽回刀来，又想扎过去。就在这千钧一发之时，从小伙子的侧后伸出一只大手，抓住了小伙子握刀的手腕。小伙子一愣，本能地将手向后一缩，一使劲挣脱了抓住他的大手。他松开了抓住金荷挎包的手，想反过身来，用刀刺向他侧后的人。不料却被那人在屁股上猛踢了一脚，一个跟跄滚倒在地上。

这时，有听到金荷呼喊的路人，跑过来看见了这一幕。他们便和那人一起，把那小伙子按倒在地上，抽出他腰间的皮带，把他绑了个结结实实。

金荷用脚踢了一下被绑住后跌坐在地上的小伙子，嘴里责骂道："不学好的东西！把我吓了一大跳！"又转过身去看着那抓小伙子的人。

那人身高一米七左右，留一个学生分头，二十四五岁的样子，着一身运动装，仪表堂堂。金荷看着他，关心地问："你没事吧？"

那人浅笑答道："没事。"又问金荷，"你也没事吧？"

金荷感激地说："没事没事。今晚幸好遇到了你！不然……"

那人不待金荷说完，立即道："没事就好！"停会儿又说，"以后还是要少走夜路啊。"

金荷听那人这么说，就有些不好意思，侧过脸，说："你还不是在走夜路。你也要注意呀！"

那人就"哈哈哈"地一笑，说道："我一个大男人怕什么？再说我这不是在跑步吗？要不是跑步，还遇不到你被抢这一幕呢！"

金荷和那人正说着，不知是谁报告了附近的派出所，来了两位警察。警察找到金荷和那位跑步的人，问了一下大致情况，便对他们说："请你们跟我们去派出所作个笔录，要备个案。"说着，就把那抢劫的小伙子押上，叫上其余的人做证人，一起朝派出所走。

人群里金池帮着金荷推上自行车，也陪着她去派出所。因是金荷的母亲，见女儿这么晚还没回家，就叫星期天回家休息的金池，出来在大路口上等金荷。金池也没料到，金荷会遇上这样的事。

一群人上了大路，路灯下金荷才发现那人手上有血迹。她就赶过去叫那人停下："看，你手上还有血呢！"掏出自己的手绢要为他包扎。那人说："可能是那家伙挣脱时，刀子划伤了我的手，当时没什么感觉。后来手上湿漉漉的，我已用帕子擦了一下。现在你不说，我还真不知道没擦干净哩。"金荷便顾不上什么，把那人的手抓住，用手绢在伤口上缠了一圈，绑紧了才松开。

在派出所作完了笔录出来，金荷才知道救她那人，真的就是大学里的一个学生。而那个要抢她钱的小伙子，才十六岁多，还未成年。

大学生名叫郝志和，就在北荷池附近的一所大学读大四。郝志和年纪二十四岁，是从知青考上大学的，家在成都附近的温江县城。今天星期天他回家返校后，觉得时候尚早，就出来跑步，恰巧遇上了这件事。他本人对此，觉得只是路见不平，才出手相助，不是传说故事中的"英雄救美"。不过就是人生中的一件小事，一个学生生活中的巧遇而已，因此，他并没有把它放在心上。

但是，那位还没有满十七岁的小伙子，名叫郑涛，还未成年，却不承想干了这么一件丑恶的事情。恰恰运气又是这么的糟糕，第一次壮着胆子出来抢劫，便失手被捉。为此，他已为自己的违法行为追悔莫及。他想，等待他的一定会是法律对他的惩戒，和人生中最晦暗的一段记忆。

一周后，冯小玉和夏二娃回到了成都青年路。他们这趟往返共十五天，正好是半个月的时间。两人都是满载而归，不仅为自己的店铺和货摊，购进了充足的货物，还联系上了一些厂家，以及能为自己的生意提供货物的商家。

更让两人都心满意足的，是这一趟不仅为生意奔忙，在奔忙中游览了几处风景秀美的地方，还确定了两人的恋爱关系。当然，最后这点两人不便立即公开，金荷也是后来才知道的。

这天上午，金荷见两人回来了，特别高兴。她对二人说："你们回来得正好，你们看货架上的东西，已经所剩无几了，我正在为这事发愁哩。"

冯小玉听金荷说起托运回来的那批商品很抢手，卖得很快，也特别兴奋。放下行李，就对金荷道一声："辛苦了！"又赶紧说，"别愁别愁！有的是货，够我们卖一阵的了。"

金荷先是开心地笑了一下，说句："你们才辛苦呢！"见夏二娃和冯小玉二人回来，除了行李，却是两手空空，没见带什么货物，便又皱起了眉头，向冯小玉问道，"你说的货呢？在哪儿？"

见金荷不解的脸色，夏二娃就招呼出黎水生后，对金荷说："别急别急，好戏在后头哩。"见黎水生到了跟前，又对他说，"你准备好一部三轮车，下午我们一起去拉货。"转眼见金荷紧锁的愁眉才舒展开来，还笑问他们在卖什么关子，做的啥子游戏。

夏二娃和冯小玉乘的是从广州到成都的列车，上车时办理了随车行李托运手续，把购进的三大包货物托运回成都。这样就可以自己不费什么体力，带上简单的随身行李，放心地乘车到达目的地。

列车到了成都时是上午八时十分，夏二娃叫冯小玉先回家休息，自己回青年路店铺，下午用三轮车把货物拉回去就行了。冯小玉不愿意，她说昨夜自己在卧铺列车上休息得很好，用不着再回家休息，要和夏二娃一起回青年路。夏二娃见劝说不动，便依了她。

这次夏二娃与冯小玉结伴外出购物，事先冯小玉与家人说起，冯小玉的母亲就敏感地觉出，其中必有隐情。因为原来就是一个村的人，母亲是看着夏二娃长大的，一直就觉得夏二娃老实本分，读书时规规矩矩，务农时勤勤恳恳。两家人虽不住在一个院坝，也是近邻，没什么过结。夏二娃比冯小玉大三四岁，如果谈婚论嫁，年龄，家境，倒也般配。只是近几年夏二娃到了城里做生意，见得少了一些，但是每次见他回村看望父母时，也是穿得整整齐齐，对父母孝敬，对兄妹照顾，对邻里和睦。近来听冯小玉说，她和金荷做生意找到夏二娃帮忙，夏二娃也是有求必应，诚挚热心。有了这些好感，冯小玉的母亲就曾对她说，夏二娃这人不错，是做女婿的优秀人选。说得冯小玉脸上一阵绯红，很不好意思。可是说的次数多了，便让冯小玉也动了心思。前一阵她思虑了许久，觉得母亲的话也不无道理，心里就想还找什么找，眼前不就是现成的一个。

所以，那次夏二娃说起可带她和金荷外出去找货源，冯小玉就想到这是一个机会，愿意陪同夏二娃外出走一遭。当夏二娃再次提起时，她当即便表示同意。恰恰金荷又为了经营，说自己要留下来照料生意，叫冯小玉与夏二娃同行，岂不正中下怀。

其实，在夏二娃的心目中，金荷更漂亮一些，位置相对更突出一些。

自从冯小玉和金荷到青年路来，找到夏二娃教她们做生意，夏二娃心中便像燃起了一团火。以前在农村，夏二娃对金荷早有爱慕之意，只是金荷出生教师家庭，又是高中生，家境和文化，夏二娃都自愧不如，不敢奢求。这次机会来了，自己已当了老板，便希望与金荷能有相处，才找借口鼓动她们外出同行。岂料金荷不为所动，巧妙地借生意为重为由，避开了夏二娃。

为此，夏二娃感觉无望，自嘲是"癞蛤蟆想吃天鹅肉"，死了对金荷的想法，一门心思就用在了冯小玉的身上。

应该说金荷并非矜持，她根本就没想过夏二娃有那样的心思。她只是在无意识之间，成全了他们的这次旅行，也成全了他们这层关系的适时发展，成全了这对恋人。

夏二娃与冯小玉这一趟旅行，有了生意上的收获，也有了感情上的收获。他们在去浙江义乌的同时，也去了杭州的西湖。去广东的广州时，也去了肇庆的七星岩。在雷峰塔下的西湖泛舟，夏二娃给冯小玉讲《白蛇全传》，讲许仙与白素贞的故事，让冯小玉从心底里明白了，夏二娃这个经商的人，同样有世上男女间的柔美情怀。在七星岩中的玉屏岩美景内，夏二娃由衷地向冯小玉表白自己的心意时，让冯小玉的心里像揣了只小兔，怦怦乱跳。她没想到幸福来得这么迅速，来得这么猛然，羞得她低垂着头，让满脸的绯红染到了耳根。于是，他们把这一趟购物之行，变成了两情相悦的浪漫之旅。

午后三时，夏二娃和黎水生将三个装满货物的大帆布口袋拉回青年路的店铺。一袋为金荷和冯小玉经销的商品，余下两袋是夏二娃进的几款服装。他们拆包把货物一一清点，分类码好时，已快六点钟了。

金荷看着各种五颜六色的商品，又满意又高兴，直夸冯小玉有眼力，会办事。她心里盘算，照前一批货物的卖法，又将美美地赚上一笔。

夏二娃和冯小玉看着金荷喜笑颜开的样子，两人也会心地笑了。

▶ 涉足商圈

日子过得真快，眨眼之间过去了大半年。

金荷和冯小玉的生意，越做越顺手。自从那次冯小玉和夏二娃跑了一趟义乌之后，她们与那边的厂家和商家有了联系，一来二去和那边建起了友好的关系，物资和货款在通畅的流程中，让双方的诚信都有良好的表现。因此，她们商品的货源就得到了充分的保障，生意做得稳稳当当。

如果这个时候，金荷就只满足于眼前的状况，把眼下的生意维持下去，她也能过上衣食无忧的生活。如果找到一个如意的爱人，组成一个小家庭，再带上一个孩子，做着自己的小生意，平平静静地度过一生，也可以算得上一世的幸福美满。可是，后来出现的一连串事儿，却逼着她必须走一段不太平常的人生路。

那夜，金荷在回家的路上遇到的抢劫，让她认识了郝志和，也认识了郑涛。

这件事情，也很快就有了结果。因为郑涛只有十六岁半，属于未成年人犯罪，法庭判处他三年劳动教养，郑涛当庭便被送往南郊的少管所服刑。

郑涛在法庭上对自己的犯罪行为供认不讳，悔恨不已。在被法庭刑警押出法庭时，他一直低垂着头。路过郝志和、金荷身边也没敢抬起头来，只是稍作停留，深深地向他们鞠了一躬。他眼里含着泪水，像是对他们表示歉意，也像是对自己过错行为的忏悔。

那次，是在不公开法庭审判的，只有与本案有相关联系的人入庭参加。金荷和郝志和作为当事人入庭，金池和母亲作为旁观和亲属，也被通知到庭旁听。当然，还有那晚在场的路人，作为证人也被邀参庭。在庄严的法庭内，经过缜密的程序，依照相关的法律和条例，作出了上述判决。

作为当事人的好友，冯小玉和夏二娃也被允许进入了法庭，就座旁听席。

在法庭上金荷与郝志和又一次相遇，两人见面时都只是相视点头，一笑而过。肃穆的环境下，他们只能这么做，不允许有些许亲近和过多的话语。可是在审讯过程中，两人对郑涛的定刑发言，却出奇地雷同。他们先后均表示不追究郑涛的刑事责任，念及犯案人尚未成年，以教育为主，请求法庭予以轻判，以利其重新做人。法庭以严肃认真的态度，审慎地采纳了他们的意见。

散庭后，金荷主动找到了郝志和。这时，他们才松弛了刚才严肃紧张的神经，相视开怀地笑出声来。在步出审判庭的门口时，金荷把郝志和介绍给母亲、冯小玉和夏二娃。

金荷激动地说："那天要不是遇到郝志和，我真不知道要出多大的事啊，是郝哥救了我！"

于是，同行的母亲和金池，冯小玉和夏二娃都露出了感激的笑容，称赞："小伙子见义勇为，不错！不错！"

此刻，母亲就拉住了郝志和，上下打量了一遍，见他一表人才很是喜欢，同样也感激地说道："小郝呀！你就是我女儿的救命恩人啦！"

母亲的话说得郝志和很不好意思，他便连连摆手道："不敢当不敢当！伯母，那天晚上金荷真勇敢。后来还是她给我包扎的伤口呢！"

这时金池也靠上前来，拍了拍郝志和的肩头，笑着说："小伙子，大学快毕业了吧，以后有什么需要哥帮忙的，别客气，尽管说。"此时的金池，已大学毕业一年多了，说起话来，像个当哥的样子。

夏二娃也在一旁凑热闹，嘻嘻哈哈地说："自古就有英雄救美女的美谈，今天活脱脱的两人就在我们面前，好一对美妙的人儿呀！"

金荷没想到夏二娃又耍起了油腔滑调，不好意思地看看郝志和。见郝志和好像故意避开她的眼神，把头转向一边，装着没听到夏二娃说的话似的。金荷便知道郝志和一定跟她一样，也是有些羞怯，不好开腔。于是，金荷佯装生气的样子，对着夏二娃和冯小玉说："以后不跟你们两个说话了！"

冯小玉便赶忙圆场："罚他！罚夏明贵今天中午请客。"

夏二娃就接过话来："认罚认罚，今天请大家吃火锅，'皇城老妈'！"

其实，在此之前，金荷和郝志和就见了一面。

那天下午，金荷见摊位上的生意一般，就想起离那天夜晚出事已有一月多了，也没去看过郝志和。她不知道他的伤势现在怎么样了，就决定去学校看看他。金荷对冯小玉说家里今天有点事，想早走一会儿回家去。冯小玉点点头，没说什么，金荷便先离开了青年路。

自从冯小玉和夏二娃从外面回来以后，虽然还是像往常一样，各自做着生意，冯小玉和金荷还是一起摆着她们的货摊。但有一些行动，露出了一些端倪，让金荷看到一些蛛丝马迹，猜到了他们之间不一般的关系。一天，在回家的路上，金荷笑着问冯小玉，这趟出去半个月，都去过哪些地方？夏二娃对她说过什么话？并把自己的猜测毫不讳言说了出来，弄得冯小玉很不自在。冯小玉看实在不好再隐瞒，就把她和夏二娃之间的关系向金荷和盘托出。这样，冯小玉心头反倒轻松一些，在以后与夏二娃的交往中，也就更大大方方些了。

金荷也真心地为他们二人祝福，自觉地把摊位上的生意活路多揽一些，让他们二人更多地说说悄悄话，有更多一些接触。对此，冯小玉也明白金荷的好意，十分感激。并对金荷说以后的夜市就由她一人来守摊位，免得又遇到像那次被抢的麻烦事。所以，金荷除了不再守夜市的生意外，但凡金荷有点什么事先要离开去办，冯小玉便也毫无怨言。毕竟是两人共同的生意，两人之间就应互相关照，互相帮衬，互相默契，更何况两人还是毛根朋友好姐妹呢。

金荷离开青年路后，就直接向郝志和的学校奔去。这所大学离金荷住家不远，她也曾多次路过这里，所以轻车熟路，并不难找。但是，到了大学校门口，金荷才想起自己只知道郝志和在这所大学读大四，读的什么系，在哪个班却并不知道，这让她有些犯难。无奈之下，金荷只好到校门口的收发室去打听。

大学门口设有门卫和收发室，金荷推着自行车，去问门口就近的一位中年门卫，说明自己要找某个人。中年门卫一听，眯起一双好奇的眼睛，把金荷上上下下地打量一阵，弄得金荷有些不自在，难为情起来，脸一下就红了。

中年门卫看着金荷绯红的面色，像是猜到了什么，却又有些不解地说："整个学校一万多名学生，就光是大四，就有一两千人。你只知道姓名，哪系哪班却不晓得，我也有心要帮你找，但我怎么帮你找到他呢？"

金荷听中年门卫说得也在理，心里就直埋怨自己，那天晚上只知道感谢郝志和，忘记了问他的系名和班次。中年门卫的诚意让金荷也放弃了羞涩，她只好把那晚上的遭遇向中年门卫说起。最后补充说："他的右手被歹徒的刀划伤了，流了很多血。"

中年门卫意味深长地"哦——"了一声，很和气地对金荷说："你这么一说就好办了。他这事学校里好像宣传过，你等等。"说完，他就走向门内的收发室，打电话去了。

不一会儿，中年门卫出来告诉金荷，已经通知到了，让她耐心地等着。

金荷向中年门卫报之一笑，说了一声："感谢感谢！"就退到一边去了。

趁在等郝志和的时候，金荷就在门边浏览这所大学宣传橱窗里张贴的学校资讯内容。

约莫半个小时后，郝志和来到金荷的面前，让金荷一时心跳加速，惊喜里略带着紧张。郝志和一身得体的学生装打扮，与那晚的运动装同样地把他映衬得青春体健，风华正茂。学生容貌端庄帅气的郝志和，一时让金荷看得有几分心慌意乱，起先在一路上想好的话语，也不知从何说起，羞怯地低下了头。

还是郝志和先开了腔，说道："你好啊！没想到你会来看我。"

"本来早就该来的，就怕耽误你的学习时间。"金荷羞涩地说。

听郝志和说不会耽误，又见傍晚时分，学校大门前进进出出的人很多。金荷便推着自行车一边往路旁走，一边又说："那就好呀，我来是想请你吃顿饭的。"说完，又是朝郝志和腼腆地笑笑。

郝志和看见金荷此刻娇羞的面容，正像她的名字娇艳如荷，心里便十分喜欢。又听到金荷说话的语气，就七八分猜到了金荷此刻的心思。这意思除了是要谢他外，似乎还有点其他的意思。

于是，郝志和也想意思意思，说一句："我来推吧。"伸手接过金荷的自行车，又说，"我知道前面有一个饭馆，还是我请你才对。"不由分说，一步跨上自行车，并示意金荷坐上车后架，要试探金荷的意思。

金荷犹豫片刻，高兴地又对郝志和报以莞尔一笑，侧身坐上了自行车的后架，右手轻轻地搂在郝志和的腰上。

郝志和感觉到一股亢奋之情，瞬间便涌上了心头。不由得脚下一用劲，自行车就朝着前方奔了过去……

城市改造建设的步伐之快，已经出乎于人们的日常思维。就像布局严谨的一盘棋，局势一旦有了一个明晰的抉择，便会一步一步，步步为营，攻城略地，稳固扎实地走下去。

一天，金荷晚上回到家里，母亲就对她说家前的荷塘马上就会被填了，街道上已经开会决定，说是要搞什么交易市场。没几天，真的就开来了几辆挖掘机和大货车，轰轰隆隆地忙了几天，把金荷家小院前平出了一块大坝子。大坝子与以前的道路，连成了一片，以前属肖家村的土地，田塘就变成了一片空旷的广场。

后来，街道办的工作人员，下来挨家挨户地宣传区上的会议精神，动员该地的居民、住户，加入市区市场化改革。金荷听到这个消息后，去和冯小玉商量。冯小玉也说已经听家里人说起此事，她们就特地把青年路的生意歇业一天，一起去街道办事处探听确切的信息。

街道办一位姓黄的女士，接待了金荷和冯小玉。黄女士四十岁左右，家住离肖家村一里地之隔的汽车运输公司宿舍，老公是运输公司的经理。她从外地调回来后不愿去运输公司，便被安排到了街道办事处。黄女士叫黄殿兰，是街道综合办公室主任。黄女士待人很客气，她听金荷二人说明来意之后，就在自己的办公室接待了她们。

黄女士问明了金荷和冯小玉到来的意图后，先介绍性地说道："你们已经看到了眼前的变化，按照区政府的安排，我们正在做城市街道市场经济化的工作。我们准备把这片区域拓展成一个商贸地区，目前条件还很不成熟，还只是处于起步的阶段。我们眼下的打算，就是先规划出一个小的范围，建一部分商用棚架，招进一些商家，先形成一个市场的态势。你们都是本村本地的住户，应该说具有优先考虑的条件，也希望你们给予我们工作上的支持。"

说到这里，黄女士便想知道金荷和冯小玉的想法，就询问二人："你们可以考虑一下，是否有意进入我们的商贸棚户，有什么想法也尽管对我说出来。"

这时，有一位二十多岁的女人进到屋内，看样子是个办事员，手里捧着一摞文件，走到黄女士跟前："黄主任，这是区里转发的一个文件，每个办公室都有，请你看一下。"待黄主任签收后，她就出门去了。

金荷一看接待她们的是一位主任，就觉得街道上对她们的这次来访，还是相当重视的，便感激地说道："黄主任，感谢你出面接待我们。刚才你说的一席话，让我很激动，也很感兴趣。"

冯小玉也赶忙补充说："如果能把市场开在我们家门口，我们当然十分高兴，只是不知道什么时候能开起来？"

黄主任说："我们争取尽快一些。"又问，"你们现在在做生意吗？在哪里？"

金荷回答："正在青年路做点小生意。"

黄主任此刻也来了兴趣似的，高兴地说："那好呀！驾轻就熟，我欢迎你们到这里来！"但也不忘提醒说，"才开始可能有一些困难，生意也可能不会很好。"

冯小玉说："我担心的就是这一点。"

黄主任说："这种心情我可以理解，但我们一起努力，困难总会克服，生意也会好起来的。"

接下来，黄主任就把这里的地理位置，商贸环境，交通条件等有利因素，给金荷二人进行了罗列和梳理。她主要强调了背靠成都火车站这一个强大的运输优势，可以把四川乃至全国连在一起，大量物资可以从这里进出，南来北往无形中便可把这里的市场扩大至若干倍，前途不可估量。

金荷被黄主任这么一说，就有些心动起来。她寻思从这里的地理环境上看，要开辟一个贸易市场，其有利条件自不必说，光就是政府有了这个规划，其支持的力度和诚意也不在话下。关键的一点是时间，什么时候才能如黄主任所说的把规划变成现实，让棚户市场早日搭建起来，何时又能形成规模？

想到这里，金荷的脸上便显现出了期盼的神色，向黄主任道："远景固然美好，规划也未必不周到，实现也有可能。但是我想知道，黄主任，依你的估计，何日才能够让棚户市场真正地成为现实呢？"

这时黄主任就笑了起来，心想这姑娘倒很会说话，一下就把问题提到了点子上了。便说道："我想，这就是今天你们来访的目的吧。"于是，她又安慰似的对金荷二人说，"先别太急，你们也看到了，场地正在加紧施工，我只能对你们说快了，不会拖得太久的。"

金荷和冯小玉兴奋地说："黄主任，好的好的！"并对黄主任表现出感激的笑容。然后，金荷又问："我们以后怎么与你联系呢？"

黄主任便说："这样吧，你们留一个家庭住址，到时候我们会及时通知你们。以后，我还希望和你们好好合作哩。"

金荷和冯小玉留下了联系方式，再一次谢过黄主任。黄主任便说不必客气，站起身来，把她们送出了办公室。

从街道办事处出来之后已近中午，金荷和冯小玉各揣着心思往回家的路上走。到了路口，冯小玉说她还惦记着青年路上的生意，要去青年路看看，就和金荷分手向城里去了。

留下的金荷独自一人，朝着家的方向走去。金荷心里明白，今天她们歇业，冯小玉哪里是去看她们的生意，分明是要赶回到夏二娃的店铺上去。

走在回家的路上，金荷在心里一遍又一遍地寻思。自从冯小玉和夏二娃他俩的关系公开明确之后，冯小玉的心思一半已经不在与金荷的生意上了，她更关心的是夏二娃商铺的营业。因此，平常表现出来的就是对摊位上的营业额，每天销售的多少并不上心。摊位上卖出的商品多也好，少也好，冯小玉都是一副并不在意的样子。到后来，冯小玉把她俩进货联系的厂家和商家，所有的进货渠道都交给了金荷，自己撒手不管了。对此，金荷也十分理解，他们眼下的恋情关系发展到最后，毕竟会成为一家人。到了那时，店铺上的生意就必将成为他们家庭的主业，而店前的这个摊位，就会变得无足轻重，可有可无。就像当初，若不是夏二娃出于对冯小玉和金荷的同情和帮助，摊位本来就不存在一样。

如此想来，金荷就有一种寄人篱下的感觉。因此，她得想办法要有一个属于自己的，合情合理合法的商摊。正好，住家附近这片区域的开发，对金荷来说，要开辟自己的商贸之路，便是一个千载难逢的绝好契机。

说是契机，只能说是一个机会而已。世上的所有机遇对人而言，又都是公平公正的，就看碰见机会的人对机会的悟性。看遇见的人是否能抓住机会，利用机会，去成就自己的意图，或者说是目的，更可能是一番事业。可是，人们即便抓住了机会，也会是有的人失败，有的人成功。世界上，历史上，社会上，现实中，这样的例子实在太多太多。

金荷回到家里，先把一路上涌上心头的千思万虑，一股脑儿地抛在云霄去了，吃完午饭就蒙住头大睡了一觉。母亲以为女儿这些天做生意累了，也没去管她，心疼地让她好好地睡去。

到了晚上，父亲金志豪和哥哥金池都回家了。在母亲做好的晚饭桌上，金荷把这一段时间里自己的生意状况，今天去街道办事处询访的音讯，以及她发现的家门前的变化，自己想回到本地区域内发展商贸生意的想法，一五一十地向家人吐露了出来。话音刚落，就得到家人的一致同情和支持。

尤其是母亲，自那次女儿遇劫后，天天对女儿的安全提心吊胆。因此，听女儿说完，她比女儿还性急，立刻劝金荷说："只要这边一开始，就早点把生意转回到这里来。"

父亲也点头，同意母亲的想法，宜早不宜迟。

唯有金池考虑得周密一些，在同意金荷把生意转移过来的同时，提醒金荷："一步一步来，稳扎稳打地做好过渡期的所有事情。"

第二天，金荷一早就赶往青年路，到了夏二娃的店铺，黎水生才刚把店门打开，这让金荷很是诧异。

夏二娃的服装批发，每天都要赶早市，一般在凌晨四五点钟就应打开店门，迎接第一批顾客。到了这时，应是过了早市，才进入零售的时候。今天却不同往常，没见有夏二娃的身影，店门也只由黎水生一人把它打开。

金荷在与黎水生一起拼搭货摊的时候，对黎水生问道："今天没打批发吗？怎么也没看到夏老板？"

黎水生答道："昨天晚上夏老板和冯姐吵了一架，很晚才走，就叫今天不打批发了。"

"吵些什么？"

"好像是为了开什么棚架的事。具体的我也不清楚。"

金荷心想莫不是为了昨天她和冯小玉去街道办的事吧？她只对黎水生点头后"哦"了一声，便没有再问什么。

将近上午十一时，夏二娃和冯小玉才姗姗来迟。到了店铺，夏二娃并没有与坐在摊位边的金荷打招呼，直接进店门去了。冯小玉就在金荷身边坐下来，好像也没有什么话可说，无话找话似的问一问上午生意怎样？听金荷说几样商品卖出了一些，她也没表现出是高兴，还是失望。

此刻，金荷看到冯小玉眼圈微暗，像是罩了一层黑雾。便问冯小玉："眼睛怎么了？"

冯小玉敷衍了一句："没什么，可能昨晚没有睡好吧。"

见这情形，金荷便不好多问。

金荷知道夏二娃为了生意方便，在城里租的有住房。冯小玉和夏二娃确定恋爱关系后，夏二娃就把原租房退了，转到盐市口附近的烟袋巷租房住下，方便冯小玉去夏二娃住的地方。如今两人相处也有大半年多了，这种恋情关系发展得很快很顺利。有一天夜市下来得很晚了，又突然下起了大雨，夏二娃就让冯小玉住到了他那里。这又让两人的关系更进了一层。昨夜，冯小玉和夏二娃肯定又住在了一起，这倒也无可厚非。只是听黎水生说他们昨晚吵了一架，为这事金荷心里便疑窦顿生。这时，又见冯小玉眼圈发黑，虽然她说是没睡好，但金荷却感觉心中擂鼓似的，总有种不祥的预兆在脑间萦绕。

一月后，金荷得到通知，住家附近的棚架商区已暂建完毕，诚邀商家进驻。

金荷立即将这个消息告诉了夏二娃和冯小玉，因为冯小玉已有一些日子没回家住了，金荷怕她不知道。

但是，夏二娃听说后只是点头表示知道了，并没有几分热忱。下来后冯小玉悄悄地对金荷说："夏明贵并不看好那里的生意，不同意我去那里。为此我们还吵了几次嘴，看来我是去不成了。"

此时，冯小玉的话已然证实了金荷的猜测果然没错，金荷心里不祥的预兆，果然已昭示明了。虽然金荷很舍不得与冯小玉之间的情谊，很舍不得与冯小玉这段经商的经历，但从眼下的情形看，冯小玉不能再与她一起去做那里的生意，已然成了定局。而金荷从此要开始自己独立经商，也是形势所迫，不得已而为之的了。为此，金荷对冯小玉说："没关系，我独自先去试试看。"

冯小玉也难舍地说道："真不放心你一人去，如果实在做不走，你就回来，还是我们一起干。"

金荷点头说："走一步看一步吧，无论那里的前景如何。"其实，她心里主意已定，要走自己的路，又说，"即便我们现在分开了，但依然是好姐妹。"

冯小玉这时眼里就有了泪光："无论如何，我们永远是好姐妹。"

一星期后，棚户商区正式开业了。

这里地处城北，北边是成都火车站，城北长途客运站；南临梁家巷、李家沱，北门公交客运中心；西边有人民北路、西二路，多路公交车，无轨电车从这里穿过；东边有老成彭公路、川陕公路、高笋塘、驷马桥。在这片区域内，除有大片的铁路职工宿舍外，还住着密集的城市居民，还有一些企事业单位和大中小学校。是一个交通便捷，人流往来众多频繁，极具人间烟火之气的地方。

把棚户商区建在这片新开辟出来的荷花池地区，无疑是一个明智之举。

这片棚户商区，实际上就是两排用砖砌起的临时房架，上面盖着简易的石棉薄瓦。两排棚户相向而立，中间是宽有八米左右的通道，供人或小型的车辆行走。两排商棚一共隔出了二十八间，一边十四间。每间宽不过五米，深不过四米，是用于入驻的商家搭起货架售货和堆放商品。整个市场内，不论是通道还是商家的棚户，都是用水泥筑就的地面，平坦、整洁、大方。

开业那天，街道组织人力举办了一个小规模的庆典活动，方圆大约一个足球场的大小，四周插满了彩旗。陆陆续续到来的人群把场地填得没有多少空间。首期入驻的共有二十八家商户，他们的商品棚架占据着场地的主要位置。场地中央是一个简易的舞台，坐上了参加这个庆典活动的主要人员。横幅上写的是"庆祝城北荷花池商品贸易市场开业典礼"，表明商品贸易市场今天正式开业。

金牛区政府和街道，都有相关的负责人参加。黄主任那天也来了。庆典活动上，发放了宣传材料，官方宣传材料上说，因为这里地处北荷池，区政府为这个市场定名"荷花池商品贸易市场"。

庆典活动开的时间并不长，但有了这样一个架势，肯定对入驻的商家是一个极大的鼓舞，而且名正言顺地有了自己的商品棚架，可以理直气壮地经营自己的生意。

对于商家而言，有了政府的支持，有了自己的地盘，商家岂有不好好做生意的道理？

黄主任在庆典会上发言说："商贸就像一个大的氛围，就像一个大的圈子。只要进入了这个氛围，进入了这个圈子，首期入驻的这二十八户商家，便是这氛围这圈子不可或缺的一分子。对每一户商家，我们都会给予政策上的保障和支持。"稍作停顿后，她又风趣地对大家说，"商圈中有句俗语'龙门阵大家摆，生意各做各'。那就看每一户商家朋友，能否把龙门阵摆好，把自己的生意做活了。但是，在各做各的生意的时候，也要讲究协作，不要像俗话说的'卖灰面的见不得卖石灰的'那样。商家之间，要相互包容，相互支持和帮助……"

一席话说得参会众人又是点头，又是"呵呵"地笑。对入驻的商家而言，又像是吃了一个大大的定心汤圆，心里就有了八九分的踏实。

金荷带来的商品，仍然是在青年路上销售的那些品种，但数量上却有翻倍的增加。一个棚架的摊面上摆得满满当当，看来她是有备而来。她想在开张第一天便能吸足买主的眼球，让他们记住，这里有这么一个摊位，为自己的商品打开广阔的销路。

今天开业，不知道是街道的宣传有方，还是街道特意地组织，前来逛棚架市场的人很多。二十八户棚架区前，都站满了顾客，销售形势可观。

金荷站在自己的货架前，笑吟吟地迎接每一位顾客。她心想今天卖不卖，能卖出多少都不重要，能吸引来顾客的光顾就是成功。这时，一个熟悉的身影来到她的跟前，定眼一看来人正是黄主任。

黄主任对金荷和蔼地笑着，问问金荷对棚架的位置是否满意。得到金荷肯定的答复后，她又看见货摊上的商品琳琅满目，很高兴。特别是那些颜色艳丽的有机玻璃纽扣，看得她眼花缭乱，便随手抓了一把放在眼下仔细地瞧。最后，她挑选了几种喜爱的颜色，各取了两颗，问金荷应付多少钱。

金荷连忙摆手说："不用不用，黄主任喜欢就送给你。"

"唉，这哪行呢？"黄主任坚持要付钱。

金荷见反复几次都拗不过，只好无奈地说："那就给个成本，二十元钱吧。"

黄主任说："那好，再加个百分之十五的利润。"于是付了钱才把纽扣拿走。临别时她对金荷说，"好好干，恭喜你发财！"

第一桶金

首批进入荷花池商贸市场的二十八家，主要以经营布料、服装、鞋帽、箱包、床上用品、百货杂物等商品为主，与人们的生活息息相关。经营形式是小批量的批发和零售，以方便和满足顾客的需求。

金荷的生意从城中心的青年路市场，转移到城北荷花池市场后，仍以零售进行着自己的买卖。才开业的那几天，借着市民的新鲜感，市场销售火爆了十多天。金荷的商品也趁势卖出了一大批，赚到的钱也不亚于青年路。

可是，不出两个月，荷花池市场的热度，就开始降温，变得冷清下来了。

对此，人们并没有料到，而且来得这么快。才开始，大家只以为是开业的火热向平稳期的过渡，慢慢地会有回升。眼看着每天来逛市场的人，一天少似一天，商品货物的销售量也是一天天下降。有的货摊上一天卖不出几样东西，甚至一件也卖不出去。这批进驻的二十八户商家中，有的人开始慌张起来，担心着这里的生意做不下去。有的甚至考虑着退路，准备撤退走人，到其他地方去另起炉灶。

当然，也有的持观望态度，希望有一个转机，仍然坚守着自己的摊位。金荷就是这类中人。

把青年路的生意搬到荷花池来之后，金荷得到了许多便宜。她本来就在这里出生，在这里长大，对这里和周边的地理环境，邻里人家，都十分熟悉。现在又在这里做生意，相当于把生意做在了自己的家门口，她感觉到和这里的一切都格外亲切。离家近了，就不会像在青年路那时，每天起早摸黑来回地跑动了，也没那么累了。再说离家近了，和家里的人更便于照应。每天，在家里吃完早饭，步行不到十分钟就可以走到市场。中午，母亲把饭送过来，还可以聊聊天，帮着照看一下生意。傍晚，市场打烊了，收摊回家，正赶上母亲的晚饭，一家人和和美美地度过每个夜晚。

最主要的，也是最重要的，金荷看重的还是在这里和郝志和相处得更近了。

郝志和大学毕业了，分配到了汽车制造厂，距肖家村北荷池只有一公里之遥。荷花池商品贸易市场建立时，正是他在校等待分配之时。

那天，金荷去学校找到郝志和，对他说想把自己的生意转移到荷花池来。郝志和未加以丝毫思索，立即表态支持她这种想法，对她说："树挪死，人挪活。把生意转到一个新开辟的市场，兴许会做得更好。"

金荷便说："好不好我不晓得，但离家更近了，离你也更近了。"

郝志和就更高兴了，说："对呀！大家都有个照应，何乐不为？"但转而又似有无奈地说，"我现在正在等待分配，到底能去哪里，心中还没有一个谱。"

金荷心里便有些担心起来："恐怕不会分出本地区吧？"听到郝志和说了一句"很难说"后，她又有些着急地说，"你不可以去争取一下吗？"

郝志和说："我一定会去争取的，希望能被留在本市吧。"

金荷听后，便开心起来，对郝志和报以一个甜蜜的微笑。

自从那次金荷去学校找了郝志和之后，他们之间的友情便有了迅速的发展。郝志和面对金荷这位娇巧善良的美丽姑娘，十分钟情和满心欢喜。几次约会之后，他们便定下了恋人关系。郝志和知道金荷到了荷花池市场后，隔三岔五地也来过好多次，和她聊天，帮她看摊，也和她一起吃饭。

最后，郝志和被分配到了本市汽车制造厂，金荷听说离得很近，心情特别舒畅，提议给他买一辆新自行车，好方便他常过来看她。郝志和说："有你这一辆就行了，现在不正是在创业吗？能省的我们就该省一省。以后，我们需要用钱的时候还多着哩！"

郝志和这么一说，就让金荷知道他是一个省吃俭用的人。特别是最后那句"我们……"，说得金荷一时心花怒放。

热恋中的人，会把眼前的一切都看得十分美好。只要两情相悦，心心相印，只要能奋不顾身地相爱一场就够了，其他的都会看得不太重要。

这便是金荷持观望态度，仍愿留在这里坚守的原因。

应该说眼见荷花池商品贸易市场的生意形势，一天天地慢慢在减弱，金荷也心急如焚。其实，与金荷同样着急的，除了一些商家，还有街道综合办公室的黄主任。

荷花池市场建立起来之后，这里就成为了黄殿兰心中时常挂念的地方。才开始那一个多月，她走到这里来东瞧西看，眼瞅着火爆的市场销售情形，让她喜上眉梢。仿佛这二十八家商户，就像她的亲兄弟和亲姊妹。那些涌来的顾客，不分男女老少，仿佛又像她的亲朋好友一般。她每次到来时，脸上始终挂满笑容，直到把各户商家都转完后，才走出市场。她心中充满了一生中前所未有的成就感和自豪感。

没想到好景不长。这些天黄殿兰来到市场，眼前逐渐变得冷清起来的销售场景，让她感觉到阵阵揪心。望着进入市场的顾客稀稀疏疏，越来越少，她心想如若不加以新的举措，到了门可罗雀的地步，岂不是会让众商家心寒？她心里一定也会有一种负罪之感。

为此，黄主任用了两天的时间，挨着各个棚户货摊进行走访，听取商家的诉求和建议，了解顾客的心态和意愿。后来，她还利用几个休假日去察访其他市场。无论是青年路的服装百货市场，城隍庙的电器五金市场，九眼桥的灯具、音响市场，还是西门一带的生产资料市场、建材市场等，她都去了。从规模到经营物资，从商家到买主需求，她都事无巨细做了仔细的询问并记在心头。回来后，她又去找了一些专家，详细地向他们报告自己出访后所得到的第一手资料和情况。结合眼下荷花池市场的现状，虚心请教并听取专家的意见建议。最后，她总结归纳出几条意见，报请街道和区政府相关领导和部门。

那一阵子，黄主任的老公都说，她为了荷花池市场四处奔波，疯狂地东奔西走，成天披头散发地到处跑。跑得连家人都不顾了，腿也跑断了。这些商家也说黄主任简直为他们的生意饿瘦了身子，操碎了心。

后来，黄主任集中精力，花大力气做了三件事。

做一个大的广告牌树立到火车站的广场上，让南来北往的旅客都能看到。让他们知道，离火车站三百米之遥，有一个以服装百货为主要销售物资的综合市场，热诚地欢迎天下顾客前往观光。同时，做一些相应的指路标牌，让前往的客人少走弯路，不费吹灰之力，便可直达市场。

其次，招引商家，合理规划，扩大市场规模和经营品种，营造出一个具有自己独有特色的市场氛围。让商家以顾客为亲人，和气待客，诚实经商，不欺不诈，成为市场的主人。让买主深切地感受到客人乃至"上帝"的待遇，迎来送往，都是笑脸，暖透顾客心窝，愿做市场的回头客。

再则，以街道综合办公室的名义，提请街道、区政府相关部门积极指导和配合，整洁周边环境，增加公共设施。要让顾客踏进市场有一个耳目一新、轻松愉悦的感觉。对一些特殊的大宗购物的顾客，提供无偿或微少有偿的服务，让他们既有宾至如归，又有礼貌送客的心理享受。

除此之外，黄主任心里还有更大的盘算，想在不远的日子里，将现有的市场面积扩大三至五倍，并以楼层式的商品交易市场和广场为主导，把荷花池市场拓展为全省，乃至西南地区首屈一指的综合贸易大商场。当然，这些都会作为后一步的计划，暂时埋在她的心中，或者写在她向上级汇报的报告中。就像下象棋一样，攻城略地，一步一步地来。

黄主任把以上三条逐一落实，并且变为现实的时候，日子又毫不吝啬地过去了两个多月。

这两个多月里，二十八家商户尝到了有甜头时的喜悦，有无奈时的苦涩，有冷清时的辛酸，也有观望时的痛苦。酸甜苦麻辣五味杂陈，既是反映出商情的变化，也是对商家适应变化心境的一种磨砺。

金荷也在这次历练中，经受了营商人生旅途中的第一场考试。

起初，金荷看到市场销售的变化，并没有引起太大的注意。她的商品销出量，比起开张时卖得红火的那些日子，虽然也在减少，但并没有让她感觉到难以维持。她乐观地以为，和青年路上有时出现的淡季销售差不多，不几天后就会有反弹。她想这可能就是市场起伏变化的规律吧。无论是青年路，还是这里的荷花池市场，都逃不过市场本身的规律和变化。她还以为那些感到紧张的商家，是不是过于敏感，过于慌张到杞人忧天了。

因此，趁市场开业的大好时机，她还与浙江义乌的厂家联系，一口气进了不少的货物，准备放手大干一场。

夏二娃在青年路上的生意，一如既往地进行着。前来铺子批发服装的顾客，多时每日就有四五位，少则也有一两个。每天批走的服装至少五十套左右，多则翻倍，将近一百套。再加上早市过后白天的零售，夏二娃每天的收入十分可观。

自从金荷离开这里，冯小玉就不再做零售商品了，以前进的货全由金荷带到荷花池市场去了。亲姊妹，明算账。冯小玉与金荷结算清楚后办了交接，夏二娃店铺门前的货摊也不摆了，她就在夏二娃的店铺里帮忙。每天凌晨四点钟，冯小玉随夏二娃来到铺子上，开始接待前来批发的买主。一直忙到早上八点钟左右，把来批发的客人打发走后，他们才吃早饭。事后稍作休息，冯小玉又和黎水生一起照料着白天的生意。

这个时候，夏二娃就开始拿出笔和纸来，把一天的批发数量、规格都记下来，做一个流水账。然后，又清点余下的物品，对各种规格尺码的服装进行分类，再做好该进货物的准备。

把这一切做完之后，夏二娃就会坐下来，点上一支香烟，和冯小玉说说话，或者向黎水生交代一些事情。只有他需要进货的时候，他就会急急忙忙地去邮局打长途电话，联系供货厂家，按照自己罗列的清单，要求对方赶快发货。如果是哪天货到了，就由他亲自带上黎水生去取。除此之外，夏二娃每天做完早市的批发后，就有可能步出店铺，或是去茶馆坐坐，和朋友谈谈生意的事。或者他会去朋友的铺子上摆摆龙门阵，看看朋友的销售情况和销售品种。

到了中午，吃过午饭，夏二娃就会回到自己的住处去休息。自从与冯小玉的恋情成熟之后，他们中午就一起回去，睡一个午觉。把铺子交由黎水生一人照料。然后，到了傍晚时分，夏二娃还会再到店铺上看一会儿，从黎水生手里收取白天的销售货款。

这些年生意做顺手了，夏二娃对自己每月有近万元的纯收入心满意足。如今，冯小玉又和他走到了一起，他把每天的生意做完之余，最大的兴趣就是和冯小玉卿卿我我地说说话。然后喝茶会友，摆一些做生意的，或者无关紧要的龙门阵，做起这些事来游刃有余。这，大概就是夏二娃近年来的生活状况。

夏二娃不打麻将，不打扑克，对这一点，冯小玉非常满意。冯小玉和夏二娃相处，由做生意之初到现在，也有一年多了，她摸准了夏二娃的脾气，大事都顺着他，由他拿主意，小事就由自己做主。时不时想起什么，也会对夏二娃说说，征得他的认可。冯小玉想，只要二人齐心协力把自己的生意做好，挣下钱为他们以后的生活创下条件，让日子过得更好一些就行了。

对此，夏二娃和冯小玉的想法，可说是不谋而合。都想着生意做得顺顺当当，小日子便也过得平平静静。

掉过头来，再看看荷花池市场这边的金荷。

在市场开业时，商家们的生意都做得一帆风顺，如沐春风之时，金荷除了把在青年路摆摊的所有物资全都接手过来，卖出大半之后，便又从义乌厂家和商家那里，陆续地进了一大批的各色纽扣和丝袜之类的商品，准备扎扎实实地大干一场。她把自己的棚架货摊，摆得不留一点空处不说，在家里还堆放了几大包，可随时补充不足。即便是一个多月后，市场形势出现了微妙的变化，她依然在心里安慰自己，相信有起有落，定有回升的时候。

一直到两个多月过去了，市场的清淡，并没有像金荷想象中的有所转变。虽然说还没有清冷到生不如死的地步，但也没有起死回生的迹象，就这样不死不活地赖着。眼看已有部分商家人心惶惶，急得像热锅上的蚂蚁不知所措了，金荷心里也打起鼓来。她心想，难不成会像冯小玉说的那样，做不下去了，又回到青年路去？这是她不愿去想的事情。

金荷回想起她初有打算到荷花池市场来时，还希望冯小玉一起过来。这时才发现夏二娃的精明，他根本不看好这边的生意，为此还和冯小玉吵了几架，硬生生地把她和冯小玉的生意拆散了。想到此，金荷心里就感觉到咽不下这口气，死持硬撑也要把自己在这里的生意做下去。

那天，黄主任带着她的助手来到市场，一下便被几个商户的人围住，问这问那，叙长道短。有人说到动情处，还抹起了眼泪。黄主任便在一处棚架前，坐上商家老板递来的凳子，一边听一边记，前前后后大约花了两个小时。

当时，金荷只是凑上前去，听听其他商家的述说，听听黄主任的回答，自己没有发表意见。临到结束时，黄主任细心地到一些商家铺前看望，走到金荷这里，询问金荷的情况和有什么诉求，金荷便十分感动，摇摇头表示自己没什么好说的，只提到："起先看市场销售不错，就进了一大批货。现在看来却走动得很慢，都积压在这里，心头也有些着急。"

黄主任便解释说："这些商家情况和你大致都一样，货卖不出去都着急，我们特别理解。上面叫我今天来，就是想听听大家的心里话，有什么意见和建议，回去后一定会商议，拿出一个应对的办法。我这里表个态，你们的事就是我们的事，只要大家共同努力，困难总是会克服的，困局一定会破解，形势一定会有好转的。"

说到这里，黄主任见又围上来了一些商户，便又转身朝着大家说，"请你们相信我所说的话，这也是我们街道和区领导的意思，大家要有信心。我希望你们不要慌张，再坚持一段时间，当然不会太长，形势一定会有好转的。"

黄主任一连说了两句"形势一定会有好转的"，就是想先稳定一下大家的情绪，让大家知道政府也在努力。她知道军心一旦涣散，只要有一家商户收摊走人，整个形势就会像"多米诺骨牌"一样，瞬间倒下一大片。这不但让她们一年多来，为开辟荷花池商品贸易市场的苦心白费，已经建成的市场不复存在，更重要的是政府的信誉将大受损害，她的工作成绩也会消失殆尽。自己的事倒小，伤害了的却是众商家一颗颗脆弱的心。

　　就在大家悬在心头的疑问，一天天地折磨着自己的耐心的时候，就在大家百无聊赖地苦苦等待之时，人们已经发现，眼前的形势有了些许奇异的变化。

　　先是市场里新增了一些辅助设施，安装了一些供人休息的椅子，逛市场的人走累了，可以在这里坐一坐。再就是进驻了一家小饭馆，里面炒菜、盒饭都有，另有一家是面食餐馆，既方便了顾客，也方便了商家。在餐馆旁还修了一间开水房，电器烧水，冷热均有，供人免费饮用。有了这些，众商家都明白，看似对顾客的优待，有了顾客，得到实惠的还是众商家。

　　星期天，郝志和过来帮金荷看货摊。到了摊前，他不说话眯起一双眼睛，瞧着金荷傻傻地笑。

　　金荷被他笑诧了，嗔言问他："痴呆呆的样子，你笑啥子？"

　　郝志和这才对她说起他的新发现："火车站那边立了两个大大的广告牌，都是介绍荷花池市场的，贴了许多照片，其中还有你的摊位和你的照片哩！货物照得五光十色，人也照得特别漂亮。"

　　金荷惊喜地问："真的？"

　　"哪还有假，不信你过去看看。"郝志和也特别欣慰地回答说。

　　于是，金荷就说："我真的要去看看。"接过郝志和的自行车就骑过去了，留下郝志和守着她的摊位。

　　不一会儿金荷回来说："果真不假，我自己都看得有些不好意思了。"喘一口气，把车架好后，又说，"没想到做得这么快，这么好。"

　　金荷想起那天街道办来人，请商家配合照个相，便于作宣传。知道是为了商家自己的事，大家都很认真，没想到照片上的自己被拍得这么好看。

　　果不其然，那两块广告牌真起到了作用。而且增设的路标也起到了方便顾客的辅导作用。让荷花池市场内的人流量，又有了回升。

为此，街道综合办公室又一鼓作气，制作了数块小型的广告牌，竖立在火车站一侧的五块石长途客运站，人民北路的大道两旁。广告牌最远处，立到了梁家巷、李家沱、川陕公路上的高笋塘和驷马桥一带。

由此可见，为了荷花池市场内的商家，为了让整个市场的经营活跃起来，街道办黄主任真是煞费苦心，花了不少的心血。

好像是摸到了人都有好看稀奇的特性，这些广告牌一竖起，总会吸引一些相关或无关的人群。有心的人看到后，便会寻着路线找过来，进入市场内。无心的人看看，以满足自己的好奇心，也无不可。关键的一点，这广告一打出，就有一传十，十传百的效应，让那些看到广告牌，或者没看到广告牌的人，一旦听说，都知道了火车北站旁边有一个"荷花池商品贸易市场"。

这一招还有一个好利之处，本市的商家也好，市民也好，多了一个贸易市场，便是多了一个方便购物的地方。闲暇时，会有一些人乐意来转转，顺便也买一些自己喜爱的商品，也是乐在其中的事。反正来这里花不花钱，全在于自己需不需要，就当出门玩耍了一趟，不逛白不逛。

但是，对那些乘火车、乘长途汽车到成都来进货的外地客商而言，意义却大不相同。

荷花池市场距火车站和长途客运站不过咫尺之遥。有一些外地的客商，远则外埠省市，如陕西甘肃，湖北湖南，云南贵州等，近则省内的市、州、县都有。他们到成都来进货或售货，或乘火车，或赶长途汽车，如果到了成都看见了这些广告牌，知道了荷花池市场，应该说十有八九，都不愿放弃机会到此一游的。很难说，有些客商本来打算去城里的青年路，或者其他市场进货，到了这里一看，他们所需的物品样样都有，谁还愿意舍近求远呢？能省去一些奔波，甚至可省一些开支，聪明的客商何乐不为。

市场内的人流在骤然减少了将近两个月后，又开始渐渐地增多。这些来客与刚开业时，有所不同。

开业时来的人以看稀奇，凑热闹的为多，见又开了一个市场，买不买东西均无所谓，只要来逛逛就行。现在是，那些看热闹的人，除非要买东西，一般是不会再来闲逛的。陪亲人陪朋友玩，可以去武侯祠，去草堂，去动物园和其他公园，哪里有带着一大家子，带着三朋四友去转市场的？即便有，也会极少，不然，别人会讪笑地看着你说："恐怕不是脑壳有疱，就是又吃错了药哦。"

现在，愿意到荷花池市场来的人，无论是本地市民还是外地客商，都是冲着自己需要的商品而来的。来人逐渐增多，预示着商家的生意会越来越好。眼看着市场内各商家摊位前，每天前来光顾的客人有增无减，有的甚至聚集打堆。成天到市场来探访情形的黄主任，心里头又开始琢磨起来。

看了几次，黄主任发现那些生意较好的商棚，除了是商家销售的物品受人喜欢，很是抢手外，还有一个可能就是价廉物美，服务态度亲和。比如金荷便是这样。黄主任从心里感觉到金荷这个姑娘，平日里说话轻言细语，对人和和气气，无论是对顾客或商家同行，都是和颜悦色，笑容相对。她想，如果市场里做生意的人都能像金荷这样，何愁生意不好做呢。

于是，接下来黄主任便在市场的商家中，开展起笑言经商的告示活动。结合着前一阵市场内曾发生的商家与客户之间争吵，险些动手的事例，宣传起礼貌待客，尊重顾客的必要和要求，规范经商的行为和语言。她说："俗语里有'和气生财'一说，作为商家，如果对买主声色俱厉，寸利不让，你还去做什么生意呢？所以尊顾客为'上帝'，待顾客为亲人，非常重要！"

说完，黄主任还拿金荷做例子，希望大家向她学习和看齐，让市场的营销在健康友善的氛围中发展，把市场越办越好，也是为了大家的生意越来越好。

其实，在金荷自己看来，友好待人无非是性格使然。

金荷出生在教师世家，从爹爹到父亲都是教书育人，干了一辈子。她自己也当了近两年的代课老师。她教的都是小学生、中学生，而且是学童最重要的启蒙和长知识的阶段。如此，便注定了金荷从小就受到家庭环境的耳目濡染和培养，逐渐养成了自己文明友善待人的性格。

也恰恰是这样的性格，促成了金荷从青年路开始学做生意，到转移到荷花池自己独立经营，在所遇到的顺境和逆境中，都能以坦然之心去对待。眼下，商情有了向好的方向发展的兆头，她也能以如此一以贯之的态度进行把控，让她的商摊一度成为整个荷花池市场上，独树一帜的优秀摊点，让她成为市场内众商家中的佼佼者之一。自然，她也抓住了这个机会，实实在在地大赚了一笔。

在市场销售形势由前一段时间的衰弱中逐渐复苏起来的时候，金荷不失时机地调整了自己的盈利取向。面对越来越多的顾客，她果断地把商品的利润空间作了微调。她让出一部分利润给前来批发购物的商家，以致让一些客商在批量采购她的商品后，和她成了好朋友。买卖双方以诚相待，成就了相对固定的供需合作关系。也就是人们常说的"回头客"。

就是在这个过程中，金荷把前段日子积压下来的物品，统统地卖了个精光不说，还急切地电话通知义乌厂家，给自己以急件的形式，发来了两批货物。待她把这些货物花了一个半月的时间，再一次销售告罄的时候，她才闲下心来，把心中默算到的收益，作了一次全面的盘点。

"真是不算不知道，一算吓一跳。"这样的心境，以前金荷只是听别人说过，在青年路也曾有过，但那是与冯小玉合伙做生意所得。而今，却是独自经营了，真真切切地让她体验到了，什么叫喜出望外，什么叫心惊肉跳……

金荷在盘点利润那天，她害怕自己计算不周全，会遗漏下什么，就特地把郝志和叫了过来。她拿出流水账本，与郝志和一边算一边核对，足足花了两个小时，结果才出来。

把所有的费用，包括购物成本，税收开支，摊位租用，人工搬运，甚至请人吃饭等一应支付的开销除干打净后，他们算出来的结果是，在一个半月的日子里，金荷净赚了三万元！也就是说，她每月净利润达到了两万元人民币！

这样的结果无疑让金荷惊心动魄。要不是顾及父母都在她房间的隔壁，她真想把眼前的笔、纸和计算器一推，抱着还在憨乎乎地发呆的郝志和，兴奋地亲他一口。

金荷自从做生意以来，这是她在商海里捞起的第一桶金。

拓展业务 ◀

捞到了第一桶金，让金荷做起生意来，更有了底气，信心也更足了。

这天，金荷对郝志和说，她想把赚到的钱，再投进自己的生意中去。她已经不满足眼下零售百货杂件的生意了，想把业务向服装方向拓展。先以批发为主，视以后的发展情况，再确定一个固定的长远的方向。

郝志和觉得金荷的想法是对的，也鼓励她向更宽更远的业务方向去努力，去发展。以前，他也认为金荷的零售摊位生意，不过是"耗子嫁女，小打小闹"，属于起步阶段，也是迫不得已。经过两年来的打拼，金荷已有了一定的积蓄，也积累了一些经商的经验。尤其是转移到了荷花池市场，一年多的时间以来，她经历了一起一伏的考验，应该说在心理上、思想准备上都更成熟了一步，具备了拓展业务的条件。再则，近来市场销售的形势趋向好转，也为她的进一步发展，提供了更有利和更广阔的空间。

因此，郝志和愿意帮助金荷，再作一些周密的测算，作一次深思熟虑的考量。金荷要想把自己的商贸业务扩大，只要把握住一个度，目前看来是可行的。郝志和在帮助金荷分析了利弊之后，坚定地支持金荷提出的想法。而且可在实践的过程中，陪伴着她，助她一臂之力。

郝志和大学毕业后，留在了成都，让金荷的母亲十分满意。那个星期天的傍晚，金荷和郝志和一起把货摊收拾好以后，金荷说要带郝志和去她家见父母。

之前，郝志和只见过金荷的母亲，还没见到过金荷的父亲金志豪，也没有去过金荷的家。今天金荷一提出来，郝志和一时感到很突然，有点不知所措，还说啥都没有准备，不好空手而去。

金荷就嗔怪他说："你把我父母看成什么人了，谁想着要你的礼物？"见郝志和还想申辩，又笑着指指他说，"我把你这么一个大活人带回家，就是给父母最好的礼物！"

一下就把郝志和噎得半张着嘴，半天不知说什么好。后来只好推着自行车，与金荷并着肩朝她家走去。

那次之后，郝志和就成了金荷家的常客。金荷父母，还有金池都把郝志和当成一家人对待。

近来，郝志和与金荷的恋情发展得很快，很稳定。所以，金荷有什么事、有什么想法都要对郝志和说，有时也要他帮助自己去办事，去拿主意。像生意上这么大的事，金荷更会向郝志和说，两人好一起商量，统一意见，拿出一个绝好的解决办法。比如金荷捞到第一桶金后，想拓展自己的生意范围这件事。为拓展业务，金荷和郝志和经过周密的商量定了之后，就着手策划和思考起来。

资金方面金荷手里已经攒了十万元钱，这在当时就是一笔巨大的数目，自不必说。摊位目前也是现成的，不成问题。销售方面，眼下市场看好，荷花池市场内，现在就有两家商户在搞服装批发，做得十分顺手。至于买主，更不消多说，自从金荷到了荷花池市场以来，就常有来客向她打听服装批发和销售的事，她都很热情地向他们指过介绍过市场内的服装销售摊位。除此之外，余下的事就是货源了，这也是金荷感觉最棘手的问题。

在此之前，稍有闲暇时，金荷就愿在市场内一些商家的棚架前转转，看看各种货物的销售状况。在与市场内的商家闲谈中，有时也无意识地会扯到进货渠道。除个别会大概谈到外，多数商家都讳莫如深，回答也是顾左右而言他。那时，金荷并没有往心里去，还是本本分分，心安理得地做着自己的买卖。

这时，自己想扩大业务，把销售面拓宽，才想起以前和市场内的商家打交道的情形。商家间的有些关系，十分微妙，尽管她已有两年多的经商历程，有时想起，仍然让她有些琢磨不透。此刻，她心想要在市场内找渠道，恐怕是行不通了。

于是，金荷想到了夏二娃。毕竟以前是一个村的人，再说她与冯小玉的关系，那可不是一般的姊妹。金荷心想，这个忙夏二娃是一定会帮她的。

又一个星期天，郝志和一大早从汽车厂的单身宿舍出发，用不了一刻钟就到了荷花池市场。市场内除了两三家做早市批发的摊位拉开了生意，其余的摊点静悄悄的。郝志和在市场一角的面馆一边吃早餐，一边等金荷。平常，郝志和一有空就会到荷花池市场来帮金荷的忙，两人也好多说说话。星期天更是如此。

半小时后金荷来了，看见郝志和在等她，就奔过去心疼地佯装着睥睨他一眼，说："自作自受吧。"好似在说有近处你不住，来回跑受累了吧。

郝志和知道金荷心里的意思。金池自从住到单位上去后，就留下了一间房一张床，郝志和完全就可以住在那里，陪着金荷去市场也方便些。但郝志和总觉得现在就住过去，还不是时候，不要留些话柄让邻里说闲话，宁愿自己多跑跑路，也不愿给金荷的名声带来丝毫损害。

他们一起摆好摊位后，金荷就对郝志和说："好久没见到冯小玉了，今天我过去看一看。"

郝志和一猜，就知道金荷的意图。这些天他们为业务的事，寻找供货渠道都不知讨论过多少回，她肯定是想去找夏二娃帮忙。但他又不便说破，就回复金荷说："找不找得到冯小玉都无所谓，不要勉为其难，早点回来。"

金荷点点头，就骑上自行车，向青年路去了。

郝志和虽然是认识金荷后，才和做生意打上交道的，但这一两年来对商家经营，待人接物的一些观察，他已感觉到商人之间的那层关系，极其微妙。其中充满着不为常人理解的诡异和变数，扑朔迷离，只可意会，不可言传。因此，他并不看好金荷去找夏二娃帮忙，会有理想的结果。此时，郝志和又不好直接对金荷明说，他想：一些事只有自己体会到了，才会吃一堑长一智。

金荷到了青年路，已是上午九时过了。夏二娃的早市批发早已做完，正在铺子里和黎水生一起整理自己的货物。

见金荷来了，夏二娃抬起头，略感惊奇地浅笑着向她点点头，却没有说话，然后又埋下头去清点东西。

黎水生见金荷面容稍显尴尬，就搬出一只木凳，说："金姐，你先休息一下，冯姐一会儿就会来。"这才把金荷难堪的不悦掩饰过去。

夏二娃忙完了手上的活路，这才走过来跟金荷打招呼。他想金荷是来找冯小玉的，便说："昨天我们约了几个朋友，在卡拉OK厅玩得很晚，她可能还在睡懒觉吧。"

那时，卡拉OK作为一个新鲜玩意儿，随着改革开放由境外舶来。一经引进，便迅速地风靡全国，成为年轻一代人喜欢玩耍的游戏。

金荷便笑着说："让她多睡一会儿吧。这事找你夏二哥就行。"

夏二娃就狐疑地问道："有什么好事情？不妨说来听听。"

看看夏二娃好像在听的样子，金荷就把自己在荷花池市场赚到了一点钱，想把做生意攒下的资金，也投资到服装批发上来。目前荷花池也有做这种生意的，自己也想试一试。

夏二娃听后，显得很兴奋，说："这好呀！你想做就做吧。"

"可是货源就成问题啊。"

"可以去找找呀。"

"这不就是来找你帮忙来了吗？"

"哦——"

"你不是和广州服装厂家商家都有联系吗？"

"哦——"

两人说到这里，夏二娃言语便支支吾吾起来，他对金荷说："这个……这样……"又做出若有所思的样子，"我还是……先抽空给那边打个电话……我先联系一下再说吧。"

金荷觉得一向油嘴滑舌的夏二娃，今天怎么吞吞吐吐起来？没有多想，就直截了当地对他说："夏二哥不是有对方的名片吗？抄一个电话号码给我就行了，怎么好去麻烦你呢。"

夏二娃心里就犹豫起来，表现出歉意的样子，说："唉，我把名片放在家里了，要不……我这就去给你拿？"

金荷就说："好的，我在这里等你。"见夏二娃就要步行回去，又赶忙说，"把自行车骑去吧，要快一些。"

走出了几步的夏二娃摆摆手，身影就消失在街上的行人中了。

已是中午十二时，荷花池市场上只有少许的顾客还在东瞅西望，大多数人都离开了市场，余下的集中在一旁的饭馆和面馆那里去了。此时，喧嚣的市场内变得相对寂静一些，商家也会利用这个机会，吃饭，小憩，吹牛，打盹。

金荷的摊位上，郝志和正在和金荷的母亲说话。金荷的母亲每天上午忙完家务，就抓紧时间做午饭。做好后就用碗把饭菜分好，自己先匆匆地吃几口，把分开的用一只袋子装好，送到金荷的摊位上来。她怕金荷吃不惯外面的饭菜，就由自己做好送来。不论天晴下雨，天天如此。

今天，金荷的母亲到了市场的摊位上一看，不见金荷的身影，只有郝志和一人守着。听郝志和说金荷进城了，她就后悔带来的饭菜少了，要返身回家去再弄一些过来。她心想反正离家又近，花不了多少时间。

郝志和赶忙拦住金荷的母亲，说："不要再累了，金荷回不回来吃饭还不一定呢。"要让她坐下来歇歇。

金荷母亲说："我晓得女儿的胃口，她一定会回来吃饭的。"

母亲的话音刚落，果然就看见金荷推着自行车，有些疲惫地走了过来。

郝志和定眼一看，金荷的面容一副沮丧失望的样子，心里就明白了七八分，她此去找夏二娃的结果，肯定并不顺利。

上午，金荷在夏二娃的店铺上等夏二娃拿名片来。左等右等就是不见夏二娃的影子，连冯小玉也没有过来。青年路离盐市口的烟袋巷，夏二娃租的住处，最多也就五六百米左右，步行往返不过半小时。金荷在店铺里等了足有一个半小时，最终还是没有把夏二娃和冯小玉等来。

眼看着有些焦急的金荷，黎水生心里清楚，金荷这是被夏二娃"甩了死耗子"，犹如肉包子打狗一去不回。

黎水生不忍心金荷在这里苦苦地等下去，这夏二娃恐怕是一时半会儿不会过来的。他就提醒金荷："金姐，都快到中午了。"不好明说她这是等不到夏二娃了，又转口说，"就在这里吃饭吧，我去给你买。"

金荷一看手表上的时间，已经十一点半过了，都不见夏二娃和冯小玉的身影，心里顿时就有所醒悟。她轻轻地一跺脚，站起身子对黎水生说："不了，我回荷花池去了。"步出店门时，似乎是自言自语，又像是对黎水生说，"没想到夏二娃是这么一个人！"

有人说，社会很单纯，复杂的是人。是的，初涉商道的金荷，面对社会，面对社会中的各种人，还有很长的路要走。

金荷涉足商道也有两年多了，她总是善良地以自己的心态对人对事对物。她总以为与冯小玉的关系亲密，应该影响到夏二娃，这点举手之劳的小事，夏二娃不会推辞。但她恰恰忽视了商道上的事，并不是她想象的那么简单。

不简单就意味着复杂。那么，究竟复杂在哪里呢？金荷原本不愿去多想。要想，一时半会儿，她也想不清楚，想不明白。

黎水生将金荷送出店门，说一声："金姐，慢走！"看见金荷骑着自行车，悻悻地离去，也忍不住替她难过，不由得摇了摇头。

吃罢午饭，听了金荷的讲述，郝志和心里也替金荷愤愤不平。然而，他只能安慰金荷消消气，以后再想其他的办法。

这次，金荷的母亲又带来了一个消息，说是她们家要拆迁了。

金荷她家是北荷池的老住户。

这里一带原是肖家河管辖下的郊区农村，那时还属金牛区范围内的内八乡之一。后来成都火车站建成，又兴建起大批相应的铁道机关和职工宿舍。随着城市的外扩，这里便又规划为城市之郊的街道，收归为城市行政区划管辖。

附近除了早已建成的成都火车站外，还陆续建起了许多工厂，包括铸钢铸铁、机械制造、皮革制鞋、木材加工、水泥制品、汽车配件等等国有企业，基本上形成了一个小型的工业区。

所幸的是金荷她家住地，由农村改为城市街道后，仍因有大片的荷塘，被保留了下来。

前年，因发展市场经济的需要，荷塘被填，用了一部分地盘，建起了荷花池商品贸易市场。从这一年多市场运行的情况来看，开端时稍有挫折，尔后便顺风顺水，大大地促进了本地区商贸事业的发展。

俗语说"摸着石头过河"，在近两年的摸索中，已有了足够的教训，积累了足够的经验，极大地鼓舞着区级领导层。他们决定放开手脚，解放思想，把步子迈得再大步一些，抖擞精神大干一场。

金荷她家面临的拆迁，就是为了适应荷花池商贸市场的扩建，将来这里就会建成一个规模宏大的综合型商贸城。初步的规划范围里，就包括了金荷家的小院和住房，以及周边的一些土地。

为此，金荷曾去过街道找黄主任打听，黄主任告诉她确有此事。当黄主任知道金荷的家正处在拆迁的范围之后，便向她讲解起政府初步拟定的一些政策，赔偿办法，拆迁时间，返还和回迁等内容。

拆迁政策中有一点，是金荷最感兴趣和急切盼望着的。拆迁的返还以住家现有的实际面积测算，有多少赔多少。如果返还面积不足，可以按当时房屋估算价值补足实际面积。如果返还大于住房面积，多出部分应由住户出资购买，当然价格略有优惠。再有一点，返还的房屋有商铺和住房两种，供拆迁户根据自己的需求选择，均以实际面积测算。

金荷回家后，向父母和金池说起她去街道获取的信息，一家人商讨一阵，觉得于商于住都十分满意。金池说："就我们的住房面积来看，以后返还时应是可观的。除了父母要一套住房外，其余的都可以要成商铺，有助于金荷的生意。"于是，一家人都同意，赞成拆迁，盼望着早日拆迁。

金池大学毕业后，被分配到了省丝绸研究所已有两年多。去年他结婚了，他的爱人就是一起读大学的同学，叫作辛吉英，并和他一起被分配到了这里。他们结婚时，单位上分了一套住房给他们，因此他们就住在单位宿舍里。因为辛吉英是外地人，平常无处可走，星期天就陪金池回家看望父母和小妹。金池读大学时金荷帮了他不少忙，这次拆迁时，他丝毫不提自己需要什么，还为小妹着想，也算是对金荷以前给他的帮助的一个回报。

金荷还把这个消息告诉了郝志和，还把她去街道黄主任对她说的那些话，都讲给他听。郝志和听后，就有预感地觉得金荷的生意，大有可为。

郝志和对金荷说："这是件好事情，来得也正是时候。从今天开始，我们就要抓紧时间，为你以后拓展生意做好准备。商场就是战场，经商就好比打仗，先做好准备，就是不打无准备之战。"

这一席话说得一本正经，让金荷听后禁不住"哈哈哈"地大笑起来。

郝志和看见金荷如此大笑，十分诧异，不解地问金荷："你笑什么？我说错了吗？"

金荷又抿着嘴笑，说："没有错，没有错。一本正经的教科书，哪里有错啊！"正是郝志和这样的书生气，让金荷十分喜欢。

这时，郝志和才想起他刚才说的话，轮到他也"呵呵"地笑了。然后又说："我这不是提醒你要早做准备嘛。"

一句话倒真提醒了金荷。眼下正为货源发愁的她，用询问的眼神盯着郝志和，希望他能有个好的办法，帮她解除困境。

郝志和说："别的办法没有，不能走捷径，咱们就老老实实地走多数商家走过的路，去实地考察，找自己的厂家和商家。"

金荷说："你说怎么办吧，我听你的。"

郝志和便对金荷说，他考虑了好多天，最好的办法就是到广州去一趟。他说不妨把摊位停止营业几天，正好他也有几天假期，可陪她一起去，快去快回。

金荷想想，这可能就是唯一的不是办法的办法了。她决定亲自去广州一趟。

那天，夏二娃假借名片放在住处，离开店铺后，就往烟袋巷去了。在路上他要截住冯小玉，怕她去店里碰到金荷。其实广州服装厂和商家的名片，就揣在他的身上，他不愿拿出来给金荷，也是有他的苦衷的。

夏二娃自从联系上了广州的这家服装厂，已有四年多的交集。才开始双方从供货到付款都很讲信用，合作十分愉快。夏二娃或是先将货款打过去，对方及时供货过来。或者是对方先发货，然后夏二娃收货后，再将货款如数给对方付清。按说建立起了这种相互诚信的关系，于厂家于商家都是最好不过的了，双方密切合作共同求财，有何不好呢？双方都为了各自的利益，保持着长期的协作关系，供需渠道一直以来都十分畅通。

为此，那次夏二娃带着冯小玉去广州，特地去到了那个厂家。厂方也特别配合，专门派人热情接待，陪他们在广州风风光光地玩了两天。这让夏二娃在冯小玉面前，攒够了面子。

可是，让夏二娃意料不到的是，这一次广州那边发出的服装，却迟迟未到成都。夏二娃的店铺内已空得只剩下了货柜，几近货物断供无货可售。他打了无数个电话，对方都信誓旦旦地说货已发出，而夏二娃这边却始终不见取货通知，急得他在店铺里团团转。等了几天，对方才姗姗来迟的一个电话说，货物未发出，经查是夏二娃有两笔货款未付。夏二娃这才想到，责任方是在他自己。

前一阵，夏二娃手头有些吃紧，就向对方说明了自己的情况，对方念及双方的关系和交情，就先发了一批服装过来。服装到店后及时出手，很快就卖完了。于是，他又向对方求供，并说好立即就向对方打款。这次对方就留了一手，发货的数量就减了一半。对此，夏二娃很不高兴，有意识地要把货款拖一下才付。眼看店铺里又没有多少衣物了，夏二娃又向对方要货，就出现了上述的情况。

人家说货已发，就是想稳住你，等你夏二娃的货款。等了几天对方仍没见到货款，才跟你夏二娃提起，就看你自不自觉了。那意思就是说要货可以，先把欠款付清再谈，天下哪里有"空手套白狼"的这等好事？

按理说，夏二娃在商道上摸爬滚打了这么多年，商道上的规矩他应是明了的。这次因手头确实有些紧张，未及时付款让货物迟迟不能到来，也让双方结下了一些怨气。夏二娃就下意识地再想拖一拖，等把心气理顺了再说。

好在夏二娃手里，还留得有广州两个商家的电话，他就打过去向商家求助。很快与商家联系上后，人家要求先付款后发货。夏二娃无奈就把本来该付给厂家的货款，先给商家打了过去，几天后便收到了商家发来的货物。

金荷那天来到夏二娃的店铺，看到夏二娃和黎水生整理的服装，就是广州商家提供的。

夏二娃不愿意把厂家和商家的名片交给金荷，如果说是他为了保护自身的经济利益和商业秘密，不计原有的情面，也可以说得过去。做生意嘛，各走各的路，一般不会轻易地就把自己获得的信息拱手让出去。

再说了，金荷与夏二娃、冯小玉虽然从小同村，知根知底，现在却是各人做着各人的生意。各做各的，井水就不会犯着河水。这点上，商家与商家之间，似乎有一种讳莫如深的默契，这是金荷所没有看透的。

夏二娃心想，如果把厂家和商家的名片交给金荷了，金荷势必要去和厂家、商家联系。如果金荷稍不留意，说漏了嘴，这不等于是把夏二娃家里的一切，都赤裸裸地暴露在广州厂家和商家面前了？这是他夏二娃万万不愿意的。尤其是这时，夏二娃和广州的服装厂家有了不愉快，至今还欠着人家的钱。这事如果传到商家耳朵里，人家作何感想？还愿与夏二娃打交道吗？夏二娃的生意还能做得下去吗？细思极恐，这是让夏二娃想都不敢想的事。

而金荷到铺子上来找夏二娃帮忙，要广州服装厂家和商家的名片，无异于哪壶不开，金荷偏偏就要提哪壶，这不是要断了夏二娃的财路，要了夏二娃的命吗？夏二娃怎么会答应，把名片交给金荷呢？

名片不但不愿交给金荷，夏二娃此刻还不愿意让冯小玉见到金荷。他在回烟袋巷的路上，走的是他们常走的那条路不说，眼睛还不停地左右乱转，生怕与冯小玉错过了，她去了店铺见到金荷，透露了不该透露的信息。这无疑是对金荷与冯小玉亲如姊妹的关系的一次亵渎。

无奈冯小玉昨夜玩得实在太累了，直到夏二娃回来了，她还慵懒地躺在床上，不想起来。这天，金荷连冯小玉都没有见到。

但是话又说回来，夏二娃出于对自身的保护，如果当时向金荷讲明白，自己目前所处的两难窘境，像金荷这么一个善解人意的女子，肯定会通情达理予以理解。可是，他却采取如此"金蝉脱壳"的下策，让金荷久等不得而自觉地离去。夏二娃这种故意对金荷"放飞鸽"的行为，无疑又是对金荷的一种欺骗。从心理上讲，金荷无论如何，都是无法接受的。

这么多年的经商经历，把夏二娃的人情世故，待人接物的诚意，都渐渐地消磨殆尽。而多了的是虚假、多疑、猜度、自私、薄义……

也正是由于夏二娃如此之举，让金荷感觉到了无助，才促成了金荷与郝志和的广州之行。

金荷和郝志和从成都赶到广州，已用去两天的时间。他们下车后买了一张市区地图，就马不停蹄地直奔市内的服装市场。

因是初来乍到，人生地不熟，时间又紧迫，他们只在市内逛了荔湾区、花都区、天河区的三个服装批发市场，就花了一天的时间。第二天，又紧接着去了两家品牌公司的展厅和市场，以及海珠区的冠海服装城，进了一批样品服装后，就结束了这次广州之行。

应该说，苍天不负有心之人。这次广州之行，达到了他们预想的目的。

他们原本是想获得一些服装厂家的信息，联系到一些服装商家。没料到人家，明白了他们此行的意图，均是热情主动地带领他们参观市场，推荐高、中、低档的各种品牌，供他们了解和观摩、选择。

尤其两家品牌公司的相关负责人，还主动要求建立联系的方式，递上名片。甚至一家公司还向他们提供样品，让他们带回去斟酌，可建立起联系，以后再付款。可以说，这只不过是人家的促销手段，却表现出对客户充分的尊重和信任，让金荷和郝志和都十分感动。

他们此行收获了不下十家的信息，联系方式供他们选择，还有先由供方垫资带回的十余套样品，可谓满载而归。

这一趟去来，刚好用了一个星期的时间。

回到成都后，金荷便开始着手生意上的转行准备。未雨绸缪，她要把手上余下的商品尽快地出手，哪怕是把利润降一些，甚至平价转让，短时间内把资金收回，以便投入服装的批发销售中去。

在一切准备就绪之后，金荷的服装批发正式拉开了帷幕。

一次探监 ◀

　　做服装批发生意，有一个特点，你必须适应外地客户赶早市的时间。他们从外省或省内外市县而来，多数是乘火车。而火车到达成都的时间早则四五点钟，晚的也是七八点。到那个时候，你的货物就必须摆上货摊，迎接一天中第一批到达市场的顾客。

　　有一部分省内各市县的买主，他们有可能乘火车来，也有可能搭乘班车，或租私人汽车，或自己开车而来。他们往往要看准火车，或班车到达时间，来定自己的行程。租车或自己开车来，自由度就大得多，一天内随时都可到达。如果这些人，他们要买一些抢手的货物，就会来得更早一些，购完货后又立马往回赶，赶到市县市场开市之前。

　　还有一些顾客，他们不是远道而来，购买的货物也不赶时间，只要当天能运回去就行了，他们就可能按照自己的行程来到市场，不紧不慢地选择商品。

　　总之，你想把生意做得顺风顺水，你就得适应各类顾客的需求。比如货物的种类，上市的时间，足够的数量，收市的钟点……买主到了这里，就是上帝，就是衣食父母。要让他们心甘情愿地掏出钱来，商家就要全方位地为他们服好务，迎来送往。

　　除非你不想赚更多的钱，由着自己的性子来，卖多卖少无所谓。三天打鱼两天晒网，当一天和尚撞一天钟。说白了，这类人做生意，不叫做生意，这叫筛边打网不务正业，把生意当休闲，吃饱了撑的，图的是混日子。大千世界，千奇百怪，这种人不能说没有，却极为个别。

金荷处理自己的存货的同时，从广州的服装厂家和商家那里进了一小批货物。据她以前对服装销售商家的观察，不管是青年路的，或是荷花池本市场内的服装销售，是有一定区别的。青年路除了批发外，零售也占有相当大的比例。再则，青年路地处城中心，有很多市民前往购物，因此对商品的档次就有所要求，除了大宗的批发外，还可经营高档的服饰。而荷花池主要面对的顾客，多数是从外省外地赶来成批采购的商家，相对来说对货物的档次要求，就以大宗和大众化为主，档次中等偏低一些。

因此，金荷这次进货的档次，种类都要大众化一些，而且每种最多十件，多品种小数量。因是第一次试手，她要从这批进货中，测试出顾客对货物的喜好和购货状态，以便下一步的操作，作出取舍和调整。

一周之后，金荷对市场内服装批发的需求状况，已经有了一个基本的了解和估测。对自己今后的经营方向，心中已渐渐有数。金荷是一个很善于用心思考的人，她在思索一件事情时，事无巨细往想得很宽，很周全。同时，她又是一个善于观察的人，每观察一个事物时，她都很上心，不愿错过任何一个细小的环节。经过认真思考和细心观察后，她便会决定自己的行动方向，行事的步骤和方法。而且在实际行动中，根据其效果也会及时修正不当之处。

但是，她在将零售百货小物品，转向服装批发经营中，虽说方向没有错，却没有料到自己的精力有限，体力有限。为了适应市场和顾客的需求，她把批发和零售一起抓，受各方面因素的影响，一个月后她已感觉到了身心的疲惫。

这是她有生以来，第一次感觉到疲惫。

金荷逐渐显现出来的体力不支，已被郝志和看在了眼里。

一个星期六下班后，郝志和就像往常的周末这天一样，骑车赶到荷花池市场。到了金荷的棚摊前，没有看见金荷，他就用眼睛四处张望，也不见她的身影。郝志和就将自行车推进商棚，却一眼看见金荷的身子靠在墙角的货物上，睡着了。郝志和不由得把自行车一丢，跨过去用手摇摇金荷，待金荷睁开眼就急切地问她："你怎么啦？在商棚里就睡起觉来了？"

金荷用眼睛往四下看看，也不明白自己怎么了，竟然躺在衣物上睡过去了。她想站起来，却手脚无力，还是郝志和用手搀扶着，她才站了起来。

站起来的金荷朝郝志和羞怯地笑笑，细声说："我可能是有点累了。"

"累肯定是累了。"郝志和说,"就怕累出病来。"

金荷说:"哪能呢?"

郝志和说:"你看你的脸色,走,去医院看看。"

不由金荷分说,郝志和架起自行车,向隔壁商棚架下的刘姐招呼一声,搭上金荷就朝不远处的铁路医院赶过去。

医院里医生看过后,对郝志和说:"她确实是累了。回去后要好好地休息几天,多吃点营养的东西。"医生并没有开药,只是对金荷量量血压,摸摸脉后又安慰二人说,"没什么大碍,调理调理就会好起来的。"

出了医院回到市场内,郝志和帮着金荷收拾了摊位,理好墙边的物品,看天色不早了,就准备收摊了。

荷花池市场虽然是一个开放型的市场,但保卫工作做得十分严密,从开业到现在一年多过去了,还没有哪位商家丢失过东西。商家下班时把自己的货物归顺,理好,为了防雨可搭上一块雨布就可放心走了。第二天来一看,自己的东西依然原封未动。

回到家里后,郝志和让金荷去屋里睡一会儿。他悄悄地向金荷母亲说起今天的事。金荷的母亲听后一脸茫然,就怪自己粗心,没有留意到金荷这些天的变化,后悔仍然让她每天起早贪黑地去守货摊做生意。

金荷的母亲对郝志和说:"要不然就歇几天,钱又不是每天都挣得完的。"

郝志和说:"金荷肯定不会答应歇几天的。只是清早的批发可以晚一点,那样会少卖一些。"

母亲说:"少卖就少卖一点吧,还是身体要紧。"

郝志和想了一想,对金荷的母亲说道:"要不每天早市的批发就由我去吧,这样金荷每天就可多睡一会儿,晚一点到市场上去。"

母亲就说:"每天早上你能赶过来吗?除非你住在我们这里。"

郝志和佯装没听清,等金荷母亲再说了一遍,他便顺水推舟答道:"我就住在这里吧。"

金荷母亲满脸堆笑,就高兴地说:"要得要得!"

晚饭时,金池和辛吉英也回家里来了。金荷的母亲知道金池两口子周末都要回家来,特地要做一桌好菜。

晚上,一家人围在一起吃着晚饭,金荷的母亲就问金荷:"今天下午你是怎么一回事？"一句话把金荷的父亲，金池两口子都问诧了，停下手来都拿眼睛盯着金荷。

金荷就嗔怪地瞟了一眼郝志和，若无其事地说："没啥子呀！"见大家仍然盯着她，又赶紧说，"真的没啥子。"

金荷的母亲就板起了脸，不满地说："没啥子？要不是郝志和看见了，你不是还要昏睡到天黑。"一句话又把金荷的父亲，金池两夫妻说得丈二和尚摸不着头脑，只是"呵呵呵"地笑。

金荷这时用她的拳头在郝志和的背上捶了两下，引得郝志和低头"嘿嘿嘿"地笑。辛吉英见状，也抿嘴朝着金荷笑了，笑得金荷把头转到一边去了。

这时，金荷的母亲像是宣告一项重大的决定似的，说："从今天起，郝志和就住到我们家里，把金荷好好地看管起来。"并给大家说明了原委。

金池和辛吉英都表示赞同，并嘱咐金荷往后要注意劳逸结合，注意身体和休息。金荷的父亲金志豪未置可否，这样的事他似乎不好插嘴。他心疼地看看女儿，只要儿女们好，他就觉得怎么都好。

晚饭后，金池和辛吉英说明天单位上要组织外出活动，晚上要回单位去住，金荷和郝志和就送他们出了家门，陪着走了一段路。分别后，看着金池和辛吉英远去的背影，辛吉英已有身孕，走路略有蹒跚。

回来的路上，郝志和低头轻声地对金荷说："我们结婚吧。"说得金荷心里暖洋洋的，望着郝志和笑了，头就不由自主地靠在郝志和的肩头上了。

从那一天起，郝志和便住进了金荷家里。

一天下午，金荷正在棚摊上整理今天售出服装后剩余在摊位上的物品。她无意间抬起头来，正好看见一位妇女，牵着一个五岁左右的小男孩，从棚铺前走过去。这女人金荷好生眼熟，就叫了一声："王家蓉！"

那女人闻声调转头来，看到了金荷，就欣喜地拉着小男孩疾步地走了过来。

金荷迎到摊外把王家蓉接住，就拉着她到棚铺里，拿一只凳子让她坐下。几年不见，好友久别重逢，两人都显得格外的亲热。说话间，金荷指着小男孩问："这是？"

王家蓉说："我的儿子，快满五岁了。"又对儿子说，"快叫金阿姨。"儿子便奶声奶气叫一声："金阿姨好！"金荷心里甜甜的。

王家蓉说，好久都没回这边来了，今天带着儿子回娘家看看，顺便出来走走。她感慨地说："这几年这边变化太大了，有些路都不熟了。"

金荷这时就像老朋友见面，想知道她的情况，随意地问起王家蓉："你现在过得还好吧？"金荷知道，王家蓉是她们同学中结婚最早的几个人之一，不知道的是他们现在过得怎样了。

不问还好，一问便让王家蓉在心中勾起了许许多多的不愉快和悲伤，脸上也布满了愁容。可是金荷并不知道啊，如果知道，她也许就不会问了。既然问到了，王家蓉就想讲给她听，那些话如鲠在喉，不吐不快啊。

中国有句俗话："男怕入错行，女怕嫁错郎。"王家蓉的遭遇，可算是应了这句俗语。她定了定神，就向金荷讲起她遭遇的生活和时下的境况来。

王家蓉结婚后，就住到老公家去了。她的老公姓齐，叫齐正富，在街道办的一个小厂上班。他工资不高却较稳定，加上齐正富的父母也有一些收入，住在一起，一家人紧紧凑凑也能过得去。

这些年城市搞改革开放，市场经济，街道工业船小好调头，适应城市经济建设的变化，工厂的产品也能灵活应变，适销对路。看着城市餐饮业销售市场的需求，齐正富脑子机灵，就打起了歪门邪道的主意。他白天在工厂里上班，晚上就伙同起另外两个朋友，搞起了做假酒的营生。心想这样，可以挣到更多的钱。

他们这三个朋友中，有一个叫黑仔，有一个叫德明。三人中黑仔心眼最多，鬼点子也多。黑仔说："马无夜草不肥，人无横财不富。"还说，"要想富，走险路。"于是，就约了齐正富、德明二人做假酒。

三个人凑了一些钱，专门到废品站，餐馆里去收名酒空瓶。自己不便出面的，就托有关系的人去收，无非价格给得高一些而已。酒瓶收回来后，到了夜晚，三个人就如鬼影一般，凑到黑仔一个人居住的房间，把买回的低档酒，或者散装白酒，换装成名酒。他们用黑市上买回来的假商标，假瓶盖和假包装盒装上，托专门的线人拿到商店和市场上去卖，有的还送到了餐馆。

这些假酒有"五粮液""泸州老窖""剑南春"等。假酒从外包装到酒瓶上的商标，足以乱真。只要你不是专业人士，不与真酒包装仔细对比鉴别，还真不容易看出是假酒。在这几个品牌名酒中，他们最喜欢做的就是"五粮液"，卖出的价格最高，获利最大。当然，这要看收回来的是什么瓶子，没有"五粮液"，"泸州老窖""剑南春"也行。

他们做假酒，赚到的钱除了平分之后，因黑仔出力最大，又是用的他的房屋，自然就会多分一份。齐正富起初隔三岔五就往家里拿回一摞一摞的钱，交给王家蓉。

王家蓉起初还问："这是什么钱？"

齐正富就说是加班工资："你不是看见我常常都在加夜班吗？"

这倒也是，问了两三次，王家蓉就不再问了。

齐正富他们做假酒，不分冬夏，一年四季都在做。只是看收回来的酒瓶数量，有多少就做多少。才开始做时，收回的酒瓶不多，量要少一些。到了后来量就越来越大，他们不得不把做酒时间拉长。一晚上短则两小时，长则四五小时。他们也会劳逸结合，集中时间干上两三天，休息几天又干。不会天天都做，那样目标太大。

做假酒时，他们要把房间封得严严实实的，门窗都不会打开，让酒气尽量少地飘散出去，不让别人闻到引起怀疑。这样，房间里空气不流通，也让人常常觉得很憋气，容易疲倦。冬春季节还好受一点，室内气温不高，坚持干两三个小时问题不大。可是，到了夏秋季节就不行了。随着屋内气温渐渐升高，湿度增大，人的体能受到极大的影响。

因怕酒味吹散了出去，他们在屋内又不敢开电风扇，再热都只能忍着。热天里，他们三人打着赤膊，穿着短裤，轮换地干，往往一个小时下来就是大汗淋漓，周身无力。这时，他们就会坐在地上，靠着墙壁抽上一两支香烟，以图解除疲乏。

他们每次要装几十上百瓶酒，时间一长，个个搞得精疲力竭，耷拉着脑袋无精打采，就想打瞌睡。日子一长，黑仔看着大家这副样子，就想了一个办法。他托人买了一些"白粉"，其实就是毒品。

这年头，私下里就有些人通过成昆线，或者走川滇的公路，从云南边境偷运毒品入川。尽管沿途都有严格的检查，一经查获严惩不贷，却总是有人铤而走险，通过地下暗道，以侥幸心理盈利。黑仔买来毒品自己平时也不用，就是在做假酒时，大家实在困乏了才用一下。

用的时候，黑仔从块状的海洛因上敲下一小块，把它碾成粉末，洒在锡箔纸上，下面用打火机烤。等锡箔纸上的粉末被烤起白烟后，就让齐正富、德明吸一吸。海洛因的烟雾一旦吸入鼻腔，吸烟的人便会精神顿时为之一振，疲劳顿时消失殆尽。黑仔见这招管用，就给他们常用，让齐正富和德明都染上了毒瘾。

齐正富才开始也不想吸，听别人常说起这玩意儿一旦上瘾，可不是闹着玩的。但看见黑仔和德明二人吸了以后，还真管用，劲头十足。一下便挡不住诱惑，也凑过去吸上两口，立马就清爽了起来。次数一多，也惹上了毒瘾。

王家蓉后来知道了他们做假酒，还吸毒后，曾经骂过齐正富是不要命了。她问他："别人说吸了毒品，就会像神仙一样飘飘然起来，想要什么，就有什么。你有什么感觉？是不是也想成神仙了？"

齐正富说："哪里有这么好的事情哟？我只感觉到就像实在劳累了，在澡盆里泡了一个热水澡一样，浑身顿时通透清爽。但是一上瘾后，就折磨得人心神不定地发慌，发狂。像啥子神仙哟。"

后来，黑仔、德明和齐正富他们做假酒东窗事发，被工商局和公安部门联手，一举端掉了这个黑窝。

他们卖出去的假酒，在一家商店被消费者举报后突击检查，店主指认了供酒的人。于是相关部门会同公安机关顺藤摸瓜，就查到了黑仔的屋里，没收了所有的制假工具和正准备做假酒的所有材料。同时，公安机关还有一个意外的收获，就是黑仔还没用完的毒品海洛因。

假酒是在黑仔的房屋里做的，而且又在这里搜出了毒品，公安把三个人带回去一审，毒品也是黑仔买来给大家用的，黑仔就成了主犯。

几天后处罚下来，黑仔为主犯，其余为从犯。黑仔被拘留候审，余下二人先送戒毒所，然后待作惩处。没收三人的全部非法所得，并罚款处理。

讲到这里，王家蓉已经是泪眼汪汪，十分难受了。她说："之前我还真以为他是在加夜班，没想到是和几个狐朋狗友约在一起，偷偷摸摸地做着非法的勾当。"

王家蓉在讲述时，孩子已靠在她的怀里睡着了。

金荷就将棚摊里的罩布铺在墙角的衣物上，让孩子睡在那里更舒服一些。

这时，王家蓉看见孩子还在熟睡，就又对金荷说道："齐正富做假酒挣的钱被没收，罚款不说，还患上了毒瘾，现正在戒毒所戒毒瘾，又要一笔开支。竹篮打水一场空，多的还要蚀进去呢！我这辈子硬是霉起了冬瓜灰啊！"

金荷听王家蓉讲完，十分同情她，就劝说她道："事已到此，再怨也没多大作用，把以后的事想开一些。"然后，又问，"今后有什么打算吗？"

王家蓉说："得过且过吧。等他出了戒毒所，再看怎么处罚，实在不行，我就和他离婚……"

不待王家蓉说下去，金荷赶快堵住她的嘴说："别别别！孩子还小，你要看长远一点。以后有什么需要我帮忙的，你就尽管说。"

王家蓉苦笑着说："那就先谢谢了。"见孩子醒了，她便抱起儿子，向金荷告辞。金荷便陪着母子朝市场外走去。

在市场门口分别时，金荷买了一包糖，递给王家蓉儿子拿着。金荷说："有事就再来找我。"

王家蓉感动地点点头，就抱着儿子离开了荷花池市场。

晚上，金荷对郝志和讲起今天遇见王家蓉的事。郝志和听后，也忍不住为王家蓉的遭遇，发出一声叹息。

郝志和的叹息声，让金荷想起了另一个人，那就是郑涛。她就对郝志和说："哪天，我们去看看他。快两年了，也不知道他现在怎么样了。"

郝志和便点头答应说："我也曾这样想过。"

又是一个星期天的上午，金荷和郝志和忙完了早市的批发，就收拾了摊位上的货物，白天就歇业了。他们要利用这一天的时间，去南郊的少管所。这是他们早就打定的主意，因为郝志和只有星期天休息，才有这个机会。

他们也不知道该带点什么东西去为好，在水果店买了几斤苹果就上路了，准备乘公交车去南郊。

郑涛被判劳教三年，到现在已快两年了，不知他现在的情况如何？这一直是悬在金荷心头上的一个结。郑涛是因抢劫金荷犯的事，却是一个未成年的孩子。让金荷始终想不明白的是，他为什么要这样做？是家里遇到了什么事情吗？才让他小小年纪，竟然走上这条道路。

金荷为他难过，知晓的人都说金荷心太软，太善良，被别人抢劫还觉得抢劫犯可怜。冯小玉就说金荷与郑涛，就是东郭先生的现代改写版。

可是，金荷始终认为郑涛还小，应该给他一个重新做人的机会，只要多关心一下，他是会变好的。一直以来，金荷就想抽个时间去看看郑涛。无奈前一段自己的生意太忙，就把这事搁下了。那天王家蓉的到来，又勾起了她对这件往事的想法，决定无论如何该抽时间去少管所看郑涛一趟了。

到了少管所，接待他们的是一位三十多岁的女警官何秋霞。何秋霞毕业于北京警察学院，学的专业就是少年犯罪心理学，已有二十年的工作经验，是一位优秀而称职的少年犯罪管教警官。今天，正好轮到她值班。

何秋霞警官对金荷、郝志和二人的到来，有些惊奇。她说近两年来，还没有人来看过郑涛。她便询问起他们二人与郑涛的关系，当得知他们之间是因郑涛对金荷的抢劫而相识，就对他们的来访更感到好奇。

这时，金荷就把他们相遇的前前后后，法庭上判决时他们的陈述，以及金荷对郑涛的看法和想法，说给何警官听。

何警官很赞赏金荷对待郑涛的看法和想法，她说，对少年犯罪的管教，应是全社会的事情。她对金荷二人不计前嫌，大老远地来少管所看郑涛，表示谢意。知道了郝志和与金荷现在已是恋人，准备结婚后，她就高兴地伸出手来握住二人的手，对他们致以热诚的祝福，羞得金荷脸色绯红。

接着，何警官向金荷二人讲起郑涛的身世，实施抢劫的经过。

郑涛的家在金堂竹篙乡下，那里曾是农村中比较贫穷的深丘地区。1968年郑涛出生时，村里很穷很乱，一年的辛勤劳作，勉强能让一家人有饭可吃。所谓的饭包括苞谷、红苕、洋芋、南瓜等凡是能填进肚皮的东西。三年后郑涛的妹妹郑惠出生了，那年出现了饥荒。眼看本来就贫穷的家又添丁加口，日子越发难过。小妹两岁时，母亲就丢下他们离家出走了。母亲一走多年没有音信，家里更是乱糟糟一团。而这时的父亲，把两兄妹往爷爷奶奶家一送，就开始酗酒，打牌。喝酒喝得烂醉如泥，打牌打得昏天黑地，全然不顾郑涛两兄妹的生活。

小学读到三年级，妹妹也该上学了，郑涛就不愿再去读书，回来帮爷爷和奶奶干农活。到了十六岁，郑涛觉得自己已经成人，就要出来找工作挣钱，一是可以供妹妹继续读书，二来也可以养活自己。

出来时，郑涛听别人说，成都北门火车站一带最好找事做，那里来往的行人多，帮别人扛行李、提包袱都能挣钱。可是到了这里一看，并不是那么回事。不论是外地人还是本地人，你想帮别人扛行李、提包袱吧，别人都把你当小偷一样防着。来了几天钱没有挣到，反而饿得难受。好在遇到一个大他几岁的大哥，带他去吃了一顿饱饭，却上了别人的圈套。

那大哥其实就是这一带收留流浪少儿作案的头儿，他要郑涛入伙去偷去抢别人的东西。起初郑涛不干，大哥就威胁要他还饭钱，还找其他流浪儿劝说郑涛。几番下来，如果郑涛仍然不干，就有可能挨打。实在无奈，郑涛只好应承下来敷衍一下，想找到机会就跑。

那天，郑涛就是在躲在一旁的另一同伙的监视下，对金荷实施抢劫的。事先，那个同伙递给他一把开关刀，对他说遇到险情时可以用刀解决，实在不行了就跑，以防被捉住。郑涛鼓起胆子，趁天黑路窄，想抢了东西就跑，不想还是被郝志和捉住了。

金荷和郝志和都对郑涛的身世和遭遇深表同情和惋惜。金荷怀着怜悯之心对何警官说："郑涛本来是不会变成这样的，唉，家庭的影响太大了。"

何警官说："是的。郑涛经过一年多来的教育，表现得很不错。等会儿你们见到他，要多鼓励他走出阴影，正正直直地做人。"

在探视见面的房间里，金荷二人刚坐下，郑涛便由另一位女警官带过来了。到了门边，郑涛看见金荷和郝志和后，脸上立刻露出十分惊愕的神色来。他根本没想到，来探视他的会是这么两个人。

郑涛仿佛长高了一截，穿着少管所专用的衣裤，剃了一个小圆头，还是显得有些稚嫩。走进屋后，再看一眼金荷二人，他立即低垂下头，用悔恨的声音说："叔叔，阿姨，我对不起你们……"

金荷马上制止他别再说下去："你也坐下吧。以后叫我们哥哥、姐姐才对。郑涛，今天看见你，我很高兴，你长高了。"

郝志和也说："郑涛兄弟，我和你金荷姐，今天特地来看你。听说你表现得很好，我也为你高兴！"

看见金荷和郝志和对他并无敌意，还这么和气，郑涛才把头抬起来，难过地向他们说："我真的没有想到你们会来看我。这么久了，我金堂家里面都没来过人。"看见金荷二人一直笑着看他，又说，"你们比我家里的人都亲啊！"

金荷就说："好好好，别难过，以后你就是我们的好兄弟。"

探视中，金荷又关切地问起："你们在里面，平常都做些什么？"

郑涛回答说："主要是学习，学政治，学文化，也参加一些公益劳动和活动。每天都安排得紧紧张张的。"

金荷说："这样就好。在里面你要好好努力，好好学习劳动。特别是该学的文化知识，一定不要落下。以后我们还来看你。"

郑涛就"嗯嗯"地点头回答着，此时眼里已噙满了泪花。

金荷又说了一些其他的话，多是劝慰郑涛认真学习，服从管教，将来做一个对家对社会都有用的人。

郑涛也一直低垂着头，认真地听，认真地点头，心里有说不出的对金荷郝志和二人的感激。

此时，郝志和站起来，把提来的苹果递到郑涛的跟前："也没买什么东西，这几个苹果你就留下来吃吧。"

见郝志和递苹果过来，郑涛也急忙站起身来，却看见了郝志和右手上的那道曾被刀刃划过的疤痕。心里一阵惊悸，悔痛，泪水就掉下来了。他不敢用手去接苹果，身子不由得一个趔趄，就要朝地上跪下去。

郝志和一把拉住郑涛说："兄弟，你这是干什么？站起来，站起来！"

金荷也说："郑涛，你不能这样。只要你以后能站直了，老老实实堂堂正正地做人，比做什么都强。"

⋯⋯⋯⋯

探视时间到了，郑涛和金荷二人分别时，走出探视室的门，又转过身来，朝金荷和郝志和深深地鞠了一躬，才缓缓离去。

从探视室出来，何秋霞警官把金荷和郝志和二人引到她的办公室，对他们说："郑涛在少管所表现很好，学习劳动都很认真、卖力。而且，以前也有向公安机关提供情况，协助公安一举打掉抢劫团伙的立功表现。因此，所里已决定给予他提前解除劳教，正在报上级批准。我们想把他作为一个少管所劳教的典型，在他回归社会后，成为一个对社会有用的人，希望你们二人给予配合。"

金荷说："郑涛本质上是个好孩子，只是一时鬼迷心窍，被坏人利用了。何警官，谢谢你们对他的教育改造，为了他，你们太辛苦了。"

何警官说："别谢我们，这是我们的职责。要谢的还是你们俩，和像你们这样关心社会风气的人。"

郝志和向何警官询问："郑涛能提前多久解除劳教？到时我们再来看他。"

何警官说："大概半年吧。我给你们留下办公室的电话，到时方便联系。"

这时，郝志和也把自己办公室的电话号码，抄给了何警官。

金荷便对何警官说："好的，我们一定配合何警官和少管所的工作。"

何秋霞警官就拉起金荷的手说："十分感谢你们！"说着，一直把二人送出少管所的大门。

喜迎新婚

那天，郝志和与金荷从少管所出来之后，并没有立即赶回荷花池市场。

在路上金荷就想，郝志和每周上班，就休息这么一个星期天。今天清早，他还去市场赶早市批发。忙了一阵后，又被她拉到南郊的少管所跑了一趟。这时心里想起，金荷觉得怪过意不去的。

想到这里，金荷便向郝志和提议说："今天，就算给我们自己放一天假吧。趁机去城里逛逛，或者去公园里坐坐。"

郝志和想，这样也好，就当休假一天。他对金荷说："好像文化公园里的花展开放了，去那里看看吧？"

金荷点头同意。

乘车返回城里，找了家饭馆吃了午饭后，金荷变卦了。她说："还是想先去春熙路转一下，去看看那里的服装。"

郝志和心里笑了一下，说："金荷现在真成了生意人了，时时都想着服装买卖的事。"便依了她。

转完春熙路，从一家服装商店出来后，金荷与郝志和只顾着说话，不知不觉中，脚步就迈向了去青年路的那条街道上了。走着走着，他们二人被冯小玉喊住。停下来一看，已到了夏二娃的店铺前。怎么就走到这里来了呢？金荷二人不由得只好相视一笑，把要去其他地方的事，统统都忘记了。

冯小玉把金荷二人叫住，很热情地要他们到店铺坐坐，说："好久不见了，今天难得看见你们俩有心思到城里来逛。"

自从那次夏二娃借故躲着金荷，没有把名片给她，金荷就不想再见到夏二娃。今天，她和郝志和好不容易利用半天时间，来逛一下春熙路，却鬼使神差走到了青年路。金荷朝店铺里瞧瞧，除了冯小玉外，只有黎水生在里面，并没有夏二娃的影子。

黎水生看见金荷后，朝她打招呼，点头笑笑，又埋头去做自己的事。

金荷一分钟也不想在这里多待，却又抹不过冯小玉的面子。就问冯小玉忙吗？冯小玉说不忙。金荷就说："那我们就去茶铺里坐坐，也好让郝志和休息休息。我们已经走了很多路了，有些累了。"

到了她们曾经第一次来过的茶坊，金荷感觉茶坊内的装饰，比第一次来时显得豪华一些了。她想，青年路的街面都已重新整治一新，这里的多数商店、铺面、茶坊，也随之装修得更上了一个层次。似乎彰显着青年路上，这些年生意的兴隆和蒸蒸日上。

坐下后，金荷柔情而关切地示意郝志和在一旁的藤椅上半躺下休息一会儿。转身对冯小玉解释说郝志和今天起得早，这会儿可能也累了。

然后，金荷便与冯小玉挨得近一些低声说话，免得打扰了郝志和。

金荷轻声地问冯小玉："近年来的生意怎么样？"转而又想到荷花池才开张两年多点，市场经营都不错，这里一定比荷花池更强，就又说道，"你们肯定赚了不少吧？"

谁知这一问，冯小玉脸上的表情就变得凄婉了，无奈地说："按道理讲，青年路本身就是个好口岸，是个做生意的好地方。前些年也确实有人赚了很多钱，比如杨百万、王百万的，但是近一两年就开始衰退了。我们也没赚到什么。"

金荷便有些疑惑，不解地说："我看街面、商店都整治和装修过了，还修起了大楼大厦，生意应该更好呀。"

冯小玉便说："正因为出现衰变，才想通过你说的这些来改变形象，把顾客拉过来，把生意重新找回来。"

"这倒也是一个办法和手段。"金荷说。

冯小玉也说："但愿能起些作用，但愿能成功吧。"说后才想起她该关心的事，就问金荷，"你离开青年路将近两年了，在那边做得如何了？"

金荷说："还算行吧。"并告诉冯小玉说，"我也在做服装批发了，比卖百货小商品强一些。"

冯小玉就兴奋地问："真的？"

金荷也惊奇地问："你不知道？"

冯小玉就用手拍一下金荷说："我怎么会知道，你又不曾对我说过。"

金荷心里一下明白了，夏二娃一定对冯小玉隐瞒了金荷想做服装批发，曾找他要过名片的事。她便不想把这事说破，让这件不愉快的事情到此为止，就像翻书一样让它过去了吧。

转眼金荷看郝志和休息得差不多了，就叫他起身，一起向冯小玉告辞。

临别时，冯小玉像突然想起了什么，问金荷："听说荷花池市场要扩大，现在怎么样？"不等金荷回答，转而又说，"到时候看情况，我们也把生意转到荷花池来。"

金荷就说："那好呀！到时我来欢迎你。"

荷花池的改造，连金荷一家人都没料到，会来得这么快。

改造就意味着有的房屋需要拆迁。金荷他们家原有四间瓦房，加上一间当厨房的草房，一个竹篱笆围起的小院，占地足有二百五六十个平方米左右。根据当年的政策，小院内的空地是属国家的土地，不能计算在赔偿范围内。因此，拆迁赔偿时，就只算了房屋的面积。

对此，金荷的父母也没作计较。房屋测量下来之后，面积就有两百多个平方米。按照当前的政策作等面积置换，金荷他们家就可以得到两套住房和一间商铺的赔偿，为此金荷全家已是心满意足。

拆迁首要解决的就是住房问题，总不能让人家房屋拆了，却没有一个住处吧。金荷家得到的两套住房，是离荷花池市场不远处的居民楼，这片地区是新建的惠民安置小区。附近拆迁的居民，几乎都安置在这里，那里称作肖家村街道"益民小区"。

这样，金荷家就先解决了居住问题，而且一次性有了两套。不仅有了父母的住房，还有一套，可以作为金荷和郝志和结婚用的新房。两套房屋还都在一栋楼房里，金荷如果结婚后，能与父母住得很近，相互都有了照应。这是金荷父母最满意不过的。

金荷家原来的住处，与其他乡邻的房屋拆迁后，便出现了一块很大的空地，那里将建成一个很大的贸易市场。按这次拆迁的政策，金荷也将获得市场里的一间商铺。

金荷父母搬到益民小区后，住进了一楼。另一套在三楼，计划用来作为金荷和郝志和结婚的新房。

这次拆迁赔偿，除了两套住房和一间商铺外，还有四万多元搬迁补助费。金荷父母便让金荷将这笔钱，放在金荷结婚时用。她的母亲说："一个都二十五了，一个也二十七了，是该结婚了。我有家孙了，还想要个外孙哩！"

他们一家已商定好了，把结婚的日子定在十月国庆节，或中秋节期间。

金荷和郝志和一合计，没有要搬迁补助，还贴进了一些凑足五万元整，让父母交给金池。她说："这次拆迁我有了房又有了商铺，已经占了金池的便宜。再说嫂子也刚生了小孩，正是需要用钱的时候。"

父母觉得金荷说的有道理，便照金荷的意思去办了。

这期间，金荷的生意一如既往地好，适销对路的服装批发，证明了金荷选择的正确。经销一直很顺利地进行。

还是每天凌晨五点左右，郝志和去赶早市的批发，然后在七点半金荷来接班，让郝志和马上吃了早饭，骑车去汽车厂，赶在八点半前上班。这样的工作连轴转，郝志和肯定要累了一些。郝志和除中午休息外，下午下班后，赶回来在棚铺内，就可以休息一两小时，以缓解疲劳。郝志和说自己年轻，这点辛苦尚能应付，没有在意。

傍晚，郝志和与金荷收拾完一天的生意后，回家时母亲已做好晚饭。饭后看看电视，十点左右郝志和就要上床睡觉了。为次日早起赶往早市做精神和体力的恢复。如此周而复始，日复一日，日子一长，郝志和也习惯了这样的繁忙，又似乎成了另一种规律的生活。

郝志和这样的工作和生活状态，持续了半年多。金荷的父母就觉得很过意不去，要金荷考虑考虑是否请个帮手，也就是雇用一个伙计，也好让郝志和不要这样劳累。其实金荷心里，早就有了盘算，可是眼下的情形让她拿不定主意。

雇人要负责工资和吃住，工资和吃饭都好解决，就是住处不好办。荷花池市场内，也有商家雇有小工，住的却是在棚铺内。

荷花池市场目前只是一个暂时的过渡市场，棚铺就修得比较简易，冬冷夏热，即便是在这里做生意的商家，都有这样的感觉。冬天白天都冷得人发抖，搓手跺脚，夏天热得人汗流浃背，心头发慌，就不要说晚上住人了。

所以，金荷思来想去，便把雇佣小工的事搁了下来。她想现在正规的市场正在修建，等那时建好后，分得了店铺，她一定要把这件事解决了。而且得自己和雇用的小工双方都满意才行。

一晃又是两个月过去了，金荷和郝志和结婚的日子已经临近。他们断断续续地花了两周的时间，待新房墙面重新粉刷了一遍之后，该买的家具也已搬了进来。不几天后，就到了预定好的日子了。

结婚那天，正好是刚过了国庆节，还没到中秋之间的一个星期天。

金荷选这样的日子，也是出于有利生意而定的。国庆节和中秋节，都是顾客盈门的日子。金荷不想错过这个机会，所以有意识地避开。

几年来，在生意场上摸爬滚打，金荷已经习惯了节假日做生意的规律，积累了一些经验。节假日是买主最舍得花钱的时候，也是商家赚钱的良机。金荷想"人在江湖，身不由己"，便只能把自己的行事、举止和时间等等，遵循商业规律来适应和调整。她想已经做到这一行了，就得按照行业的规律办事，包括自己的生活节奏，哪怕是结婚。

这天，郝志和单位来了一些人，有同事、同学和朋友。金荷这边，就有以前的邻里、同学和商家朋友。冯小玉和王家蓉也来了。

眼下，举办婚礼，还没有"婚宴"一说。一般都是亲朋好友来到新房，送一些礼物后，聚在一起聊天，说一些祝福的话。然后，坐在新房里喝喜茶，吃喜糖，抽喜烟，嗑瓜子，嘻嘻哈哈地热闹一下便是了。

今天郝志和的同学来了一大帮，就为郝志和与金荷的婚礼带来了一些乐趣。尤其那几个男生，可能在学校时就是文艺活动的骨干分子。他们乔装打扮一番，竟然唱起了自编的小曲儿。

装扮成女声的唱得嗲气嗲气，而男声则唱得俏皮逗趣。女先男后，一唱一应，逗得大家乐不可支：

> 我想要为你画个小圆圈，把我们俩都围在那圈中间。
> 咱俩的感情像一条丝带，把你和我俩人都绑在一块。
> 我想要为你织一个坎肩，好陪着你度过那最冷的天。
> 我想要和你摆一个小摊，要和你一起努力挣点小钱。
> 老婆是最大呀老公第二，你是我的心呀你是我的肝，
> 不求你发财不用你当官，这辈子注定围着你打转转。

一曲下来，在场的人"哈哈哈"直乐。有的乐弯了腰，有的还笑出了泪

水，都围着郝志和与金荷这对新人，打趣说笑。特别是金荷，被闹婚房的人羞红了脸，想躲起来也无处可藏。

金荷的父母在旁边看了一会儿，也乐得"呵呵呵"地直笑。没有久留，他们就让这些年轻人去闹腾，兴高采烈地回到一楼家里，和亲家以及几位以前的老邻居说话去了。

婚礼一直闹到傍晚时分。有几个郝志和的同学，不依不饶，要金荷拿喜酒来喝。金荷便请王家蓉去安排，把客人都请到附近的一家饭馆。金荷还要冯小玉一起去，叫在身边好说说话。

到了饭馆，郝志和把同学安顿在一桌，喝酒猜拳，随他们去闹。

另一桌就是郝志和的父母，金荷的父母，哥哥金池和嫂子辛吉英两口儿。辛吉英抱着一岁多的儿子金欣，在一边陪坐。

金欣出生时，金池想用两口儿的姓氏给他取名"金辛"，后来改用辛字的谐音"欣"，是想着一家人欣欣向荣，让儿子欣然成长之意吧。

金荷、冯小玉和王家蓉坐在这桌的另一边，好一边吃一边摆龙门阵。

坐定后，大家先聊了一些金荷和郝志和结婚的话题。之后，金荷向冯小玉悄声问起："夏二哥怎么没有来？"

冯小玉说："铺子上的生意，这两天较忙，夏明贵抽不开身，所以没有来。"她还叫金荷不要多心。

其实，金荷问话后自己也晓得，夏二娃是不好意思来。才察觉自己是明知故问，就不想再说他。

这时，金荷就转个话题，先问问冯小玉和王家蓉，她们的父母最近可好，她们都说自己父母还好，还行。金荷便问她们那边什么时候拆迁。

金荷与冯小玉、王家蓉以前都在一个村，但却隔着一条马路。说到拆迁一事，她们两人的家就不在这次拆迁范围。冯小玉说："可能要等到后一步，大约一年以后去了。"

这时，金荷还是忍不住要提到夏二娃。她问冯小玉："你们什么时候结婚？"

说到与夏明贵结婚的事，冯小玉显得不自在起来，似有难言苦衷。

冯小玉低声告诉金荷说："当初他追我时，巴心巴肝的什么都随着我，如今到手了，就一拖再拖。"说着叹一声气，"也不知道他心里是怎么想的。过一天算一天吧。"冯小玉唉声叹气地边说边摇头。

金荷听冯小玉这么说，又见她现在样子，便不知道怎么去劝说她，只说了一句："再等等看吧。"

而王家蓉的老公还在戒毒所里，不知道什么时候才能出来。现在独自一人带着儿子，在婆家和娘家之间来回走动。那边住几天，这边住几天。她说等儿子稍大点，上小学读书了，就让父母带着，自己过来帮着金荷干。金荷点点头，表示理解，也表示等着她哪天过来。

真是应了那句话，"三个女人一台戏"。在人生的舞台上，金荷、冯小玉和王家蓉这三个女人，各自扮着自己的角色，各自演绎着各自的人生剧目。如果把她们凑合在一起，这台戏便会悲欢离合，有滋有味。尽管人生苦短，却又来日方长，这台戏还要接着演下去。

中国有句俗话："家家有本难念的经。"那就看念这本经的人，有什么造化，有什么作为，怎样去念好这本经了。

他们在饭馆里一直喝酒、吃饭、说话，逗留到饭馆老板打烊。郝志和父母，金荷父母和金池、辛吉英两口儿，先走了一步回家去了。金荷把冯小玉和王家蓉送走后，和郝志和陪同学又坐了一会儿。

送走了最后一个客人，回到家里时，已是子夜十一时过了。

金荷和郝志和回到房间，环视着自己新房里的一切，都是那么崭新，那么亲切，便为他们自己这几年的努力，换来的这一切十分欣慰。金荷为自己的劳累和辛苦付出，没有白费而自足。虽然说现在还不是享受的时候，但通过自己白手起家的努力，能走到今天这个地步，还是应该为自己喝彩和骄傲自豪。

望着挂在卧室墙上的那幅结婚照片，照片上两人开心的笑颜，金荷情不自禁地将身子靠在了郝志和怀里。她让郝志和深情地搂着她，在她的额头上，脸蛋上，嘴唇上烙下滚烫的亲吻，心里特别的甜蜜和幸福。

郝志和在办公室里，接到了何秋霞警官打来的电话。

何警官在电话里告诉郝志和说，下周一郑涛就会解除劳教回家了。可是，少管所与郑涛家人联系，家里只有两位年迈的老人，妹妹还小又要上学，都不便到成都来接人。那边的意思是让郑涛自己独自回家。因此，少管所决定，派车送郑涛返回金堂竹篙乡下。最后，何警官说："考虑到你们与郑涛的关系，你们是否愿意抽时间到少管所来，再看郑涛一次。"

郝志和当即回复何警官说："我们一定会来，就把接送郑涛回家的事，交给我们去办吧。"

在电话里郝志和与何警官商量好，下周一在何警官办公室见。

那天一早，金荷决定停歇营业一天。她从自己批发的服装中找了一套灰褐色的卡克服装，大概估量郑涛与郝志和身高差不多，确定了衣服的尺码，就用纸袋把衣服装好。郝志和看着金荷忙完了，对金荷说："你的心真细啊。"两人上路去少管所。

近年来卡克时装，像西服一样，已经在全国流行起来。金荷想郑涛若是穿上，一定好看。

在何警官的办公室里，少管所的刘所长也来了。

他们见面后，刘所长对金荷、郝志和二人对郑涛的关心，表示感谢。他说："对青少年的法制教育，就是需要像你们这样具有社会责任心的人。"他还说，"把郑涛交给你们后，如果有什么事和困难，我们可以协助解决。或者返家时所需要的旅途费用，少管所可以予以报销。"

刘所长再一次对金荷和郝志和热心社会工作，帮扶失足青少年，致以谢意。说着，刘所长向他们敬了一个军礼。

刘所长的举动，弄得金荷二人手脚无措，不知道该怎么还礼。嘴里只好不停地说："谢谢！谢谢！"

郑涛过来后，金荷看见他一身上下，已再没有穿少管所统一的服装。他穿的可能是进少管所时的衣服，明显已经短小了。她便拿出带来的卡克，叫郑涛换上。

换了衣服的郑涛，端端正正地站在他们面前，一下子就显得精神多了。再加上正是成年，一配上新衣，更是英俊神气了一些。

告辞了刘所长和何警官，跨出少管所的大门，郑涛的心中突然有一种重获自由的惬意之感。他看见金荷和郝志和，正关切地望着他，一股感恩之情顿时涌上心头。此刻，郑涛在心里便暗下决心，一定要好好地报答他们。心想若不是遇见他们，自己将陷入何种深深的泥淖，想都不敢想。自己从今以后，一定要洗心革面，像金荷姐对他说的那样，"老老实实，堂堂正正，重新做人"。只有这样，才能真正地报答他们。

在回城的路上，金荷告诉郑涛他们已经结婚了，问他是先去金荷和郝志和的家呢，还是现在就直接回金堂乡下？郑涛表示，想先去金荷的家里看看。

到了肖家村的益民小区，金荷和郝志和领着郑涛先去了自己的家。金荷沏了杯茶端给他，让他坐下。

郑涛十分感动，想起两年多前的那天夜晚，自己真是鬼迷心窍，看错了人，还想抢她的钱，用刀伤害她。后来，在法庭上金荷二人还为他辩护，希望法庭轻判。而且还到少管所来看他，今天又来接他，还引到自己家里来。既是对他十分信任，又当成亲人一样看待，让他有一种特别温暖的感觉。

谁遇到这样的事，这样的好人，纵然铁石心肠，也会感激涕零。郑涛心里十分惭愧和感动，低下头来，不知道该对他们说什么。

还是金荷先开了口，叫郑涛先可以在成都耍两天，再回金堂不迟。郑涛就说听从金荷和郝志和的安排，叫他做什么都行。

午饭是在金荷母亲那里吃的。饭后郝志和就到单位上去了，金荷要去荷花池市场。郑涛就要求跟金荷一起，去到了市场的棚铺。

郑涛对市场上的一切都有新鲜之感，金荷便问他愿不愿帮她的忙，就在这里学着做做生意。听金荷这么一说，郑涛正是求之不得，连想都没想满口答应，要跟着金荷干。

金荷说："别忙，你先在这里看两天，然后回金堂去征求爷爷奶奶的意见，都同意后你再来。我这里还正缺个帮手呢。"

两天后，郝志和请了两天假，买了一些糖果糕点。金荷又让郑涛换了衬衣和一身西装，要让他更显得体面、整洁一些。然后，才让郝志和陪着郑涛，回了一趟金堂竹篙乡下。

到了金堂，郑涛只把郝志和领到了爷爷奶奶那里。郝志和走拢一看，两间破旧的草房，坐落在深丘的几棵柏树旁边，这里便是郑涛爷爷奶奶的家。屋前一小块平坝，家的四周，不是土坡就是农田和土地。农田里已没有庄稼，是蓄着水过冬的冬水田，几只鸭子在水田里悠然游荡。地里长的是萝卜、大白菜，在秋霜里坚韧地守卫着土地……一幅萧瑟的景象。

家里只有郑涛的爷爷和奶奶。小妹郑惠，到镇上的中学读书去了。

郑涛的爷爷奶奶看城里来了人，才开始以为郝志和是公安人员，就拱手作揖地说："郑涛在乡下是个好孩子，到了城里就学坏了。"他们哀求公安一定要放过郑涛，让他重新做人。

郝志和见郑涛的爷爷奶奶，都是六十多岁老实巴交的老人了。他好不容易听懂了两位老人家的话意，就告诉他们自己不是公安的人，而是来帮助郑涛的朋友。他对两位老人说："郑涛一定会改正错误，做个好人的。"他说郑涛想要到城里做工，他就特地回来，听听两位老人家的意见。

爷爷说："回来了就不要出去了，免得又学坏犯下大事。"

郝志和说："郑涛确实是个好孩子，不会给老人家惹麻烦的。"

两位老人家还是摇头，不同意郑涛走。

郝志和想一想，便只好先留下郑涛，让他陪陪老人家，做做老人家的工作。悄声对郑涛说："我们在城里等着你来。"便回到了成都。

金荷见郝志和一个人回来，就埋怨他为什么没把郑涛带回来。郝志和便向她说明缘由，金荷就不好再说什么，就看郑涛能否说服爷爷奶奶了。

不几天后，郑涛还是一个人来到了荷花池市场。他要金荷放心，他已经说服了两位老人家，来帮金荷。从此以后，就死心塌地地跟着金荷和郝志和干。一是要报答金荷和郝志和对他的一片恩情，二来，是挣点钱好供养爷爷奶奶，也供妹妹继续读书。

▶新铺开业

郑涛到了荷花池市场，就住在金荷的棚铺里。金荷原先的安排，是让他住在旅社里。

荷花池市场离火车站不远，在火车站的周边，有很多可以住宿的旅馆，方便走南闯北的游客。这些旅社，国有的、集体的、私家的都有。价格高低不同，以方便各个层次的客人住宿。

可是，郑涛在一家旅社住了一晚上之后，坚决不再去住了。他说住一夜旅社都那么贵，如果要长期住下去，不是等于在帮旅店老板挣钱吗？而且是帮他挣我自己的钱。他对金荷说："我是来帮你的忙的，又不是来享受，帮旅店老板挣钱的。从此，我就住在你的铺子里。"他还说，"我看有的棚铺内就有人住，一来可以节约旅社的住宿费，二来还可以守着铺子内的东西，两全其美。"

金荷说："棚铺内封闭不严实，冬冷夏热，住久了不利于身体，容易得病。"

郑涛说："我一个小伙子，身体棒着哩，哪里有那么多的讲究？"坚持不去旅社。

金荷拗不过郑涛，说天渐渐凉了，便用塑料布把漏风的地方封住，在铺内安了一张买来的行军床，铺上拿来的棉垫絮和铺盖，让郑涛暂时住下。她说新建的市场快建好了，到时候搬到那边去住宿，就好得多了。

自从郑涛来后，郝志和头几天先带着他，进行早市的服装批发。从接待买主，物品包装，收受货款到送走客人，一系列举止中应注意的环节；以及对顾客要察言观色，揣摩他们的购物心态；注意买主对物品样式、质量的取向，对档次高低的需求等，都进行了细致的交代。郝志和让郑涛在批发实践中，逐渐摸索，掌握和适应市场物品批发、零售的要点和规律。

郑涛是个聪明的小伙子，别看他只读了几年书，脑子却特别机灵，而且勤快好学。一周下来，便已把批发生意的各个环节，掌握了个十之七八。

这两年来，郝志和协助金荷做生意，把自己也练成了行家里手。可是两头奔忙，还是感觉有些疲惫。郑涛来了就好了，这样就大大地减轻了他的工作量和劳累。郝志和感到有个好帮手真好。他从此也可以按照自己的正常状态，去汽车厂上班了。而且，早上也不用再早起，保证了自己的睡眠，每天的工作有了规律，轻松愉快许多。

金荷还是每天七点半左右来到棚铺。现在郑涛来了，她到了铺子后，让郑涛去吃早饭。然后，就由金荷来接手照料铺子的生意。郑涛早饭后，去行军床躺一会儿，或者睡个回笼觉都可以。因为白天的生意，就没有早市批发忙碌。

这些年，荷花池市场的生意一年上一个台阶，既鼓舞了商家，也鼓舞了相关的各级政府和部门。荷花池市场的扩建改建，进展速度便出奇地快。眼看新年元旦一过，新建的荷花池批发市场，就进入了密锣紧鼓的开市准备阶段。

金荷的新商铺也在其中。

新建的市场，是一排整体钢筋混凝土框架，加砖瓦结构的商铺专用房屋。建筑分上下两层，各商铺独立成间，坚实而牢固。一层店面挨着店面，二层也隔离成单间的商铺，有通道相连。整幢商铺楼房全长将近二百余米，宽十五米。以每间商铺宽五米，深六米计算，两间背对开门，一层便有八十间商铺。再加上二楼隔出的小间商店，整个楼房，可容纳近两百户商家。考虑到像金荷这种，拆迁返还赔偿的商铺，面积可能会大一些。这样，估计能驻进的商户，至少也接近一百六七十家，是原棚铺市场的五倍还多。

这座商铺楼各户门面统一装饰，并加装了卷帘式防盗铝合金门，或推拉铰链式铁门，设置统一整齐美观。在商铺楼前是一条宽十米的水泥道路，供人行走和小型汽货车走动。商铺楼的对面，是正在修建的两幢商厦。后面不远处，就是原有的棚铺市场，将来会拆除再建一幢商铺楼。这边定为商贸一区，后面待建的作为商贸一区的二期工程。当整个区域内的商铺楼和商厦，建成投入使用后，这里就将形成一个在目前看来，成都市最大的一个商品贸易市场，而且是以服装百货，民用电器为主的民众生活用品综合贸易市场。

这幢商铺楼开业时间，定在春节前腊月二十五日。到时原棚户市场的二十八家商户，均将入驻这里。金荷也将从那里，搬迁到这里营业。

金荷的商铺，处于这幢商铺楼靠进入口的前端。因为金荷为拆迁赔偿性质的商户之一，有优先选择的优惠。因此，她把商铺选在了这里，而且以置换面积测算，金荷可获得六十余个平方米使用面积的商铺房。也就是说，金荷能得到商铺楼房的两间商铺，位置相对优越。这将对她的商贸业务开展，起到巨大的扩展作用，她的业务范围也将锦上添花，更上一层楼。

金荷已经开始着手进入新商铺楼的各种准备工作了。

在此之前，金荷得到入驻商铺楼房的通知后，曾与郝志和、郑涛去那里看了一下。他们的商铺是从市场的入口处往里数的第八间和第九间底层，铺前就是水泥通道，既方便进出货，也方便前来购物的顾客。两间同样大小，面积各有三十余个平方米，一共就有六十多平方米。

金荷想，如果两间都做成铺面，如此算来，就金荷目前经营的服装批发种类和数量，便远远不够，必须扩大。金荷曾盘算过，她从两个方面考虑，一个是加大批发数量，一个是增加品种款式。金荷原来以男装批发为主，现在可考虑女装批发。这样，就要尽快地与广州的服装制作厂家或服装批售商家联系，以及时获取女装的样品。再一个，女装较男装而言，品种和款式就会多得多。

原来经营的男装，无论是西装或便装，冬装或夏装，无非就是那么几个款式，相对简单一些。而女装却大不一样了，春、夏、秋、冬，分得很细，款式也是五花八门。女装从套装，上装下装，到裙装各有样式。而且布料的选择，亦尤为重要。妇女顾客对面料，花色的要求极其苛刻，对做工也极其讲究。她们甚至认为一个花边，一颗纽扣，往往就会对服装起到画龙点睛的作用，使整套服装，或者整件衣裙在气质上风格上各不一样。

因此，金荷觉得样品的选择尤其重要，成败全在于一时之举。对路了大有"一招鲜，吃遍天"。反之，一招不慎，便可全盘皆输。两者岂不有天壤之别？必须谨慎对待。

除此之外，郝志和以为除了服装，是否还可以考虑其他商品的经营。

金荷说："这个我们不妨作为一个方向，先进行一些考察和考虑。不一定现在就干，但作为一个经营储备，也未尝不可。"

郝志和同意她的想法。自从他与金荷从相遇、相识到相知，如今已结为夫妻，他越来越对金荷的精明能干，心中暗暗地佩服。

商铺内的布置定下来后，铺台商柜就搬进去了。他们把两间商铺中间开了一道门，以此两间相通。另外，每间隔出一个小间让郑涛住在里面，另一个小间堆放物品，或者办公。赶在腊月二十五日那天，一切就遂之后，正好配合整个市场统一开业。

腊月二十三，小年一过，就进入喜迎春节的倒计时了。二十三，糖瓜粘，二十四，扫房子，二十五，炸豆腐……

中国人的民俗传统中，最讲究的就是过大年，最在乎的也是过大年。从过了小年后开始数，数到大年三十，又从正月初一数，数到大年十五，这才算辞旧迎新，把年过完了。在这过年的日子里，人们的一个嗜好就是喜欢凑热闹，哪里热闹往哪里凑。

荷花池新的商品贸易市场的开业，正是迎合了人们在过年的日子当中，爱凑热闹的特点，把开业的时间定在了春节即将到来前，腊月二十五日这一天

新开业的市场，把名字定为"成都市荷花池商品批发市场"。它除了是对原市场名字的修正，也是为市场正名。将来建设完毕的这片区域，就统一称呼为这个名字。不同的是分有一区、二区、西区而已。对人们已习惯了的称谓，整片区域都简称"荷花池批发市场"。也有人更简便，干脆叫作"荷花池市场"。

开业这天，市场内彩旗纷飘，张灯结彩。所有商铺均是店门洞开，各商家的老板喜笑颜开，恭迎各路嘉宾。从四面八方如潮水般涌来的顾客，接踵而至，人头攒动，喜气洋洋，好不热闹。

这天，市政府、区政府、街道办，均有来宾参加，并为市场开业剪彩，宣告荷花池市场正式开业。

这天，就是1986年，农历腊月二十五日。这一天正契合中国老百姓的民俗之风，喜迎新春的到来。

荷花池市场正式开业的同时，也宣告了"成都市荷花池商品批发市场管理委员会"成立。委员会的主任，就是黄殿兰。

市场管理委员会，接受区政府和街道相关部门的双重领导。开业仪式剪

彩完后，黄主任陪同市、区、街道相关人员，视察了市场内的各项安全保障和公共设施，看望各铺面商家，对前来购物的顾客表示欢迎。随后，在欢快的乐曲声和场外的爆竹声中，简短的开业仪式一结束，便掀开了"成都市荷花池商品批发市场"正式对外开放迎宾的大幕。

金荷的两间商铺，在这一天同时打开了。一间以销售男装为主，由郑涛照料生意，另一间则以女装为主，由金荷负责。

今天是开业第一天，到市场来的人很多。其中，真心实意要来买东西的并不多，大多数是来看热闹的。这些人基本上都有这么一种心理，好不容易碰到新开了一个市场，顺便逛一下凑凑热闹，看上了的，价格又合适就买下，即便不买，开开眼界又何尝不可。因此，金荷的两个铺面的柜台前，都挤了不少的客人。

好在今天是开业，来的人特别多，即使是有百分之二三十的人，是真正要想买东西的买主，市场的销售量也不会低于平常的。金荷平时以批发为主，赶完了批发早市后，白天就多为零售经营。今天就不同了，是从原来的棚铺转为新市场商铺营业，又是开业第一天，没有早市的批发。但是，这天下来之后，金荷和郑涛将卖出的衣物一合计，却大大地超过了金荷以往在棚铺市场的销售数量。

金荷想，这大概就是新市场的"开业效应"吧。这段时间一过，又会是一番什么情形，金荷心里也没有数。不光是金荷，可能其他的一些商家，或多或少心里难免也有这样的想法。

这样的情形，金荷曾经经历过一次。

两年多前，她才从青年路转移到北荷池的荷花池商品贸易市场时，也是新市场开业头一两个月，金荷的生意也曾红火得连她自己都不敢相信。这就是新市场开业带来的普遍效应。可是，市场开业时，红火的日子一过，就遇到了近两个月的冷落期。当时弄得人惶恐不安，好多商家都有撤退的想法。金荷也是在惶恐的煎熬中，度过那段艰难日子的。

好在后来街道办和黄主任，想了一些办法，市场的生意才起死回生，商家们的货物营销量回升，让人看到了希望。金荷也从那时起，坚定了自己的信念，踏入商圈挖到了第一桶金。

今天，看到了新市场开业的生意火爆，抚今追昔，让人心里不由得有些担心，这也是正常的心态，情有可原。

不仅是金荷或其他商家，心里都有如此忧虑，就连如今当了荷花池批发市场管委会主任的黄殿兰，心中不免也有此担忧。因此，开业后她也没闲着，一有空就在市场里转，这家商铺前瞧瞧，那家商铺内看看。

一连几天，荷花池批发市场的生意，都是空前的红红火火，没有衰减的迹象。从凌晨的早市批发，到白天的零售，都是顾客盈门。为此，有的商家还打出了"一件也批发"的口号，让利于买主，为的是吸引更多的顾客。

走在市场内的黄主任，边看边思考。市场内的设施管理，秩序维持，防火防盗，由管委会负责。而商铺的经营、物品价格制定、顾客的购物欲望、销售状况等，就决定于商家自身。因此，市场经营发展的因素，不但是政府的支持和帮助，也应与商家自我发挥的好与坏相关。

为此，黄主任在市场内，走访了几乎所有的商家。她宣传区政府、街道对市场发展的主张，也讲明商家维护市场，诚信经营的利弊。殷切地希望管销双方共同努力，以避免市场经营的回落，让大家受到不必要的损失。

事实证明，黄主任与众商家的担心，不无道理。而有了忧患意识，共同携手，去努力克服困难，杜绝困境出现或发生，非常必要。

从腊月二十五开业那天起，到了腊月三十，是中国民俗传统中，人们最看重的日子——除夕。接下来的几天，也就是企事业单位、机关团体放假的日子。金荷估计，那几天来市场购物的人就少了，前几年也有这样的情况。

于是，金荷与郝志和商量了一下，他们也休息几天，回温江走走亲戚。郝志和与金荷结婚时，郝志和的父母请假到成都住了两天，后来见他们都忙，便回去了。一晃又过了几个月，到春节了，两口儿决定回去一趟，就不开铺子营业了。这样，郑涛也可以回金堂休息几天。

可是，从郑涛那里得到的却是另外的消息，临到腊月三十之前，天天都有顾客来早市批发衣物。有两天还是他在梦里，被买主敲着铝合金门闹醒的，而且白天的生意也不错。因此，郑涛决定春节期间就不回家了。

郑涛对金荷说："金姐，还是铺子的生意要紧，从眼下的情况看，春节这几天生意一定不会差。你们放心去玩几天，铺子由我守着。"

一般老百姓过年的习俗，是从头年腊月三十除夕开始，一直到次年正月十五，就不干什么事情了。这样的习俗，多少年来也在商家中潜移默化，变成了习惯。那些做生产资料、五金器材、建材产品生意的商人，到了这时都关门大吉，回家去数自己这一年到头赚的钱去了，都逍遥自在去了。可是做百货、做服装生意的就不同了，他们的商品就像油盐酱醋茶一样，和百姓生活休戚相关。在衣食住行中，也是一马当先。逢年过节的时候，也正是商家们赚钱的好时候。

果然，不出郑涛所料。春节假期前后共四天，除了大年三十除夕那天，人们都在赶买年货准备过年，生意稍有清淡。从初一到初三，荷花池批发市场内，都如郑涛说的像农村赶场天那样热闹。白天的生意，自然也比平常天好。

金荷和郝志和初二晚上从温江回到家，初三也赶到市场里看情况。刚进市场他们就发现，来市场的游人要比往年的人多了好几倍，心想生意也便不在话下了。到了铺子，也见郑涛正在应付顾客，忙得有些不可开交。金荷和郝志和便赶紧上前，帮着郑涛接待买主，忙了一阵才得以歇息。

休息时金荷夸郑涛有眼光，让她的生意没有错过这几天大好的商情。还说过两天让郑涛买些东西，无论如何也要回金堂家里看看。这也算是对郑涛这几天为她的生意忙碌的犒赏。说得郑涛不好推辞地点头表示同意。

春节四天假期结束后，金荷和郑涛一起，把从腊月二十五新市场开业，到正月初三假期结束共十天，新的店铺的营销收入，进行一次盘点。盘点结果让金荷特别震惊，十天的营业额，几乎超过了原棚铺商场往日两个月的总量。于是，让她对荷花池批发市场的新市场营销寄予的希望更加深厚，对自己新店铺的前途，更有了信心。

春节一过，社会上的一切活动又周而复始地走上正轨，荷花池批发市场又迎来了新的一年。到了大年十五，这个年就算过完了。一切因过年暂时停顿的社会活动，又将在一个新的年程里，逐渐恢复，当然也包括商业活动。

荷花池新的市场一旦打开，生意出现了空前的火爆，也吸引了无数商家，都想来这里寻求发财的机会。

春节一过，在荷花池市场的周边，凡是有房屋的地方，或者是单位的家属宿舍，居民住房，仿佛是在一夜之间，竟然冒出了无数家商店。这些商店有的是住户腾出的住房，有的就是屋檐下的一个通道，有的干脆就是把屋子的窗户打开，在窗台上摆起一个货摊。

一时间，一条街道，甚至是一条窄巷，似乎都可以形成一个集市，招来无数的顾客和买家。这些商店和货摊，摆出的物品花样众多，毛巾鞋袜，针头线脑，笔墨纸砚，玩具文具……杂七杂八，无所不有，丰富多彩让人目不暇接。

从那时起，就在商家中开始流传起一句口头语："要想富，荷花池去买商铺。"即便是买不到商铺，能够租间房开铺子，哪怕是租一个柜台，一个摊位，也许就能圆了一个发财梦。这也是一些商家，或者"下海"寻商的人梦寐以求，求之不得的事情。

那时的荷花池，俨然就成为了无数商家们向往和云集、跃跃欲试的一个大舞台，寸土寸金的风水宝地。即便是一些无资金行商的人，只要愿意出力气，也可以在这里凭本事，找到一份挣钱的职业或机会。

这天，金荷在自己的店铺上，整理早市批发后余下的货物。

郑涛忙完了早市的批发后，照例应该早饭后休息一会儿。可是，有一批货物今天一早就送了到货通知。郑涛顾不得疲劳，立马外出找车拉货去了。金荷看着小伙子忙碌远去的身影，心里更加喜爱，也更加疼惜。

这时，从街对面走来一个人，站在离店铺前有十米之遥处，犹犹豫豫的样子。踟蹰徘徊了一会儿，那人还是硬着头皮，朝着这边走了过来。

那人到了店铺的跟前，他叫了一声："金姐！"便低下了头。

金荷闻声抬起头一看，来人正是黎水生。金荷诧异了一瞬间，立刻招呼黎水生到铺内来。见他进来后，抽一只木凳让他坐下："你怎么会在这儿？"

此刻，黎水生露出了忧愁的面容，对金荷说道："我已经不在夏老板那里做了。"

金荷仍有些不解："这是怎么了？不是干得好好的吗？"

黎水生沮丧地回答："年前，他已经另雇了人，把我辞退了。"

金荷"哦"了一声，心里暗暗地骂夏二娃"不是个东西"。她问黎水生："那你为什么不来找我？"

黎水生说："找过一次，没找到。后来春节就到了，回家乡耍了二十多天。今天又来荷花池，看能不能找到事做，进到市场后一下看到了你，就走了过来。"

金荷停下手中的事，去拿茶杯给黎水生倒开水。黎水生见金荷行动有些不方便，赶紧站起来去自己动手。黎水生曾经听冯小玉说过，金荷已结婚了。现在看来，她已经有了身孕。

黎水生说："金姐，你该休息休息了。"

金荷知道黎水生已经看出了自己的不便，就笑着对他说："我哪里有这么娇贵，还是多活动活动有好处。"

黎水生就不好再说下去。毕竟他才二十一岁，对女人怀孕的这类事情，他知道不宜深说，更不便深说。只好用眼睛，扫一扫金荷崭新的店铺。

金荷问黎水生："你打算今后怎么办？"

黎水生正看着金荷的店铺，比起夏老板青年路的铺子来，气派多了，心想生意肯定也比夏老板大得多一些。想起金荷刚才问他为什么不去找她，心里还是有些不着谱，不敢肯定金荷确切的意思。

此刻，又听到金荷问自己，黎水生便试探着对金荷说："金姐，我来帮你干行吧？"

金荷立即便喜笑颜开地说："行行行！这个你是内行，正求之不得哩！"

"谢谢金姐！"黎水生得到了金荷明确的答复，满心高兴。说着就站起身来，去帮金荷整理衣物。他让金荷在一旁坐着休息，看着他做。

黎水生的老家在仁寿县农村，初中毕业后十七岁时，就到成都来找事做。在青年路先有几个月，帮一两家商铺打杂，干干搬运的活。夏二娃从染房街到青年路来做服装批发，看见黎水生年轻能干，头脑灵活且吃得苦，便叫他帮忙守铺子。黎水生跟着夏二娃，一干就是三年。每天，从凌晨早市的服装批发，到整个白天的零售，他都是勤勤恳恳，忠心耿耿地干，没有一点怨言。金荷、冯小玉到青年路来后，他也是跑上跑下，一有空就帮她们卖小百货。他们之间，相处得十分融洽，金荷和冯小玉都信任他，喜欢他。

那次在茶房里，冯小玉虽然听金荷说起，她也在做服装批发了，但生意究竟怎么样？冯小玉并不知道。这次金荷结婚，冯小玉过来参加婚礼后，才知道金荷在荷花池的服装批发生意，真的很不错，看来赚了不少的钱。回去后，冯小玉对夏二娃说起，夏二娃却很不以为意，做出不屑一顾的样子。

后来，冯小玉和黎水生在一次闲谈中，她才听黎水生说起，金荷做服装生意前，曾经来找过夏二娃帮忙。她请夏二娃找一找广州的服装厂家，或服装商家的名片，好与对方联系。结果夏二娃，没有给金荷拿来名片。

言者无心，听者有意。黎水生不过闲摆几句，说过之后就十分后悔。心里骂着自己："这事怎么能对冯姐说呢？你又不是不知道她和夏老板的关系。"但是已无法收回来了。

冯小玉听后心里很不是滋味，便埋怨夏二娃不讲情谊，没有帮金荷的忙。夏二娃十分恼怒，知道这是黎水生向冯小玉透露了当天的情况后，便心存芥蒂。不几天后，夏二娃有一个自己远房的侄子，正好从农村来，找他帮忙想找点事做。夏二娃便留下了远房侄子，辞退了黎水生。

黎水生离开青年路的那天，冯小玉悄悄地对他说，叫他来荷花池市场找金荷。便出现了上面说到的一幕。

金荷听黎水生说出这些缘故，就叫黎水生留下来好好地跟着她干，自己一定不会亏待他。

本来，金荷心里一想起夏二娃那次"肉包子打狗一去不回"的事，就对夏二娃没有了好感。此刻，听黎水生说起他被夏二娃辞退了，借故炒了黎水生的"鱿鱼"时，又想起夏二娃对冯小玉，在婚姻上模棱两可的做法和态度，心里顿生厌恶和反感。她在心里说道："夏二娃这个人呀，是把人与人之间的情谊，甚至是自己的婚姻，都在当作生意来做了。"便下意识地暗下决心，以后再不愿与夏二娃打交道，也不想再见到这个人……

这时，郑涛回来了，他雇了一辆小型货车，拉回了满满一车货物。

金荷让黎水生和郑涛将货物搬入店铺后，对二人相互做了介绍，说："以后你们两人就是兄弟了，在店铺里正好各照看一个铺面，这样就可以轻松一些。谁忙的时候，另一个还可以帮助一下，相互有个照应。"

当天，金荷又买了一间单人床，安放在另一个小房间里，让郑涛和黎水生都住在店铺里面。从此两人就都有了一个伴，闲下来或晚上睡觉前，还可以吹吹牛，摆摆龙门阵，消除寂寞。

郑涛和黎水生都很赞同，说金荷姐很关心他们，也想得周到。两人很感谢金荷，更愿意在这里好好地干下去。

黎水生二十一岁多，郑涛快满十九岁了。郑涛称黎水生"黎哥"，黎水生便叫郑涛"小郑"。两人一见如故，相处几天下来之后，就像是一对好兄弟一样，自然就成了好朋友。

另谋生计

荷花池市场的生意，一年强似一年，一年比一年繁盛兴旺，在这里经商的多数商家，每年都赚得盆满钵满。

金荷当然也是其中之一。

金荷在怀孕七八个月的时候，行动已经不是十分灵便了。郝志和及金荷的母亲见她挺着的肚子越来越大，就没有再让她到自己的店铺上去。

十月怀胎，一朝分娩。金荷的身孕在怀了足月之后，便顺利地产了一个女婴。当时，季节已进入了天高气爽的秋天，而且，金荷店铺上的服装生意，也是顺风顺水，一如既往地好。在女儿生下来之后，郝志和便给她取了一个好听的名字，叫作郝爽。

那时，金池的儿子金欣已经三岁了，已经上了幼儿园。正好父亲金志豪也退休了，金欣上幼儿园的接送，就由爷爷金志豪负责。金荷的母亲，把心思一心一意地放在了郝爽身上。金荷和郝志和的女儿郝爽，遗传了父母的优点，长得既像父亲般俊俏，又有母亲的娇艳，皮肤白皙，一副娇小可爱的样子。如此乖巧的女孩，全家人都把她当成家中的宝贝般疼爱。

一直到郝爽出生已有半岁多的时候，金荷才觉得轻松一些，才有了精力来做她想要做的事情。有时，趁郝爽睡觉的间隙，她也会到铺子上来坐一坐，问一问铺子里的生意和行情。

在此之前，铺子上的事，每天都是由郝志和下班以后去看一看，了解每天的销售情况。每周星期天就由郝志和与黎水生、郑涛，进行一次盘点，根据货物的存有量，计算出应增补的数量，再由金荷负责与供货商家或厂家联系。除此之外，其余的事项，都放手由黎水生和郑涛去料理了。

金荷怀上郝爽后，从出生前的两个月到郝爽出生后，将近一年的时间，铺子上的事，大概都是由郝志和与黎水生、郑涛这么办的。金荷那时没有过多的时间去想，去干扩大业务的事。

女儿郝爽已有一岁了，金荷又能全身心地投入生意上时，已经是一年多之后了。

这一年多来，荷花池市场二期也已建成，其规模比原一区扩大了五倍之多。招商那天，要求入驻的商家蜂拥而至，几乎挤爆了整幢商铺楼。再加上商贸大楼的开业，整个荷花池市场，在原有一区的基础上，增大了将近十倍。为了与西区有所区别，原一区与市场二期工程建起的商铺楼一起，统称为一区。

之后的两三年里，整个荷花池市场内，包括一区和西区入驻的商家，已达到了三千五百余家。涉及的供货商家或者生产厂家，已达到一万五千多家。市场内销售的货物品牌和种类，有两万种之多，已是成都市最大最集中的商品贸易区，难怪每天都吸引着省内外的众多顾客和买主。

但凡要到荷花池市场来的买主，无论新老客户，一旦踏入市场，如若不事先看清来路，走出十步便有晕头转向之感，难辨东西。尤其新来乍到的顾客，进入商铺的楼道，犹似进了迷宫一般，不多问几户商家，都找不到南北，恐怕出不了市场的大门槛。

到了眼下，荷花池市场已经发展成了一个集多种经营形式、多种经营方式、多种经营品类、多种管理服务功能、多地区客商并存的大型综合批发市场。其规模、效益已居我国西部集贸市场之首，是全国有名的大市场之一。已然形成的专业市场内，有鞋类、皮具、布匹、服装、百货、小家电、工艺品等。

如今的荷花池市场内，每天的人流量多达三十余万人次，每天的成交金额可达一千万余元。这里还成为了四川省及西南地区主要的商品分销和中转口岸，辐射力远达西藏、重庆、贵州、云南，甚至陕甘、两湖等省区市。

即便是这样，荷花池市场内每天货物的吞吐量，还是远远没有达到饱和的程度，还有不断增加的空间。金荷似乎早已看到了这一点，因此，她还想把自己的商务范围拓展得更大更广阔一些。只有到了眼下的时候，孩子可以丢手了，金荷才有可能腾出时间，让她去想更多更远的事情。

经济体制改革的大潮，汹涌澎湃，不断地冲击着全国的每一个角落，时间已推移到了九十年代的初期。

此刻，金荷已经感觉到了形势的发展，必将对自己的经营，带来不同凡响的影响。时下，光依靠广州那边不论是供货的生产厂家或是商家，已经越来越不能满足金荷商铺的需求，每批发往成都的货物数量，虽有增加，仍然呈现出供不应求的趋势，且每况愈下。假以时日，势必有可能出现难以为继的状况。此时，金荷必须审时度势，早作决断。她需要另辟蹊径，要走出自己的一条营商之路，才能让自己的业务持续地开展下去。

于是，金荷有了要办一家自己的服装加工厂的梦想。

世事难料，真是无巧不成书。这天，金荷的店铺上来了一个人，真让她成就了这个梦想。

下午两时左右，来到金荷店铺上的男人三十一二岁的样子，中等身高，微胖，梳着寸头。他穿着黑色的卡克上衣，黑色的长裤，一双皮鞋铮明瓦亮，浑身透出精明强干的神采。他叫欧启亮，是一家即将倒闭的服装厂代理厂长。

欧启亮来到店铺外，并没有急于上前，而是用眼光将两间店铺内外扫描了一遍。见有两位年轻人，各在一间铺内应酬顾客。他犹豫地站了一会儿，才走上前来探问："小伙子，金老板在吗？"

小伙子正是郑涛，他抬头望了一眼来人，问："你有什么事吗？"意思是说如果我能处理，就没必要找老板了。

欧启亮解释说："是黄主任介绍我来找她的。"

郑涛听他这么说，便朝店后走去，在一小间门口，对正在里面清理衣物的金荷说："金姐，外面有人找你。"随后陪着金荷来到店铺柜台前。

欧启亮见出来的金荷不到三十岁年纪，与黄主任说的差不多，便认定了她是金老板，脸上马上露出谦和的神色，说道："金老板，是黄主任叫我来找你的，有一件事情找你商量。"

金荷"哦"了一声问："就在这里说，行吗？"

欧启亮说："说来话长啊！要不，我们找个清静的地方慢慢谈。"

金荷心想，是黄主任介绍来的，事情可能非同一般。便答应道："好吧。我们到茶楼里去说。"

站在一旁的郑涛听他们这么说着，就对金荷说："金姐，我陪你去。"

金荷知道郑涛的意思，会意地朝郑涛点点头。

出店铺时，郑涛叫一声："黎哥，我和金姐有事去茶楼一下，两边你都照看到哈。"说着，就与金荷一起出了店铺。

原来，欧启亮所在的服装厂系街道小型企业，在改革大潮中有可能被淘汰。原厂长见势不妙，走为上策，丢下近百位职工和厂房设备，"下海"做生意去了。留在厂里的职工，有的通过各种手段和渠道，办理了退休，有的主动辞职或退职拿钱走人。最后余下不足一半的四十多个人，是既无手段和渠道，又不死心，誓言要与企业共存亡的职工。他们推选出欧启亮做代理厂长，以希望通过他和自己的努力，让企业起死回生，逢凶化吉。无奈企业半死不活，缺乏启动再生产的资金，不死不活地拖了半年多。还是欧启亮想了个办法，来找荷花池市场管理委员会，想找一个老板投资，以促使再生产。他们提出的条件很简单，只要有钱发工资，只要有钱启动生产，至于工厂的厂房设备怎么处理，工人劳动分配干什么，老板想怎么样都行，只要国家政策能通得过，他们绝不过问。

在茶楼里谈话时，欧启亮把情况介绍完了，看看金荷，见她不动声色。便用试探的口气问道："情况就是这些，看金老板你有什么想法？我洗耳恭听。"

金荷在听欧启亮介绍情况时，边听边在脑子里打转，想着一些问题。听他说完了，便先问了一句："留下的这四十多个人，年龄多大？是男的多还是女的多？"

欧启亮答说："女的多，一般都在三四十岁左右。"

"她们都会操作缝纫机？"

"会的。还有几个男的是车间主任、剪裁师傅、保修工和电工。"

"欧厂长，你是——"

"我也是个修理工，只是这次他们把我推出来为大家跑跑路。"

"好的。今天就到这里吧。"金荷一时拿不定主意，说，"我考虑一下，然后给欧厂长答复，行吗？"

欧启亮连忙说："好，我敬候金老板的佳音。"

次日，金荷还是像往常一样，七点半钟到了铺子上。

昨天晚饭后，金荷把下午与欧启亮谈到的事情，告诉了郝志和。郝志和听后未置可否，但他对金荷说："这么处理是对的，没有把话说死。"还说，"我们可以去黄主任那里了解一下她的意向，去工厂考察一下实情，然后再作定夺。"

他们约好，郝志和去工厂里请半天假，让金荷在铺子里等他，一起去找找黄主任。

可是，金荷在铺子里等来的却是王家蓉。

金荷见王家蓉到店里来找她，原以为她是像上次说的那样，愿到这里来帮自己的，把她让进店来好说话。不想王家蓉却是愁容满面，坐下来后诉苦不迭。她是来找金荷借钱的。

王家蓉的老公齐正富，在戒毒所强制戒毒，一待就是两年多。出来后发现，原来的街道工厂已经不复存在。原来工厂里的工人都化整为零，分成几个生产小组，安排到附近的工厂去做临时工。这批人原在街道小厂做纸盒、胶垫圈之类的产品，到机械工厂是既无技术，又无能力。他们只能做做搬运、清洁等杂活。

齐正富因吸毒，早已掏空了自己的身体，哪有体力去做担担抬抬的繁重工作呢？他在街道生产组混了一年多，实在吃不下这份苦，做不下去了，就回到了家里。回到家后无所事事，长此以往总不是个办法。起初，他想去做点小生意，但是原来做假酒时，被没收非法所得又被罚款，已无所节余。去戒毒所又花了一笔费用，一家的经济像齐正富的身体一样，也已经被掏空了，哪里又有资本去做买卖？现在，一家人的用度，就靠着父母那点微薄的退休金。王家蓉说："坐吃山空，即便是有个金窖，也经不起这样的折腾啊！"

当年，王家蓉愿意嫁给齐正富，是图他有一个城市户口，又有一份小工作。她高中刚毕业时，回到村里务农，一经别人介绍，便没想那么多，就把自己嫁了过去。眼下，王家蓉也成了街道居民，在她看来，城市户口能管个屁用。几次想起，王家蓉都很绝望。当初自己咋就看不到这么远呢？咋就这么愚蠢呢？

齐正富进戒毒所时，王家蓉脑子里有了离婚的念头。可是那时儿子还小，她心里舍不得。到了如今，儿子已上小学三年级了，懂事了。她又怕儿子失去母亲或者父亲，不会学好，就嫁鸡随鸡，不再想离婚的事了。但这么一直拖着，一家人总得要生存下去呀，王家蓉左想右想，总是想不出个好办法。

去年，王家蓉老家的房屋拆迁了，王家蓉分得一间近二十个平方米的单间。她想带着儿子搬回来住，离开那个背时的老公，眼不见心不烦。自己便想来帮金荷的生意，独自把儿子慢慢培养成人。

齐正富毕竟是个男人，王家蓉想离开家带着儿子单住，他死活不干。他说:"我是儿子的父亲,老子也要尽到做父亲的责任。"

王家蓉说:"那你早先干什么去了,现在才想起有责任了?"

齐正富说:"我当初干那些,还不是为了这个家过得好一点。没想到黑仔那个狗东西,把我害惨了。"

王家蓉说:"那别人咋没被害呢?还不是臭味相投,一帮狐朋狗友才拉在了一起。"

齐正富说:"我改还不行吗?"

这一架吵下来,齐正富已经退到了这一步,王家蓉的心也便软了下来。

现在,在王家蓉心里看来,他说的那倒也是真的。齐正富现在已经是烟不抽,酒不喝,一身衣服穿几年,也知道口攒肚挪,节省过日子了。

齐正富虽然在工厂里做活没什么技术,只能去当搬运工,可他长年在家做饭,练得了一门烹调的好手艺,他做的家常饭菜一家人都喜欢吃。因此,到了时下他不再去街道生产组做活路了,而是回家另谋生计,想开一个餐馆。正好王家蓉在这边分到一间住房,一家人就可以搬到这边来,租一个临街的门面开馆子。毕竟这边离火车站,离荷花池市场近一些,客流量也大,赚钱糊口更容易一点。

金荷听王家蓉说到这里,真为王家蓉高兴。齐正富能改邪归正,这家就有了希望。齐正富为了一家人的生计,准备开餐馆,要凭自己的一双手挣钱养家,这才是正道。

这时,金荷想道,王家蓉今天过来找她,一定是有事想找她帮忙。便问她:"有什么需要我帮你的吗?"

王家蓉便拘泥起来,说:"很不好意思,原来是想来帮你做生意的,现在却是想要你帮我一把了。"

金荷说:"你有啥子事,就直截了当地说。我们都是老姐妹了,有什么碍口识羞的?说吧,要我帮什么忙?"

王家蓉见金荷这么实在地提到她们之间的老关系,原来紧锁的愁眉舒展开来,说道:"我今天来就是为开面馆的事,想找你借钱。"话一出,又有些难为情似的,朝金荷笑笑。

一说到钱,金荷便开口道:"我以为是啥子难办的事哩!"转而又询问王家蓉,"你需要多少?"

王家蓉见金荷如此大方,心里很是感激。但一说到需要多少数量,就又有些难于启齿。在金荷再一次问她需要多少时，她才麻起胆子比一个手势，说了一句："三万。"

金荷见王家蓉拘谨的样子，就笑了起来。这让王家蓉更不自在了，心里埋怨自己是不是说多了。这时金荷才说："我还以为你要好多，三万我还是拿得出来的，多了就有些困难。说实话，我最近还想投资一下服装生产。"

王家蓉便眉开眼笑："三万足够了，多的我也不敢要啊！"

金荷想了想，问："你们就准备开在荷花池附近？房子找好了吗？"

王家蓉说："已经找好了，简单装修一下就准备开张。借你的钱，就是用在付房租和开业用的。"

金荷说："那好呀！你看这样行不行？"

王家蓉生怕有变，赶紧问道："你说怎么样？"

金荷说："我这三万元就作为投资，入股你的面馆，我们风险共担，你有了赚的我就有了分红，亏本了也有我一份。面馆不管你开多久，不开了再把钱还我就行了。"

其实，金荷说的入股分红是假，借此来激励他们把面馆开成，并有盈利，那才是真意。

王家蓉听后笑逐颜开，表示赞同，不住地向金荷点着头说："你真是我的好姐妹啊！这辈子有你这个贴心朋友，我也值了！"

王家蓉的话，说得金荷也笑容满面地直摆手，说："应当的，应当的。"

王家蓉从金荷那里拿回三万元钱，在齐正富面前晃了一下。对齐正富说："你放心大胆地去把面馆开起来，但只准成功，不准失败。这些本钱足够了吧？"

齐正富说："够了，够了！只会成功，不会失败。"想一想，又不太放心地说，"但是你要跟我说清楚哈，这钱是哪来的，你不要上了别人的当喔！"

王家蓉就给齐正富讲起，金荷用三万元投资入股面馆的意思。

齐正富听后，心里寻思道："金荷真正地成了一个商人啊！行事都用商人的头脑在思考。但她对面馆的入股，实际上是在帮我们的大忙啊！她所说的分红，只不过好像是存款的利息，远远比借贷低多了，而且还说风险共担。由此即可看出金荷待人的诚意。"齐正富心想，也不能在这事上亏待了金荷，便对王家蓉说："最好和她签个合同，不要亏了人家。"

王家蓉说："金荷说了，我们姊妹间那点信任感都没有吗？口头说了就算，那就叫个'君子口头协定'吧。"

齐正富听后心头一热，暗自决心一定要把面馆开好，不成功都不行。

王家蓉说："我不能把钱一下都交给你，我把它存在银行里，需用多少取多少，就看你的表现了。"

齐正富做出委屈而又惭愧的样子，不好意思地点点头表示同意："看我的吧。"

郝志和去厂里请假，处理了几件事后，已到中午。所以，吃了午饭才回到荷花池的商铺。

午后二时，郝志和与金荷去到荷花池市场管委会，黄主任正在办公室，见他们二位来了，就招呼他们进办公室里坐下。黄主任为他们泡好茶后，便问金荷："看你这样子，是有事要找我吗？"

金荷说："昨天，有个叫欧启亮的人来店上找我，说到他们服装厂的事。我想黄主任可能了解情况，所以我来找你，给你添麻烦来了。"说完，金荷侧头看看郝志和。郝志和便也朝黄主任点点头，表达了同样的来意。

黄主任对他们两口儿笑笑，说："你们太客气了！这事也是我们管委会应该做的，我们有义务为你们牵线搭桥。"

于是，黄主任就把服装厂的情况大概介绍了一下，希望金荷能够伸手拉他们一把，助他们一臂之力，跨过这一道坎。"同时，你们也可借此把自己的业务拓展开来，介入服装生产。产销结合，两全其美的事，多好哇！"

说着，黄主任用信任和鼓励的眼光，望着金荷和郝志和。

这时，金荷便与郝志和对视了两秒钟，用眼神交换了共同的想法后，金荷对黄主任表态说："黄主任，我们听你的。也希望你能给予我们多多的帮助和支持！"说完两人站起来向黄主任告辞。

黄殿英拉住金荷的手，一直把他们送出了管委会。

接着，金荷和郝志和来到了服装厂。

这个服装厂原是一家集体性质的街道企业，属街道综合办管辖。

黄殿英原在街道综合办公室当主任时，常来这里视察和指导工作，对厂里的情况和职工都比较熟悉。随着城市经济体制改革的深入开展，政企脱钩之后，企业就像"断奶"后的孤儿，进入市场经济参与自由竞争，却无人问津。

这时黄殿英已从街道综合办，调到了市场管委会，但心中还挂念着那里的职工。这次企业内部出现了一些变化，厂长离开后群龙无首，工厂像被汤浇了的蚁穴，被火燎了的蜂巢，乱成一团。有办法的职工，走各种渠道离开了工厂。没办法只能留下来的职工，终日惶恐不安，生怕断了生路。

当欧启亮到管委会来找到老上级黄殿英时，企业已没有了再生产的流动资金，如果再不投入，企业便难以为继，只有走向破产，被时代所淘汰。

黄殿英听到欧启亮汇报，让她深感揪心。思考了几天，她才想出让金荷来接手这个"烫手的山芋"。她对金荷说："这也是出于无奈的办法了。"

金荷、郝志和在欧启亮的陪同下，在办公室和加工车间走了一遍。

办公室是一栋三层的红砖楼房，二楼上有五间办公室，分别是厂长室、厂办公室、财务室、接待室和会议室。三楼是住厂职工宿舍，现在大半都空着，放了一些杂物。一楼是检查验收室，成品库房和原料库房。

紧挨着办公楼房的，是生产加工车间。车间面积大约有两个篮球场大小，是一间半砖墙木结构的瓦房。车间里面，安装有缝制衣服用的各种设备，有五六十台。剪裁、缝纫、锁边、熨烫均有。看样子这些设备，已经有一段时间没有使用了，设备上的罩布已经沾满了灰尘。

车间后面是一个小型的食堂，与车间、办公楼房之间，都有通道相连。整个厂区占地面积，不过五亩左右。

郝志和在大学时学的是企业管理，毕业后，又在汽车厂里干了许多年，从事的也是企业管理工作。凭他的经验，这样一个服装小企业，要生产金荷所经营的服装生意，已经绰绰有余。如果金荷要扩大经营，只需添加部分设备亦可满足。只要在管理上下点功夫，理顺供销渠道，企业大有盈利的空间。

因此，郝志和建议金荷，可投入一定的资金，把这个服装厂承揽下来。

金荷也看到了这个服装厂有设备，有工人，具备了一定的生产能力。再加上郝志和也支持她把工厂接手过来，可生产自己销售的服装。当时，金荷便向欧启亮表示，她愿意和这个服装厂的职工一起，把生产重新启动起来。

欧启亮当即表示，绝对支持金荷的决定，并代表现有的全体职工，对金荷的加盟表示诚挚的欢迎和感谢。

金荷在作出决定之后，接下来的一个多月的日子里，她通过相关部门，对这个小小企业的所有资产，进行了一个评估。评估结果，这个企业的现有总价值有四十余万元。经过与欧启亮为代表，有半数以上的职工协商，就现有的资产分派到每一个职工头上就是一万元左右，可作为职工的股份。

金荷准备投入六十万元，与企业原有资产合计，共一百余万元，可作为企业的固有资金，成立一个股份有限公司。公司中金荷占百分之五十八的股份，职工每人占百分之一的股份，共计占百分之四十二的股额。由此，可开始启动服装厂的再生产。

经过两轮的协商讨论，服装厂的绝大多数职工表示赞同，愿意将自己所得的股份，加入这个服装股份有限公司。余下有五人却愿意将自己的股份卖出，只参与工厂的生产，领取工资，不参与分红。

对此，金荷也不勉强，她自己出资买下了他们的股份，就让自己占有的股份达到了百分之六十三。

就这样，金荷在得到相关部门的赞许，公证处有效公证之后，她决定申请将服装厂更名为"成都市城北金荷花服装厂"，并以"金荷花"为注册商标，开始生产自己的品牌服装。待时机成熟后，成立自己的时装公司。

金荷的这一决定，得到了区政府企业办和街道办的支持，得到了黄殿英主任的称赞，也得到了全家人的认可和赞同。

于是，金荷承揽的服装厂，便在紧锣密鼓中积极地筹划着，并展开了相关的工作。

商务生变

金荷的资金到位之后，她与欧启亮商量，是否先把生产启动起来。

因为，金荷并不知道现有服装厂的生产能力，质量保证和技术水平，她决定先以相对容易的童装生产为主，作为她承揽服装生产的过渡。在质量保障的前提下，可再制作其他款式的服装。

欧启亮十分赞同金荷的设想，他说："设备、人员都是现成的，只要原料一进场，马上可以拉开架势，进行服装加工不存在问题。而且童装他们以前也生产过，难度不大，不出一星期就可以出产品。"

正如欧启亮所说，刚一周的时间，服装厂恢复生产后的第一批产品，童装共五十件就出成品了，并且送到了金荷的铺子上。

在此之前，金荷曾与郝志和、黎水生到厂里看过。

那天他们一进车间，便看见工人忙碌地赶制样件。缝纫机声"唰唰唰"地响，工序从剪裁，缝纫，到熨烫都有序地在进行。已出的成品，与金荷从铺子上拿来的样品几乎一模一样。

在一旁的欧启亮拿起一件衣服，简单地把制衣过程，向金荷作了介绍后，说："你看这件，只要再稍作收边、熨烫就是一件成品，可以出厂销售了。"

金荷还是有些不放心，她叫黎水生也取一件成品看看，她说："你经手过这么多年服装，应是内行了。你看看质量，从裁剪到做工都仔细瞧瞧，看达到销售的标准没有。"

随后，金荷又转身对欧启亮说："因为，我们以后就只能靠这个吃饭了。

先把事情做扎实一些，以防后患。"

等黎水生看完衣服，点头认可后，他们一行就到了二楼的办公室。在办公室里，金荷把自己的想法，告诉在座的欧启亮和黎水生。

当然，这些想法中，也包括郝志和的意思。毕竟是两口子嘛，金荷的好多主意，都是郝志和给她出的点子。这么多年了，金荷一路走得顺顺当当，就是多亏了有一个郝志和这样的好丈夫，好参谋，金荷心里十分感激他。

金荷说："要成立公司，还有许多手续要办。我想，在成立前，我们先把生产搞起来。以前我们是'借鸡生蛋'，靠经销别人的服装盈利，现在要逐渐走向'养鸡生蛋'，靠自己的实力来盈利，养活我们自己。所以，先把生产启动，而且要搞好，才有出路。"

见欧启亮和黎水生都点头认同，金荷接着又说："从工厂目前的状况来看，一是人员，二是设备，都要作一些适当的补充。拿设备来说，原有的有些已经老化，工作效率低下，像这种就有必要淘汰，购进新的效率高的，才能适应形势和发展的需要。设备方面欧厂长是行家里手，下来后请你策划一下，应该更新多少，再测算一下所需资金，拿出一个方案，然后我们再讨论。"

说到这里，金荷又调头对黎水生说："刚才我说到人员的事，小黎你可以考虑一下，还有郑涛，我回去跟他说。你哥俩抽空回一趟老家，帮工厂招一批二到三十岁的女工，好壮大工厂的人力。不会的可以来学，待遇我们下来商量。第一批一共招三十个人吧，我想问题应该不大。"

金荷说完，抬头看看郝志和，征求他的意见。郝志和点头同意。金荷又转头用探讨的眼光，看着欧启亮和黎水生，他们二人均表示赞同。

接着，金荷又说道："先把工厂建起来，生产动起来，现有的人员暂不作变动。欧厂长还是做厂长。只是小黎要辛苦一下，这段时间你就到厂里来，主要就是对质量把关。"说到这里，看看二位，又问，"怎么样？二位有什么想法？也可以谈谈。"

黎水生知道，这是金荷对自己的信任。自从青年路到荷花池这边来后，黎水生时时处处都觉得，金荷为人处世就比夏老板强得多了，而且用心细致，知人善任。因此就铁了心要跟着金荷干，无论她作什么安排，都情愿去做。金荷现在叫他去工厂管质量，他说："金姐，你放心，我争取把它干好。"

欧启亮对金荷的安排，就表现出有些为难。他说："金老板，我原先只是个修理工，对设备还熟悉，要叫我管人管生产，我不是那个料啊！"

金荷就笑起来了，对他说："你不是由职工推选出来的吗？"

欧启亮说："那是赶鸭子上架，被逼出来的呀！"

金荷说："应该说是职工对你的信任，有信任就有威信。现阶段你就是最好的人选，先干着，有什么困难，我们以后再商量，行吗？"

欧启亮感觉自己再一次像被赶上架的鸭子，说了一句："我建议郝老师，郝志和来当厂长最合适，他本来就是学管理的嘛！"

这次，轮到郝志和笑起来了："欧厂长不要客气，我那头现在还丢不开，还不合适。等到合适的时候，试一下也可以。"

金荷也笑着说："现在就这么定了，接下来我们还有很多事要做，筹备成立时装公司，提升我们的服装档次，大家共同努力吧。"

半个月后，工厂正式挂牌。

工厂正式定名叫"成都市城北金荷花服装厂"，"金荷花"就是产品的商标。金荷有心要把它打造成一个著名的品牌。

挂牌那天，黄主任代表街道和管委会到了现场。其余到来的，还有几家有意要与金荷联销的商家朋友。

办公楼下，原有的职工，新招来的也已到位二十位职工，和特邀来宾，聚集在一起，简单地举行了一个仪式。

仪式上，由黄主任、金荷、欧启亮以及几位商家老板一起，为工厂揭下罩在吊牌上的红绸。在一串串鞭炮声和人群的鼓掌声中，城北金荷花服装厂正式开工，对外亮出了自己的身份。

不出几天，陆陆续续就有多种款式新颖的童装，摆上了荷花池批发市场的货柜，对外销售。

这天下午四时左右，荷花池市场已进入一天营业的尾市时刻。市场内的人已经渐渐地少了起来，有的商家已在收拾货物，准备再过一两小时就要打烊了，结束一天的经营活动。

金荷和郑涛也在店铺里，整理着货物。

这一段时间以来，黎水生要去服装厂那边，和原厂的检验一起，检查每天加工出来的成衣质量，一般都是清晨四五点钟打开铺门以后，郑涛和黎水生分头在两个铺面上，应付早市的顾客。忙完早市的批发以后，将近七点钟了，黎水生如果感觉较累或者还有困意，他便会回床上躺一会儿，由郑涛一人照看着铺面。两人等到金荷到来后，才去吃早饭。然后八点半左右，黎水生再骑上自行车去服装厂。好在不远，要不了十分钟便到了，正好赶上服装厂的工人，才刚上班不久。他在那边，每个工序都要查看一下工人操作的情况，衣服制作中各个环节的质量。一般要到下午四时以后，等一天做出的成品出来了，集中检查完了后才停手。余下的收货、入库，就是其他人的事了。

工厂开工一月之后，就实行了两班制。晚班加工的质量，由另一个检验员负责。黎水生只需第二天去到厂里后，再检查一遍就行。即便是这样，黎水生天天两头跑，久了还是感觉有些疲倦。但他并不埋怨什么，实在累了晚上就早点睡觉，咬咬牙也就挺过来了。他说反正自己还年轻，有的是精力。

当然，这一切金荷都看在眼里。隔过几天或一周，金荷就会多放黎水生一天休假，让他补补瞌睡，多休息一会儿以消除疲劳和恢复精力。

今天，正好是金荷给黎水生放假的日子。黎水生好久没回老家了，他趁休假，昨天下班后就乘车回仁寿去了，住一夜后，要在今天晚上才会赶回来。铺子上白天就由金荷和郑涛守着。就在午后五时多，将近打烊关铺的时候，金荷却见冯小玉到店铺上来了。

冯小玉面容愁苦，见到金荷时却佯装笑脸，走上前来。其实这些金荷已经察觉到了，心想她可能是有什么事，这个时候还到店铺上来找她。她把冯小玉让进店铺，给她倒了一杯热水后招呼她坐下，好有什么话慢慢谈。

刚一坐下，冯小玉就迫不及待想要把她和夏二娃大吵了一架，已回到娘家住了两天的事，对金荷说出来。她说："今天我此时还来找你，就是心头憋得慌，想把苦水统统都倒出来。"

金荷问道："又怎么了？"让冯小玉喝口水，慢慢说。

这时，郑涛从隔壁走过来，看见了冯小玉。他曾见过冯小玉，便对她点头招呼，叫一声"冯姐"后，又对金荷说："金姐，那边我已经收拾完了。"

金荷叫郑涛把那边的铺门关好，对他说："你自己先去吃晚饭，这边让我和冯姐再说说话。"

店铺上现在就只有金荷和冯小玉两人了，冯小玉便对金荷讲起了这两年她和夏二娃店铺上的情况。

夏二娃自那天辞退了黎水生后，把他的一个远房侄子招到了青年路的铺子上。夏二娃想，侄子是他的亲戚，不会有二心，做的也是黎水生以前的活路。

这远房侄子十八九岁，原住在资中县的一个偏僻小镇上，叫甘祖平。甘祖平上有两个姐姐，在家中排行最后，别人都叫他"甘老幺"。在这里，我们姑且也这么称呼他。

甘老幺的父母，以在镇上做点小生意为生，多以手编竹制品为主。甘老幺因是幺儿，"皇帝爱长子，百姓爱幺儿"的民俗根深蒂固，从小就被溺爱，娇生惯养。直到读书时，就没有学好，生性好赌。读完初中，甘老幺因学习成绩太差，常受老师责备，同学嘲笑，便无心继续上学。

如此这般，甘老幺就常在镇上的茶馆里，和别人打麻将、扯马股、扎金花，样样都来。赢了钱，他便吆五喝六地和几个小痞子，喝酒划拳。输了，父母没钱给他还账，他就找茶店、麻将铺老板借。借不到就赊，往往是借东家还西家，拆东墙补西墙。再不然就是游手好闲，逗猫惹狗，到处惹是生非。他破罐子破摔，混一天算一天，在镇上没留下一个好名声。

人一大了，父母又管不住，也管不了。这时，父母就只好托亲戚给甘老幺找事做。东找西找，找到了夏二娃。

天有不测风云，人有旦夕祸福。夏二娃遇到了甘老幺，活该他倒霉。

甘老幺来后，夏二娃就把黎水生辞退了。

夏二娃把黎水生还给他的店铺钥匙交给甘老幺，让甘老幺白天做着黎水生原来做的事，夜晚就住在店铺里，守着铺子。甘老幺把夏二娃交给他的钥匙，挂在裤腰间的皮带扣上，又怕丢失了，自己去配了两把揣在身上，以备万一。

到了成都，这让甘老幺犹如挣脱了缰绳的野马，更是自由自在，放浪形骸。而且，还是成都这样的大城市，不啻给了甘老幺一个更广阔的天地。

才开始，甘老幺来到夏二娃的铺子上，每天早起跟着夏二娃开早市，打批发，白天守铺子，晚上睡在店铺里，做出老老实实的样子。待人接物也规规矩矩，表叔长，表叔短地鞍前马后围着夏二娃团团转。领到夏二娃给他发的工资，他就稳稳地揣着，除了吃饭，抽烟，绝对不去乱花。

四个月后，地皮子踩熟了，甘老幺到了晚上，他就会把店铺锁好后，出门去乱转。要不了半个月，不管是春熙路，盐市口，东大街，红星路，总府路，人民南路，他都转了个遍。这里比起他在老家的小镇上，那简直是一个天上一个地下，花里胡哨，灯红酒绿，让他大开了眼界。眼前的世界，令甘老幺自卑地觉得自己很土气，拿他自己的话说，"就像红苕屎都没有屙干净那样，衣服也没穿伸展过，土里巴几的。"

此时，改革开放的大潮，荡涤着城市的每一个角落，汹涌澎湃地推动着现代化的步伐。经济建设的发展，也带动了文化娱乐业的进程。城市内的大街小巷上涌现出了不少电影城、OK厅、酒吧、舞厅、棋牌室、录像厅，吸引着年轻人对夜生活的向往和脚步，也吸引着甘老幺对这一切的好奇和欲望。

后来，甘老幺出门就要讲究了。出门时，他悄悄地把铺子上的卡克或者西服挑一件穿上，装得人模狗样的样子。他嘴里叼着烟，走在街头上感觉就跟原来不一般了，显得很自在，神气多了。得意时，不由自主地会哼几句小曲儿。

大半年的时间里，甘老幺认识了同样是在青年路上，给商铺老板当伙计的几个同龄人。每天晚饭后无所事事，几个人约起打麻将，斗地主，或者去歌厅、舞厅，唱歌跳舞。当他用并不纯正的音调，哼着当时已流行起来的通俗歌谣："我曾经问个不休，你何时跟我走？可是你总是笑我，一无所有……"走进这些场合时，便会有一种神魂颠倒，莫名亢奋的感觉，不能自已。

几次下来，甘老幺好像自己已经脱胎换骨，做梦都想着怎样变成城里人。随之，手脚也开始大方起来，打牌、喝酒、跳舞、唱歌、看录像出手不凡，在朋友面前呼儿嗨哟的，嘚瑟得很。仿佛一夜之间，自己真成了成都大城市的人了，觉得跟夏表叔夏老板夏二娃一般无二了。

夏二娃开始疑心甘老幺的形迹不轨，是一次冯小玉在准备出售的卡克衣兜里，发现了香烟的烟丝。冯小玉还以为是夏二娃不慎掉进去的，问了他，他说不会呀。但两次，三次之后，夏二娃才开始怀疑，是甘老幺穿过待售的衣服，而且西装里也曾发现过。夏二娃便问甘老幺，这是怎么回事？甘老幺也挺干脆，他说是自己晚上出去玩，穿过卡克和西服。夏二娃想，年轻人顾面子，出门换上新衣服也很自然。就叫甘老幺，把穿过的衣服留下一件自己穿，价格就按进价算，在工资里面扣除。

这下，引起了甘老幺心中的不愉快。他心里很不服气："不过就是借穿了两件衣服，你就硬要卖给我。"他暗暗地赌气说，"你要扣我的，我也会想办法抠你的。"

接下来，就出现甘老幺白天的销售额中，衣服和货款不相符的情况。当时，甘老幺解释说："是买主和我讨价还价，就按最低售价卖了。"其实，这些都是甘老幺编出来的谎话，再多几次，夏二娃也就猜出来了。只是没有亏本，少赚了一些而已。夏二娃只提醒了甘老幺几句，也没有过多地追究。

甘老幺就用这些，自己耍无赖抠出来的钱，和他那些朋友去打牌，去唱歌跳舞。日子一长，胆子就越来越大。打牌输了，身上没钱了，他在朋友的怂恿下，晚上就偷偷地把衣服带出店铺去卖。他也不管是"水货"价，或者是"跳楼"价，只要自己有钱到手就行了。

夏二娃进货有个习惯，一般在头批货物，还没有彻底卖完之前，第二批基本就到货了，中间有四五天的重叠期。甘老幺就是钻了这个空子，把在镇上挖东墙补西墙的把戏，搬到了夏二娃的店铺上，而且运用得十分娴熟，淋漓尽致，有过之而无不及。一直到这个月底，夏二娃把店铺上的货物，作了一次彻彻底底的总盘点，才发现出了一个大窟窿。店铺里，现存的各种衣物都有实物与货款的差距，总差额将近五六万元。

这无异于是在太岁头上动土，是夏二娃做服装生意以来，从来没有出现过的事。他越想越觉得不对劲，越想越感觉事出蹊跷，不敢再往下想。

夏二娃彻底被甘老幺激怒了。那天晚上，他找甘老幺谈话，要他把来龙去脉讲清楚。谈到了最后，夏二娃干脆破口大骂，怪自己瞎了眼，弄来了这么一个吃里扒外的狗东西。他怒不可遏，叫甘老幺："给老子滚回老家去！"

当时，甘老幺也拿出了当年在小镇上当痞子的蛮横之气，顶了夏二娃几句。他说自己为夏二娃的生意，起早贪黑做牛做马，还得了一顿臭骂。

夏二娃实在气愤不过，当时就叫甘老幺交出钥匙，把甘老幺撵了出去。他收回钥匙把店铺一锁，气急败坏地丢下甘老幺，径直朝烟袋巷的住处去了。也不管他甘老幺要做什么，到哪里去过夜……

冯小玉正说得起劲，黎水生扛着一大包东西，从仁寿乡下回来了。他见已经六点钟了，金荷还在店铺上和人说话，走拢一看，说话的那人却是冯小玉。

黎水生进店，放下那包东西，叫一声"金姐冯姐"，就说："这么晚了还没关门下班？"

金荷说："你冯姐难得来一次，我和她多摆摆龙门阵。"

黎水生说："这趟回家，农村也没有什么好东西送你们。我带了一点今年才收的干花生过来，金姐，冯姐，你们拿回去吃嘛。"说完他朝里面看了看，又问金荷，"怎么没见到郑涛？"

金荷说："小郑吃饭去了。"

黎水生说："正好我也没吃，我去找他。"

金荷就给黎水生交代说："我和冯姐出去走走，你把店铺关好后也去吃饭吧。"说着，金荷就和冯小玉朝店铺外走。

临出门时，冯小玉对黎水生送她花生表示谢意，并对金荷说："小黎才真是一个好兄弟。"

出了店铺，冯小玉说："我还没讲完哩。"

金荷说："不急。王家蓉两口子在附近开了一家面馆，我们去那里坐坐，尝尝老板的手艺，也好把你的故事讲完。"

说着，两人就朝市场外走去。

到了面馆，看见王家蓉两口子，正在里面忙得不可开交。馆子里五张桌子，都坐满了食客，还在店外摆了两张折叠桌和木凳。

金荷和冯小玉，就在外面自己找了凳子坐下来。

面馆里，只见齐正富在厨房里忙，里面弥漫着的股股热气，飘散了出来。王家蓉则系着围裙，忙里忙外。她双手端着面碗，送到餐桌上后，还不忘收捡客人走后余下的空碗，进去又拿着抹布出来，擦桌子收钱，一时空歇不下来。

金荷、冯小玉也不叫她，看着她忙东忙西。等到王家蓉看见了金荷和冯小玉二人，她才三脚两步跨出店来，打着招呼："二位贵客，今天哪来的工夫光临小店。欢迎欢迎！"

冯小玉对王家蓉说："是金荷特地邀约我到你这里来的，有什么好吃的，让我们品尝品尝。"

王家蓉就讪笑起来："街边小店，家常面馆，哪里比得上山珍海味？"说着，又朝厨房里喊着，"老板，把你的拿手好戏施展出来，招待这两位贵客！"说完，又赶忙进店去应酬其他的客人。

金荷说："王家蓉当了两天老板娘，嘴巴，身段，脚步都变灵巧了。"

面条端上来后，王家蓉只说了一句："你们慢慢吃，味道不好将就了哈！"说完又去忙自己的事去了。

趁着王家蓉两口子在面馆里正忙的工夫，两人边吃边说，冯小玉接着把在金荷店铺上未讲完的话，继续说下去。

等到第二天凌晨，夏二娃照常来到店铺赶早市。走近一看，店子里店门洞开，里面漆黑一团，什么也看不见。

夏二娃冲过去按电灯开关，只听得开关"咔嚓"一声，灯却不亮，便立即感觉到出了事了。他喊两声甘祖平，没有回应，店里哪里还有人的影子。

这时，夏二娃才想起昨天晚上，他已叫甘老么把钥匙交出来了，门还是自己锁的。那么……肯定是遭遇盗贼了。

夏二娃赶紧跑到别的铺子上，借了一把电筒回来四处一照，顿时就傻了眼。气得他目瞪口呆，一屁股坐在了板凳上。屋里已是乱糟糟的，灯泡也被打烂了。货柜架上空无一物，只留下甘老幺的两件破衣裳，一双烂皮鞋。

眼前的一切，让夏二娃脑壳顿感一阵疼痛和麻木，什么都想不起来，一片空白和迷惘，他只感觉到自己被别人洗劫了。等夏二娃稍微清醒过来，才想起赶到派出所去报案。派出所来了两位民警，跟着夏二娃到了店铺。

这时天才大亮。铺门前围了一些人，还有的是来找他批发的买主。人们七嘴八舌地议论起来，有的人说是被强盗杀人越货了，有的人说是监守自盗了，也有的人说是伙计越俎代庖，把老板的衣物卖了"跳楼货"，卷钱走人了……众说纷纭，莫衷一是。

派出所的民警察看了现场，做了笔记，就叫夏二娃锁上店门，封闭了现场，他们一起再回派出所作笔录，登记在册。因夏二娃估算，被劫货物价值在十万元上下，派出所马上报告了公安局。上午十时许，公安局派来两位侦查民警，看了现场，拍了照片，取走了一些可疑的物证，然后，叫夏二娃在家等通知。

下来，夏二娃用了一天的时间，在店铺周围，在青年路和春熙路附近到处打转，四处张望，企图找到甘老幺的影子。最后他失望了，没找到甘老幺。他想甘老幺是被自己赶走的，怕出了意外他也有责。心想："甘老幺是不是回老家去了？"

第二天，夏二娃赶到甘老幺住家的小镇。甘老幺的父母接待他后，问甘老幺怎么没有回来？夏老二就撒谎说他出差路过这里，过来看看。说完，不等甘老幺的父母说什么，就赶紧离开了那里。在回成都的路上，夏二娃想到自己店铺被人盗了，甘老幺也不知去了哪里，都怪甘老幺给他惹了麻烦。心里又恨甘老幺，又怕甘老幺出事，十分矛盾。越想心里越乱，干脆什么也不想了，心中涌上一股怨气，不管他甘老幺是死是活，还是回成都等公安局的通知要紧。

夏二娃回到青年路左等右等，也没有等到公安局的消息，去打听了一两次，回复都是在侦查中。这边又不能把生意放下，夏二娃就找冯小玉商量，要冯小玉把手头的钱拿些出来先去进货。

夏二娃原来在经营中亏了两次本，欠了广州那边服装供应厂家的货款，对方就不再发货给他了。他只好去找批发商家进货，利润就会薄一些。这两年赚的钱，还了厂家就所剩无几。这次又遇到甘老么偷了卖衣物，被他赶走了，店里又被盗。实在无法，他才找冯小玉要。

而冯小玉手头的钱，除了夏二娃以前交给她的十万元外，就是每月从生意的盈利中一点一点抠出来的。钱存在银行里，是准备买房结婚时用的，现在还差了一截，便不愿意拿出来。她叫夏二娃去找朋友借钱，去找商家赊货，来把生意维持下去。但是夏二娃想了一些办法，终究没有个结果，这边冯小玉又不拿钱出来。一气之下，夏二娃就吼道："这婚我不结了！"和冯小玉吵了起来。

冯小玉也不甘示弱，就骂夏二娃有眼无珠，找了个烂人来败坏了生意。要不是因甘老么，店里也不会出这么多怪事。骂完，一扭头就回到了娘家。

说到这里，夏二娃商务之变的故事，暂告一个段落。冯小玉便唉声叹气地说："我呀，简直就是房屋上的冬瓜——霉透到顶了！"

这时，已将近晚上八时，王家蓉的面馆里只有一两位客人了。两口子忙了一大阵，这才歇下来。王家蓉才得空陪金荷和冯小玉坐下来说话。

金荷和冯小玉都夸齐正富做的面，味道好吃，手艺很不错，今后还想再来。

齐正富在里面听到了对他的夸奖，心里暗自高兴，得意地从里面出来。走到她们面前时，他从裤兜里掏出一盒烟来，问金荷和冯小玉抽不抽烟。

王家蓉就斥责齐正富："去去去！你以为谁都像你？只晓得抽抽抽！"

齐正富讨了个没趣，尴尬地独自走开，到面馆里面找个凳子坐下吸烟去了。

金荷悄声问王家蓉："你不是说他不抽烟了吗？"

王家蓉便有些怜悯老公了："开馆子以来，都是他在忙上忙下，太累了，歇下来就想抽支烟。就由他去吧。"

金荷便笑起来，心里说："这小两口儿经过一些磨难，懂得珍惜感情了。"

这下又是三个女人，坐在了一起。记得上次还是金荷结婚的时候，这一晃，又是几年过去了。这几年，她们各自都在忙着自己的生活，今天好不容易又聚在了一起，都各自摆起了自己的心事……

在金荷的意识里，她们三个女人，都在各自生命的轨迹里行走；在各自生活的舞台上，扮演着自己的角色；在各自岁月的时空世界中，忙忙碌碌地拼搏。就像三条小溪，既然同时在一块大地上奔流，那么有分离，也应有交集，有分手，也应有搀扶。更何况她们还是，从小就被时代撮合在一起的好姊妹，就应演好人生中三个女人的这台戏。

最后，金荷对冯小玉说："我承揽了一家服装厂，生产已经正常了，现在做出了一些童装。要不你们先拿些过去，批发零售都行，先把店子上的生意维持住，等以后有了办法再说。"

冯小玉听后一阵惊喜："真的？那太好不过了！"

金荷一本正经地说道："真的！我还会骗你吗？"

冯小玉顿时喜出望外，说："要得要得！这下我们也算有救了！"

公司成立

郝志和那天进厂，前脚刚踏进办公室，便被一阵急促的电话铃声，催到了厂部会议室，去参加一个紧急会议。

在会上，厂长说："城市经济体制改革的深入，把企业推向了市场经济的风口浪尖。企业要生存要发展，只有在这片风浪中，去适应形势的需求和变化。厂里提出的减员增效，只是企业改革的一个方面，接下来还有一些方案将陆续出台，请大家做好思想准备⋯⋯"

由于近年来市场竞争激烈，工厂效益逐年下滑。会议决定，厂里为了改变当前的局面，准备采取减员增效的措施，裁减部分二线岗位的人员。要求各部门各车间根据本单位人员和岗位的实际情况，整理材料上报厂部。

郝志和所在的汽车厂，是一家拥有一千五六百人的中小型国企，在这次改革中属重点企业。郝志和大学毕业被分配到这里，经过自己的努力，已担任工厂企管办主任。根据这次企业出台的措施，按理说郝志和不在减员之列。

那天，郝志和回到家里与金荷说起这事，金荷听后先是一愣。她惊诧偌大一个国企，人才济济，咋就会经不起一个风浪的冲击呢？随后，金荷心中突然冒出一个想法，又是一阵暗喜。

金荷抑制住欣喜，用商量的口气对郝志和说："要不，我们就退下来吧？"

郝志和没有明白她的意思，问："什么退下来？"

金荷说："你不是说要减员吗？我们就退下来吧。"

郝志和恍然大悟，急了："什么退下来，退下来我去哪儿？"

金荷看他那着急的样子，忽然大笑了起来，复又认真地说道："去哪儿？去我这里呀！"

郝志和盯着金荷，见她期盼似的看着自己。他说："服装厂？不去不去！"

金荷便嗔言道："服装厂是你叫我承揽下来的，还说要成立公司，叫我一个女人去扛这么重的活？你倒好，就想坐一旁看着我累，当没事似的。你就那么舍不得你那个主任吗？"说着，眼泪都差点掉出来了。

金荷这表情，这话，一下把郝志和的心都说软了。

郝志和看到金荷要哭的样子，只好问："那你说怎么办？"

金荷说："我们把在岗的机会留给别的职工，你来服装厂干吧。"

郝志和想了一会儿，看到金荷近似企求的眼神，最后点头同意了。

金荷心里很高兴，但却有些过意不去地说："对不起！真是委屈你了。"

郝志和苦笑着说："委屈个啥哟，谁叫我是你的老公呢！"说得金荷转忧为喜，欣喜地握着双拳，娇柔地在郝志和的背上轻擂了几下。

金荷便这样连哄带嗔地说服了郝志和，让他在汽车厂办理了留职停薪手续，来到服装厂负责全厂的管理。

企业管理本来就是郝志和在大学里所学的专业，又有七八年的实践经验。见郝志和来到服装厂，欧启亮也很欢喜。他一直觉得自己的担子太重了，能力有限，要求金荷换人。金荷考虑再三，才去说服了郝志和。

郝志和到厂里来后，就担任厂长，负责服装厂的全面管理工作。金荷安排欧启亮作为郝志和的副手，当服装厂生产副厂长，负责全厂的生产工作。

服装厂的一切生产工作，在走上正轨之后，金荷就与郝志和商量成立时装公司的事。经过近一个多月的考察和找人谈话，那天，金荷把服装厂等相关人员找到一起，先开了一个工作会议。会议上，金荷与参会人员共同商讨筹备成立公司的事。同时，也对公司董事会成员的组成，协调，征求大家的意见。又是几天时间的协商，最后才确定了公司成立时间和董事成员。

为此，金荷又主持召开了第二次工作会，并作出了相关的决定。

公司董事会由五人组成，金荷任董事长。由郝志和、欧启亮任副董事长。曾广茹、黎水生为董事。

董事会下辖一个服装厂和一个门市部。服装厂即"成都市城北金荷花服装厂"。一个门市部，即荷花池批发市场内的两个门店。

服装厂厂长由郝志和担任，欧启亮任副厂长。曾广茹是原厂持有股份的老职工，并在厂内负责产品质量检查。这次公司成立，由有股份的职工推荐她作为代表进入董事会。黎水生任门市部经理，负责产品的销售工作。

今天的工作会，也是公司成立前的第一次董事会会议。会议上确定了职责和岗位以后，每个成员将就职各个岗位，各司其职。在金荷董事长的统一指挥下，正式展开工作。

曾广茹原来就是厂里的服装产品检验员，工作也挺认真负责。这次职工推选她进入董事会，金荷也觉得服装大部分为女职工，应该有一位妇女代表为董事。妇女间的一些纷争和生活生理之事，也可由她来调解和负责。曾广茹在女工中，年龄较大，工龄也较长，又有信誉，是最好人选。进入董事会后，她仍然兼职担负全厂的产品质量工作。

黎水生今年二十八岁，是董事会里年纪最小的成员。他跟随着金荷已有七年了，这七年来，黎水生始终在为金荷的店铺奔忙。他在回乡结婚和后来老婆生小孩时，都是在家里短短地只待了几天后，就匆匆地赶回来，没有耽误金荷的生意。在经营方面有足够的经验，金荷十分信任他，器重他。

而且黎水生在金荷筹划成立公司时，主动将自己存下的四万元钱，都作为股份投入了公司。金荷对黎水生无论是在店铺的生意上，或者是对公司的支持，很是感动并大加赞赏。因此，在公司董事会成员商讨时，金荷特别强调了黎水生的这一举动对公司发展的意义。她把黎水生的表现树为公司的典范，也希望有条件的职工仿效。

这次，金荷也把黎水生纳入董事会，并任公司门市部经理，负责公司产品对外经营、销售的工作。

对董事会成员的职责明确后，金荷还对服装厂和门市部的人员调整，作了相应的安排。

金荷今后的办公地点，暂时定在服装厂，并对二楼的办公室重新作了布置和安排。原厂长室不变，由郝志和、欧启亮共同办公使用。原厂部接待室，由金荷作为董事长办公使用。原厂会议室增添桌椅，兼作接待室和会议室共用。原财务室、厂办公室，改为公司财务部和公司办公室。

荷花池批发市场内的两间店铺，作为公司门市部。门市部增加两名售货员，在工厂新招的职工中选定。门市部的全面工作和管理，由黎水生负责。原店铺内隔出的两个小间，一间作为黎水生的卧室，另一间作为门市部办公室，兼作门市部待售成品的临时存放点。

原在店铺工作的郑涛，调公司办公室工作，负责公司行政和外务的接待。

公司购进一辆桑塔纳小轿车，一辆小型货车。郑涛已考取了汽车驾驶证，负责小轿车驾驶、接送公司外出办公人员，以及来公司办事人员。小型货车作运送公司物资使用，由已招进的一名驾驶员易小宽，负责驾驶。两辆小车的所有事宜，均由郑涛负责管理和办理，并向公司负责。

郑惠已从大学财经专业毕业，自愿来到金荷的公司，被安排在财务室工作，与原财务室会计罗琴一起，共同负责公司和服装厂的全部财务工作。

当一切都在筹备过程中，安排妥当，明确分工和确定人事之后，时间又过去了将近半年。

金荷接着与街道相关部门，市场管委会黄主任等相关人员联系后，决定择期召开公司的成立大会。

半年后，金荷的公司正式成立了。

公司挂牌召开成立大会那天，区企办、街道和市场管委会都来了相关的人员参加，嘉宾中还有金荷在商圈中认识的朋友。

服装厂全体员工近八十人，包括原持有股份和新招进厂的职工，也都参加了成立大会。金荷还请了冯小玉和王家蓉。

公司成立大会，是在一家酒店的会议室举行的。那天，金荷特地请了礼仪公司的人来主持大会。男女主持人在欢快的音乐声中，用青春靓丽的形象，刚毅柔美的嗓音，通过麦克风代表公司，向全体来宾表示亲切的问候，对他们的莅临致以诚挚的欢迎。

会上，金荷着一身玫瑰红的制服，显得匀称端庄雅致，给今天欢庆的氛围平添了些许喜气。她以公司主人的身份，笑容可掬地邀请来宾上台就座。之后，她在热情饱满地致辞时，显现出特别雍容大方的神气。

大会议程十分紧凑有序，在热烈欢笑的气氛中进行着。区企办和街道代表都讲了话，他们热诚地祝贺公司的成立，支持公司的工作，并在讲话中表达了企业应依法生产，守法经商的意向。大会在一片欢声笑语中，宣告"成都金荷时装股份有限公司"正式成立。

为了便于本文的叙述，我们在后续的文字中，将新成立的公司简称为

"金荷时装公司"。

伴随着主客间热情举杯相拥和声声祝贺，会议在酒店的宴会厅里圆满结束。

公司成立大会，黄殿兰主任也应邀到来了。在会议后的宴席上，黄殿兰给金荷介绍了身边的一位男士，她说："我已经到退休年龄了，这位高同志就是管委会的新主任，你们以后有什么事，可找他联系。"

黄殿兰在介绍时，高同志很有礼貌地站了起来。

金荷一看这位高同志，将近一米八的高个，四十岁的年纪。他穿一身褐色亚麻西服，系黄色花格领带，精气神十足。金荷便笑着向他点头、握手后，说："请高主任以后多多关照！"

高主任也彬彬有礼地回话说："我叫高振业，初来乍到，咱们互相关照，互相帮助吧。"

黄殿兰说："我到街道和管委会，一晃就是十年多了，时间过得真快啊。这十来年我们相处得十分融洽，希望你们以后相互多联系，多支持，共同把荷花池批发市场搞得更好，更繁荣。"

高振业和金荷都点头表示同意。

下午，金荷和公司成立时的几位负责人一起，一一送别客人和来宾。

因王家蓉要赶回面馆，照顾自己的生意，提前告辞走了。金荷送走了所有的客人后，就由冯小玉陪同去到了服装厂。

金荷的公司，有了服装厂这个实体，才有了有力的支撑，才能更坚实更牢固，对外经商拓展市场也才能更有底气。因此，最近一些日子以来，她都把主要的精力和时间，用在了服装厂上。

在办公楼的接待室里，冯小玉对金荷又说起她和夏二娃的事。

夏二娃的铺子，现在销售的服装，就以金荷的服装厂产品为主，销路还很不错。冯小玉对金荷说，她希望能长期合作下去。

金荷说："这个没问题，只要你能好起来就行了。"金荷还告诉她，打算把服装厂进行一次整治和改造，把服装的档次提升一个台阶，那时会有更多的一些产品和款式。只要冯小玉愿意，她们可以长期携手合作。

冯小玉对金荷的表态，非常高兴。但一想起夏二娃对金荷的所作所为，心里又不免起怨。一边是好姐妹金荷的热情大度，不计较夏二娃的前嫌；一边又是夏二娃至今没向金荷道歉，却又是自己的准老公。而她，却夹在中间两边应付，真是别有一番滋味在心头。

正当夏二娃和冯小玉的生意，因店铺被盗，他们面对商铺的经营感到一筹莫展的时候，是金荷拉了他们一把，才把当时艰难的日子度过去。虽说没有先前那么风光，但总算跨过了这道坎，没有彻底一败涂地，把自己的生意停止下来。对此，冯小玉对金荷十分感激。

而夏二娃，自觉对金荷做了亏心事，一时还是无颜面对金荷。金荷给予他们的帮助，更使他一时心里十分自责和悔恨。金荷成立公司，他也表示祝贺，但就是不敢来见金荷。

金荷却没有把冯小玉的尴尬境地和夏二娃的矛盾心思看得过重。她说过去的事就让它过去，凡事还是要朝前看，反而又问起冯小玉的近况。

冯小玉便又娓娓而谈，说起了她这半年多来的一些情况。

就在夏二娃报案后，公安刑警经过前后一个月的侦查，甘老幺案终于破解了。

甘老幺被夏二娃大骂一顿撵出店铺后，一气之下就离开了店铺，走在大街上脑壳总是嗡嗡地响。突然，他想起身上还有原来配好的钥匙，本来是防丢了以备万一的，一摸还在身上。一股恶念顿时涌上心来，把心一横，干脆一不做二不休，钥匙正好派上用场。他反身转回店铺，见铺门还锁着，说明里面没有人。

这时，甘老幺调转身就去找到朋友，把自己的恶念全盘抛出。那朋友便陪他一起，去找自己的老板。

那个朋友就是以前怂恿甘老幺，私下偷卖夏二娃服装的人。甘老幺把偷来的服装，都卖给了朋友的老板。这老板就以赃货贱卖，尽快地脱手。他说："反正是捡来的娃儿用脚踢。"也发了一点小财。

这次，这个老板听甘老幺一说，立刻也起了歹心。当晚，他们三人就趁月黑风高，鬼鬼祟祟地窜到夏二娃的店铺，甘老幺拿出钥匙把铺门打开，里应外合一阵忙乱，把夏二娃的铺子，翻了个底朝天。

甘老幺拿到这老板给他的五万元钱，又回到店铺。他把夏二娃扣他工钱的那套衣服穿上，用挎包塞进其余的东西，正欲跨出店门。又一想没对，转身进屋，用一根木棍敲碎了灯泡，才窜了出去。打一个"夜的"，跑到了火车站。

第二天清早，甘老幺买了成昆线上的火车票，一口气逃到了云南二姐的家。二姐甘祖芳几年前，结婚嫁到了云南安宁，甘老幺曾经去过，一路也依稀记得。到了昆明，他再转长途汽车，两个多小时就到了二姐家。

甘老幺心想到了云南，就像一根绣花针掉进了大海里，任你夏二娃要尽浑身解数，也难找到他。不想半月之后，公安局顺藤摸瓜，追到了云南安宁，甘老幺被公安刑警抓获了。

回到成都，甘老幺对自己的犯罪事实供认不讳，带着警察指认了收购他赃物的老板。这个老板已将衣服批发卖尽，只好吐出赃款，还被罚五万元。甘老幺和老板都被公安局拘押待审，老板的店铺被封，从此被赶出青年路市场。

夏二娃最后得到了返还货款，已是两个月以后的事。那时，青年路市场整改，他原来的店铺主人房屋要拆迁，他便只好在商厦大楼里，托关系租用了一间窄铺，才得以继续在青年路维持住自己的生意。

金荷听完冯小玉的讲述后说："吃一堑长一智，以后谨慎用人就行了。"

冯小玉说："以后哪还敢雇人呀？就我们俩辛苦点，能把生意保持住就阿弥陀佛，谢天谢地了。"

金荷笑起来，鼓励冯小玉说道："不要泄气，我还指望你们越做越好，也帮着我把'金荷花'这个牌子打出去，打响亮一些哩！"

其实，金荷听着冯小玉的讲述，想到自己也曾有过相似的遭遇。

就在金荷承接了服装厂，成批的童装出来之时，她急于想把销路打开，对前来批发的商家都是过度地信任。那次，她没有听取黎水生的提醒，被别人一番花言巧语的游说迷惑，把一批童装以货到付款的方式，发给了一个外地公司的老板。岂料那外地老板收到她的童装后就拿去卖了"跳楼货"。

等到金荷有所察觉，黎水生和郑涛跟着足迹找过去时，那商贩老板早已跑得无影无踪了。那次金荷被别人骗走了三万余元，她很后悔当时太自信，太自作主张。到头来，自己打掉的牙齿，只好往自己肚子里吞。

今天，冯小玉讲到甘老幺，又勾起了她心中的苦楚。对夏二娃和冯小玉，又生出了同情和怜悯，所以才对冯小玉说出"吃一回亏学一回乖"的话来。

这天，黎水生忙完了门市部早市的批发，跟往常一样，要向两位营业员安排和交代门市白天的经营事项。

自从公司门市部展开经营工作之后，顾客盈门，销售量大增。从凌晨四五点钟开始，一直到白天下午的四五点钟，十二个小时之间，都有买主上门购物。门市部的三人，就作了简单的分工，把上岗的时间稍许错开，以保证大多数时刻都有两人在门市上接待顾客。若遇到特殊的情况，临时再作调整。

黎水生因住在店里，早市的批发便由他负责。原来郑涛在时，两人同时打开两个店铺，对外销售。现在郑涛去了公司，虽然调来两个营业员，但都是女的，不便住店，都住在服装厂的宿舍里。她们早上八点钟才赶来门市上班。这样，早市批发就只有黎水生一人对付，早市就只开一个铺门。

每天晚上，黎水生睡觉前，将次日需要批发的货物清点好，堆放在一边。第二天，他起床后就只打开一个门面批发。买主少时，他有条不紊，应付自如。一旦顾客多了，他即便拳打脚踢，有时也应付不过来，略显紧张。相较原先的两人，忙了一些，累了一些。但黎水生毕竟已有十多年批发销售的经验，见的场面多了，一般情况倒是难不住他的。因此，门市部开业半年多来，营业额不见下降，反有增长。

今天，黎水生等两位营业员到来，打开另一个店门，给营业员交代几句后，吃罢早饭，便去卧室稍作休息。铺面上，便由两个营业员分别照应着。半年多来，天天如此。

两位营业员中，一位瘦高的叫侯芳，一位稍为丰满的叫许菊。两个都是那次服装厂招来的女工，都是二十一二岁左右的乡村姑娘。

将近十时，朝门市部走来一位客人。他一路东张西望，走到店前，看清楚了店铺立柱上的一块长方形挂牌上，写明的"成都金荷时装股份有限公司门市部"字样，确定了就是这里。

来人等几位顾客提着大包小包离开店铺之后，他才敢走上店铺来。走到柜台前，他左看右看，却并没有看货问价的意思。

许菊看了一会儿，见他穿一身普通便服，中等身材，将近四十岁的样子。便上前问他："师傅，要买衣服吗？"

来人不置可否，并没有回答，反而问许菊："你们老板在吗？"

许菊有些诧异，问他："哪个老板？"见对方一怔，寻思可能他心里在想，你们有几个老板？这时许菊又解释说，"你是问金老板呢还是黎老板？"

来人听许菊这么说，就拿不定主意了。犹豫片刻，他就像随口说到一样，对许菊说："找你们黎老板吧。"

许菊叫来人等一等，说着转身朝铺子里面走，去敲黎水生卧室的门。

其实，来人刚听到许菊问他找金老板，还是找黎老板时，心里明知金老板就是金荷。本来金荷就是他此次到来想要找的人。但是，到了荷花池一看，见到眼前市场的规模，生意的兴旺，就傻了眼。

来人正是夏明贵夏二娃。门市部的侯芳和许菊都不认识他。

要说这么多年来，他夏二娃也来过这里，也经常听人说起这里。可是，眼下的荷花池批发市场，天天在变，一天一个样，即使你再熟悉，隔个十天半月不来，也会让你觉得陌生。夏二娃今天来到这里，就像一个陌生人似的。再说，他也没想到金荷的店铺会开在这繁荣如黄金市场的地方，而且开得如此堂皇，生意如此之好。

如今，金荷又有了公司，在他夏二娃的心目中，突然就有了自惭形秽，自相矛盾的感觉。他原来是想见金荷的，现在又生怕见到金荷了。听说还有另外一个老板，因此他才对许菊说找黎老板。

等黎水生从卧室出来，许菊对来人介绍说："这就是我们的黎水生经理。"

这时，黎水生和夏二娃双方，都同时看到了对方，都同时一样地惊诧。黎水生惊诧的是，他夏老板怎么会到这里来了。夏二娃惊诧的是黎水生怎么会出现在这里，而且还当上了经理。

还是黎水生反应稍快，还未等对方回过神来，马上稳住情绪，叫了对方一声："夏老板！"并问道，"今天怎么有兴趣，到这里来了？"

从夏二娃的内心来讲，他对金荷和黎水生两人都是有愧的。

这些年来，夏二娃被冯小玉多次劝说，又相隔了这么多年，尤其是金荷在他们有困难的时候，出手相助，夏二娃思虑多时，便硬着头皮来荷花池与金荷见上一面，以图当面表达歉意。希望金荷原谅他在当年处境和无奈之下，拒绝了对她的帮助。他没有料到的是，现在出现在他眼前的，却是那年无缘无故，被他"炒了鱿鱼"的黎水生。

按说，冯小玉到荷花池和金荷时装公司来过两次，是知道黎水生在金荷手下做事的。可是，为什么就是没对夏二娃说起过呢？那是因为冯小玉觉得，夏二娃辞退了黎水生，在她心里总是一个"梗"，便不愿向夏二娃说起这事。

而今天的黎水生，西装革履，气派有加，已不是当年在夏二娃手下的店小二了。他看起来风光无限，还做起了金荷公司的门市部经理。夏二娃心想，以后有可能还要在他黎水生手里接货，来维持自己的生计。相形之下，夏二娃是有些后悔，心理上首先就有些猥琐起来。

好在，黎水生并不像夏二娃心中想象的那样，仍然像以前那样称呼他，尊重他，根本就没有计较曾被他辞退过的事。

黎水生见夏二娃迟疑，犹豫着没有说话，就先问道："夏老板今天是有什么事吗？我能帮你做些什么？"

以往一贯口齿伶俐、能说会道的夏二娃，面对黎水生今天的热情，反倒不知说什么好，便支支吾吾地问："金荷…金老板不在吗？"

黎水生说："在呀！金姐在公司那边。你找她有事吗？我可以带你过去。"
夏二娃赶紧说："也没什么事，就是问问，只是……"

黎水生见夏二娃欲言又止的神态，问夏二娃："夏老板有什么话要对金姐说吗？方便我带给她吗？"

夏二娃灵机一动，忽然找到了台阶似的说："其实也没什么，只是想向她问个好！"他想，只要黎水生把这个话带给金荷，她什么都会明白了，就免去了他去见金荷时，可能会出现的尴尬。

黎水生很爽快地说："好的，我一定把话带到。"又说，"夏老板，进来坐坐吧。"

夏二娃见目的已经达到，赶紧推说还有其他的事，就对黎水生说："不坐了，不坐了。"逃也似的，离开了金荷时装公司的门市部。

送走夏二娃，午饭后黎水生还要去提货，就到了公司。办好了取件手续，黎水生到二楼去找郑涛安排给门市部送货，正好碰到了金荷。黎水生说："金姐，我正要来找你。"

金荷把黎水生叫到她的办公室，问了问门市部的情况后，问黎水生："有什么事？"

黎水生回答说门市部的销售情况很好，他现在就是又来提货的。之后，就向金荷说起夏二娃到了门市部的事，转达了他对金荷的问候。

金荷听后，摇摇头笑说道："这事就让它过去了吧。"稍停，她又问黎水生，"你爱人还在乡下吗？娃娃多大了？"

黎水生回答说："老婆还在乡下。儿子还不到四岁。"

金荷说："让你爱人到公司来上班吧，我看你蛮累的。"

黎水生感激地说："谢谢金姐！儿子还小，等两年儿子大了，我一定叫她上来。"

金荷便说："好吧。"转念又说，"公司要给门市部安一部电话，方便以后工作联系，你回去准备一下。"

品牌立名

金荷成立的公司名为时装公司，当然就应以生产多种款式、适时应市的时装为主。目前只有童装生产，肯定是远远不够的。

童装本来是金荷承揽下服装厂时，为原厂尽快恢复生产，初期决定的产品，也是检验生产能力、技术质量的一种过渡性的产品。尽管眼下，童装也深受市场欢迎，销路很不错，但毕竟单一。直到现在，公司设在荷花池批发市场的门市部，也不敢停下从广州的服装厂进货。

现在服装厂实体有了，公司也成立了，而且有了"金荷花"牌——自己的注册商标。金荷建厂开公司的初衷，除了这些之外，就是要想办法，如何把这个品牌打出去，打响亮。为此，就必须有款式更多、质量过硬的产品。只要有了多款式、多档次、高质量的服装产品，"金荷花"这个牌子才能打响，才能跻身于众多名牌时装之列。也只有如此，在竞争激烈的市场中，才能占有一席之地，站稳脚跟。

企业以品牌立名，品牌出名了，公司也才能得以立名。两者是相辅相成、相得益彰的关系。金荷当然明白这个浅显的道理，因此，她眼下最关键的任务，是怎么把多种款式的服装搞起来。

那天，金荷在服装厂召集了一些人，主持开了一个生产会。

参加的人有郝志和、欧启亮，还有车间主任王德川，剪裁工卢士傅和四位生产小组长。

会上，金荷向大家讲述了开会的意图和自己的想法，征求大家的意见。

卢士傅先开口说道："以前服装厂的产品，都是以生产男女普通便装为主。我裁剪了二三十年，基本不变，用的都是老式的方法和剪裁样板。现在看来，那些都过时了。"

车间主任王德川接话说："所以前几年服装厂搞不好，面临倒闭。开始街道兜着，一进入市场，根本就没有活路，已经到了非改不可的地步。"

欧启亮也说："金老板来后，先生产童装，对我们来说并不是个新东西，只是恢复生产的起步。好在销路还可以，让服装厂起死回生。因此，看来不搞新的不行。相对而言，童装要比男女时装简单一些。虽然也是各有各的特点和要求，现在要搞成人时装，我支持。"

王德川又说道："原来厂里生产的男女便装，也是一个方向。当然，老款式的不行，要改进要重新设计。现在厂里的缝纫操作和设备，还能胜任。如果要适应新的样式和多种款式，目前服装厂的状况，只能说是有基础，能力有限，还不能完全适应发展的需求。"接着，他似乎怕别人没听懂，进一步解释说，"我的意思是，一是设备要更新，二是要有设计能力，这两项都是公司目前应注重和着手解决的。"

郝志和表明了同意和肯定以上三位的意见后，他说："公司在稳定目前童装生产的前提下，成立一个攻关小组，来解决新款时装的试制，一旦成熟便可投入生产。成熟一款投入一款，多的还可作为技术储备。我想，只有这样，公司才能发展，而且还有潜力。"

金荷在征求所有人的意见和建议后，作出决定，要求大家照此办理：

根据服装厂现有人员的情况，欧启亮主要精力，把现有的生产稳定抓好，保证每天、每旬和每月的生产量。同时，注意考察市场现有的先进缝纫设备，视服装厂现有设备情况，提出一个填平补齐的方案，报公司备案。

郝志和组织三人，成立一个攻关小组。其中包括王德川主任、卢士傅和一位熟练全面的操作工。小组用一周的时间，对原厂产品款式进行一次重检和梳理。走出去进行市场调查，比较。根据调查市场现有服装，和比较的结果，对原厂产品去掉陈旧的，保留较新可以改进的款式，各试制一至三套，进入市场在门市部展出，征求顾客意见。完后成立一个设计试验小组，负责公司时装新产品的设计和样件试制。

金荷尽快与广州的服装厂家联系，希望对方能支援一名服装设计师，长期短期都行。来人负责或指导公司的服装新款设计，把沿海一带或海外的新流行时装，从设计到设计理念传授过来，以促进金荷时装公司款式的多样化、新潮化、市场化。公司将组织一班人马，全力配合，争取做出"金荷花"向外扩展的一批新品牌时装。

会议结束时，金荷要求各位立即展开工作，力争半个月到一个月的时间，有一个见得着的成效。

一个月后，服装厂的新男女便装就有样品出来了。

这批样品是车间主任王德川、卢士傅与郝志和一起，在市内的几个大商厦和青年路市场跑了一圈后，回来将服装厂以往生产的服装，进行梳理筛选，选出的几款贴近眼前市面上常见的样式，在裁剪时稍作了改进试制出来的。成衣做出来后，就放在荷花池批发市场的门市部货柜上展示。

几天后，黎水生收到的顾客回馈信息，反应是被买主认可。金荷决定，可以小批量制作。于是，服装厂在接下来的日子里，由欧启亮组织了一班人手，又用了一个月的时间，赶制了一批出来。这批服装先交由黎水生在门市部销售，继续验证行情。

黎水生收到易小宽用小货车送过来的这批服装后，在铺内与侯芳和许菊一起将男式和女式分类，分别放在一间铺面里面的货柜上，便于第二天早市，黎水生批发时方便取出。

次日凌晨，黎水生打开铺面，前面柜台上，依然摆放的还是童装和从广州进货的服装。只是在买主选货时，黎水生便向他们介绍，公司还有最近推出的新款男女便装。

前来批发购货的顾客中，有的买主就要他拿出来看。这时，黎水生才从后面的货柜上，取出几套样品来，让买主观看。有的买主问了价格后，觉得款式和价钱都满意，要求批发。

还有的买主说："你黎老板还留了一手哈，把好东西藏在后面。"

黎水生就笑着说："新货上市，不都是要看行情，悠着点卖，吊吊你们的胃口吗？"

有买主就笑骂："黎老板，这么多年的交道了，你今天太不爽快了哈！"要他耿直点，把货都拿出来看看。

黎水生就转身，从后面的货柜上搬出服装，趁机大声地说："大伙儿都看清楚哈！这些都是我们公司最近推出的新款式服装，请认准我们的'金荷花'商标！都是牌子货哈！"

一个早市下来，原来的衣服没有少卖，昨天送的这些男女便装，也将近卖出了一半。连同白天销售的，余下的就不多了。

下来后，黎水生就给金荷打电话，汇报今天销售的情况很好，还让郑涛安排再送一些过来。

金荷得到黎水生的报告，知道在荷花池市场上，新制作的这批服装款式很受欢迎，心里像尝到了蜜一样甘甜，特别高兴和满意。她在此刻，心里也坚定了必须进行新款式时装开发、制作的信心，认定了这个方向。

攻关小组付出的心血，也得到了金荷的肯定，她决定由公司给予一次性奖励。同时要求欧启亮组织起来的那批人手，组成一条流水线生产，继续赶制成品，以满足门市部的批发销售和市场需求。

这天上午，夏二娃租了一辆长安面包车，到了荷花池批发市场。他是到金荷时装公司门市部来提货的。

到了店门口，他下车见黎水生和两个店员，正忙着接待买主，点货发货，生意依旧很好。他就在旁边站住，摸出香烟抽着。两支烟的工夫，他见只有一两个顾客了，他才走上前去。黎水生这时也看见了夏二娃，就招呼他到店铺里来，让座递上茶水后，就坐下陪他说话。

夏二娃自从上次来过这里之后，一段时间里，虽然没有见到这边有什么反应，但他与金荷时装公司的合作，仍然没有一点阻碍，很顺利地继续进行着。他每次要的货物，都很及时地给他发了过去。而他的生意，也一直稳当地维持着。因此，他原有的忐忑的心情，慢慢地平静下来。

又是这么多的日子过去了，夏二娃感觉到，应该有再次亲自走一趟的必要。因此，他借提货为由，今天便到荷花池市场来了。其实，他还有另外一件事，冯小玉交代他必须亲自过来。

黎水生告诉夏二娃，现在公司除了童装以外，新开发制作了几款男女服装，问他有没有兴趣看一下。

夏二娃就叫黎水生拿出几套给他看。他看后也很满意。他对黎水生说："公司要发展，不能只在童装上，或一两种服装上下功夫，还是要有多种款式和新款式不断推陈出新，才有希望。"

再说，夏二娃以生意人的眼光来看任何事物，总是要盯着利润想。他说成人服装，一般来说比童装的利润相对要高一些，所以也是公司发展的方向。

夏二娃在服装生意场上，奔走了这么多年，应该说他的思维是超前的，说起话来也是一套一套的，而且也不无道理。因此，他也要黎水生各种拿一些给他到青年路市场上去销售。最后他们选了四种款式，各式十套男女服装，和其他童装一起，带到他的店铺上去。

黎水生对夏二娃说："门市部的货物有限，平时都是作为对外批发和零售用的。如果夏老板还需要，可提前来个电话，好为你准备。或者你可去公司库房提货，也可以让公司为你送货。"

夏二娃听后特别感激，心里真后悔以前亏待了黎水生。

装好货后，在临走之前，夏二娃有一件特别重要的事要告诉黎水生。他把黎水生叫到面包车旁边，才对黎水生说："我和你冯姐下个星期天结婚，请你转告金老板，到时请她们和你参加婚礼。你们一起来哈。"

黎水生说："好呀！"转念一想，又说，"我店里有电话，要不你直接给金姐说说。"

夏二娃说："不了，你转告就行了。"说完便开车走了。

算起来夏二娃和冯小玉相恋也有十四五个年头了吧。为什么这么多年一直没结婚？到现在一个接近四十岁，一个也三十五六岁了，才想起结婚。这事放在谁的身上，都会让人觉得是件十分奇葩的事情。

在当初，夏二娃和冯小玉刚恋爱时，没有两年也曾经想过把婚礼办了。可是，冯小玉总觉得结婚是人一生中最大的事情，无论如何都应该办得风光一些，热热闹闹一些。而当时夏二娃的生意刚起步不久，从染房街转到青年路，搞服装批发才赚了一些钱。冯小玉要买房，要有排场，那些钱是远不够花的。后来，冯小玉和夏二娃已经住在一起了，夏二娃想，反正"生米已煮成了熟饭"，已经是事实婚姻了。便对办不办婚礼，结不结婚，就不再那么上心。

冯小玉后来看见金荷已结婚了，催了夏二娃几次，夏二娃始终无动于衷，不慌不忙的样子。甘老幺来到铺子上后，对夏二娃做了那么一次手脚，把夏二娃的生意几乎彻底搅黄了。夏二娃被冯小玉骂得抬不起头来，这时是金荷伸手拉了他们一把，才把生意继续做了下来。

经过这么一场商务变化之后，冯小玉想到两人年纪也这么大了，她的虚荣心也没有原来那么强了。长期这样未婚同居，名不正言不顺，不明不白不伦不类地打发日子，也不是个长久的办法。就在最近，他们买了一套房屋后，开始筹措起结婚的事来。

这天星期日，公司和服装厂都休息。金荷郝志和两口子，叫上黎水生一起，由郑涛开上桑塔纳轿车，送他们去参加夏二娃和冯小玉的婚礼。

婚礼在一家酒楼里进行。将近中午，郑涛把他们送到后，他因与冯小玉只有一两面之交，不愿意上去。金荷不勉强他，说到时给他打传呼，再来接他们回去，郑涛就将小车开回公司了。

在酒楼二楼大厅，冯小玉和夏二娃将他们接来后，就引到婚礼的宴席间坐下。王家蓉两口子先到了，今天他们的面馆也歇业一天，专门来参加婚礼。

酒席一共有六桌，有四桌都是冯小玉和夏二娃两家的亲戚朋友。还有两桌就是夏二娃以前的同学，和他在商圈的朋友。

婚礼从简，没有举行什么仪式之类的议程，只是席间由夏二娃说了一些欢迎亲朋光临，希望大家吃好玩好的话语。以后就是各自的自由交流，就像一群熟知的朋友会在一起聚餐一样，气氛倒还和谐自如。

金荷、郝志和及黎水生三人，与王家蓉、齐正富两口子在一桌，另外还有金荷几位以前认识的邻居。

席间，大家边吃边聊。金荷和王家蓉摆摆各自近来的情况，孩子怎么怎么的话题。郝志和则和黎水生说的是门市部的经营，间或郝志和也问问黎水生家庭的情况。而齐正富则多半是在一旁，独自抽烟。即便新郎新娘来到席桌敬酒时，大家举起酒杯，互相说几句恭贺新婚、恭喜发财的应酬话语之后，复又各摆各的龙门阵了。

酒席完了，大家三三两两朝着大厅外面走的时候，夏二娃找到金荷，向她介绍了一个朋友。

夏二娃这次以结婚为由，巧妙地与金荷重新见面，躲过了单独见面可能会出现的难堪。也算是对过去那件亏心事的忏悔和道歉，心想金荷也不会再计较什么了。因此，才向金荷介绍了这个朋友。夏二娃说："这是投资公司的胡副经理，你们互相认识认识，以后有机会时可以相互合作。"

金荷、郝志和便停住脚步，与胡副经理相互点头、握手。胡副经理十分热情，从身上摸出一个发着金光、精致的金属盒子。"啪"一声打开，取出三张名片，笑容可掬地双手依次递给金荷、郝志和及黎水生。金荷便也从身上拿出自己的名片，双手递给胡副经理。他们交换了名片，都同意以后联系，有机会可以合作。

随后金荷、郝志和与王家蓉、齐正富以及黎水生五人一道，去看夏二娃和冯小玉的新房。冯小玉把他们引进新房，边看边介绍这介绍那。人逢喜事精神爽，冯小玉满面春风，脸笑得像一朵花儿一样。

在新房坐了半个多小时后，王家蓉两口子还是放心不下店里的生意，要赶回面馆，应付晚餐时的顾客，先打出租车回去了。

金荷就让黎水生用小灵通给郑涛打传呼。等郑涛开车过来后，他们便向新郎新娘告辞，回公司去了。

在回公司的路上，金荷可能是由于冯小玉的结婚，产生了联想，就问郑涛有女朋友没有？见郑涛点点头后，她又问他："准备什么时候，也拿喜酒来招待我们呢？"

金荷问得郑涛很不好意思，只好回答说："到了那一天，无论怎么也不会忘记金姐和郝哥的。"

这时，坐在副驾座位上的黎水生向后转头，对金荷和郝志和说："快了快了，许菊自己都已经说了，快了！"

金荷才恍然有知，郑涛和许菊已经恋爱上了，不无自责地说："唉！我成天忙着公司的事，把小郑的终身大事也给忘了。"

郑涛自从来到荷花池市场，在金荷的店铺上做事之后，就一直在为铺子上的生意忙碌。后来黎水生来了，他们俩就一直吃住都在这里，一晃就是六七年。直到金荷的时装公司成立，两人才分开。郑涛到公司办公室，黎水生仍然留在门市部。

这么多年来，两人共同相处亲如兄弟。黎水生后来回老家相亲和结婚时，都问过郑涛，为什么还不找女朋友？郑涛便向他讲起自己的家庭情况，告诉他自己除了有爷爷奶奶外，还有一个在读中学的妹妹。他们都需要自己挣钱供他们的生活。为了供妹妹的生活和读书，自己不想现在找女朋友，要把钱攒下来，用在爷爷奶奶和妹妹的身上。

在金荷的店铺期间，郑涛每年也要抽三四次空，回老家金堂去看看。从成都去金堂竹篙老家，用不了多长时间。特别是成南高速开通后，有了到老家的直达客车，一般两个多小时便能到家。

老家里的爷爷奶奶，终年务农，哪里都不想去。郑涛曾经想过，要接他们来成都玩上几天，他们却都不愿意。他们还说城里人多车多太吵闹了，路又不好找，不如农村清静，住着方便。只有妹妹想来玩，但是学习却很紧张，功课很多，终究也没有机会到成都来。

妹妹的学习成绩很好，又很用功。郑涛就鼓励她，好好学习将来考上成都的大学，到成都来读书。因此，郑涛每个月把挣到的钱，留下自己的生活费外，就交一些给爷爷奶奶，叫他们买一些生活用品，或者是一些好吃的东西。其余的钱，就用在妹妹的生活和读书上。

读高中时，妹妹读的是金堂县城的重点中学，吃住在学校。除了常用的课本外，每期还有很多辅助学习材料，要花钱买，开销会大一些。妹妹高中三年很用功，很争气，毕业考上了成都的一所财经大学。这样，妹妹上大学的费用更多了，郑涛都会想方设法去满足她。

郑涛的父亲，因老婆嫌他穷跑了以后，就独自一人在乡间晃悠，像一个浪荡的孤魂野鬼，不管孩子，也不顾父母。他自己找点钱就只顾自己花，喝酒、抽烟、打麻将，过一天算一天。那次，因帮人家修房屋摔断了腿，还是用的父母积攒的钱。那年正好遇到郑涛回家，他把自己的钱拿了一些出来，才让父亲住上县医院，得以治疗。

前年，外出多年的母亲突然回到老家，想来看看郑涛兄妹俩。到了竹篱的家，被郑涛父亲看见了，她被骂了个狗血喷头，还差点挨一顿打。她只好找到郑涛兄妹的爷爷奶奶打听，听说兄妹俩在成都，又找到成都来。

母亲离开老家，跑到北方农村去后另嫁了人，也有了两个小孩。这次是因为自己的母亲重病，赶回来看一眼。想起这边还有两个孩子，毕竟都是她身上掉下来的肉。

那天，郑涛正在店铺上忙，见外面走来一个五十岁左右的陌生女人。女人说是要找郑涛，他便把她让进铺子里说话。

郑涛问女人是谁？为什么要找郑涛？

女人自报了姓名，还从怀里摸出来一张黑白照片。二十多年了，双方都长变了样，谁也认不出谁。母亲出走时郑涛才五岁，妹妹更小，哪有什么印象，什么记忆。女人摸出的照片有些发黄，画面也模糊了，但郑涛还是能依稀看出，上面有自己和妹妹的形象。郑涛这才确认，她就是自己的母亲。

一刹那，喜恨交加涌上郑涛的心头。但是一想起当年，他们兄妹尚幼，母亲就狠心地丢下了他们，远走他乡，从此就渺无音讯。郑涛的心中，恨意难消。

这么多年来，是她让他们没有一个正常完整和温暖的家，也让父亲变成了一个"幽灵"，一年四季孑然一身在乡间游荡。他们兄妹俩，最后却只能由老迈的爷爷奶奶，哺养长大。

此刻，郑涛心里百感交集，不想认这个母亲。他就对这个女人说："郑涛前两年，就没有在这里干了。"

女人问："那，他去哪里了呢？"

郑涛只对女人摇摇头，说："不知道。"

女人只好叹息一声，跨出了店铺的门槛，四处张望一下，朝市场外走去。

目送着失望的女人，望着她踽踽独行走远的身影，郑涛双眸噙着泪水，禁不住失声痛哭。

在妹妹读大学的期间，在眼下这样的时刻，郑涛哪里还有心情和经济，去谈女朋友？

郑涛就这样一直为了妹妹读书，放弃自己的一切所好。等到妹妹大学四年读完下来，郑涛的年纪已到二十六岁了。

大学毕业后，郑惠也来到了金荷时装公司。她要报答金荷在她读中学和大学时，曾经给了她一万五千余元的帮助。

这些都是金荷与郑惠在私下悄悄地进行的。金荷每月按时把钱寄到郑惠的学校。她叫郑惠不要声张，就连她的哥哥郑涛最好也不要告诉。

郑惠是一个很有心思的孩子，她把这一切牢牢地默记在心里，一心想等学业完成之后，知恩图报。

那年，金荷决定服装厂招收一批女工时，黎水生就多了一个心眼，其中许菊就是黎水生从仁寿老家乡下招来的。当时，黎水生要把郑涛介绍给许菊，还给她讲起郑涛的故事。许菊觉得郑涛很不错，见面后双方也都很满意。但郑涛有个条件，就是要等郑惠大学毕业后，才能确定恋爱关系。许菊是个通情达理的好姑娘，她当时就同意了。

现在，郑惠毕业一年多了，郑涛和许菊相恋也有一年多了，双方都到了谈婚论嫁的时候。他们决定，就在今年国庆节举行婚礼。

因此，才有了前面黎水生对金荷和郝志和说到的那些话。

日子过得真快，一晃几个月过去了。到了国庆节的时候，郑涛和许菊约定结婚的日子也到了。

结婚那天，是黎水生帮郑涛小两口儿张罗的酒店。等请到的客人在喜宴落座后，黎水生又当招待，又当主持人，把他结婚时的小游戏用在了这里，让参加婚礼的主人客人都沉醉于喜庆的欢笑声中，乐不可言。

金荷看着她手下这两位能干得力的兄弟，也是喜不自胜，心里直夸他们能干。

在婚宴上还有两位特殊的嘉宾，他们就是郑涛的爷爷和奶奶。

结婚的前两天，金荷让郑涛把桑塔纳小车开上，搭着许菊和郑惠，回老家去把两位老人接上来。到了老家好一阵劝说，两位老人拗不过三个年轻人又说又拽，只好答应到成都来住上几天。

是金荷让郑涛的心愿，终于在他结婚时，得到了实现和满足。

乔迁新居

城北金荷花服装厂，经过两年多的努力发展，由最初的童装生产，扩展到了男士女士便装的制作，一年上一个台阶。服装厂所生产服装的销路，也由本地区逐渐外扩，扩散到了周边的市县、乡镇，以及省内外的多个地区。

黎水生因为负责销售，他便注重各路的信息。据他的统计，服装销往最远的地区，已经达到了云南、贵州、西藏、陕西等地。销售从门市部的批发，发展到后来，有的客户直接找到厂里，要求供货和提货。一般生产一批，就被顾客提走一批，厂内库房几无存货。

这样的形势，让金荷既高兴，又着急。

因货源有限，供不应求，使金荷不得不考虑扩大生产能力，提高生产效率，以此来满足市场的需求。因此，金荷在公司自身不断蓄积力量的同时，也在寻找机会，企图用一种适当的方式，来提高生产的数量、质量，来增加服装的品种和款式。

金荷时装公司成立后，有了服装厂这个实体，有了公司机构的框架。如何把公司做好做大做强，还有许多事情要做。这是金荷近两三年来，一直都在思考却又颇费思量的事。一旦有了可行的机会，她便不会轻易地放过。

这个机会，终于在公司成立三年多的时候，到来了。这让金荷在经历了一段时间和周折之后，看到了实现自己设想的希望和可能。

就在距服装厂一公里之地，建起了一片工业园区。

工业园区建成后，已开始对外招揽企业入驻，或者出租厂房。对金荷的时装公司而言，这无疑是一个绝好的机会。金荷可以将此处作为自己公司发展的过渡，重建自己原有的服装厂和公司楼房，扩充公司的生产能力和范围。她决定利用工业园区，暂时租用一个车间，不停顿地保住自己的生产，用以腾出时间，改造原来的服装厂。如此，生产和建设两不误，正好与金荷的设想相吻合。

为此，金荷果断地用自己现有的服装厂作为抵押，向银行贷款二百万元。之后，公司先租下了工业园区的一个车间厂房，利用一周的时间，加班加点地全员行动，将服装厂和公司暂时迁移到了这里。生产和办公，都在这里进行。

随后，金荷又马不停蹄地联系建筑公司，将原服装厂的建筑拆除。她要在原址的基础上，重建一座规划更为先进、现代化的建筑，作为服装厂生产和公司办公的新址。

金荷设想，建成后的楼房，将集工厂和办公为一个整体，结构应显得更为紧凑合理，又气派。要为公司发展高档时装生产和经营，首先对外树立起一个光彩夺目的高端形象。

一切都进行得一帆风顺，在后来的一年半时间里，两幢高大明亮的大楼拔地而起，代替了原来已显破败的旧式厂房和楼房。

经过一番装饰布置之后，一个别开生面的公司大厦，显现在金荷的眼前。这两幢崭新的大楼，不但让金荷十分满意，就连公司的员工也称赞不已。经过的路人，也无一不啧啧称羡，驻足注目。

新建的厂房是一栋三层楼房，每一层为一个制衣车间。这样，全厂就有三个生产车间。每层可以安排独立的一条柔性流水生产线，每条流水线适合二至三种款式的时装，轮流交替生产。三条生产线，可以同时流水作业制作成衣。那么，工厂每天至少就有三种款式的时装产品出厂。

公司计划在初期，每月生产时装产量达到一千套（件），全年一万二千套（件）。其中，款式包括男、女西式服装，男、女便装和男、女休闲时装，男、女各式衬衣，女式各款裙装。根据市场的需求，还可增加生产制式服装，劳动保护工作服装，以及校服之类的学生装，部分童装。数量也可视市场变化的需求，对各种款式进行调整。并可做好突击性的能力调配，准备每条生产线，从原料准备到成衣入库，就在每层楼内，就可以独立完成。这样就大大地体现出新厂现代化时装生产的合理性、科学性。

这样的车间设置、设备配制、流水生产线的规划，是郝志和与欧启亮、王德川等人，经过近两个月的时间，进行厂外考察，周密策划，几番商讨而定下来的，是能适应当前市场形势的发展和需求的。

公司办公大楼，则是一幢四层楼房。一楼为各款式时装的展示大厅、公司市场经营部办公室、来宾接待室。展示大厅面积有二百多个平方米，足以挂放各类时装样品。二楼共有十间房屋，分别为董事长办公室，厂长、副厂长办公室，公司办公室，财务部、技术部办公室，公司会议室。三楼和四楼，除各有两间为外来人员客房外，其余均为职工宿舍。客房和职工宿舍另有楼道，人员上下，不影响一二层办公室的工作。

生产楼房后面，新建有职工食堂、盥洗间和卫生间。

在办公楼和生产楼前，筑有花式矮墙以与外界分开，人员，车辆均从大门进出。整个公司园区，均是在原来的地盘上，稍有扩充建起来的。布局合理，充分地利用了原址的每一寸土地，建成了一座外貌美观的现代化公司园区。

"成都金荷时装股份有限公司""成都城北金荷花服装厂"，两块金黄色底面，上面书写红字的长方形匾牌，分别定位在公司大门立柱两侧，十分明显，耀眼夺目。

成都金荷时装股份有限公司，我们简称为"金荷时装公司"。成都城北金荷花服装厂，我们简称为"金荷花服装厂"。

新建的公司园区竣工落成后，公司董事会开会决定择日回迁。

公司生产和办公，从工业园区回迁到新址，是在辛劳和喜庆的气氛中进行的。公司租用了三台货车，全公司人员分成两个大组，一边负责设备和办公室物资的上车，一边负责卸车，并将物资分别搬往车间或办公楼。

用了两天的时间搬迁，然后又用了四天的时间，全员动手，按事先的安排，分别进行生产设备流水线定位、安装、调试、办公物资各室就位和整理。一周六天的工作日，全部按预期的安排，完成了公司乔迁新居的工作。

同时，新购进的一批先进制衣设备，作为原有设备的替代和充实，也在每条流水作业线上，安装就位。这些设备新颖先进，工作效率较高。它们的加入，无疑将对现有生产能力和质量的提高大有裨益。

那天，公司的生产车间大楼和办公大楼，都插上了彩旗，像过节似的。公司职工全员参加，热烈庆祝崭新面貌的公司全面开工。在公司办公大楼的一层，时装展示大厅内，全公司员工齐聚一堂，喜气洋洋地举行庆祝开工典礼。

开工典礼上，金荷在一片欢笑的掌声中致辞。她代表公司董事会，在致词中回顾了公司成立以来走过的历程，最后她说："董事会真诚地感谢全体员工的辛勤劳动，感谢你们为公司的发展，做出的贡献！今天，公司有了一个崭新的面貌和环境。我们公司董事会将一如既往地秉持公司的宗旨，与全体公司员工一道，共同努力，把我们的家园建设得更美好。"

致辞完，金荷向在场的全体员工深深地鞠了一躬，并宣告新的公司开工。

在一片鞭炮声和欢乐的掌声、呼喊声中，典礼圆满结束。

重新建成的金荷时装公司服装厂的主体，是由三层楼房的三个生产车间组成。每一层为一个生产车间，车间内除了有一条服装生产线外，还包括有裁剪、检验、库房等。

车间所有生产设备，是欧启亮根据新建流水线作业所需，拟定的一个填平补齐的方案，再与郝志和、王德川二人讨论，作出最后确定的。新流水生产线上，淘汰了一些旧式的脚踏式缝纫设备，新购进电动式的新设备，按流水线各个工序流程而定，具有更先进、更科学、更高效的特点。

新厂的职工也相应地有了大量的增加，原厂职工中一部分已经到了退休年龄，金荷在征求了她们去留的意愿后，又陆续招收了一批二十岁左右的女工。现在全厂生产职工已有一百六十多人，分别安置在三条流水生产线上的各个岗位。加上办公室和门市部的员工，金荷时装公司目前共有员工一百九十余人。

就在新公司全面开工展开工作的时候，广州那边的依琦现代时装公司，派来了两个人。一位是服装设计师桑毓琳，一位是公司副总经理钱瑞梅。

对于钱瑞梅，金荷是认识的。郝志和与金荷第一次去广州，和这家服装公司接洽上销售业务的人，就是钱瑞梅。

金荷从事服装批发开始，就一直与广州两家时装公司保持着供求关系，迄今已有十余年了。相互的信任，让双方合作愉快，联系密切。所以，当时金荷在和对方一家叫作"广州依琦现代时装公司"联系，提出请求支援时，对方便毫不犹豫，表示了乐意相助的意愿。

只是前段时间金荷与对方公司联系，因正赶上一年中最忙的周期。他们有一批出口服装任务，一时还派不出人员，并承诺一旦有暇，立即派人过来。

最近，金荷又联系对方，并介绍了自己公司近期的发展，新的公司已全面开工的情况。对方得悉后，很感兴趣，同意尽快派一位设计能力较强的工程师，前来支援金荷时装公司。同时，他们还将派一位公司副总经理，前来考察、商讨双方建立合作关系的可行性。

金荷听完对方的电话，很激动地向对方表示感谢，并对他们提出的合作设想，表示赞同。她说："我们愿与贵方共同促进，建立起合作的伙伴关系。"

三十八岁的桑毓琳，原是岭南工艺美术学院，服装设计专业的高材生。学校毕业出来之后，她先被分配在一家国营服装厂工作。后来，改革开放使广州的市场经济发展得很迅猛，她在"下海"浪潮的推动下，跳槽到了广州的这家时装公司。现在，她已有十五年的服装设计工作经验，经过严格的评级考试，如今是一位高级服装设计师。

桑毓琳到了金荷时装公司后，公司非常重视。金荷与郝志和、欧启亮商量，决定从车间职工中，抽调了两名员工裴敏和于文捷，再加上剪裁工卢士傅一共三人，跟随桑毓琳学习。

郝志和要求他们，不但要悉心学习服装的设计要领，完成自己从大众化到特殊化的演变，甚至是设计技巧中的细枝末节，都要有深刻的理解和掌握。同时，更要注重学习设计的思维和理念。只有这样，才能在设计实践中举一反三，设计出更多适应时代潮流，适应市场变化的服装和款式。

钱瑞梅有四十二三岁的样子，精明强干。比起十二年前，金荷和郝志和第一次去广州见到她时，已经显得发福多了。

她起初是与广州依琦现代时装公司老板一起，共同投资做生意。赚了钱后又一起开公司，改行做时装生产。在公司中，她因为投资稍少，占有的股份相对要低一些。公司成立分工时，老板当了总经理，她就当了副总经理，称为二老板。

金荷也是先以做生意起家，到后来成立公司生产服装，行动轨迹与她们十分相似。只是别人做得较早，走的路要长一些，经验也要丰富一些。金荷觉得有很多东西可以向她们学习。而且因为走的路子相似，肯定会有很多的共同感受，有很多的共同语言。在向对方学习的过程中，可吸取一些经验教训，少走弯路。所以，对方提出可以携手合作的意向，金荷从内心来说，便表示十分赞同。

这次，钱瑞梅来到金荷时装公司一看，从环境到规模，从设备到人员的配置，她很满意。接着，她又从公司盈利到债务，从公司资金投入利润收入，从产品产量到销售渠道，从覆盖区域到辐射面积等等，她都看得很仔细，问得很全面，记得很详细。

金荷、郝志和与欧启亮三人，陪着钱瑞梅在公司边看边商讨，共用了整整两天的时间。下来后，他们达成了可以合作的共识。

钱瑞梅说："请等我回到广州，向总经理汇报后，再予以答复。"还说，"如果公司通过了，还有后续的协商。最后要我们双方达成统一的认识，签订相关的协议，开展合作这项工作才算完成。"

金荷点头说："对此，我们表示理解。"

钱瑞梅一共在成都待了三天，第四天她便要离开成都回广州去。她走后，留下桑毓琳继续在金荷时装公司工作。

那天，金荷一行，加上桑毓琳一道，送钱瑞梅上火车回广州。在候车大厅里，金荷热情地拉住钱瑞梅的双手，对她这次来成都表示欢迎，并希望她有机会再来；对她在金荷时装公司的认真考察，严谨的工作态度表示钦佩，希望回去后，有一个好消息传来；对她们公司派桑毓琳高级设计师支援，表示衷心的感谢，希望这种帮助能长期友好坚持下去。

最后，双方在难舍的友情氛围中挥手分别。金荷祝她一路顺风，旅途愉快。

桑毓琳来到金荷时装公司后，立即就展开了自己的工作。她一边给三位新徒弟教服装设计的课程，一边也给金荷时装公司设计服装。

讲课中，桑毓琳把她读大学时，在课堂里学到的理论知识，系统地讲解给三位新徒听，要他们在笔记中牢记重点。她还把在设计实践中，遇到的具体情况如何解决，进行指点。以及自己对海外服装的了解，对服装设计理念的理解等，她都毫不保留地传授给他们。

设计服装时，桑毓琳让徒弟于文捷和裴敏带着她，花了三天的时间，跑了几个大的服装商厦和市场。什么九龙、凯德、丝绸城、荷花池、青年路、春熙路都去了，跑了个遍。回来后，她参考成都市场的时装款式，画了多幅时装效果图。画面上模特着装时尚、线条明快、飘逸，卢士傅、于文捷和裴敏三人观后，赞叹不已。一周下来，她已绘制出三四款西式和中式休闲时装的设计图样，提供给金荷时装公司作参考。

桑毓琳对金荷说："接下来的日子里，我还会设计出一些来。另外，我还可以从我以往设计的样品中，选一部分提供给你们参考，有多种类型的多种款式时装，女式裙装和童装。其中，也包括我曾经在国内外时装设计大奖赛上，获过金奖、银奖的时装。"

金荷对桑毓琳设计的时装非常感兴趣。看到设计图样和效果图时，脸上堆满笑容。她一边看，一边对桑毓琳表示感谢。她在观阅了桑毓琳的这些设计画稿后，对靓丽、大方的图稿赞不绝口。嘴里不住地赞赏桑毓琳："真不愧是现代时装设计大师！"金荷还对桑毓琳毫不保留地给予金荷时装公司的帮助，表达了诚挚的谢意。

　　很快，王德川拿到设计图样之后，便立即组织人员，在桑毓琳的指导下，制作样板，投料剪裁，进行缝纫加工。在三天时间内，第一件成衣样品就做了出来。成衣经检验合格后，又再投入小批量加工。

　　金荷明白，新制作的新款时装，工厂加工完成检验合格了，只是成功的第一步。最终的检验，还是市场的检验，顾客的认可。

　　当小批量的成衣，在荷花池批发市场公司门市部挂出展示时，得到了买主顾客的好评，进入市场的成衣已被一抢而空。黎水生用电话向公司反馈信息，得到了肯定和重视，郝志和便要求欧启亮组织人马，安排好后续的流水线，投入较大批量的生产。

　　这是金荷时装公司的第一款由自己设计，自制完成的新款时装成品。是打上"金荷花"牌商标，第一款具有标志性的公司时装产品，意义不凡。

　　尽管这款时装是在桑毓琳的指导下设计和制作的，但毕竟是在金荷时装公司内独立完成。金荷便把它作为公司时装制作的样板和标杆，作为公司开创时装生产树立的一个里程碑式的榜样。它为公司今后的发展，奠定下了一个牢固基石，走出了第一步。

　　金荷时装公司乔迁到重建的新厂区，正式拉开了时装新产品生产的同时，金荷的家也搬入了新居。正应了那句俗话"好事成双"。

　　金荷一家三口，与父母同住在的"益民小区"，系当年拆迁的惠民民居。因与她现在建立起来的金荷时装公司有一段距离，金荷感觉每天上下班已经不太方便，更别说一旦遇到公司有事要处理，或父母有什么急事，两头都不好照顾。因此，她心里早就有了想找一个两相照应，都能及时的地点居住的念头。不负期望，就在距金荷时装公司不出两公里之遥，新开发建起了一座商品住宅楼小区——新荷苑小区。

　　新荷苑小区内公园式的格局，让金荷与郝志和都非常满意。于是，他们在与金荷父母商量后，买下了小区内一套面积为二百平方米的住房。

新住房经过一番装修，在金荷时装公司回迁新园区半年之后，金荷一家和父母也乔迁到了新荷苑小区。

金荷的父母，原住在益民小区的一楼，就是为了方便带孙子孙女。先是金池和辛吉英的儿子金欣，老两口带了三年，可以上幼儿园了。金荷的女儿郝爽又出生了，正好金志豪也退休了。这样，又由父母分工，母亲照顾郝爽，父亲接送金欣，以便让金池和金荷都去忙自己的事业。如今，已经十多年过去了，金欣已读初中三年级了，马上进入高中。郝爽也快小学毕业。这时，父母亲也是近七十的老人了。金荷这次买房，就是要让父母和自己一家住到一块儿，相互有个照应。

搬到新荷苑已有一个多星期了，金荷把新家里的一切都安顿好了之后，决定把自己的亲人们，都请到新家里来玩玩，以贺乔迁之喜，图个吉利。

那天，郝志和把父母亲接到新荷苑小区的时候，金池两口子也带上金欣踏进了家门。中午，金荷和母亲把从昨晚就开始动手准备好的十多个菜肴，都端上饭桌时，一家人便喜气洋洋地开饭了。

桌上大家边吃边聊，配以小酒助兴，互斟互酌，不亦乐乎。

郝志和的父母，原来都是温江地区卫生局的干部。温江地区八十年代后期，撤销地级编制，与成都市合并的时候，父母便已到了成都市卫生局工作。但是，他们的父母，却仍然住在温江。因此，郝志和的父母只来成都上班，家仍然留在温江县城，那时已改为成都市温江区。

这些年，温江发展很快，很好。郝志和的父母也退休了，他们安土重迁，又在温江买了房，就长住于此。今天，是郝志和一早开车，带上郝爽去接他们过来的。

亲家上门，金荷的父母当然很高兴。虽然说以前也有多次见面，相谈甚欢。但是，现在毕竟双方年纪都大了，很少动弹。越往后走，见面的机会越来越少。他们见面的话题，多为各自往事的回忆，或者是对人生苦短的感叹，双方互为保重的嘱咐。

金池两口子依然在丝绸研究所上班，那里有住房，金欣上学也方便，因此就常住研究所那边。一般只有节假日的时候，他们才乘车过来看看父母。金欣寒暑假时，可以在这边住一些日子，开学了，又回到父母身边。

唯有金欣和郝爽这两表兄妹，一见面就有说不完的话。不是讲不完的故事，就是说不完的开心事。少年不知愁不言愁，嘻嘻哈哈，"百事可乐"。

谈兴正浓的，应是金池两夫妇和金荷两口子了。

金荷时装公司建立起来后，这些年的发展是风生水起，如日中天。这些，都让金池夫妇看在眼里。尤其是她的时装生产，供不应求，这让金池刮目相看。他没有想到，自己的妹妹依靠一个女人的能力，从做生意开始，经历了一些风吹雨打之后，竟能把自己的事业做得如此辉煌。他也为自己作为兄长，却没有为她付出一点微薄之力而愧疚。

金池和辛吉英，都是搞丝绸研究的。既是丝绸，与其他纺织品，有着千丝万缕的干系。从这方面来说除丝绸之外，其他纺织品他们也是熟知的。

而金荷无论做服装生意，还是做时装制作，都常年与纺织品打着交道。尤其是现在，金荷时装公司又有了制作女式裙装的计划，那更与金池他们的研究有着密切的联系。

那次，金荷找到金池和辛吉英，要了解丝绸的知识。后来，辛吉英心里就有了一个想法。她决定要用自己的知识，去帮小姑子一把。

今天，一说到这个话题，辛吉英便对金荷说："你要做女裙，就有可能用到丝绸或其他类式的布料。这方面，我可以帮你作一些鉴别。"

金荷喜出望外，说："以前你们忙，不敢来麻烦你们，怕影响到你们的工作。"

辛吉英说："是的，以前我们经常要跑外地，或去观摩，或去指导。一些工作很忙，很累。"说到这里，她好像松了一口气似的，又说，"现在好了，年轻人起来了，我们稍有一些空闲了。"

金荷兴奋地说："真的，那太好了！嫂子，我要聘请你当我们公司的顾问，帮我们把把原料关。"

郝志和听到后，觉得金荷说得不准确，马上纠正道："嫂子，你应该是我们特聘的原料监督大师！指导我们的工作才对。"

辛吉英笑起来，说道："妹弟，你在开我的玩笑了。"转而又说，"我们一起把关，为金荷的公司，也为'金荷花'这个品牌，共同努力。"

金池很赞赏辛吉英的毛遂自荐，也支持她去帮金荷做这方面的事。他建议辛吉英："你干脆办个留职，专心去到金荷的公司工作。"

辛吉英说："不必了，我每周抽二至三天空闲时间，来金荷这边看看，大不了自己累一点就是了。"

金池就说："这样也行，大不了我在家里多做点家务，忙一点就是了。"

金荷和郝志和都为辛吉英主动提出愿意来金荷时装公司作原料的技术性指导很满意。因为他们毕竟是行家，有了他们的帮助，何愁公司的时装制作在质量和档次上，不会有更进一步的提高呢？这也是金荷时装公司，这些年来所渴求和盼望的。

金荷和郝志和都对金池和辛吉英这样的表态感到很激动，对哥嫂的帮助表示衷心的感谢。

今天，金池和辛吉英，金荷和郝志和四人，真是谈兴正浓。说到金荷时装公司，说到辛吉英的主动帮忙，越说越高兴。一时，四人都笑了起来。

乔迁新居，金荷也没让益民小区的那两套住房闲着。她在与父母和哥嫂商量，征得认可后，把两套房间分别安排给了黎水生，郑涛小两口儿居住。

黎水生住一楼，他曾经答应过金荷，要把自己的老婆接来。现在金荷为他提供了一套住房，让他喜出望外。他决定尽快让老婆和儿子上来，住在一起，也不辜负金荷的一片好意。

郑涛小两口儿住在三楼。正好老婆许菊快要生育了，金荷这一决定，犹如及时雨一般，为郑涛解决了一个住房的大难题，让郑涛感激不尽。

黎水生和郑涛，跟着金荷在荷花池批发市场打拼了十余年，金荷把他们都当成了自己的小兄弟，左膀右臂，得力助手。她说过，她会照顾好他们。

海岛巧遇 ◂

半年的工作合同期里，桑毓琳不仅完成了设计课程知识的传授，还教会三位徒弟设计制图。同时，她也为金荷时装公司，设计了三十余套服装，并完成全部图样的绘制成册。前期，有的服装已制出成品和样件，得到好评。可以说，桑毓琳工作勤奋，认真，而且也做出了成绩。

金荷对此非常满意和敬佩，也对广州依琦现代时装公司的无私支援，对桑毓琳的辛勤奉献，表示深情而衷心的感谢。

那天，在金荷时装公司会议室，郝志和主持开了一个小型座谈会议，送别桑毓琳返回广州。金荷、欧启亮、王德川、卢士傅、黎水生、郑涛、于文捷、裴敏等参加了座谈，还有接受过桑毓琳指导的职工代表，共二十余人。

欢送座谈会上，郝志和刚讲完座谈会的主旨，桑毓琳便要先发言，而且对金荷公司专门为她开这样一个告别会，情绪显然有些激动。

桑毓琳先对金荷时装公司的热情、周到的接待，表示特别感动。她说："我只是受了公司的派遣，做了我应该做的事情，却得到了你们像亲人般的款待，心里实在感到不安。这是我的心里话。"说着，她抬起激情的眼神，巡视了在座的所有人后，又说，"回去后，我将继续留意你们的需求，可以将在广州接触到的新流行的时装资料，及时向金荷时装公司提供。还可以根据贵公司的需要，设计一些新的款式，供你们参考。"

桑毓琳说到最后，眼眶里有了泪花："我只有用这样的方法，来报答金荷时装公司对我的信任，对我的热情接待了。"

金荷的情绪似乎也被桑毓琳感染了，带动起来了，同样有些激动。

按理说，这样内容的座谈会，应该是主人首先发言，对客人的支持和帮助表示感谢。不想桑毓琳却抢在了前面，先对金荷时装公司给予她的接待，表明了深切的谢意，同时还将用今后的努力给予报答，反而让金荷有些过意不去了。当然，这也反映出金荷时装公司，对待有助于自己的人的真实诚意，这更是金荷本人，待人接物一贯的真诚人品。

接着桑毓琳的话，金荷以董事长的名义，代表金荷时装公司作了发言。

金荷对桑毓琳在金荷时装公司的辛勤工作予以肯定，并感谢她这半年来，对本公司的竭诚支持。她代表金荷时装公司决定，桑毓琳除应获得相应的工资报酬外，公司将另外奖励两万元，以示谢意。

参加欢送座谈的，还有三位接受她设计指导的徒弟，他们都表示感激，并希望在以后的联系中，继续获得她的指教。

郝志和、欧启亮、王德川等也发了言。座谈会气氛热情洋溢。

金荷公司为了表彰桑毓琳出色的工作，还赠送给她相应的纪念品，表示了热诚欢迎她有机会再来公司指导工作。

桑毓琳前期设计的那一套款式，经过市场检验，已成为成功的样板，在流水线上批量生产了，让金荷看到了希望。她像一个运筹帷幄的指挥官，决定其余两条流水线，虽然仍按原款式的成衣继续制作，供应市场之需外，但随时要做好新产品的试制工作。

现在，又有了桑毓琳设计的新款时装图样，郝志和与王德川将再从设计图稿中先选出三款男女休闲时装，进入样件试制。

他们不敢贸然一次投入太多，每款先投入五套。制作样板，选好布料后，就进入裁剪缝纫制作。待这三款试制的样品出来后，如果市场认可再按原程序小批量生产，以测试出市场的需求量，再做取舍决定是否大批量生产。金荷时装公司立即组织一条流水生产线，开始加工制作。

这是时装新产品开发，从试制到批量生产，稳扎稳打最稳妥的基本流程。

桑毓琳与金荷时装公司，签有半年的工作合同。在此期间，广州依琦现代时装公司，也传来了拟定与金荷时装公司建立合作关系的消息。对方同意在合作时，可为金荷时装公司培训技术工人，双方进行技术交流，待时机成熟时，再进行委托加工业务。金荷时装公司对此深表赞同。双方同意，在适当的时候互派人员，与对方商谈相关的具体事项。

就在桑毓琳与金荷时装公司半年的工作合同期圆满结束时，金荷也作出了决定。为了使对方知道金荷时装公司的诚意，金荷提出要主动出击。由金荷、郝志和、欧启亮、黎水生、郑涛五人组成一个团队，代表金荷时装公司前往广州，与依琦现代时装公司进行商务合作洽谈。同时，还带去十位女职工，在依琦现代时装公司接受为期三个月的技术培训。

出发那天正好也是桑毓琳工作合同期满的日子，她与他们一道同行。

到了广州，金荷团队在桑毓琳的指引下，住进广州依琦现代时装公司附近一家宾馆。桑毓琳回公司汇报去了，约定第二天再见。

次日，金荷率领团队一行，来到广州依琦现代时装公司时，对方早已有接待人员等在了公司楼下，展示出他们对客人的尊重和热诚。

一位接待人员将十位前来进行技术培训的职工带往生产工作区去了，另一位则带领金荷一行五人，上了公司三楼的会议室。

出面接待和商谈的，是广州依琦现代时装公司总经理戚宏斌、副总经理钱瑞梅，以及相关的部门负责人。

公司三楼宽敞明亮的会议室，似乎特意进行了布置，寄托着主人的待客之意。椭圆形的会议桌上，摆有数盆南方适时盛开的鲜花，调动起热烈的气氛，十分怡人。

双方代表一一握手寒暄，就位落座之后，商谈便在友好的氛围中展开。

由于双方商谈的内容牵涉到多个方面，对方参加商谈的就有开发部、财务部、营销部和技术部的相关负责人员。双方就产品开发、营销合作、技术交流、职工培训进行了详细的探讨、周密的商议。商谈由双方人员对口进行了一天。最后，于第二天上午，双方签下了一揽子协议。

结束商谈时，广州依琦现代时装公司总经理戚宏讲话："双方签订的所有协议，立即生效！"赢得了双方代表一致地鼓掌通过。

接着戚宏斌满怀激情地说："相信金荷董事长回到成都之后，一定会即刻着手这一系列工作的开展。"他看看金荷时装公司的全体代表，继续说，"最近，依琦现代时装公司将有一项新的对外出口合同，待签订合同之后，双方即可开展协作加工业务。请贵公司提前做好准备。"

金荷随后对这次见面的感受说道："首先对贵公司的盛情接待表示衷心的感谢！金荷时装公司，对双方的商谈极其满意，对签署的协议内容尤感兴趣，也对双方的合作充满信心，期待今后我们的长期协作。"

商谈双方均表示，这次友好协商达到了预期的效果，将共同努力去实现一系列协议所涉及的义务和责任，努力完成双方共同期待的目标。

接下来，广州依琦现代时装公司在"粤味香"酒楼设宴招待金荷一行人，在美味和酒香中，共进午餐。

结束了与广州依琦现代时装公司的商谈，金荷一行人本应立即返回成都。可是黎水生和郑涛都对金荷说："金姐，好不容易出一趟远门，你让我们耍两天嘛。"

金荷一想，两个小兄弟的话也是个道理。再说，她和郝志和上次来广州也是来去匆匆，咋就没想到玩上两天呢？这次又来了，就不要把自己也逼得太紧了。大家一合议，决定在广州多住两天，轻松轻松，释放一下自己的心情。

当天下午，他们在广州市内逛了一些市场和景点，各自买了些东西。第二天大家都想去海边，看看大海和风景。选来选去，他们确定了去阳江市的海陵岛。

次日一早，他们乘上大巴车出发，向南行走三个小时到达了阳江市。在市内逛逛街景，吃了午饭，又乘了近一小时的市内班车，到了海陵岛。

海陵岛是南海上位于广东阳江市的一个海岛，被称作"海陵岛镇"。

该岛曾多次被《中国国家地理》杂志社评为"中国十大最美海岛"。海岛属南亚热带气候，终年阳光普照，海浪沙滩宽阔，四面环海，山光水色兼优。岛上的十里银滩、大海湾、灵谷庙、天然泳场、红树林湿地，海上丝绸之路博物馆等景观尤为著名。多少年来，海陵岛吸引了众多的国内外游客前来观光度假，是国内海滨休闲的一个旅游胜地。

金荷一行人踏上海陵岛，先在景点相对集中的岛南，找了一个酒店公寓歇脚，今晚他们将在这里伴着大海，住宿一夜。

从酒店公寓出来，大家迎着轻拂的海风，轻松愉悦地朝海边走去。眼前的大海使他们陡生亢奋，兴味盎然。

他们中间，除了郝志和曾经在大学期间，应家住福建厦门的同学之邀，到过海边，其余四人都不曾见过大海。因此，他们在踩着银色的沙粒走近海边时，心里都莫名地涌上一股像海浪一样的澎湃之情。大海的辽阔，大海的蔚蓝，大海的浪花，让他们的心脏怦然跳动，似乎都忍不住要想扑进大海，用纯净的海水洗涤心灵的尘垢。郝志和虽在厦门见过大海，但感觉那时的海水没有这么清亮，这么靛蓝。这里的蓝天白云，海浪银滩，令他们流连忘返，直呼不枉此行。

随后，他们还不辞劳顿，一口气逛完了国家海洋公园、十里银滩、牛塘山等景点。当他们往酒店公寓回走时，已尽显疲惫了。

到了酒店公寓附近，金荷眼尖，突然看见距他们十步之遥，有一男一女两位略显老态的人。其中那位女人的身影依稀熟悉。金荷连忙悄声叫住郑涛，要他进一步确认。

郑涛定眼望去，心里忽有兴奋。他对金荷说道："是她是她，是何警官，是何警官！"

金荷便拉住郑涛站在一边，然后对郝志和三人说："你们先去酒店，我和郑涛等会儿就来。"

等他们去了，金荷和郑涛才向那两位男女走过去。到了跟前，还是郑涛先跨前一步，向两位埋头鞠了一躬，才叫道："你好！何警官。我是郑涛。"

两位男女先是一怔，不知道究竟发生了什么。直到何秋霞警官听到郑涛这个名字时，眼看到这位年轻人，才惊异地"哦"了一声，亲切地用手拍了拍郑涛的肩头，说："哎呀！小伙子变了，变高大了，也变帅气了！"

何秋霞正欲给身边的男人介绍郑涛时，金荷走上前去，也对何秋霞问了一声好后，说："何警官，我是金荷，还认得吗？"

何秋霞转过身来看到了金荷，又是一个惊喜，一下拉住金荷的双手："认得认得！还常想着你呢！"

金荷也露出欣喜的神色，对何秋霞说："何警官，我们也常常想着你呀！"

四人相对站着时，何秋霞把金荷、郑涛介绍给身边这位男人，说："他们两位，就是我以前给你说起的金荷和郑涛。"后又指指金荷、郑涛说，"这位是做服装生意的女老板金荷，这位是郑涛，一个不错的小伙子。"

男人似乎在脑子里思索了一会儿，想起来了，说："好好好！都很不错啊！"何秋霞又指一下男人，对金荷和郑涛介绍说："这是我的爱人老钟，在法院工作。"

金荷和郑涛都伸出手来，与老钟握手。金荷说："太巧了，没想到在这里碰到了你们。"

何秋霞说："真是难得呀！"转念又问，"还有一位小郝呢？"

金荷就用手指一指前方走远了的三人，说："在前面。"

何秋霞又问："现在你们都还好吧？"

金荷说："还好，还好！"

何秋霞就指着身前的一家酒店，说："我们就住在这里。要不这样，晚上我请你们吃个便饭，我们好好聊聊。"

金荷见何警官这么热情，她说："我也是这么想的，还是我请你们吧。"

何秋霞就说："别争了，还是听你大姐的。晚上六点我们在这里等你们。"

金荷只好点头道："好的，到时我们一定来。"

分手时，金荷和郑涛向二位挥挥手，道一声再见，去赶前面的三位人去了。

何秋霞的爱人钟柯平，是政法大学毕业的。毕业后被分配到法院工作，至今已有三十余年了。他现在任职副院长职务，负责立案事件的审理工作，今年已满五十六岁。因何秋霞再有一年多就要退休，两人一合计，决定利用两年的年休假外出走一走。听别人说，广东海陵岛风光不错。就在这里一家酒店订住半个月，今天已有一个星期了。

晚六时整，何秋霞夫妇已在酒店订好晚餐。金荷、郝志和、郑涛准时来到这家酒店。好在他们住的公寓离这里不远，走了十分钟就到了。晚饭前，金荷对欧启亮和黎水生说，他们要去会个朋友，晚餐就让他们自便。

路上，金荷已对郝志和说起何警官夫妇请吃饭的事。到了酒店，郝志和见到何警官夫妇时，还是忍不住三步并作两步跨上前去，和何秋霞他们夫妇俩握手寒暄。当何秋霞知道他俩已经结婚，女儿都十三岁了时，她望着郝志和、金荷这两口儿，笑得合不拢嘴，不住地夸他们幸福、能干。

饭桌上，金荷像是在向领导汇报工作似的，边吃边聊中，把他们这十多年来的努力，述说给何秋霞夫妇听。她说成立了服装公司以后，这次到广州来是为公司的发展，与广州依琦现代时装公司谈合作来的。

何秋霞夫妇认真地听着，知道金荷已创办了时装公司，而且运转得很好，都为他们感到开心。尤其是知道郑涛在金荷的公司里，工作很勤奋努力，已经是公司的办公室主任，并且已结婚快有小孩了，妹妹也大学毕业，来到金荷时装公司工作，他们更是为郑涛感到高兴。

何秋霞的爱人钟柯平，也赞扬金荷他们的事业干得不错，一直感叹地说："后生可畏，前途无量！"

说到这里，金荷就说："我们真诚地邀请你们到公司来看看，指导工作。"何秋霞答应说："好的，好的。回去后我们有空一定来。"

钟柯平也说："我们是搞政法工作的，对服装生产一窍不通。但是，你们若是需要法律上的支持，就来找我们。我们一定给你们提供最大的帮助。"

金荷和郝志和很感动，赶忙表示道："感谢！感谢！"

双方相谈甚欢，不知不觉到晚上九点钟了，都还有说不完的话。将近十点，他们才依依不舍地相互致话珍重，分手告别。

今晚，金荷一行夜宿海陵岛。明日他们将赶去广州，乘坐返回成都的火车。

新投入的时装款式，在经受过市场的检验之后，已经在流水线上进入了批量生产。

金荷时装公司近一年多来，不断推出多款新时装，让公司在荷花池批发市场门市部的生意锦上添花，销售得很好。公司经过研究，不得不对原有的产品作出调整。放弃一些老旧款式的男女便装，暂停童装的制作，腾出人力和物力，开展新款式男女时装的开发、试制和生产。

有人说，做百货生意的，库里存下的都是百货，做服装生意的，库里存下的都是服装。意思是说，赚的钱都在货上，见不到现钱。此话不无道理。

尤其是服装，季节变化快，款式翻新也快。过不了多久，旧的款式淘汰了，引领新潮流的款式又出现了，始终跟着季节和潮流发生变化。一旦赶不上季节，赶不上潮流，就会出现库存积压，把钱都压在了货物上。行业内流行的行话"一年服装，十年存货"，就是这个意思。

做服装生意的是这样，做服装加工的，未必不是如此。

金荷做了近二十年的百货和服装生意，有过这方面的体会，也知道这个现象，摸索出了一些规律。因而，在从事服装制作后，她就很注重新款式服装的开发，以争取尽量赶上时代潮流的步伐。

现在，金荷时装公司有了一支自己的队伍，从设计到生产，到销售，到售后服务，一套完整的产业链，还有了几家忠实的合作伙伴。这让金荷时装公司在成都的服装领域里，已是小有名气，占有一席之地，公司运行得得心应手。因此，这并没有让金荷感受到像一些服装销售商家那样的压力。

下一步，金荷还决定再将自己公司的服装销售市场进一步拓宽。把"金荷花"这个品牌，推上一个高级的层次。

这天，金荷到了荷花池批发市场，眼见市场内热火朝天的景象，她真的没有想到。这几年她都在忙服装厂和公司的事，已经很少走到这里来了。金荷回忆起荷花池十五六年前的样子，那真是今非昔比。

才开始，金荷在这里做小百货生意，卖纽扣、丝袜那会儿，这里只有二十八家棚架小摊。虽然生意还可以，做得走，让她在这里挖到了第一桶金，但是，当时的多数商家，毕竟就只有那点资本，尚属耗子嫁女——小打小闹。

后来，金荷改做起了服装批发，生意才有了扩展，让她看到了奔头。那年商业一区建成，景象就有了大的变化。金荷有了自己的两间商铺，服装批发火热，她的生意就做得更大一些了。那时的荷花池批发市场，被人们称作"鬼市"。每天凌晨四点钟左右，天还黑黢黢的，就有人影窜动，像鬼的影子，飘然晃荡，人声鼎沸，弥漫着一种神秘的气息。

那些日子里，金荷每天六点钟起床，早饭后赶到市场，郑涛已经忙完了早市的批发，开始应付白天的买主了。她到后就与郑涛一起，一直从清晨要忙到下午五时左右。黎水生来后，金荷才轻松一些。

几年的奋斗，是市场助力了金荷，也是金荷的勤劳得到了回报。经过十多年的拼搏，现在金荷有了自己的工厂和公司，有了自己的品牌和产品。

而今，荷花池批发市场，一区、西区以及商厦大楼，已基本建成，形成了一个巨大的商圈市场，早已名冠西南，扬名海内外。市场内，每天人如潮涌，车水马龙，有二三十万人活跃其中。如此宏大的规模和经济效应，令人叹为观止。

金荷想，幸好当初自己选择了这里，而且牢牢地站稳了脚跟。这里，既是金荷人生的起点，也是她梦想成真的地方。那么，这里更应成为金荷拓展更大辉煌业绩的根据地。

天高任鸟飞，海阔凭鱼跃。想到这里，金荷忍不住要为自己的设想，找到更可靠的支点和开阔的天地。

金荷到了市场内的公司门市部，她要找黎水生商量事情。

此时，黎水生已经是金荷时装公司的营销部经理，负责荷花池批发市场公司门市部销售，外联广州依琦现代时装公司，以及成都市协作商家的工作。

金荷来到门市部前，黎水生和两个店员许菊、侯芳正在应酬顾客。

许菊抬头见到金荷来了，叫了一声："金姐来啦！"让她进门市来坐。许菊和郑涛结婚后，就将原来称呼的"金老板"改称为"金姐"，这样要亲切一些。

黎水生听见许菊的说话，一看确实是金荷，便知道她一定是有事找他来了。他与金荷一起走到办公的小间，给她倒茶让座，说："金姐有事吗？打个电话就行了，还麻烦走一趟。"

金荷说："有什么麻烦的？好久没来市场这边看了，变化真大。"

黎水生说："我们天天在这里，看习惯了，没有什么感觉，倒是铺子上的生意一天比一天强，我们才体会得到。"转而又说，"金姐有啥事，请讲。"

金荷笑笑，心想黎水生经过这么多年忙碌的磨炼，性格变得干练了，说话也挺干脆了。她便把这几天一直萦绕在脑海中的想法说了出来。

金荷对黎水生说："我想，你利用几天时间可以去市内，到有名气的几家商厦调查和接洽，能否在这几家大商厦内，设置公司的销售门市、货铺。我们要扩大销售渠道，展示我们的'金荷花'时装。"

黎水生没有立刻回答，脑袋里似乎在思考，飞快地把城内的各个大商厦、商场转了个遍。然后，他迎着金荷等待的目光，说："行！我先去几家跑一下，回来马上给金姐汇报。"

这时，金荷的手机响了。她摸出来打开接听，是王家蓉打来的。对方说找她有事，电话里一两句说不清楚，想当面找她谈。金荷给对方说，她正在荷花池批发市场，叫王家蓉过来找她。

金荷"啪"一下关了手机，对黎水生说："就按你说的办，我等你的消息。"停了两秒钟，她又说，"等会儿你王姐要过来，我就在这里等她，你去忙自己的事吧。"

黎水生起身走出小间的门，去看铺上的生意。

不一会儿，王家蓉和齐正富两口子，一起来到了门市部前。金荷乍一看，两人脸上都是气呼呼的样子，以为他们又闹什么矛盾了，说："又怎么了？就是有天大的事，你两个进来好好说嘛。"

王家蓉是个一有心事脸上就能看出来的人。今天满脸愁云密布，一定是有什么不爽快的事压在心头。

进了小间的门，两人刚坐下，王家蓉就说了起来："你说气人不气人，面馆才开了几天，才有了生意，又干不成了。"

金荷以为是齐正富不想干了，就对他说："你才好好干了几年，又是啥子病犯了？"

齐正富的脸马上显出委屈的样子："哪里是我的病犯了哦，是房东老板的病发了！"

金荷懵然，要他们细细说来。

王家蓉这才说，昨天房东找到他们，说要涨房屋出租价。齐正富就问他涨多少？房东说打个滚，要翻一翻。齐正富心想：哪里有这种涨房租的道理？动辄就要翻一翻，这不是要飞起来吃人吗？就与房东商量，讨价还价。房东把脑袋摇得像拨浪鼓似的，咬死了不松口。后来他们才一打听，原来是这里的房屋要拆迁，房东想趁机捞一把。房东想的是能捞好多算好多，不捞白不捞，怕到了拆迁了，一分钱房租都收不到了。因此，咬定一分钱不能少，急得王家蓉两口子团团转。一时就慌了手脚，来找金荷想办法。

金荷听了，心想刚才是冤枉了齐正富，弄得自己哭笑不得。金荷胸有成竹地对王家蓉和齐正富说："我以为啥子大不了的事，把你们急成这个样子。"

齐正富望着金荷说："饭碗都要被人家端了，你说这事还不大吗？我们能不急吗？"然后，又冒了一句，"你怕是站着说话不腰疼啊。"

王家蓉立刻瞪了齐正富一眼，对金荷说："你看都把他气成啥样子了，说话都没有了分寸。"

金荷一下就笑了起来，和气地说："没啥，我刚才还冤枉了他呢，算扯平了。"稍停会儿又说，"你们到公司来找我。明后两天都行，我给你们想想办法。"

王家蓉和齐正富脸上露出了感激的神色，说："我们明天就来。"

临出门时，王家蓉从挎包里取出四万元钱，对金荷说："这些年你帮了我们很多忙，这四万元钱有三万是还你的本金，这一万就是分红的利息了，请你收下。"

金荷见王家蓉摸钱出来时，先是一愣，又听她这么说，就不高兴了："你们俩叫我怎么说呢？我先借钱给你们，是希望你们把面馆开起来，才说了入股分红的话，你们倒认真了？硬是把我们的姊妹情谊当生意来做了？"看看二位，也愣在了那里，又说，"这钱我不要！"

齐正富在一边说："拖了几年，我们都不好意思了，借债还钱，天经地义。金老板，你还是收下吧。"

金荷问齐正富："你们今天是来找我帮忙呢，还是来还钱的？"

齐正富赶忙说："找你帮忙的。"

金荷就对王家蓉和齐正富说道："那好，这忙我帮，到公司来找我。这钱你们先都收回去，说不定到时还有用场哩。"

新的世纪

眨眼，又到了一个新的年头。

今年与往年不同，它既是一个世纪的结束，又是一个新的世纪的开端。也是金荷时装公司成立的第六年。

今天一早，黎水生赶到公司，见库房门还没打开，一看手表还没到上班时间，就朝生产大楼一侧的食堂走去。他今天做完早市的批发，还没吃早饭。

食堂里刚卖完早饭的齐正富，见黎水生来了，以为他是来找老婆的。就朝里面叫着："徐朝英，有人找你！"

黎水生对齐正富说："不找她。齐师傅，我是来吃早饭的。"

齐正富明白过来，问明黎水生要吃什么，给他端出来后，又去忙自己的了。

王家蓉齐正富两口子那次找到金荷，要她帮他们的面馆生意想办法。

说来凑巧。原来金荷时装公司食堂的两位职工，都是从原服装厂一起转过来的。他们工作了很多年，岁数也大了，早已到了退休年龄，他们几次提出不想再继续干了。当时，苦于一直没有找到合适的人接手，便一直拖着。那天，齐正富王家蓉夫妇找到金荷正是时候。金荷叫他们明天，到公司里来谈。

次日，齐正富王家蓉夫妇到了公司，金荷把情况对他们一说，王家蓉很赞成。她说："齐正富炒得一手好菜，原来本想开饭馆，因铺面不行才开的面馆。接手食堂没有问题。"

金荷叫他们还是先去食堂看一看，思想上有个准备。

两夫妇去看了回来，齐正富拍着胸膛对金荷说："肯定没有问题，金老板你就放心好了！"

金荷问："还差些什么需补齐的东西？"

齐正富说："锅灶都很齐全，桌椅不够我可以从面馆搬过来。"

金荷认真地说道："那就好。食堂由你们来承包，用的水电气公司可以承担一半。但是，我有一个条件，饭菜的价格就不能定得过高，既不让你们吃亏，也不要让职工不满。"

王家蓉知道金荷的心思，一边是公司职工，一边是老同学老朋友，她必须要在中间找一个平衡点，做到双方都不亏欠，一碗水端平。这是金荷待人处世的一贯风格和准则。她对金荷说："我们完全照你的意思办。"

金荷对这两夫妇此刻的心情心知肚明，但还是说道："你们可以回去先测算一下，觉得可以干，就和公司办公室签个合同，办一下交接就行了。"想了一会儿，又说，"再一个，如果人手不够，我可以给你们配一个女职工当帮手，你们只管她吃饭，工资由公司负责。"

就这样，齐正富和王家蓉夫妇，承包了金荷时装公司的食堂，两口子为了不影响工作，搬到了公司的一间宿舍住下来。

金荷怕他们人手不够，把黎水生老婆徐朝英叫了上来，安排到食堂工作。他们的儿子已上小学，留在老家，由黎水生的父母照管。

齐正富王家蓉夫妇，接手金荷时装公司食堂，没有了房租之忧，又有了稳定的收入，两夫妇十分满意。到现在已经一年过去了，运作得很好。

早饭后，黎水生到库房去提货物。他从衣兜里掏出一张清单，交给保管后，就去找郑涛安排车辆送货。清单上有四五个商厦门市交上来的所需衣物款式和数量。易小宽把车开过来的时候，库房里注明送往各商厦的货物，已分别用纸箱装好，足够装满一小货车，只需易小宽送去就行了。

黎水生上次按金荷的安排，在成都几个大型的商厦转了一圈，联系确定了位于市内的东、南、西、北、中，共五家商厦。在商厦内都设置了金荷时装公司的门市，门市招牌叫作"金荷花时装"。公司抽调了十名女职工进入门市，受公司营销部直接管辖。

今天，黎水生一早到公司，就是为这几个门市部的事而来。他把前面的事安排妥帖后，转身又回到公司二楼。他要去找金荷汇报这一段时间，各商厦的销售情况。

正路过会议室时，黎水生被金荷叫住，要他进去参加一个小会。

会议室里，已有郝志和、欧启亮、王德川，还有三条流水生产线上的主管，他们正在研究这个月的生产安排。

金荷叫黎水生介绍一下各种款式服装销售的情况，提供给生产安排参考。黎水生便把各商厦门市，包括荷花池批发市场的门市部上，各类款式服装售货的情况，很详细地说了一遍。也算是向金荷作了汇报。

临出会议室时，金荷对黎水生说："现在公司的营销渠道基本建成了，而且还算畅通，这么多年来辛苦你了！你回荷花池门市部收拾一下，把你的工作重点移回公司营销部。那边另外安排一个男同志去值守，顶替早市和负责白天零售。你回公司后，市内商厦门市和荷花池门市部的营销，就由你一人管控，统一平衡。看你有什么意见和建议？"

黎水生在荷花池批发市场门市部驻守，经营早市批发和白天的零售，一干就是十四年，确实很辛苦。他知道金荷这么安排，是对他的关心，但也给他肩头加了更重的担子，这是对他更大的信任。他想了想，说："谢谢金姐的关心，我没有意见，只是一时还没想起有什么建议，等操作一段时间再看吧。"

金荷说："好，就这么定了。有什么情况，及时跟我说。"

黎水生点头回答："好的。"说完，又回头去办自己的事。

下了办公楼，黎水生又反身来到库房。他把荷花池门市部需要的服装款式和数量交给保管清点包好，等易小宽回来后再送过去。

这一揽子事安排完毕，已到了中午，黎水生只好在公司吃午饭。他打电话到店铺上，叫许菊、侯芳等易小宽的车准备收货。

午饭时，郑涛兄妹打了饭菜过来。黎水生叫住他俩，和自己在一桌吃，好说说话。

黎水生和郑涛，都住在益民小区一栋楼里，有时两家也串串门，经常见面。倒是郑惠住在公司宿舍，见面机会少一些。

郑惠大学毕业后，一直在公司财务部上班，迄今已六年多了，现在是公司的财务总监。郑惠快三十岁了，还没结婚。

因为黎水生和他们兄妹俩很熟，问起郑惠的个人之事，便直截了当。

郑惠显然也不忌讳，都是笑着回答黎水生的问话。她轻描淡写地说："等哪天，觉得一个人实在无聊的时候，说不定就找个人，把自己嫁了。"

话题扯到黎水生的儿子，郑涛说："现在嫂子也上来了，最好把你儿子也带上来，不然他在老家会感觉很孤单。"

儿子还在老家当留守儿童，黎水生也很无奈。他不无忧虑地说："这确实是个问题。但家里的姊妹兄弟多，外出打工的也有，他们的子女也要父母照料，现在还分不了身上来只带我的儿子。"

郑涛说："这倒也是，手心手背都是肉，现在谁的孩子都金贵。"

黎水生说："孩子反正还小，如果现在带上来，我们两口子都忙，反而看不过来。打算等几年上中学了，人也稍大能够自理了，就弄到成都来读书。"

转而，又说到郑涛的女儿，生下来时许菊的母亲就上来带外孙，快三岁多了，长得胖嘟嘟的，逗人喜爱。

午后，黎水生回到荷花池批发市场门市部。易小宽已经把门市部需要的货物送了过来，许菊和侯芳正在清点。黎水生便进到小间的卧室清理东西。

金荷时装公司迁回新厂生产和办公后，虽然在办公大楼一楼设立了营销部办公室，但是黎水生还是把主要精力，放在了荷花池批发市场公司的门市部。因为，这里最能直接地了解市场的行情，了解各类服装销售额的增减等情况，为公司的生产提供可靠的信息。

随着市内五大商厦内，建立起公司的门市后，信息来源，销售渠道就不单是荷花池批发市场了。渠道由单一变成了多个，而且销售量大为增加，多个门市都要照应到位。无疑，同时也增加了营销部的工作量和难度。

因此，黎水生的精力，就不能只放在荷花池门市部，而要照顾到全局。金荷之所以要黎水生回到公司营销部，就是便于让他能统一指挥和调度。

好在前两年，公司从市内职业学校，招来二十多位毕业生。他们在车间流水线上实习了一年多后，便陆续充实到了几个部门。营销部也进了两位，协助黎水生的工作。营销部的工作量虽大了，担子虽重了，有了人力，也会让他们做起事来得心应手。

正在这时，办公的小间内电话响了。

电话是夏二娃打过来的，他说有两件事要和金荷时装公司商谈。

第一件是他在青年路服装市场内，发现有个怪现象。他说金荷时装公司的童装，已经停产两年了，怎么还有一家店铺在批发出售？并且有几种款式，数量卖得还不少。他问是怎么回事？另一件是投资公司的胡副经理前天找到他打听的事。投资公司想与金荷时装公司合作，他们可以采用入股的方式，对金荷时装公司进行投资。投资公司问金荷时装公司，有没有这个意向？

黎水生听完，一时拿不定主意。他对夏二娃说："第一件事，我也感觉奇怪。请夏老板再观察一下情况，确认一下商标与'金荷花'商标是否相同？才好做下一步处理。"接着他说，"关于第二件事，较为重要，我得向公司汇报，有了回话，才能给你回复。"

挂了电话，黎水生想这两件事都非同一般，立即给金荷打电话汇报。

金荷接听后，沉思了一会儿。她对黎水生说："你转告夏明贵，有些事，我们不能妄作决定。我们要把情况摸清楚之后，才能做出相应的处理方法。"金荷想一想，又说，"你叫他方便的时候，到金荷时装公司来一趟，也可以叫上投资公司的胡副经理，我们要面对面地把事情详细地谈谈。"

第二天，黎水生直接去了公司。他不再在荷花池批发市场门市部做早上的批发和白天的零售，专心致志地去管理公司的对外营销。市内五大商厦和荷花池门市部的营销，都由他管理。

接替黎水生的，是从职业学校招来的吴熙。他在学校读书时，就学过营销的课程。交接时只需黎水生稍一点拨，便直接上手。

黎水生对他说："在营销中，有什么疑问就给我打电话。咱们一起共同来解决。"

吴熙二十岁，是一个精干的小伙子。手脚麻利，记性又好，来了不到一周，便把门市部的一切事务打理得清清楚楚。许菊和候芳都说他聪明能干，是做生意的一把好手，他们合作起来也十分愉快。这是后话。

夏二娃隔了两天，到金荷时装公司来了。他先打黎水生的手机，得知黎水生在公司营销部等，他就直接开了车过来。

这是夏二娃第一次到金荷时装公司里来。走拢一看，公司的规模着实把他吓了一跳。

前些年，夏二娃就听说金荷承揽了一个服装厂。当时，他心里想不过就是一般的普通工厂而已。后来金荷又成立了公司，他又想金荷无非就是借厂搞公司，造个名声。虽然自己在金荷手下接服装做生意，赚了一点钱，金荷时装公司不也有门市在卖衣物赚钱吗？而且不也还是在卖广州厂家的服装吗？他心里不以为意。然而，他万万没想到金荷能把这个厂开得这么大，公司大楼也修得这么气派。一时，夏二娃心里突然有一种说不出来的感觉，不得不刮目相看。

在公司门口，黎水生接到夏二娃后，并没有直接去二楼找金荷，而是带他在一楼展示大厅里看一看。

展示大厅里，各类时装中有些夏二娃见过，也提货去卖过，可是有相当一部分，他却没有见过，这更让他心里十分震撼。夏二娃在这里看到了有近百种款式，黎水生将一些款式的用料、剪裁、缝制的特点，如数家珍般地向他介绍。黎水生对时装的认知，令夏二娃这个在服装生意场上浪迹了近二十年的"老油子"，也自叹不如。

黎水生带夏二娃上到二楼，在金荷的办公室坐定，夏二娃还没等金荷问话，便先说道："投资公司的胡副经理，临时突然接到电话，有事不能来了。"

金荷说："没有关系，他的事以后再说也行。你先说说童装的事吧。"

夏二娃便将他发现青年路有商铺仍然在卖"金荷花"牌童装的情况叙述一遍。而且还埋怨金荷是不是在忽悠他，一直说青年路销售"金荷花"牌服装的，只有他夏二娃独此一家。

金荷问他："你能确定是'金荷花'商标？"

夏二娃点头说："我能确定。"

金荷就说："没见到实物，我们也不能贸然断言有人造假。你能不能帮我们找一件衣物来，我们比较后才能判别。"并对他说，"在青年路市场，确实只有你在卖我们公司的服装，别无分店。你不要多虑。"

夏二娃就答应找一件童装来给她看。金荷便不再与他多说，反又问起冯小玉的近况，孩子怎么样？夏二娃回答说："她还是老样子，现在铺子上守着生意。女儿快七岁了，由冯小玉的妈妈带着，长得还好。"

星期天，郝志和与金荷按照约定的时间，买上礼物，让郑涛开车，他们一起去何秋霞警官家拜访。履行那次他们在广东海陵岛上相遇时定下的诺言。

何秋霞住在政法系统的家属宿舍区。车到宿舍区大门时，何秋霞已等在了门口。她的家在一栋大楼的一楼，停下车走几步就到了，很方便。

何秋霞已在去年办了退休，平常在家里买菜做饭，养养金鱼，种种花草，过着平静的退休生活。老伴钟柯平还在法院上班，再有两三年也到了退休年龄。

他们的两个小孩也长大成人。儿子钟诚也在政法系统的检察院工作，女儿钟芯在中学教书。今天，儿女都休息，都带了自己的一家人回来陪父母。

郝志和、金荷和郑涛一进屋，见屋内坐了一家人。他们想想，人家团团圆圆，和和美美，一大家子人正聚在一起度假日，便不好打扰人家。他们放下礼物，在屋里和钟柯平及子女打打招呼，寒暄几句，十多分钟后便起身告辞，离开了宿舍大院。

出来后，郑涛问郝志和与金荷，还要去哪里？金荷说回家。郑涛就开车将郝志和夫妇送回新荷苑小区，然后独自开车回家去。

金荷和郝志和回到家时，金池和辛吉英也带着金欣来到了家里。他们每逢星期天，如果没有别的安排，都要到这里来和父母聚一聚。

此刻，金荷的父母亲，正在厨房里忙着午饭。郝志和回来后，见此状况，就进厨房去帮忙了。

金欣和郝爽一个在读初三，一个在读高三。两人一见面，就钻进郝爽的房间里去，或是打电子游戏，或是摆一些各自学校的故事，不到吃饭时是不会出来的。

客厅里，就留下金池、辛吉英和金荷三人说话。金池这时打开电视机，坐在一旁看足球比赛之类的节目。金荷和辛吉英就谈谈金荷时装公司的事。

金荷对辛吉英说："公司准备近期制作一批女裙时装，广州依琦现代时装公司设计师桑毓琳已寄来了好几个款式的设计图稿。我们这边也搞了几款，你有空的时候帮我们参谋一下。特别是面料的选择，包括真丝和花色，以及在制样板、剪裁方面，不同面料有什么需要注意的地方，还可指导指导卢士傅他们。"

辛吉英问："什么时候开始制作？"

金荷说："钱瑞梅要得很急的，等把这批男女式出口衬衣赶制完成后，就立即进入女裙的试制和生产。"

辛吉英点点头，满口答应道："好的，到时我一定尽力。"

就在半年前，广州依琦现代时装公司接到一批出口衬衫的紧急外贸任务。无奈他们当时其他任务也紧。广州依琦现代时装公司的钱瑞梅与金荷联系，就把这批衬衣的制作转给金荷时装公司，并且告知今后还有此类任务合作。

金荷时装公司出于技术练兵和技术储备，接手了这批制作合同。经过样件试制，交对方检验，对方十分满意。金荷时装公司组织了两条生产线，日夜不停地制作。现在，基本能按时间、质量、数量完成，眼下已是收尾阶段。

这批衬衣面料购进时，也是由辛吉英主持，把关监督的。因此，金荷对辛吉英特别信任。

午饭后，金池仍然看他的电视。金志豪夫妇把郝志和、辛吉英叫住，一起打打小麻将。

金荷对麻将没有兴趣，便进卧室小憩。两个小家伙依然在郝爽的屋里，兴致不减地玩着自己的电子游戏。

金志豪夫妇前些年带着孙子孙女，没有得闲。现在金欣、郝爽都长大了，不需要他们照看了。闲的时间一多，学会了打麻将。平常，金志豪夫妇在小区活动室，和其他的老朋友玩一元小牌，图混时间。每到星期天一家人都回来了，也想玩玩。别人都说老年人打打小麻将，一来动动脑子不易痴呆，二来也练练手指，活动筋骨，不致麻木，还愉悦了心情。金荷就买了一台麻将机，放在阳台上。有空时，就叫上郝志和陪父母娱乐，省得他们又出门去。

平时，郝志和、辛吉英都有自己的事，也不打麻将。只有像今天星期天，又是陪家人打家搭子，便也凑合一下，只要老人高兴就行。

郝志和自从留职停薪，到金荷时装公司来后，原来汽车厂的消息就听得较少，也不大关心了。直到去年那一天，有人给他打电话说，工厂要改制，将国企进行股份制改革。工厂将原有的所有资产，进行评估测算后，折算成股份平摊在每一位职工头上。其中，因工龄、职称、职务不同，摊得的份额多少也不同。工厂征求他本人的意见，是否参股仍留在企业。经过测算，郝志和的工龄、职称、职务共能摊得三十余万元。

郝志和与金荷商量后，决定提取现金，退出入股，从此与企业一刀两断。回到了家的郝志和将提回的现款，投入金荷时装公司参股。他后半生的生存支柱，就成了金荷时装公司。

在卧室躺了一会儿，金荷的手机响了，一看是黎水生打来的。

黎水生说："夏老板已经拿到了童装样件，商标确实是'金荷花'。"

金荷就叫黎水生通知夏二娃，明天上班时让他送过来。我们要鉴定后，再做处理。并要告诉夏二娃，不要声张，以防打草惊蛇，弄不好处于被动。

次日，夏二娃开车载着投资公司的胡副经理，来到了金荷时装公司。

上次，胡副经理准备在夏二娃来时与其同行。临到上车时，他转念一想，投资公司不是慈善机构，它的钱本来就是用来做生意的，以钱赚钱。如果把钱投资到一个企业，赚不到钱，或者说赚得不多，就没有意义。胡副经理只是因为和夏二娃认识，经夏二娃介绍才认识了金荷。他并不知道金荷时装公司的实力，夏二娃一时也说不清楚。如果贸然来到金荷时装公司一看，并不理想，无法进行商谈，人大面大的，杵在那里多么尴尬。于是，他灵机一动，撒了一个谎。他让夏二娃先来看看，打探虚实。

夏二娃上次来过之后，自己就感到了震惊。回去把他了解到的，金荷时装公司的规模、生产能力，用他能想象得出的语言，巧舌如簧地夸赞了一番。才有了今天，他与胡副经理的同时到来。

黎水生陪着胡副经理和夏二娃，去金荷的办公室，在二楼处由郑涛直接带到了会议室。今天，因胡副经理的到来，公司特意做了安排。等二位坐定，厂办公室的小季，为他们端上两杯热茶，摆上两包中华牌香烟。金荷时装公司把他们两位作为上宾来接待。

这是金荷，或者说是金荷时装公司一贯的待客之道。

坐在胡副经理和夏二娃对面的，是金荷时装公司的董事长金荷，副董事长郝志和、欧启亮，董事黎水生。本来也通知了曾广茹，但她很忙，临时缺席。

金荷先对投资公司胡副经理光临，代表金荷时装公司表示欢迎。金荷将郝志和等在座人员，给胡副经理一一介绍，以示公司对投资公司的尊重，对投资一事的重视。

随后，金荷把公司的现有资产，生产规模和能力，公司每月和近年来的生产总值，职工组成等情况，作了简要说明。她看见胡副经理很认真地在做着笔记，又说："我们公司经过商定，愿与贵公司进行合作。"

胡副经理也对金荷时装公司的接待，表示感谢。继而，他也把投资公司的大概情况，作了简单的通报后，说："我已基本了解了金荷时装公司的情况。我将回公司详细汇报，征得公司的意见后，将再次与贵公司商谈。希望我们能够合作成功。"

本来，双方的第一次接触，就是属于礼节性的拜访，各自通报自身的情况，一般都不会有实质性的结果。金荷只是为了让对方对本公司的现状，有一个客观性的了解，通过感性认知，留下深刻的印象。金荷想，如果有了合适的项目，不妨再进行适当的合作，所以双方今天没有深谈。

接着，金荷就让郝志和与欧启亮陪同胡副经理，去生产车间各流水线参观。

等他们走后，夏二娃打开提包，从里面取出他带来的一件童装，交到黎水生的手上。

黎水生便将衣服展开来，让金荷看。金荷发现衣服的商标，确实与金荷时装公司现在使用的商标，一模一样，毫无二致。

金荷看后，心里觉得很纳闷。

按理说，金荷时装公司因其他时装供不应求，早就将盈利稍低的童装下马停产，至今已经两年多了。公司内，现在除展示厅有几款童装样品之外，已无库存。荷花池批发市场内的门市部销售，也早已告罄。怎么会在两年之后，又冒出了新的"金荷花"牌童装呢？

这些年服装造假，金荷也有耳闻，无论是荷花池，还是其他的市场，都曾出现过。真是林子大了，什么鸟都有啊！可是令金荷没料到的是，今天自己的金荷时装公司，也没有逃过被别人造假的命运。

这件童装从做工上看，也能判断出造假无疑，但从商标上看，却一丝不差。金荷时装公司的'金荷花'商标，是委托广州商标厂丝织而成，直接对口交货，不可能有第二家再制作。难道是因为"金荷花"时装，经过这么多年的努力打造，已成名牌，故有商家暗中假冒仿造。这明显是一种侵权行为。

金荷让夏明贵将出售假冒"金荷花"童装的商铺告诉她后，就让他不要声张，不再提起此事，余下的工作由金荷时装公司来做。对他给予公司的关心和帮助，表示感谢。后面，金荷又问起冯小玉的近况，知道他们现在生意做得很好，心里也很高兴。

待胡副经理参观完毕，已近午时。金荷安排郝志和、欧启亮陪胡副经理和夏明贵在"蜀风酒楼"午餐，以示对投资公司光临的谢意。

下午，金荷让黎水生把假冒的童装带上，由郑涛开车，送他们去到荷花池批发市场管理委员会。

市场管委会主任高振业之前接到电话后，特地在办公室等他们。

高振业自从来到荷花池批发市场后，一直就在这里工作。之前的黄殿兰主任已经退休。她退休时，金荷曾经想邀请她当金荷时装公司的顾问，参与公司的管理工作。黄殿兰以要协助女儿带外孙子，精力有限为由，婉言推辞了金荷的好意，表示会一如既往地关注她的公司。

金荷和黎水生进屋，把来意向高振业讲明，拿出童装指着商标让他看后。高振业便问："是在哪里发现的？"

黎水生说："青年路服装批发零售市场。"

高振业说："打击假冒伪劣也是我们管委会的职责，要不这样，你们先准备一份材料，可上交工商管理局。"沉思一会儿，似乎想起了什么，"青年路那里的管委会主任我认识。我请他们协助查一下，有了结果再告诉你们。"

金荷对高主任致谢后，说："我们就是想弄清楚来龙去脉，以防坏了'金荷花'的声誉，不明不白吃下这个哑巴亏啊。"

商标事件

　　金荷回到公司，立即叫郑涛安排办公室的小田负责起草一份材料。金荷说，材料中要把这次发现假冒"金荷花"商标的情况作一简述。强调该商标，系金荷时装公司已注册的品牌的唯一商标，表明公司对这起假冒行为的态度。

　　材料完成后，打印一式三份，每份还附上注册商标副本复印件。三份文字材料，一份报送工商管理局，一份报送荷花池批发市场管理委员会，自留一份存入公司档案，备查。

　　材料是由黎水生和郑涛一起递送出去的。那天，他们去到工商管理局时，稽查科副科长龙刚接待了他们。在看完材料后，龙刚对他们说："维护商标信誉，也是维护我们的信誉。请你们放心，这事我们一定会严肃查处。有了情况会通告你们。"

　　说到造假，我们不妨插一段题外话。

　　"金荷花"牌的假童装，虽说是夏二娃发现并向金荷举报的，其实在此之前，他夏二娃也曾动过造假的心思。

　　夏二娃被甘老幺搅黄了生意时，他病急乱投医，也想找一家小作坊用假商标做衣服卖。他不管是什么商标，越有名越好，只要衣服能卖出去，赚到钱就行。

　　当时广州的服装在成都很吃香，卖得很好。夏二娃自己卖了这么多年广州的服装，对此心中早已有数。只是与那边的厂家闹得不愉快，现在又被甘老幺做了手脚，一时无钱付清广州商家的货款，难以再从那边进货。

　　夏二娃脑壳一转，就打起了金荷的歪主意，想用金荷进的广州厂家的服装商标，来做衣服赚钱。他叫冯小玉去找金荷，假借生意为由，转让一些服装给他去卖，以此盗取商标后好制作假服装。

冯小玉当时就数落他，说："那年金荷找你帮忙，你甩了人家'死耗子'，现在你又想到去求人家了？"

夏二娃说："只此一次，再无他求。"

后来，还是冯小玉多了一个心眼，夏二娃的心思被冯小玉识破了。她说夏二娃是在想馊主意，打歪算盘，把他狠狠地臭骂了一通。夏二娃这才歇了这番邪念，至今都不敢再提起这件事。

再后来，是金荷拉了他们一把，也才让夏二娃有了悔意，断了做假服装赚钱的念头。所以这次"金荷花"童装出了假货，他才有心帮金荷追查，揭发了那家售假货的商家。

所以有人说，商场是战场，是舞台。商场上的事，就是这么匪夷所思。

一个多月之后，金荷接到高振业的电话。他告诉金荷说："商标一事的调查已有了进展，但后续的工作，还要金荷时装公司配合。"说完，他请金荷去荷花池批发市场管委会，面对面地去谈。

金荷与黎水生到了管委会，高振业便把这些日子以来，关于"金荷花"商标查处的情况，向他们简要地叙述了一遍。

工商管理局对"金荷花"商标侵权一案相当重视。他们在接到金荷时装公司的举报材料后，派出稽查科龙刚副科长和两名主办科员，去了青年路服装市场。他们在青年路市场管委会人员的带领下，到了一栋商厦的二楼，找到了出售假"金荷花"商标童装的这家商铺。

工商管理局的检查人员，戴着大盘帽，穿着制服，腋里夹着公文包，和市场管委会主任一起，走在二楼的过道上时，引起了一些商家的骚动和不安。商家们猜测一定是有人犯事了，才招来了这些检查人员。虽然有的商家老板佯装着无事一样，赔笑着跟管委会主任打招呼，但是，一个个心里都在发毛。生怕他们一脚就踏进了自己的店铺，影响了生意不说，最要命的是，马上就会引来众人围观。知情的会以为是例行检查，不知情的，心里就会犯嘀咕，骂这个老板："这个虾子，肯定是犯了啥子事，脱不了爪爪。"倘若万一再查出点事来，无论轻重大小，这十天半月的生意，你就休想做得抻抖。

等到众商家目送着工商局检查人员，走过了自己的商铺，这些商家心里才会一块石头落地，"咚咚"直跳的心脏才会慢慢平复。

龙刚一行到了这家服装销售店铺，女老板廖蓉先是一诧，后来还是很配合工商局来人的检查。当她得知检查的事由后，便把冒假的"金荷花"商标童装拿两件出来交由他们查看，毫不隐瞒地将自己的进货厂家，每次的进货量，大致的销量，都告诉了龙刚。

作为一个商家，合法经营本身就是自己的义务，"君子爱财，取之有道"。因此，接受监督、检查和处理，同样也是合法商家应当配合的正确行为。等该询问的都问完了，记录人员做完记录，提取了两件童装后，龙刚暂扣了廖蓉的营业执照，要求她："立即停业，关门整顿，等候处理通知。"可能是廖蓉也知道这事的严重性，没有作过多的辩解，立刻关上了铺子的卷帘门。

继而，龙刚一行开着执法车，去了生产厂家。说是服装生产厂，不过就是位于城乡接合部的一间只有几台缝纫设备的小作坊。

作坊老板见突然来了工商局的检查人员，先还想借故逃避，抽身躲藏起来，却恰被龙刚一行堵在了作坊的门口。

检查中，作坊老板看见检查人员出示的童装，承认就是自己作坊加工的。他们不光制作了"金荷花"牌的服装，还同样制作了几款其他品牌的服装。

龙刚让同行检查的记录员，对老板的供认作了记录后，叫老板马上停止加工，并查封了这个作坊。

作坊老板在供认商标来源时表示，商标购自荷花池批发市场。他在那里买回不止一种商标，还有其他几种。他们买回什么商标，就制作什么牌子的服装。制作的服装，大部分都是送往青年路服装百货市场，小部分也送往其他服装市场的一些商家店铺销售。

这正是"拔出萝卜带出泥"。工商管理局立即又对青年路服装市场，荷花池批发市场相关的店铺，其他市场的商家，包括假商标的制作，展开了调查。

可想而知，在这个调查和处理的过程中，并不会一帆风顺。涉及的几家商铺，多个老板，要一个个地处理起来，肯定会遇到一些棘手的事，会遇到一些逃避或抵赖的行为，不然不会用去一个多月的时间。

最后，对这一条龙作假的相关作坊，销售店铺，在经过周密严谨的调查后，工商管理局获取了大量的真凭实据。他们根据造假贩假的作坊和商家，视违法违规情节的轻重，终于做出相应的处理。该关闭的关闭，该吊销执照的吊销，该没收的没收，该罚款的罚款。制作假商标服装和假商标的小作坊，也在这次行动中，被彻底一锅端掉。销售假商标、假服装这场风波，才得以平息。

高振业谈完了上述的情形后，说到商标造假时，建议金荷的"金荷花"商标在委托厂家生产时，进行防伪技术处理，增加造假的难度。这也是配合他们打假防伪，纯洁市场营销的管理工作。

金荷采纳了高振业的建议。她想，原"金荷花"商标的图案，已经用了十多年，可作一修改，或重新设计制作。于是，她决定委托商标制作的广州商标厂，修改或绘制新图标。保持"金荷花"品牌不变，图案可做得更生动一些。在征得工商管理局的同意之后，重新制作一款新的商标，并增强仿制难度，以防鱼目混珠，保护自己的商标权益不易遭受侵犯。

市场物资需求范围的扩大，推动其销售量日益不断增长，也为一些不法分子提供了可乘之机。市场上不断出现的假冒伪劣产品，甚至是"三无"产品，也在市场内大行其道。制假仿冒的各类"山寨"物品，以隐蔽或半公开的渠道，以次充好、以假乱真，进入市场，让人防不胜防，让市场管理委员会十分头痛。这是他们不愿看到的，又是他们不得不天天面对的现象。

市场经济秩序就是这么简单，又是这么复杂。

高振业在打击这些投机违法行为的同时，也不断地提醒供货厂家和商家，一定要保持高度的警惕。倘有发现假冒伪劣产品，应及时举报，发现一起，举报一起。他对金荷说："只有这样，才能使自己的权力和利益，得到保护，不受伤害，也只有这样，消费者的权益，才能得到保护。由此，市场才能活跃，市场经济才能健康发展。"

金荷从高振业那里得到这些信息之后，她十分感谢工商管理局，感谢荷花池批发市场管委会。她心里想到，"在这次商标风波中，他们肯定做了大量的工作。为了保护金荷时装公司的权益，他们一定经历了很多艰辛和曲折。"

回到公司，金荷特地安排公司办公室制作了两面锦旗，送给了工商管理局和荷花池市场管委会。送锦旗那天，她亲自带队，领着郝志和、欧启亮和黎水生一行，前往工商管理局、荷花池批发市场管委会，激动地代表金荷时装公司全体职工，向他们的艰辛付出表达真诚的钦佩和谢意。

女裙时装制作进入准备和试制时，辛吉英对进厂原料进行了全程监督和严格的选择、检查。

事前，辛吉英就对金荷说过："女裙可用多种面料制作，不同面料的价格决定成品的价值。如果我们要做高档次的女裙时装，款式设计是一个重要方面，面料的选择，则是另一个极为重要的方面。"

金荷希望辛吉英能对公司相关员工进行一次授课式的讲解，把一些面料识别和选择的方法，告诉公司原料采购和相关的人员。以及在制作的过程中，操作者如何针对不同的面料，采用不同的加工方法。如此，便不会出差错，保证成品的质量和档次。辛吉英觉得这办法不错，愿意这样去做。

然后，辛吉英就用自己掌握的知识，向公司采购人员讲授面料的基本知识，如何辨别和选择。她说道："我们如何从虚假中判断真正的丝绸呢？方法有几种，比如用手摩擦和触摸，抽丝燃烧，观察和听声等。用双手揉搓丝绸，会有升温的感觉，还会发出'沙沙沙'的响声，这便是真正的丝绸。还有抽丝燃烧时，真丝会有股烧茸毛的味儿，难以续燃，易自熄，灰烬黑色易碎。用眼观察面料，真正的丝绸光滑细腻，色泽饱和自然，不刺眼。如果都具备以上这些特性的，必是真丝绸无疑，即可以放心购买。"

辛吉英害怕会采购到假的丝绸面料，接着还把合成丝绸、人造丝绸、棉纶、涤纶等面料与真丝绸的鉴别和比较，对相关人员作了详细的讲解。

购回面料之后，在女裙的试制和制作过程中，辛吉英也没有放过一些关键环节。她一道工序一道工序地监督指导，没有一点马虎。

第一道工序，是对面料的缩水处理。辛吉英要求所有购进的真丝面料，无论是平纹绸和斜纹绸，还有真丝双绉、真丝乔其、真丝雪纺、真丝双宫等，在制作前，都先要进行缩水处理。

辛吉英此刻，像一个教官似的，指导着说："因为真丝面料的缩水率在百分之四至十之间不等，如果没有进行预先缩水，制作成女裙之后，除了干洗，恐怕就没有别的选择了。"

在缩水处理时，辛吉英特别提醒工人，一定要用冷水浸泡。缩水的时候可以在水中加入一些丝毛净或者柔顺剂，这样既清洁了面料，又可以减少静电。缩水的时间，一般选择四个小时，或者更多一点。她说："目的是让面料喝饱水。这样，以后它就不会再缩小了。"

到了剪裁时，辛吉英要求剪裁师傅提前加贴真丝衬垫。之后，将面料熨烫平整，再进行裁剪。对薄如蝉翼的真丝面料剪裁，她不太建议新手入手。均是由卢士傅带着徒弟进行的，因为卢士傅眼下已是金荷时装公司的高级剪裁师。由他主刀剪裁，辛吉英才放心。比如真丝乔其、真丝雪纺、真丝欧沙一类的面料，都由卢士傅负责剪裁。

缝纫时，首先是针号的选择。辛吉英要求针对不同的面料，选择缝纫针的粗细。她说："其实不是所有的真丝面料都需要用最细的缝纫针来缝纫的。针号可以根据面料的厚度、缝纫工自己的缝纫水平来选择。一般来说，是缝纫的料子越薄，所使用的缝纫针越细。"

制作中最后的贴衬，辛吉英说明："一般经常用到的是两种，一种叫水溶衬，另一种是真丝专用贴衬。贴衬的选择，可根据裙装和服装的不同而定，女裙最好选择真丝专用贴衬。"

第一件女裙的试制过程，辛吉英全程跟踪。除了前面的缩水工序外，从剪裁到缝纫，到最后出成品，她都是一边讲解，一边一道工序催着一道工序，一气呵成。从早到晚，整整用了一天的工夫。

当第一件女裙的成品，经过检验之后，摆在了金荷办公室的桌面上时，金荷为这件新颖时髦的女裙感到惊喜。她以一个女人独特挑剔的眼光，审视着这件女裙装。无论从设计到面料花色，从剪裁到缝纫做工都完美无缺，让她找不出一丝纰漏和瑕疵。

办公室里，只剩下金荷和辛吉英姑嫂二人的时候，辛吉英让金荷穿上裙装试试。金荷穿上后，辛吉英左看右看，又叫金荷转了一圈，惊呼道："太巴适了！好像就是为你量身打造的。看你这身架套上这件衣裙，活脱脱一个时装模特一般。"说得金荷很不好意思起来，羞涩地笑了。

金荷时装公司之前所作的服装，均是男、女款式的西装、便装和童装。此款女裙装样件，是由金荷时装公司第一次设计，还是第一次试制的裙装。成衣出来，就如此让金荷称心如意。她知道辛吉英在其中重重把关，付出了很多心血，践行了她曾经的承诺。

脱下裙装，金荷感激地说："还得多谢嫂子的鼎力相助啊。"

辛吉英说："姑子的企业，我能不帮？我不帮谁帮？"

说着，姑嫂二人相视一笑。

这一件女裙装作为样板，放置在一楼的展示厅里。车间流水线上，就开始了小批量地投入生产。起初，辛吉英还从研究所抽时间过来，在每一个环节上看一看，一切都进入正常运转了，她才放心。

女裙装小批量成衣出来时，时令也进入了春夏之交，服装的更换季节。

服装行业是一个趋季节性十分强烈的行业。每年春夏秋冬季节轮回，无论是服装制造企业，还是服装销售商贸，都得跟着季节走，跟着季节变化而变化，这是大势所趋。

当然，也有反季节的销售情形，但那毕竟是个别现象。偶有商家心血来潮，脑洞大开，逆向思维而为之。如果一个做大宗产品的企业，或者正常营销的商家，企图以反季节商品生存，肯定会是举步维艰，甚至"短命"，自断生路。

服装还有一个潮流趋势的特性。一款紧随时代大众审美意识的时装，一旦出现就会形成一股潮流，引领时装风骚。而且能够在一段相当长的时期内，独步天下。所谓"一招鲜，吃遍天"，便是这个道理。时装时装，就是一个时期、一个时代，人们普遍认可的装束。

随着时代的不断进步，推陈出新的时装，层出不穷。一个时代过去了，带走了一些陈旧的服装款式，但一款新的时装又会出现，这其中也有可能反复。比如一种款式在风靡了一段时间之后，便销声匿迹了。可是又过了一段时间之后，却又出现，且有人喜爱。但是，这也毕竟属于少数。

金荷自从跨入服装这个行当，从经商到制作已有将近二十年的经历。以她一个女人细心的观察，独具的意识，她是了解这个现象，熟谙这个道理的。因此，她在主持金荷时装公司的全面工作中，总是以时代为契机，紧紧扣住季节的变化，市场的需求，灵活地指挥着公司的生产和经营活动。

这款女裙装适时地投入市场，正好迎合了季节和消费者的需求。它虽然谈不上是唯一引领潮流的新时装，却是在引领潮流的新时装中，唯一的一款女裙装。女人的爱美之心，在经过了秋、冬、春三个季节煎熬之后，在夏天到来的时候，即将得到尽情的释放。一款新颖时髦的女裙装适时而至，定然会成为她们的首选。

女裙装在荷花池批发市场内、金荷时装公司的门市店部、市内五大商厦里，批发和零售都卖得出奇地好，大大地鼓舞了金荷时装公司。金荷决定加大生产数量，同时加快新品开发的力度。

这一个夏季，又让金荷时装公司的钱袋，赚了个鼓鼓囊囊。

就在金荷时装公司陷入"金荷花"商标被盗用，配合工商管理局和荷花池市场管委会调查处理期间，投资公司与金荷时装公司的合作一事，也在不紧不慢的节奏中，按部就班地进行。

那天，胡副经理到金荷时装公司考察，下车一看，便被该公司两幢气派的大楼怔了一下。凭他多年来搞投资的经验判断，这家公司实力不弱。

眼睛看，心头算。当时，胡副经理并没有把他的惊异溢于言表，只是静静地用眼睛看，在心里默默地盘算。在公司会议室听了金荷的陈述，又去生产线走了一圈下来后，他心里已经有了一个初步的设想。

当然，即便是一个初步的想法，也不能轻易透露出来。所以，胡副经理最后借口说，要回公司向领导汇报后才能定夺，现场未作任何表态。

而对金荷时装公司而言，就目前公司运行的情况来看，对于外资的投入，并没有迫不及待的渴求。只是多一个朋友多一条路，说不定哪天就真的用得上呢？何况投资公司还是夏二娃牵的线，胡副经理是夏二娃介绍来的。因此，他们要来公司参观，金荷并没有婉拒。

自从公司成立以来，特别是公司迁回新建的生产和办公大楼后，公司的运作形势日趋完善，一片大好。几年来金荷已经还清了银行的贷款和利息，随着老一代职工的陆续退休，他们手中所持的股份均由公司统统回收，余下只有零星的不到百分之十。眼下，金荷占有公司的绝大多数股份，近似于独资经营。

而且，经过这么多年自身的努力，公司的生产和销售形势，运营得如日中天，欣欣向荣。虽然公司并不拒绝外来资金参与经营，但是，也绝对不会允许投机钻营的行为，破坏了自己好不容易建立起来的生产营销秩序。

所以，那次夏二娃带着投资公司的胡副经理来到金荷时装公司，金荷对与其合作并没有报以急切的兴趣和多大的希望。只是出于礼节，对他们进行了热情地接待。

胡副经理回到投资公司后，把他所看到的、了解到的金荷时装公司的情况，向公司的总经理作了汇报。投资公司经过讨论，确定了可以向金荷时装公司投资的意向。仍然由胡副经理出面，继续与金荷时装公司商议，双方怎么进行后续工作的操作。

在后来的一些日子当中，胡副经理曾经主动给金荷打了两次电话。

那时，金荷时装公司正处于"金荷花"商标被盗用侵权的调查、处理当中。随后，又有出口衬衫的收尾工作，新款女裙装的试制，小批量投入加工，直至批量生产。诸事缠身，金荷腾不出时间。

此时，又正是郝志和欧启亮他们忙不开手脚的时候，公司正处于最繁忙的季节。他们没有时间坐下来专门开会，商量投资公司融入资金的事。因为这件事非同小可，应由公司董事会全面地经过考量、协商，取得一致意见后，才能同意并展开，进入下一步的运作。

因此，金荷在接到胡副经理的电话后，把这些情况向他讲明，希望他能理解。金荷并告诉他，一旦公司经过协商，有了具体的意见，会立即向他通告。

胡副经理随后又打了一次电话，得到的都是同样的答复，心里就很不踏实。他担心金荷时装公司是不是不愿接受投资，在拖延和敷衍他的好意。或者真的是一时间很忙，脱不开身来谈这件事。于是，胡副经理又找到夏二娃。他打电话给夏二娃："请你协助公司，从侧面去探明究竟。"

其实，夏二娃与胡副经理是经朋友介绍才相互认识的。双方之间，也不过只有数面之交。

夏二娃那时被甘老幺做了手脚，生意正处在绝望的低谷。一经朋友介绍，他想既然是投资公司，若能获得他们的帮助，真是求之不得的事啊。再说朋友多，路子就多，眼下正是他走投无路的时候，真想有人能拉他一把。这时，有朋友介绍了投资公司，岂不正好。尤其是在做生意的人心目中，几乎都存在这样的想法。于是，夏二娃与胡副经理认识了。

那次，夏二娃结婚，也是出于这么一个想法。有了这么一个想法，再看在朋友的情面上，便请到了胡副经理。那时他心中还希望认识了胡副经理后，能否从中借资，帮他走出当时的困境。在自己的婚礼上，他能够向胡副经理介绍金荷，也是出于商人思维，礼节性地对双方作了介绍。没想到后来，投资公司真有了想与金荷时装公司合作的愿望，而他的事却被胡副经理忽略了。

现在夏二娃成了投资公司与金荷时装公司之间合作的一个中间人，他首鼠两端，却只有心做一个顺水人情。他心想你们双方见面后，就自己去商谈，他只是撮合了而已，双方商谈的结果与他毫无关系。

令夏二娃没想到的是，双方接触后，已经几个月过去了，他还以为投资公司与金荷时装公司的合作已经展开，不料胡副经理今天还会再来找他，两个公司双方的合作，八字还没一撇呢。

就胡副经理而言，他到投资公司已经有一些年头了，可是业绩并不理想。小的投资项目，比如夏二娃希望的帮助，他并没有打上眼。而大的项目，一时又难以寻觅，心里很是着急。通过夏二娃得知了金荷时装公司，因才开始估摸不准，也并没有在意，就端起了自己是投资公司经理的架子。没料想到了金荷时装公司一看，心里才明白不可小觑。但端起的架子又不容他轻易放下，卖了个要回公司汇报的关子，心想等你金荷时装公司找上门来时，自己占着一个主动的位置。

却没曾想半年多过去了，金荷时装公司这边没有丝毫动静。于是，胡副经理心里便慌了起来，才一而再再而三地打电话给金荷和夏二娃，询问情况。

当胡副经理又给夏二娃打电话，说到这件事时，请夏二娃帮助，夏二娃心里不免又有些忐忑不安。

夏二娃一提到金荷，因为想起往事心里仍有忧虑，不愿直接给金荷打电话，他就把电话先打给了黎水生。他心想黎水生接到电话，也会向金荷去说的，拐了一个弯，总比自己直接去问，不那么让人心烦。

黎水生告诉夏二娃，公司里最近几件事绞在一起，确实很忙。至于有没有其他的情况，他也不知道，可以找金姐问问再说。

夏二娃把黎水生告诉他的"金荷时装公司确实很忙"的消息，告诉胡副经理之后，自己也说不出还有其他什么原因。

胡副经理接了电话，就在电话那头对他说："合作是两相情愿的事，如果你从中撮合，能说服金荷时装公司，愿意接受投资公司的资金，就是为投资公司出力帮忙，投资公司会给予一定的报酬，不会亏待了你的。"

原来，胡副经理去到金荷时装公司后，就想既然挂上钩了，就可以避开夏二娃直接与金荷时装公司打交道。可是折腾来折腾去，看来还是迈不过夏二娃这层关系。胡副经理无可奈何，才说出了以上这些许诺的话，想要稳住夏二娃。

夏二娃听胡副经理这么一说，谦逊几句之后，说："帮忙谈不上，但我可以再去努力。"

黎水生挂了夏二娃的电话，就给金荷打电话，说了夏二娃来电话的意思。金荷想想说："等两天再说吧。"

金荷放下电话正想出办公室，却见王家蓉两口儿笑嘻嘻地站在门边。金荷叫他们进来后，问："啥子事这么高兴？"

王家蓉从身上拿出一个请帖，喜笑颜开地说："我儿子要结婚了，请你们两位贵人参加婚礼！"说完，把请帖递到金荷面前。

金荷接住请帖，说了一声："恭喜恭喜！"然后，又关切地笑着问他两口儿："儿子多大了？记得刚从大学毕业吧？"

王家蓉喜不自胜地说道："大学毕业都快四年了，都二十七岁了。"

金荷无不感慨地道："唉，日子过得真快啊！"

纳股扩资

金荷时装公司为广州依琦现代时装公司赶制的那批外贸出口衬衣，一经交货，全部验收合格。对方表示十分满意，同时亦希望双方今后有更进一步的合作。

不久之后，广州依琦现代时装公司接着又送来了一批更大的订单。订单的数量，在原生产数量上翻了一倍，达到了两千件。自然在交货时间上，虽然略有放宽，没有那么紧迫，但仍然要求在原料到达后，加紧制作。

金荷时装公司，由此安排了一条流水线来加工这批衬衫，力争在交货期限之内，提前完成。

其余两条流水线，依然以生产自己的产品为主。这样的安排，内外销产品两不误，三条流水线，都能做到从容不迫地正常生产。有时，流水线上的加工，也会显出能力绰绰有余，可用于临时添加的服装制作。这是金荷和整个时装公司，愿意看到的生产节奏。

一个服装生产企业，除了有自己的产品之外，还可以填补多余生产能力的空间，接受外来产品的加工，创造更大的企业利益。所以，当广州依琦现代时装公司向金荷提出委托加工衬衣时，金荷时装公司便毫不犹豫地答应下来。加工出口产品，既是练兵，也是挑战，亦能创收。一举三得，何乐而不为。

金荷时装公司加工的这批衬衫，由广州依琦现代时装公司给出图样、标准和原料，金荷时装公司只负责剪裁、加工成衣。后续的贴上商标、熨烫，包装等工序，均由广州依琦现代时装公司自己完成。这样，金荷时装公司就减少了购进原料的资金，也减少了包装出售环节。能从对方收取加工费用，这也是一种为公司获取利润的方法。金荷是乐于与对方合作的。

应该说，金荷时装公司与广州依琦现代时装公司的合作，是"双赢"的合作，是诚信的合作，双方都有意把这种合作关系，不断地延续下去。

金荷从开始做服装营销生意以来，就与广州依琦现代时装公司打交道，迄今已有二十多年了。

二十多年来，从服装批发生意，到现在的服装制作和销售，对方给予了金荷很多、很大的帮助和支持。是双方的相互信任和诚信，才让金荷成功地走到今天。对此，金荷由衷地感激对方，也愿意与对方保持长期的友好合作。

现在进行的委托加工，广州依琦现代时装公司无异于有意让利于金荷。为此，金荷又有了新的考虑，她寄希望于对方能引领金荷时装公司走向国外市场，把"金荷花"的品牌打到国际上去。

因为，现在的金荷时装公司，不但有自己的服装加工，自己的名牌产品，也有了自己的销售门市；不但有自己和广州依琦现代时装的产品销售，还有了外贸出口产品的加工能力。眼看着公司一步步地成熟和壮大，金荷时装公司在本地区的服装行业内，不只是小有名气了，而是声名鹊起，更多的人知道了金荷时装公司，知道了"金荷花"这个品牌。这也让金荷内心里充满无比荣耀的自豪感，同时，也让金荷做大做强企业的信心倍增。

一晃，时间虽然过去了近一年，在夏二娃的不懈努力之下，投资公司与金荷时装公司的合作，有了实质性的进展。

那天，夏二娃丢掉顾虑，直接给金荷打电话。他把胡副经理的意思，向金荷转述了一遍。他说："投资公司已经了解了金荷时装公司的实力，希望能与贵公司合作。因前两次胡副经理打电话给你，你们公司业务繁忙，不知道最近你能否有暇，如果方便的话不妨一谈。"

此时，金荷时装公司的生产运行已处于十分平稳的阶段；荷花池批发市场，市内几大商厦的门市销售，也运营顺畅。再一个，金荷时装公司的外贸产品，已成批加工成功，让金荷对存揽出口产品的制作，更有了信心。她有心将公司的方向，向高端产品、出口产品的层次发展。因此，金荷已感觉到，如果可以的话，适当地扩大资金的投入，是能够完成这一目标的。

正好在这时，投资公司一直有的这个意向，完全能够利用。只是前段时期，公司确实很忙，还顾及不了这件事的商谈。现在好了，生产和营销都在正常的轨道上运行，可以抽时间与投资公司洽谈。可行的话，便共同展开合作。恰好，夏二娃这时又来了电话，说明了投资公司的诚意。

金荷便告诉夏二娃："我们愿与投资公司合作，商谈的时间等两天通知你。"

这天，金荷在公司内主持召开了一次董事会。她想这么大一件事，肯定要让每一位董事会成员知晓，听取每一位董事的意见，并取得一致。她要在董事会上征得一致通过，才能进行下一步的工作。

董事会，是在金荷的办公室里召开的。

金荷在会上，先讲了投资公司上次派胡副经理到公司考察后，已经了解到了金荷时装公司现有的实力和盈利。一直以来，他们就有向本公司投资合作的意向和愿望。尤其最近几个月内，胡副经理曾两次给她打电话，谈及此事。

然后，金荷又说到公司自身的发展需要。她说："公司有意引进外来资金，扩大公司的生产实力，推动公司产品，向高端时装档次提升。我们要向越来越看好的国际市场迈进，把'金荷花'的品牌，在本区域和国内外市场，打得更加响亮。引进外来资金，不失为一个非常好的办法。"

因此，金荷最后表示："公司可以与投资公司合作。希望征求大家的意见、建议。"

当然，金荷的这些想法，是和郝志和商量过的。

当时投资公司通过夏二娃，传递了有意向金荷时装公司投资、合作的意愿时，郝志和也觉得，这是扩大公司生产能力的一种途径和方法。尤其是两批出口衬衫的加工，让郝志和看到了公司的生产能力，表现在设备和技术上的不足。他认为有许多需要改进，需要提高的地方。

第一批出口衬衫加工时，公司的高技术加工缺陷，已经露出端倪。虽然，后来经过职工的努力，克服困难，圆满地完成了第一批外贸衬衫的加工任务，但第二批数量翻了一倍，如果还是像前批那样，靠人消耗大量的体力和时间去完成，就有些勉为其难。

所以，郝志和觉得："不改变公司现有的状况，不是长久之计。再说，公司产品要向高端发展，也需要提升自己的设备、技术能力才行。"因此，他在发言中陈述了自己的意见后，同意公司与投资公司合作。

在欧启亮看来，他认为从设备技术上来看，引进资金来提升公司生产能力，以适应出口生产和高端时装的档次，固然很有必要，这也是壮大公司实力的一个办法。但是，公司和投资公司合作，欧启亮有一个担心。

欧启亮认为："投资公司就是一个只知道牟利的公司，没有实体，只是以钱赚钱。他们的意图，很有可能就是把金荷时装公司，当作一个赚钱的工具。因此，我对这种合作持有异议。"

上次，胡副经理和夏二娃来公司，他心里就对他们不以为意，并不看好。要不是金荷安排，他才不愿意去陪胡副经理看车间和吃午饭呢！现在，既然金荷为了公司向更高档次的发展，有意向投资公司融资，他不反对。但是，他认为这只能是一时的权宜之计。他说："我们可以与投资公司，进行一次性的合作，但不宜过长，更不宜深交。"

黎水生和曾广茹，也发表了自己的意见。

黎水生也以为："合作时间不宜过长。"他主张以自身的努力来壮大自己。而曾广茹则从检验的角度，认为提高公司的技术加工能力，十分重要。她说："引进外来资金是个办法，同意金荷董事长的意见。"

最后，金荷归纳大家的意见和想法：同意与投资公司合作，但不宜长久，可以五年为期限，以观后效。

随后，大家又针对合作中的一些权力分配，利益、义务、引资金额和职务安排等相关问题，进行了商讨。决定择日与投资公司洽谈。

第二天，金荷给胡副经理打电话，表达了同意与投资公司合作的意向。在电话上，他们商定下周一，双方派代表在投资公司进行商谈。

那天，郑涛开车，把金荷、郝志和、欧启亮和黎水生，送到了投资公司。

这是一幢位于城南的现代化写字楼。楼高一百五六十米，表面蓝色玻窗从上至下全覆盖，铮亮发光，十分气派。

改革开放的步伐，推动着城市经济和建设突飞猛进。一栋栋现代化的高楼大厦拔地而起，遍布市内的四面八方。大道通衢，车水马龙，大厦林立，高端大气，都彰显着一座国际化大都会城市的气质。

投资公司的办公间，在B座的十五楼。

金荷一行五人，乘电梯到了投资公司的楼层，胡副经理和两位工作人员已经等在了电梯间的门口。他们接住金荷一行人后，便引到了公司小型会议室。

会议室不大，可容纳十几人就座。室内窗明几净，只进行过简单的布置，却显得端庄静谧，像是一个商谈事务的地方。

双方代表坐定之后，胡副经理把投资公司的总经理谭钦德介绍给金荷时装公司的代表认识。双方代表又一一作了介绍后，又一次握手问好言欢。然后，商谈正式进入了主题。

谭钦德总经理先谈到，投资公司目前拥有的资产，实际握有资金一亿两千万元人民币。前期，已与本市和外地五六家公司企业合作，为他们注入资金近一亿元人民币。

总经理谭钦德说："金荷时装公司的情况，胡副经理已经过调研。我们认为贵公司拥有生产实体，具有一定实力，我们愿与贵公司合作。考虑到贵公司也有这个愿望，今天把你们请来，希望能经过协商达成共识。"

金荷首先代表公司，对投资公司的邀请表示感谢。接着，她也把金荷时装公司的情况作了介绍。

金荷说："金荷时装公司，本身就是一家股份制的企业化公司。现有企业资产折合资金，一千五百万元人民币，是一个以服装制作、加工、销售为主的小型公司。为了公司自身实力的提升，我们愿意引进外来资金的投入，与更多的朋友合作。目前，与本市的五大商厦，和广州的一两家时装的制作和销售公司，都有合作关系。"

停顿了一会儿，金荷注意到对方认真地在听她发言，又接着说："经过与贵公司胡经理的联系，知道贵公司亦有合作的意愿，我们也希望通过商谈，最后促成双方的真诚合作。"

因为，前一阶段时期的联络，让双方都有了合作的共同愿望。而各方都曾有过商务协商的经历，有了心理上、技术技巧上的准备。因此，在进入实质内容的商讨时，就没有花费太多的工夫，便已经形成了初步的协议。

协议对双方的责任、权利、义务、投资金额、利润分配、执行方法、有效期限等内容，均作出了明确的规定和说明，供双方遵照执行。

投资公司工作人员，将拟出的协议条款打印出来之后，双方各执一份，分头对拟出的条款，逐条逐款进行斟酌，提出修改意见。双方然后再进行沟通商讨，求得一致共识，协议终于形成，并付诸文字。

最终，协议形成正规文本时，双方已经经过了近三个小时的商谈。文件打印出来之后，以投资公司为甲方，金荷时装公司为乙方。分别由谭钦德代表甲方，金荷代表乙方签字，并盖上双方公司印鉴后，立即生效，双方公司各执两份（正本一份，副本一份），效力相等。

协商圆满完成，达成协议。此刻，已是中午时分。

会后，由投资公司做东，双方代表相聚在"芙蓉酒家"。举杯相庆，共进午餐。

午后，金荷一行人回到金荷时装公司，就合作协议上的具体内容，开个小会，进行分工落实。

协议中拟定投资公司，将派胡副经理参与金荷时装公司的管理工作，并参与董事会，任副董事长。派一员会计，参与财务工作，意图是监督投资公司投入资金的流向。

胡副经理叫胡伟波，因亲戚与投资公司总经理谭钦德相识，且有极好的私交关系，便将胡伟波介绍去了投资公司。他现任投资公司的副经理。

金荷时装公司同意此款中，双方的权利和义务，以表示本公司在企业管理、财会账务方面的光明磊落。原公司董事会由五人增加为七人，增补投资公司胡伟波为副董事长，增补金荷时装公司财务总监郑惠为董事。

金荷时装公司只需吸资三百万元，就能实现能力提升。而投资公司却想投入一千万元，除了有占比百分之四十股份的考量，还有利润分红比例的测算。在这一点上，双方有过争论。经过最后协商，双方各退一步，同意投入五百万元人民币，占股百分之二十五。

双方协议规定，投资公司投入的资金，到达金荷时装公司财务账户之后，投资公司派来的副经理胡伟波，会计员吴媚亦应到位。从那天起，他们才能正式参与金荷时装公司管理工作。双方的合作协议，才能正式生效执行。

为此，金荷时装公司腾出一间办公室，由胡伟波使用。而会计员吴媚在财务室，与郑惠、罗琴一室工作。三人分工由罗琴负责公司的供销费用账务，吴媚负责公司员工差旅生活费用账务，郑惠负责总账审核和出纳。

一周后，投入资金已经到账。金荷时装公司通知，胡伟波和会计吴媚来到金荷时装公司，参与公司的管理工作。同时，金荷时装公司与投资公司的合作协议，正式生效，开始执行。

投资公司与金荷时装公司合作协议的成功签订，是胡伟波一直努力的结果，这为他在投资公司的工作业绩上，画上了浓墨重彩的一笔。为此，他预感到自己在投资公司的座位会更加稳固而慰藉。尤其是总经理委派他进驻金荷时装公司参与管理，无疑是对他的信任，且授予了一定的权力，让他窃喜不已。

双方合作的成功，于夏二娃而言，心中似乎也有了一种宽慰。一方面总算是做了一件有益于金荷时装公司的好事，让他一直以来忏悔的心绪，得以稍许地释怀。另一方面，如果胡伟波许诺不假，他还可以从中得到一笔好处费。一石二鸟，心中好不欣然。

而对于金荷来说，金荷时装公司的纳股扩资，由此成功告一段落，等待的就是这笔资金作用的发挥了。

投资公司为金荷时装公司注入的资金，正好解决了引进新型缝纫设备的资金匮缺。金荷时装公司在利用这笔资金购进了数台先进的设备后，补齐了流水生产线上的短板。在提高生产加工的效率和质量方面，尤其在出口衬衣的加工，高档时装制作的效率上、质量上起到了极大的作用。而且把公司的生产能力提升到一个新的层次，无疑是一个有力的推动。

眼看着这些设备，在促进公司的生产规模上，发挥着越来越大的作用，更加壮大和发展了公司的实力，这让金荷感到特别地欣悦。

齐正富和王家蓉儿子的婚礼，在城内的"德福酒店"举行。这天正好是星期天，方便亲朋好友出行，参加婚庆典礼。

上午十时许，由郝志和开车，载上金荷及父母，从新荷苑小区出发去参加婚宴。车上金荷给郑涛打电话，郑涛回话说他们正准备上车，同去的还有黎水生和徐朝英夫妇。

自从齐正富夫妇，承接了金荷时装公司的食堂后，金荷就叫黎水生把老婆徐朝英从仁寿乡间叫上来，到食堂干活。这样，解决他们的分居生活。徐朝英到了公司食堂，就一直和齐正富夫妇在一起，把公司的食堂打理得干干净净，井井有条。齐正富确实有"一刷子"，他做的饭菜十分可口，让公司职工都很满意。徐朝英和他两夫妇，几年来，相处十分融洽，关系不错。今天，他们的儿子结婚了，自然是要去参加婚礼的。

郑涛则是公司办公室主任，公司食堂在他的管辖职责范围内。正因为有这层关系，王家蓉给他送了请帖，岂有不去参加的道理？现在孩子有丈母娘带着，他便把车开到荷花池批发市场，等一早赶去上班的老婆许菊。许菊在和吴熙、侯芳忙完了门市部的早市后，离开两个小时，与郑涛他们同行，去参加婚宴。

而金荷的父母，原来与王家蓉的父母，既是老邻居，又是老相识，多年不见。今天，他们也要趁这个机会过去看看，会一会老邻里、老朋友。一起摆一摆过去的老龙门阵。

金荷当然就更不消说了。她和王家蓉本来就是同村、同学，是一起长大的毛根朋友、好姊妹。这些年虽然都在为了各自的生活忙碌，却又一直在打交道。去参加朋友儿子的婚礼，那定是当仁不让、义不容辞。

那天，王家蓉齐正富两口子，去金荷办公室送请帖。说了几句话后，王家蓉又从衣袋里摸出三万多元钱，要还给金荷。

金荷想，上次没有收她的，是想到他们来承包公司食堂，可能会有一些意想不到的费用要开销，就让他们留着，以备急用。这三四年下来，他两口儿工作也稳定了，收益也有了。他们来还钱，说明一家的生活有了保障。她就想把他们还的钱收下，遂了他们的心愿。但是，只能收三万元，多的一分钱都不能要。

此刻，金荷又想到，王家蓉两口子的儿子马上就结婚了，这可是她们的晚辈里第一个啊。于是，她从王家蓉手里接过三万元钱后，留下三分之二放在抽屉里。剩下的一万元，她拉起王家蓉的手，"啪"一下搁在她的手上。

王家蓉不解地问："你这是……"

金荷笑着说："这一万，是我给你儿子的婚礼钱。"

王家蓉赶紧摆起手来："不，不，我不能要。"说着，就用手推挡。

金荷正色道："你不要推，推了，我们就不是好姊妹了；推了，你儿子就不是我的侄子了。"

说得王家蓉眼里泪花直滚。齐正富站在一旁，愣在那里，说不出一句话来。

郝志和开的车刚到一会儿，郑涛也开车过来了。两车人会到一起，向德福酒家走去。

到了跟前，王家蓉和齐正富，笑吟吟地把大家接住。

立刻，一对男女新人也到了大家面前。男的着一身西装革履，女的穿一袭白色婚纱，两人胸前都别上一束精致的工艺小花。新郎和新娘一副欢天喜地的笑颜，对客人说着欢迎的话语，旁边的伴娘、伴郎便捧上喜糖，递上喜烟。

金荷一看，王家蓉的儿子，身材高大，样貌英俊，西装映衬之下，风流倜傥，哪里还有当初见到时的那个小男孩的影子。新娘娇巧，偎在新郎身旁，小鸟依人的样子，十二分的可爱。

大家都不抽烟，每人随意拿了喜糖，由王家蓉、齐正富带着去二楼喝茶。

此时的齐正富，一身海蓝色西装，束一条红色领带，头发也是刚理过的，和平常简直换了一个人似的。他精神抖擞，没看出来，原来还有一副一表人才的俊模样。平日里，为了生活奔忙，人显得很憔悴。今天，恐是因儿子结婚的喜庆日子，齐正富与原先判若两人。"人逢喜事精神爽"，此话真不假。

上楼一看，冯小玉两口儿带着女儿，先一步到了。双方相互热情地打着招呼，找一个地方，围着坐了下来。

冯小玉看来比以前发福多了，穿一身宽大的粉红色套装，显得十分雍容富贵。两三年不见，冯小玉变富态了。她身旁的女儿已经十一岁，读小学四年级了，容貌像极了夏二娃。女儿留着一根独长辫子，个子长得高挑匀称，一身素雅文静的学生裙装，就是当下小学生打扮的模样。

婚礼的仪式即将开始时，来宾们纷纷进入大厅，围着喜宴圆桌落座。

金荷的父母，被安排去与王家蓉、冯小玉父母及其他老邻居一桌，便于他们去谈老家常。余下的正好一桌，因都是熟人，又是夫妇成双成对，摆起龙门阵来，方便也随便。

金荷与冯小玉、王家蓉挨着，好谈往事。郝志和、黎水生和郑涛，也能找到投机的话题。夏二娃和齐正富都有烟瘾，可以边说话边吸烟。而徐朝英和许菊，又是同乡熟人，自然有说不完的家乡话。似乎一桌人成了绝配。

只是，婚礼仪式开始时的内容中，有齐正富、王家蓉夫妇，要去台上陪亲家坐一会儿，有新人向他们拜谢养育之恩的内容，要暂离席位。余下喜宴中，他们都会回到这一桌就座。又是金荷、冯小玉、王家蓉三个女人，难得的聚会。

三个女人聚在一起，边吃边说，话题随意。

金荷对今天参加婚礼，感慨良多。她说："现在的婚礼形式太复杂了，西装婚纱且不说，就是那仪式上的新花样，就把人都先搞昏了。但话说回来，却又充满喜气，充满乐趣。"

王家蓉跟进说道："就是。我们当年那时，只是把人家请到家里吃糖抽烟喝茶嗑瓜子，坐一会儿就了事，既简单又撒脱，还节省钱。哪像现在，花钱就像流水一样，弄得父母都要喊黄。"

冯小玉则说："喜事嘛，我觉得就该风风光光地热闹一场，一辈子就这么一次，多花点也值得。我们那时请人吃顿饭，就算最了不起的了，哪里能和现在相比？"说着，脸上显出恨不得晚生十年的样子，"要是我还年轻的话，我也想像今天这样，整一台的。"

冯小玉说完，三个女人都"哈哈哈"地笑起来。

冯小玉此话说得不假，年轻时她就是一个爱虚荣的人。也曾想自己结婚时也能风光地大办一场。今天见到王家蓉儿子的婚礼现场，这么隆重，这么热闹，又勾起了她往年的幻想，似乎心中犹有不甘。

金荷好像看出了冯小玉的心态变化，拍拍她的肩，说："岁月不饶人啊，想变回去是不可能的了，就珍惜当下吧。"

冯小玉问王家蓉："你儿子好大了？"

得到答复后，她又问金荷，"你女儿呢？"

金荷说："今年读大二。"

冯小玉看看身边的女儿，就感叹起来："你们的福气真好，我还要慢慢地熬，背太阳翻山啊！"说完，叹了一口气。

金荷说："你叹什么气哟，哪个不是这么过来的？"

王家蓉说："对头！你不要看今天儿子结婚，我高兴，我在笑，想起那些走过来的日子，我心头在哭，在流血啊！"

三个女人又苦笑起来，感叹着人生的不易。王家蓉眼里，真的就挂起了泪花。

片刻之后，金荷说："好了好了，好在那些都过去了。今天是喜庆的日子，我们都留点心思来想明天的事吧，明天肯定会比今天更好的！"

儿女成长

那天，冯小玉从王家蓉儿子的婚宴回来后，心里一直纠结。别人的孩子，都儿大女成人了，而自己的女儿，却还在读小学。心里想起这些，她就埋怨夏二娃，当年是他把婚姻一拖再拖，才落得今天这个样子。

当时，乡间都流传着这样的俚语：早栽秧早打谷，早生儿女早享福。冯小玉气的是，为什么夏二娃当时就听不进去呢？虽然国家当时提倡晚婚晚育，也不至于要晚到三十五六岁吧？结果就弄成了这样不说，害得自己还去冒了一个大龄生育的风险。

其实，如果当初冯小玉的虚荣心不是那么的强烈，她和夏二娃早就结婚了，不至于让夏二娃后来对他们的婚姻漫不经心，无动于衷，双方恋爱长跑了十四五年才结婚。也不至于他们的女儿夏佳，现在才读小学四年级。

现在，这一切好像都成了夏二娃的罪过似的，让冯小玉一想起，心里就有泄不完的怨气。

夏二娃开车回家的路上，冯小玉一直就没有好脸色。她和女儿坐在后排，一言不发。有时女儿问个什么，她只是"嗯嗯"两声。夏二娃跟她说话，她也不搭理。夏二娃还以为冯小玉是没有吃好，不开心哩。

回到家里，冯小玉拉着女儿，进到卧室把门"啪"的一声关上，往床上一倒，什么事都不管不问，不理不睬了。

夏二娃一时丈二和尚摸不着头脑，心里骂了一句："这婆娘不是没吃好，是药吃拐了，又是啥子疯病发了。"

夏二娃一看手表，才到下午两点。眼不见，心不烦，他关上门就到青年路市场店铺上去了。

夏二娃重整旗鼓后，在青年路商厦内租了店铺，还是批发和销售服装。

那时，他和广州那边断了关系，已经无法从那边进购服装。至今，他还拖欠着别人的一点货款，已经有十年了，成了呆账死账。别人不催，他也不理。

现在，夏二娃经营的服装，只有金荷时装公司的产品。才开始是童装，眼下是男女西装、休闲便装和女裙装。按季节不同，金荷时装公司生产什么，他就卖什么。

因冯小玉这层关系，在夏二娃遭遇甘老幺之祸，重新起步时，金荷为了扶他们一把，都是以出厂成本价给他们调拨服装，不赚一分钱利润，这使他们很感激。在他们走出困境后，现在调拨给他们的服装，利润也没有超过成本的百分之五。调拨给他们的服装，批发、零售价格，均由夏二娃自定。赚多赚少，都是他们的钱，金荷从来都不过问。这让夏二娃赚了一些钱，也买起了小汽车。

夏二娃每次到荷花池批发市场门市部提货，黎水生都是优先照顾他。后来，黎水生回到公司，夏二娃提货，就开车直接到金荷时装公司。有什么服装他就拿什么，对他简直是宽松得很。连保管都说："夏二娃比老板的亲戚还亲戚！"

那一年，荷花池批发市场扩建后，夏二娃也想到荷花池市场来，租店销售服装。金荷问他："销售哪里的服装？"他一时就答不上来。

金荷说："如果你卖其他服装公司的产品，我不干涉。你来卖金荷时装公司的产品，那不是和公司的门市部对着干吗？在这个市场内，还没有第二家。"

金荷劝夏二娃，还是在青年路市场内销售"金荷花"牌的服装，保证他在那里是独家经营，不会有第二家与他竞争。金荷的目的就是，让他在那里为金荷时装公司的"金荷花"品牌打活广告。所以，对他特别优惠，让利给他销售。这让夏二娃这么多年来，几乎是用金荷时装公司的服装赚的净钱，也就铁了心，只经营金荷时装公司的产品。

夏二娃为了感激金荷，给予他们的优惠待遇，一有合适的机会和事情，也想帮帮金荷的忙。

比如，上次的"金荷花"商标事件，就有夏二娃的功劳。起初，夏二娃发现时，心里感到奇怪。难道金荷时装公司在青年路市场内，还与另外的商家有联系，并销售他们的产品？金荷不是说他夏二娃是独此一家吗？心里对金荷还有些不以为然，怀疑金荷对他说了假话。

现实社会中，要说心中有假的人，常把别人也看得跟他一样似的，这种现象确实存在。眼前的夏二娃，也算是其中一人吧。

夏二娃经过仔细观察，确认童装就是"金荷花"牌商标，一时心头很不舒服。后来，又转念一想，金荷时装公司已经停产童装有两年之久了，怎么还会有卖的呢？他心中更觉蹊跷，判定其中必定有诈。他把情况及时地告诉了黎水生，引起了金荷的重视。结果，不出两个月，工商局和市场管委会介入，弄清了来龙去脉。同时在青年路市场，关闭了这家铺子，除掉了自己的竞争对手，保住了自己的利益。也解除了夏二娃心中的疑虑，差点错怪了金荷。

这次，投资公司和金荷时装公司合作的事，是夏二娃介绍双方认识的，投资公司也一直有这个意愿，又经过夏二娃不懈地努力，终于促成了双方的合作。夏二娃把他们的合作，当成是自己成功的例子，只要双方有意，他便竭诚撮合。

夏二娃想，以后但凡是遇到这样的情况，这样的事，他还是会乐意去做。

到了傍晚，夏二娃接到冯小玉的电话，问他："跑哪里去了？"

夏二娃说："在铺子上，有什么事吗？"

冯小玉问："晚上有人请你吃饭吗？"

夏二娃说："没有呀！"

冯小玉说："没有，你还不赶快回来！"

夏二娃才知道，冯小玉已经在家做好了饭菜，等他回家吃晚饭。

夏二娃硬是被冯小玉弄得哭笑不得。心想女人的心思呀，真让人猜不透！不知道什么时候，哪股神经被拧住了，脸上的表情，就会一阵风一阵雨似的，变幻不定。可是时间一过，拧住的神经松弛下来，风雨过后立马转晴，有时说不定还会升起彩虹呢。

夏二娃心里又骂道："都老夫老妻了，还来这些杂耍，什么玩意儿。"关上店铺，回家吃饭。

回到家里，冯小玉又像没事儿一样，和夏二娃有说有笑。夏二娃问冯小玉："你没事了吧？"

冯小玉说："我有啥事？你瞎猜些什么哟！"

吃晚饭时，冯小玉对夏二娃说："你看人家王家蓉的儿子，大学毕业都结婚了。金荷的女儿，都读大学二年级了，多有出息。"说着，她又看看女儿，"我们的夏佳，要是能赶得上他们就好了。"

他们的女儿夏佳，听母亲这么说，很不服气："怎么就赶不上啦？我以后还不是要上大学。"

一家人又乐呵呵地笑了起来。

冯小玉和夏二娃的女儿出生时，因两口子忙于生意，冯小玉的母亲就来到这边，一直帮着他们带孩子。从幼儿园到小学，一帮就是六七年。

夏佳进了小学读书，中午饭也在学校吃。冯小玉的母亲把外孙女送到学校后，她一个人待在家里，就闲着没事。一闲下来，心里空荡荡的，老想着还有一个老伴留在老家里，这么多年了孤孤零零的，她就想回自己家里去。

母亲向冯小玉和夏二娃表露出自己的心思，说自己在这边闲得心慌，又管不了夏佳的作业，想回去了。冯小玉一想，现在他们的生意，做得平稳顺当了，可以自己来照顾孩子了。她跟夏二娃一商量，便同意了母亲的决定。

现在，夏佳由冯小玉带着。每天早上把孩子送到学校后，她就去铺子上看看，忙时给夏二娃打打帮手。在青年路简简单单吃个午饭后，买菜回家，休息一会儿，然后去接女儿。趁女儿做作业时，她忙着做晚饭。等晚饭做好了，女儿的作业也做完了，夏二娃也回来了。一家人围在一起吃晚饭，其乐融融。

每一天的时间，都这样安排得有条不紊。一晃，三年过去了，夏佳已十一岁了，是读四年级的小学生了。

从王家蓉儿子的婚礼回来后，黎水生和徐朝英就把儿子黎明也接到了身边。儿子在仁寿乡间，当了十三年的留守儿童，这次终于又与父母团聚了。

儿子和爷爷奶奶相处了十三年，有了感情，舍不得离开。黎水生便只好把父母亲一起，也接了上来。儿子上来后，刚好读中学。找学校时，还是托了金荷的父亲金志豪的关系。

金志豪从教几十年，桃李满园。他的一个学生，在益民小区附近的中学当校长。黎明就进了这所中学。

一家人团聚在一起，都有了照应。爷爷奶奶负责照顾孙子，黎水生和徐朝英便放心地去做自己的工作。黎水生想，以后自己买了房子，就完全在成都定居下来了。等儿子读完书，有了自己的工作，也像王家蓉的儿子那样，风风光光地找个女朋友，把婚结了，这辈子他的任务，也算体体面面地完成了。

那天王家蓉儿子结婚，排场好大，好不热闹。让黎水生和徐朝英羡慕得很，他们心想儿子以后结婚，也要像这么搞。殊不知王家蓉这一生，为了儿子付出的有多少。

王家蓉和齐正富结婚时，刚是高中毕业的第二年，那时才二十岁。第二年就生了儿子齐波。一家人住在城里婆婆家，齐正富在街道小厂上班。理应说婆婆、公公有工作，一家五口在一起生活，虽穷却绰有余裕。

可是，齐正富还有弟弟妹妹，也要由父母照料到。他父母的月工资，有时开销起来，也有捉襟见肘的时候。所以，齐正富才有被别人裹挟，去做假酒的事。那齐正富也无出息，做假酒时还吸上了毒。做假酒和吸毒的事败露之后，赚的钱被没收、罚款缴得干净不说，还要另外出钱让他去戒毒。

虽然说"出来混，总是要还的"，这句话说得有些道理，因果自有报应。但是王家蓉当时的那种窘境和艰难，除了金荷外，黎水生和徐朝英是不清楚的。那时，王家蓉想离婚的心思都有。而王家蓉和齐正富的儿子齐波，当时只有五六岁，王家蓉哪里忍得下这个决心。

好不容易等到齐正富出来了，工作却无着落，才开起了面馆。后来的事，黎水生才知道一些。

好在，齐波从小在爷爷奶奶的呵护和调教之下，十分争气。小学、中学、大学都勤奋努力。大学出来之后，工作也踏实肯干，才获得了今天幸福美满的婚姻。所以说，在这样的家庭环境背景下，儿子却表现得如此优秀，王家蓉一旦说起，心里就想哭，不是没有原因的。

齐波在大学里，学的是土木建筑系的工业与民用建筑专业，对工业和民用房屋的设计，园林打造，环境保护等，都有涉及。

有人说，房屋的设计建造，具有极为强烈的音乐韵律，建筑设计师就是音乐师。音乐师必须对乐感和音韵，要有极强的把控能力，才能创作出一首美妙的乐曲。而建筑设计师，亦要有极其敏锐的乐感，也只有如此，才能指挥建造出一幢充满曲韵的美丽建筑。

齐正富和王家蓉两口子，对音乐可以说是一窍不通。要说唱歌，他们是咬字不清，五音不全，肯定跑调。在学校读书时，从来就没有见到过王家蓉上台演过节目，唱过一首歌。冯小玉回忆说："有一次，学校练节目，王家蓉总是吐音不准，把曲调唱偏，而且始终纠正不过来。最后别人就不要她唱了，还气得王家蓉大哭了一场。"

如此这般的两口儿，何以用自己天生就有乐感缺陷的基因，培养出了像齐波这么优秀的一位建筑音乐师的呢？可以说父母一点忙都没帮上，靠的全是儿子齐波自身的悟性和努力。

齐波所学的专业，恰好迎合了时代的需求，也正好赶上了一个房地产大量开发，高楼大厦遍地开花的好时机。他以优异的成绩，完成了学业之后，走出校门就进入了一个建筑设计院。

起初，齐波在一位高级设计师手下接受指导，绘图、制图、打杂，样样都做。这位高级设计师，是设计院里一位上了年纪德高望重的老高级工程师。齐波很尊敬他，崇拜他，在他那里，齐波学到了许多在课堂上学不到的知识，以及严谨缜密的工作准则。齐波的设计理念，做出来的蓝图，很得他的赏识和青睐。

一年实习期满后，齐波就能独当一面，开始设计工作。他凭自己的能力，可以驾驭一幢复杂公寓大楼的全套设计。

老工程师很看重齐波的能力，理解他的智慧，器重他的人品。最后动了心，把他心爱的小女儿嫁给了齐波。婚礼那天，设计院来了许多人。设计院的院长义不容辞，当起了齐波和新娘的证婚人。

齐正富和王家蓉，做梦也没想到儿子这么优秀，让他们攀上了这一桩好亲事，这一门好亲家。

儿子的婚礼上，王家蓉悄悄地笑话齐正富："鬼老头，你家的祖坟冒青烟了，你怕是睡着了都会笑醒啊。"

一句话说得齐正富"呵呵呵"地憨笑，颇为得意地说："那是必然的。"

这天，黎水生、徐朝英买了些礼物，带着儿子黎明一起，到新荷苑小区金荷家做客。他们是要去感谢金荷的父亲金志豪的。感谢他对儿子黎明的帮助，让他顺利入学。

正好这天是星期天，金荷时装公司休假。

郝志和与金荷的母亲，在厨房里忙碌一家人的午饭。金池和辛吉英也过来看望父母。金欣和郝爽都从学校回来度假，一大家人团聚在一起。

黎水生、徐朝英和黎明到来时，金荷看见他们手里拎着礼物，就说："你们怎么这样客气，过来玩就好了，还带东西干什么？"

黎水生说："这不是带儿子过来，要谢谢金爷爷吗？帮了这么大的忙。"

金志豪说："哎呀！举手之劳的事，有什么好谢的。"

徐朝英就说："应该的应该的，没有金爷爷帮忙，儿子还真不好找学校读书呢！"说着，把儿子拉过来，让儿子深深地向金志豪鞠了一躬。

金荷一边给黎水生一家人安坐，一边对黎水生和徐朝英说："以后不准再这样了，下不为例哈。"

留下黎水生一家三口在这里吃午饭，金荷顺便问问黎水生父母的情况，说说城里商厦内、门市上服装销售的事情。

吃午饭时，黎水生叫儿子黎明先给金欣和郝爽敬个礼后，对黎明说："大哥哥、大姐姐都是大学生。你要好好向他们学习，将来也要争取读大学。"

黎明懂事地又望着金欣和郝爽，认真地点了两下头。

说到郝爽，不知不觉已二十一岁，正上大学二年级。

郝爽是个读书的材料，读小学时就显现出了聪颖好学的天赋。她的外公金志豪，以一个长者的睿智，一个多年从事教育的教师眼光、视角来看，他说："郝爽把父母的优点，都撷取到她身上去了，优秀的基因潜移默化，在她身上体现得淋漓尽致。"

郝爽的外婆却是以慈母的心态，发自内心对儿女、对孙子辈的疼爱，无不欣慰地说："郝爽这俏女子啊，要身身儿有身身儿，要样样儿有样样儿。"

她的意思是说，郝爽的身材模样，都是天造地设，天下第一。而金志豪，看重的自然还是郝爽的学业。

郝爽的小学、初中都是在愉快的记忆中度过的。那时有外公外婆悉心的呵护照料，她无忧无虑。等上高中了，寄住在学校，有一种远离亲人的孤独。更是这种孤独，又塑造了郝爽独立、严谨的性格。每周六，父亲郝志和开车来接她回家去度周日，像过节似的，才可以和亲人在一起，松懈一天。然后，又是周而复始的寄读生活，紧凑有序地读书，直至进了大学。

有人说，进了大学，任务就是好好玩耍。其实，郝爽没有这样的感觉。她感激高中三年，对她独立性格的培养，所学知识的积累，自理生活的考验。跨进大学了，只不过是这一段人生经历的继续。

郝爽进的大学，是四川最有名气、历史最悠久的四川大学。在大学里，学的是现代经济管理专业，这个志愿是她自己填报的。因此，看似枯燥难懂，一般人都觉得乏味的专业，而郝爽却读得专心致志，津津有味，并轻松自如。

有一次，金志豪关切地问郝爽："这经济学，你感觉学起来难不难？你怕不怕考试？"

郝爽反问外公："你以前学的中文系，难不难呢？怕不怕考试呢？"

金志豪就说："我喜欢古文、古诗词，有了兴趣，读起来就不难。至于考试嘛，如果出题深奥一些，生僻一些，就有点害怕。"

郝爽听后，就"咯咯咯"地笑，她说："我也是喜欢经济学，所以学起来不难。要说怕考试，就更不应该了。"

外公金志豪有些疑惑。郝爽此刻反而成了外公的教师，娓娓而谈地给他讲起道理来了。

郝爽说："外公，你想哈，从小学一年级开始，就会遇到考试。什么周考、月考、半期考、学期考、半年考、全年考。小学要考、初中要考、高中更要考。好不容易考进大学了，还要考，我都身经百战了。哪有战士怕打仗的，你说我还怕考试吗？"

郝爽这么一说，也把金志豪说得"哈哈哈"地大笑，还不住地点头："有道理，有道理。"

金志豪看着眼前的外孙女，从一个牙牙学语，对什么都好奇，什么都爱问的小女孩，逐渐长成了一个漂亮聪敏，口齿伶俐的大姑娘，心里美滋滋的。

要说大学里的学习，大二到大三时，才是最为紧张的时期。郝爽到这时，本应是进入专业学习最忙的阶段。可是她在班里、在学校，还兼任着班上的副班长、校团委的组织委员、校学生会的文艺副部长等社会职务。

学习都这么紧张了，还兼任着这么多社会工作。金荷有时看见女儿这么不厌其烦地做着那些杂事，疲于奔命似的，就为她学习担心，为她的身体担忧。想起了，她忍不住嘴里要叨咕女儿几句。才开始女儿听见母亲唠叨，并没理睬，说多了，就会顶两句嘴。有时，弄得母女俩很不愉快，还要郝志和出来打圆场。

但是，在郝爽看来，却并没感到有多大的压力和困难，一切功课和学业均能顺利完成。而学习之外的事务性工作，她也都能应付自如，胜任愉快。

郝爽读大学二年级的时候，她的表哥金欣刚好大学毕业。

金欣大学毕业这年，也考取了本校的研究生，就在学校继续深造。他在大学时学的专业是计算机，他对这个专业十分钟爱，对计算机原理、设计、编程，都搞得滚瓜烂熟一般。计算机的疑难问题，经过他的手，轻而易举就能解决。为了扩展自己的知识领域和空间，考研究生时，他报的是电子通信，在计算机的领域又上升了一个高度。

还在大学读书时，他就用自己学到的东西，帮父母亲所在的丝绸研究所的计算机系统，搞了一个网络编程，让研究所里的大部分电脑，可以联线查找资料，共享资源，对研究所的业务工作，提供了极大的方便。为此，研究所以助学金的名义，特别给了他一笔奖励。

那次，他帮小姑金荷的公司建立起一套计算机系统，并运用系统对企业进行管理，大大地促进了公司的办公效率。还教会了金荷使用和操作计算机。金荷十分疼爱地对辛吉英说："金欣这小子，前途无量，将来必有出息。"

金欣这小子，从小就喜欢动脑筋。无论是爷爷奶奶给他买的玩具，还是找父母买的玩具，甚至是他们给妹妹郝爽买来的玩具，到了金欣手里，几乎都逃不过被大卸八块的命运。

玩具被金欣拆了个七零八落，乱七八糟一大堆，大人看到都可惜。特别是郝爽，被他弄哭了好几回。可是，不一会儿，他又东拼西凑，有的组装还原了，有的还装出了新花样，又逗得郝爽破涕为笑，喜笑颜开，爱不释手。

有时兴趣来了的时候，金欣会不厌其烦地把玩具拆了装，装了又拆。金池和辛吉英都说："这娃娃像疯了一样。"但因他们工作忙碌，顾不过来，也不去干涉他，任由他折腾。

像这样不断的反复的折腾，倒练就了金欣百折不挠的性格。他爷爷金志豪反倒夸他能干，说："他现在这么学业有成，和他那股狠劲，不无关系。"

金欣做起事来，心灵手巧，读书也不例外。读书时，别看他蹦蹦跳跳，贪玩好耍，可是功课一点都没落下。每临考试从容镇定，每学期下来，全年级中总在前十名之列。他读书学习，从来没让父母操过心。郝爽的好多学习方法，都是从金欣那里学来的，不但行之有效，而且屡试不爽，郝爽佩服得不得了。

这两个小家伙，从小一起在爷爷奶奶、外公外婆家长大，读完小学才分开。分开后，每周见面时，什么话都摆得拢，摆得投机。高中时，各自在各人的学校住读，也没有断了联系。有了手机之后，两人交流就用电话。谈的多是各自的学校生活、学习情况。到了寒暑假时，就是约在一起去旅游。他们怕父母不放心，很少走得太远，一般就是一两天。几次下来，把成都周围的县市玩了个遍。

读大学后，金欣喜欢上了篮球运动。当然，这是在读高中时，就培养起来的兴趣。进大学后条件更优越，比赛的机会更多。他多次在校队里，去外地参加比赛，在全国大学生的篮球赛上拿过亚军，他还去北京参加过全国大学生运动会。但是，这些业余的比赛和训练，都没有影响到自己的学业。爷爷奶奶虽然有过担心，他却从来没让他们对自己失望过。

金欣大学四年，以优异的成绩完成学业后，顺利地考取了本校的研究生。如果有可能的话，研究生两年读完之后，他还想进一步深造，从学士到硕士，再往更高的学位努力。

所以，金池说："千万不要去怀疑年轻人的智商和能力，不要去干涉他们的所作所为，因为他们有他们的世界。或许你永远也不能理解他们的思维和行为，永远也搞不懂他们处世的方法和待人的原则，但他们做出的事迹，往往会使你目瞪口呆，他们取得的成就，往往又会让你瞠目结舌。这，就是年轻人。"

金池的这段话，是在一次全家人一起议论金欣和郝爽时说的，是说给辛吉英听的，也是说给金荷听的。

地震扶难

令很多人都不愿想到，也不愿看到，突然一场灾难，降临到自己眼前。

2008年5月12日14时28分，汶川发生了一次8.0级强烈大地震！这次大地震，震惊了全川，震惊了全国，也震惊了全世界。

同时，这次大地震，也震慑着每一颗国人的心。

这天，金荷刚在车间与欧启亮说完流水线上生产的事情，回到办公室打开电脑，查看公司时装的销售情况。突然，眼前的电脑显示屏剧烈地抖动起来，人坐在椅子上，也不停地摇晃，窗户在抖动中发出嚓嚓嚓的声响。她马上意识到，地震了。

她立即起身，脚下却站不稳当。她扶住办公桌，使劲跨出几步，把房门打开。看见郝志和也从办公室冲出，朝她这边跑过来，一边喊道："地震了！"一只手抓住她，跟跟跄跄地就往楼梯口跑。

下了楼一看，很多人都跑了出来。跑得慢一点的，还在边喊边跑，乱着一团，人都挤在楼外的走道上。

欧启亮还在车间里，指挥着人往外跑。人们惊慌失措地跑出来后，就集中在楼下的空地上。郝志和又与欧启亮叫大家赶快离开楼房，到空旷一些的地方去。一边口里喊着什么，一边用力地推着人群。

人们跑出来后，纷纷地摸出手机，紧张地打着电话。

金荷也给家里的座机打，却无人接听，一直是忙音。心想父母可能也离开了房间，心才稍有平静。等会儿又不放心，再打电话时，已经打不通了。

不一会儿，余震波又一次冲击而来，人群中又发出阵阵惊呼。人们都待在公司外的路边，互相询问什么情况。焦急的言表中，有的人说话已经语无伦次，不知该怎么表达，也有的人脸上挂起了泪花……

一个多小时后，才传来消息，阿坝汶川县发生强烈大地震。地震中心映秀镇直线距离成都，仅有七十多公里！

不断的余震每隔二十来分钟就有一次，每一次都会引起人群的骚动，引起一阵惊呼，一阵慌乱。

在此种情形之下，金荷赶紧找到郝志和、欧启亮和王德川，在一起商量了一会儿后，决定马上放假两天，让大家回去防震减灾，回去照看亲人和孩子。

郝志和向在场所有的人，宣布公司的决定。他说："为了我们的个人和家庭安全，公司决定暂时放假两天。大家回去后一定要安抚好自己的家人，做好防震减灾。尤其是家还在农村的，必须回家去看看。如果家里有什么情况，遇到了什么困难，如实告诉我们，大家一起来共同解决，共渡难关。"

之后，郝志和又和欧启亮、王德川带着几个人，冒着余震的威胁和危险，返回车间把所有的电闸拉下，把门窗关闭后才走出车间大楼。这时，黎水生、郑涛、胡伟波、郑惠等人，和金荷一起，也把办公楼的一切处理完毕。在办公楼下，大家才互相嘱咐保重，分手各自回家。

等公司里绝大部分人都离开之后，金荷安排门卫，把车间和办公大楼大门锁上，才准备离开。

郝志和郑涛开车，载上几人正准备离去，公司外的大路上，已挤满了各种车辆和行人。时有公安和救护的车辆，闪着警示灯，鸣着警笛和喇叭，在车辆和行人中慢慢穿行。路上的行人，脸色木然，行色匆匆地往前赶路。看来一时无法开车行走了，郝志和、郑涛又把车开回公司停好。大家只能各自步行往家里去。

郝志和告诉金荷："郝爽的电话打了几次，都打不通，也不知她现在怎么样了。"

金荷说："只好先回家，找到父母看情况再说。"他们一边说着，一边赶路，往新荷苑小区走去。

回到小区，郝志和让金荷在楼下等着，他一人先乘电梯上去，可是电梯已关电。自己只好走楼道台阶上到八楼。

打开房门，里面没人。他在冰箱拿了两瓶矿泉水，这时又有余震，窗户抖动"嚓嚓"作响。他赶紧快步下楼，到了楼下，找到金荷。他们在小区内到处看，没有发现金荷的父母。便又朝小区外走，想在平常父母爱去的地方找找。刚到小区大门，看见人群中的郝爽，陪着外公外婆朝小区走来。

亲人会在一起了，大家的心才像一块石头落到了实处。

地震时，郝爽正在上课，一阵剧烈的震动，教室里顿时一片慌乱。大家争先恐后地跑到操场时，郝爽就赶快给家里打电话。电话是外公接的，郝爽告诉他地震了，叫他们什么东西也不要拿，赶快出门下楼。外公还想说点什么，郝爽叫他什么也别说，不要耽搁赶快和外婆一起下楼，她马上回来接他们。所以，郝爽先父母一步回到了新荷苑小区。找到外公外婆时，他们俩正和小区内的住户站在小区外的马路旁，惶恐失措地朝两边张望。郝爽骑着自行车到了他们跟前，双方紧张的面容才稍稍缓释下来。

外公外婆巴心巴肝、一手一脚地把郝爽带大，到了如今，两位都是七十岁的老人了。郝爽平时最放心不下的就是外公外婆，更何况还是这种大地震的危难时刻，更是如此。

看来，一时是不能够回到家里面去了。眼下金荷一家五口人，找了一家面馆吃一点东西填饱肚子，回来后也只能在路边的花园里，与都在恐慌中避难的人群，挤在地上坐在一起。

在紧张中度过几个小时，夜幕渐渐降下来了。眼看路上车辆稍有松动，郝志和回公司去了。他要把车子开回来，好让一家在车上过夜。

这时，金荷的父母又很担心金池一家人，不时地询问金荷，金池一家的情况怎么了。电话打不通金荷也显得无奈，只能安慰父母说："你们放心，他们不会出什么事的。"嘴里虽这么说，可是心里一点没数，一片乱糟糟的。

旁边有人带来的收音机里，不停地反复播报着灾区的实况报道，救援近况。人群里突然有人喊："中央来人了，总理到灾区来了。"这时，恐慌的人们才像找到了主心骨，"咚咚"作响的一颗心才稍有平静。金荷心想灾区有救了，灾民有救了。紧张得欲哭无泪的脸上，才有了一丝难得的笑纹。

就在此刻，郝爽看见金欣陪着父母，正一路寻看着，从人群中往这边走来。她赶紧迎了过去，把他们引到外公外婆和母亲这边来。正巧，郝志和也好不容易把车开过来停在了路边。两里地之遥，他足足开了近一个小时。一家人在灾难来临时的几个小时后，才安全地团聚到了一起。

金欣告诉郝爽说:"我也是正在上课,就遇到了地震。马上打电话给父母,联系上后就骑车往他们研究所跑,才找到他们。反过来给你们打电话时,就打不通了,心里好紧张啊。"

见一家人都聚齐了,郝志和就说:"今晚大家哪里都别去,爸妈、嫂子、金荷、郝爽你们就坐车里休息,我们三个大男人就守着你们,熬一熬就过去了。我现在去家里,拿一些衣服和被子过来。"

金欣说:"我陪姑父去。"跟着郝志和向附近的新荷苑小区去了。

返回来后,金荷对郝志和说:"我们这边安全了,还不知道你父母那边怎样,现在刚好八点钟,还早,你赶紧开车回去看看吧。"

郝爽说:"我也要去看爷爷奶奶。"

郝志和却担心他走后,万一有个什么情况,这一大家子怎么办?

金池和金欣都说:"还有我们哩!大难当头,男子汉就得顶天立地。"叫郝志和放心地去。

金荷宽慰郝志和说:"不会有什么的,如果那边也很好,你们快去快回就行了。但路上一定要注意安全。"

次日,大家的情绪稍微稳定了一些,金荷才敢让一家人回到小区的屋里去。她问金池:"现在怎么办?"

金池说:"我们再看看情况,再做决定。"

因为现在余震还在不断出现,只是密度要稀疏一些了,不像才开始那样平均十多二十分钟就有一次,震度大则四到五级,有震感,小则二到三级,不易让人察觉。但是,说不定突然就会来一次大的震动,让人不敢掉以轻心。所以,金池说还要再看看情况而定。

昨天夜里,郝志和父女到了温江父母那里,门已经锁了。后来找到人打听,说父母已经去到乡下外婆家。于是,他们又驱车赶去乡下。到了外婆家,见一大家人都平平安安地围在一起说话,两人才有些放心。相对城市而言,农村房屋低矮一些,又多是砖木结构,安全系数就要大得多。

郝志和父母看见儿子和孙女安全回来了,赶忙安排他们坐下,问这问那好不亲热。当两位老人得知亲家一家人,还露宿在路边花园里时,心里又着急起来,催郝志和父女赶紧回去。母亲说:"我们这里安全得很,亲家那边才让人不放心,你们赶快回去,要照顾好一家人。"

郝志和郝爽父女，又急急忙忙地往回赶，到了这边时，已近夜晚十一时。

电话有时已经能够打通了，金池把电话打到所里，得到的回应是全所放假两天，就地避灾防灾。他便决定今天还是留在这里，好多陪陪父母，宽慰一下两位老人的心，不至让他们担心，也可缓解一下他们的紧张情绪。

电视里，不断地有灾区抢险的新闻报道和画面。险情还没有解除，各单位都不敢轻易让人集中。尤其是小学和中学，学生多为少年，学校不敢放松戒备，稍有差池，谁都负不起这个责任。因此，统一布置全部预先放假一周，视灾情再做后续决定。而大学却各有所别，都是成年人，处事稳健顾全多了，作出一些安排更适合对灾情的处理。

这时，郝爽接到学校团委和学生会的通知，学校要成立"青年志愿者"团队，下午两点在校团委召开各级委员、部长会议。郝爽是校团委和学生会的"双料"委员和部长，务必参加。

吃罢午饭，郝爽就往学校赶过去了。金欣也要回学校去。研究生班与普通班级不一样，他要去了解情况后，再作以后的安排。

家里只留下父母，金池、辛吉英两口儿，金荷和郝志和六人。金荷安顿下父母休息后，让金池夫妇，在她和郝志和的卧室里休息，补足昨夜欠下的睡眠。然后，她拉上郝志和，要去荷花池批发市场里的门市部看看。

在路上，郝志和开玩笑地对金荷说："这个时候了，你都还没有忘记自己的生意？"

金荷嗔言道："啥子我的生意啊，是我们的生意。"

意思是说，不光是我的，是我们俩的，更是我们整个公司的生意。

郝志和解释说："我的意思是，这么大的灾情，谁还有心思做生意呀？"

金荷说："正是有了灾情，我才想去看看灾情下的市场状况。事先有个了解，才好有个应对处理，哪里不对呢？"

郝志和心里一怔："还是女人的心细啊！"

市场内空空荡荡，冷冷清清，很少有人走动。与往日里车水马龙，人声喧哗，熙来攘往相比，今天则风轻鸦静，简直是不敢想象。

郝志和把车开到门市部前停下，两人下车一看，市场内大多数商铺都是关门闭户，没有人做生意。本来就没有一个顾客进场，也就没有生意可做。唯有几家开着门户的商铺，也不见在做买卖。

荷花池批发市场内，除了大部分商家老板都是本地的，或者附近市县的人外，也有为数不多的浙江、湖北、陕西、河南等外省的商人。如今，遇见这么大的灾害，本地的人都早跑光了，哪还有心思做生意？没有地方去的，就只有外省的商家，不便远走。

那些半开着的商铺，老板多半就是外省的商家吧。而且，他们暂时留下也是在观望，万一有个不测，他们也会关门跑路的。

金荷打开门市部的卷帘门，见里面收拾得干干净净，整整洁洁，知道吴熙和许菊、侯芳他们离开时，也没有忘记把店铺内打整干净。心想这些年轻人临危之时，并没有慌乱，把事情做得十分有条理。

锁上门正离开时，金荷看见高振业带着几个保安模样的人，正一路巡视着朝这边走来。到了跟前，高振业向金荷招呼，问一问她的门市部的情况。

高振业说："没想到突然会来这么一个大地震，把本来红红火火的市场，一下震得冷清了。也不知道要哪一天，才能恢复过来。"转而又说，"你们要把商铺关好，防火防盗哈。"

金荷点着头答谢道："高主任，辛苦你们了，注意安全。"

高振业说："没有办法，职责所在。"也回了金荷一句注意安全后，又朝其他铺面一路看过去。

此刻，郝志和的手机铃声响了，打开一看是郝爽打来的。

郝爽在电话里告诉父亲说："学校团委和学生会联合成立了'抗震救灾青年志愿者工作团'，我负责捐款捐物的募集事务，从今天起立即开展工作。晚上我就不能回来了，你们一定要照顾好外公外婆和自己。"

郝志和问："你们在什么地方开展活动，我和你妈妈过来看看你？"

郝爽说："流动性的，没有固定的地方，有可能在本市，也有可能在外地。"不等父亲答话，接着又说，"你们放心好了，我们是个团体行动，会互相照顾的。再说我也是个大人了，不会让你们担心。"说完，"啪"一声关了电话。

金荷哪能不担心呢？她又拿手机给郝爽打电话，半天没人接听。等一会儿，她又想再打时，等来了郝爽的一条短信："妈妈放心！女儿开始工作了。"

"这个女子啊！"金荷心疼地叹了一声，把手机拿给郝志和看。

郝志和看后，安慰金荷说："女儿大了，就让她去锻炼锻炼吧。"

金荷拿过手机，也给郝爽回了一条短信："好女儿，祝你平安！"

接下来，郝志和开车又来到公司。保安把门打开后，向金荷报告这两天的情况一切安好，没有出现异常情况。金荷便与郝志和在公司内大致看了一下，回头嘱咐保安注意安全，又才开车往回走。

公司大门边就是收发兼门卫室，前后一体共两间平房。前面值班，后面住人，由两位门卫日夜轮流交换驻守。金荷、郝志和两人去后，又紧闭了大门。

回家的路上，一直萦绕在金荷脑子里的就是荷花池批发市场。金荷想，这么一次大地震，一下就把荷花池的生意震没了，恐怕十天半月也难以完全恢复。但是世上的事就是这样，但凡有一次大的震动，或者是变革，就会出现一个新的转折，或者说是契机。这次大地震，将会给荷花池批发市场带来什么变化呢？一时半会儿她想不清楚。但以从商之人的意识来看，必须有一个如何应对的思想准备。

金荷想到这里，似乎有一种警示，正在向她发出，需要她用心地去思考。

回到新荷苑小区，已是傍晚六时。父母已做好了饭菜，正等他们回来。

一家人围在一起准备吃饭时，父母说："等一下金欣和郝爽。"

金荷说："不等了，人家当'志愿者'去了，顾不上吃饭了。"

郝志和听出来了，这是金荷心里充满担心和忧虑的气话，用手爱抚地轻轻拍了一下她的后背，让她把情绪稳定下来。

辛吉英也说道："金欣还不是一样，出去了不久，就打电话来说要去做什么义务活动，这几天可能都不能回家了。让人急得心惊胆战的。"

金池却说："年轻人有年轻人的想法，这么大的灾难，让他们去闯一下，对他们的人生，不失为一件好事。"

这一顿晚饭，话题都没有离开金欣和郝爽，没有离开现在的年轻人，尤其是今天，在地震大难中的年轻人。

地震第三天。

一早，郝志和与金荷来到公司。

放假两天后，职工们都陆陆续续地回来了。一见面都像分别了好久似的，相互问候平安，祝福保重。一场大地震，似乎把人与人之间的关系一下拉近了许多。患难方见真情，这话不假。

郝志和让欧启亮去通知大家，先开一个全公司大会。等人都差不多到齐之后，金荷朝着大家一遍遍巡视，生怕缺了一个似的。随后，她对着大家讲话。

金荷说："这场地震，来势凶猛，让我们经受了很大的震惊和恐惧。这两天,我看了灾区的救援报道,我也想了很多事情。远的暂且不说,就我们公司职工而言,遇到了什么困难,特别是家住农村的职工,你们的家在这次地震中,遭受了什么灾害,下来后可向公司说明,办公室负责收集一下,我们共同想办法解决。另外一点,现在还处在余震不断出现的情形之中,大家工作时一定要保持高度警惕,一有情况立即撤离。生命安全是最重要的,大家多保重。"

散会后,金荷见大家议论纷纷地朝各自岗位去了,她又把郝志和、欧启亮、黎水生、郑涛找到一起,商量了下一步生产、销售、办公室的工作。特别叫郑涛带上人员,到车间去走访每一位职工,特别是家在农村的职工,有什么情况和要求都记录下来。

郝志和与欧启亮没回办公室,先去了生产车间。车间里的生产秩序又到了地震前那天的模样,在王德川的安排下,各条流水线井然有序地恢复了生产。职工精神状态也十分良好,看来受地震的影响并不是很大。

金荷回到办公室后,拿起话筒,先给郝爽打了一个电话。郝爽接听电话时,金荷听到里面传来嘈杂的声音,还有汽车喇叭的鸣笛。

电话里,郝爽告诉母亲,她们正在一个救助站收集群众捐赠的各种救灾物资,协助红十字会募集捐款。前来捐物捐款的人很多,她们很忙。郝爽说完这些,叫一声母亲注意安全,还未等金荷说什么,就把电话挂了。

金荷心里埋怨了两句,再想打电话交代她几句,一想她们可能确实很忙,就把话筒搁下了。

倒是女儿的话提醒了金荷。她原来只想到公司内部职工家庭,可能在这次地震中房屋受到损坏,公司要出力给予救助。她也想到了在公司几个负责人中,发起一次向灾区、向受灾群众捐款的活动。女儿电话里讲到,群众自觉捐款捐物的事,启发了她。她决定找董事会成员协商,在公司全员职工中,搞一次自愿捐款活动,以表达公司全员职工对受震灾区的关注和爱心。

这时,郑涛走访职工完毕,把收集起来的情况,根据受震出现的损失轻重,理出了一份清单,送到金荷的办公桌上。金荷仔细地看了一遍,受损的只有六家人,也并不严重,除了两家主屋墙面有裂纹之外,其余的都屋梁掉瓦,或猪圈垮塌的。这可能是距地震中心较远,一些老屋失修,圈房简易所致。金荷把清单放在一边,问起郑涛爷爷奶奶的情况。

郑涛说:"我和郑惠当天下午就赶回竹篙乡下看了,因为前两年修了新房，这次爷爷奶奶虽然受到了惊吓，房屋倒是完好无损。我在老家陪了他们一天，昨天才回来。"

金荷责问郑涛："你把许菊和孩子放在家里，自己就走了？"

郑涛赶忙解释说："哪能呢？是郑惠老公开车，我和许菊小孩搭车一起去的。郑惠他们先回来，我们昨天赶长途车，下午才回来。"

金荷轻轻地"哦"了一声，说："这还差不多。"金荷知道郑惠已经结婚了，她的老公在一家房地产公司搞营销，还没小孩。金荷也知道，是郑涛和郑惠两兄妹，前两年共同出资，为两位老人修了两间砖瓦结构的新房，才躲过了这次地震的劫难。

下午，金荷主持召开了一个董事会，除了胡伟波之外，其余全部到会。

事先金荷曾给胡伟波打电话，他回话说已回老家内江去了，要等两三天才能回来。

金荷问他："是不是老家因地震，出现了异常情况？"

胡伟波说："不是，因有其他事情要耽误两天。"

金荷便决定不再等他，及时开会要紧。

之前，金荷要求郑惠做好会议记录，以便备查。

会上，金荷说："发生了这么大一次震灾，从中央到地方各级政府，都十分重视。公司也接到了区上和街道的相关通知，要求作为特大事情来处理和参与。今天会议主要议题就是，这次地震给职工家庭造成的损失，公司如何支助？公司如何参与全社会，对灾区受灾民众的捐助活动？公司员工采取怎样的方式，自愿捐款等事项进行商讨，做出合理的决定。大家各抒己见。"

金荷刚说完，大家就议论开了。虽然是各说各的想法，各提各的见解，但意见出人意料的一致。金荷归纳起大致是这么三点：一是公司出资，给家庭受损的职工予以修房补贴；二是公司应该参与社会的捐款捐物活动；三是召开公司全员大会，号召职工献爱心，现场自愿捐款，多少不论，集中后交往红十字会。

随后，大家讨论后作出决定：对家庭受损的职工，墙面裂纹掉瓦的两户，每户补贴四千元；猪圈倒塌的四户，每户补贴三千元，总计两万元。公司向红十字会捐款二十万元，向受灾民众捐赠服装一百套，男式女式各五十套。

公司以公告的形式，将以上内容公告于全公司职工。

第二天上午，在公司办公大楼一层展示厅内，郑涛率人员已经把会场布置好后，全员职工大会就在这里召开了。

金荷先把开会的目的和意义做了介绍，由公司办公室派人负责记录和捐赠箱的监督和保管，公司员工的自愿捐款活动，就开始了。先由办公室人员带头，然后是车间流水线职工、其他员工分序进行。

每一人向捐款箱投入现金，无论多少，都会赢得一片掌声和喝彩。持续了一个小时，大会才结束。热烈的场面，让不少职工眼里溢出了泪水。

这次公司全员参与抗震救灾捐款活动，共获捐款八万二千一百五十元。公司办公室以激励大家的爱心，用红榜方式张榜，公布于办公楼前广告栏内。

一周后，胡伟波才从老家回来，到金荷时装公司上班。其实，胡伟波是躲地震回的老家，并不是因家里有事。在老家躲了六七天，看来局面似乎平静了许多，才回到成都。

金荷将前几天公司董事会的决定，以及公司职工捐款活动的情况，对他做了介绍。胡德波当即表态，因事未参加公司董事会，但对会议决定表示认同。

羌乡支教 ◄

克服了地震灾害带来的一些困难，金荷时装公司的生产销售活动，逐渐恢复到原来的状态，一切都在朝着正常的秩序进行着。

除了公司自身平稳地运营之外，与广州依琦现代时装公司的合作，又有了新一步的进展。这几年中，金荷时装公司的外贸加工业务，已经不再仅局限于衬衫一种，还增加了男式西装的制作，并通过广州依琦现代时装公司出口到欧洲几个国家。

服装加工的技术和质量档次提高了，加工出来的成品受到市场的欢迎，金荷时装公司的名声越来越响，名气越来越大。无论是荷花池批发市场内的门市部，还是市内五大商厦的"金荷花时装"门铺，销售状况一直都保持着平稳的态势，且稳中有升。

加工产量稳步上涨的势头不减，保证了市场供应需求的上升，相应地也保障了公司销售利润的增长。再则，广州依琦现代时装公司的外贸委托加工业务，还在逐步地增加。金荷时装公司这些年，可说是"春风得意马蹄疾""芝麻开花节节高"。

两年后，郝爽大学毕业了。

郝爽大学毕业后，并没有像其他同学那样急于去找工作，她要去完成一年前的一个承诺。

那次"5.12"汶川大地震中，她在校团委和学生会组织的"抗震救灾青年志愿者工作团"队里，负责捐款捐物的募集工作。由于工作出色，得到了校党团组织的表彰。地震平静下来后，灾后重建工作便全面展开。

一年前，郝爽正读大三。那年，学校与阿坝教育局联系，组织了一次重返灾区的访问活动，郝爽接受邀请参加。她跟随访问参观团，进入了阿坝藏羌地区的里县。当地的县教育局派出工作人员，接待了他们。

里县是羌藏民众杂居，而又以羌族民众居多的一个县份。在县境内，除有几个寨子如梨坪羌寨、萝卜羌寨等，羌民较为集中之外，其余地区也散居着许多羌族民众，他们以村落或家族的形式，散布在里县境内的群山乡村之中。可以说，里县是一个羌族民众相对集中的羌民之乡。

郝爽随着访问团，参观了几个羌寨后，对羌族的历史文化、民风民俗已然有所了解。她对羌族民众的生活状况，产生了极大的兴趣。

羌族是一个古老的民族。据史料记载，羌族在远古时代有一个庞大的族群，以地域划分，共分为九支，如牦牛羌、白马羌、青衣羌、参狼羌和冉駹羌等。

远古时候，羌人曾生活在西北大草原，因战争和自然灾害被迫西迁和南迁。南迁的一支羌人，遇到了身强力壮的"戈基人"，双方数次打仗，羌人屡战屡败。这支羌人的首领，正准备带着民众弃地远迁，却在梦中得到神的启示。于是，他们在脖子上系羊毛线作为标志，用坚硬的白云石和木棍作武器，一举打败了"戈基人"，终于得以安居乐业，在此地定居下来。这段传说，反映了羌人迁徙的一段历史，与史书文献及考古资料结合，印证了羌族的来源。

"羌笛何须怨杨柳，春风不度玉门关。"说的就是古羌民，在大西北以游牧生活为主的景象。而进入四川的一支冉駹羌在定居下来之后，大部分都居住在山上或半山中，从游牧放羊进入了农耕时代。现代的里县乡民，均为冉駹羌的后裔，散居在里县境内的群山之间。

里县属阿坝高原地区，尤其是一些羌寨村落，就散落在这片高原之上，常有云雾缭绕。所以，有"云上羌寨"，羌族就是"云朵上的民族"等说法。

那天，郝爽他们参观访问团，进入一个高山峡谷中的村寨。

在一片山坡的阳面上，有二十几间用石块垒起来的石屋，住着十四五户人家。一座已显得古老而破旧的碉楼，矗立在石屋后面的半山上，顶部已经破裂、垮塌了。碉楼是羌家村寨的标志，而这座碉楼，立在那里像一个饱经风霜的枯寂老人，彰显着这个羌寨沧桑的历史。

这里的羌民仿佛还生活在旧时的农耕时代，他们周围的自然风光，美丽如画，而民众的生活却十分艰苦。他们靠着在狭小的乱石中，开垦出来的小片土地上长出的苞谷和土豆为主食，搭配种以稀少的蔬菜。也有放养的山羊和圈养的生猪，却不多。就是在这样生存环境恶劣的情况下，这里的羌民们，仍保持着祖先一辈辈遗传下来的，淳朴善良的民风和民俗。

陪着他们参观访问的小陈，是县教育局干事。他们在村寨中一路走来，到了一个小学校模样的地方。这是一片用石块围砌成的半高围墙，学校里的教室，教师办公室兼住屋，也是用石块砌起来的。只是房架用了木料，顶上盖着青瓦。教室前和教师办公住屋之间，有一块空地，大概不足三百个平方米，就算是课间活动的场地。教室的屋顶上，树立着一面五星红旗。

今天正好是羌民风俗中的一个节气，学校放假，空无一人，校门却敞着。他们一行在学校内看了一会儿，大致对学校的环境，简陋的设置有了些许了解。看着三间教室内的光线都极差，简易的桌凳，高矮参差不齐的情况，郝爽心里很吃惊。她问小陈："其他村寨的小学也是这样的吗？"

小陈点头说："是的，基本上都差不多。"

郝爽在心里轻轻地叹息了一声。

小陈说："其实，山区的生活和环境条件差一些，老百姓倒不害怕，祖祖辈辈都是这么过来的。关键就是教育这方面，同样是十分落后，不论从发展还是时代的进步来看，都是跟不上时代步伐的。"

小陈边走边做介绍："在这片山区地带中，像这样的村落还有不少。县教育局只能在几个村落中，建起一所小学校，把几个村落的儿童，都集中在一个学校读书上课。而且因校舍和教师的严重不足，一些学生的上课时间只有半天，完全达不到教学纲要的要求和全日制教育的目标。我们虽然做了一些努力，但仍然存在一定的差距。我们将不断地进步，再奋斗五年，希望能改变眼下的状况。"

这点，在郝爽心中留下了极其深刻的印象和震动。

回到县教育局，郝爽找小陈要了局办公室和他的电话，说以后便于联系，看她能否在某个方面，为羌乡的教育工作做点什么事情。

结束了这次访问和参观之后，回到学校的郝爽，虽然又投入学校的学习生活中去，但羌乡一行的情形，常常像过电影似的在她的眼中闪现。她在里县的两天走访中，呈现在她面前的人物、场景，在她的脑海里，一幕幕地不断重复，小陈的话语不时在她耳朵中回响。由此，她在心里默默地做出一个决定。

一次，郝爽给小陈打电话，问道："羌乡村寨小学的教师是怎么配备的，有外地来支教的老师吗？"

小陈回答她说："阿坝州有师范学校，每年都会安排毕业生到一些学校当教师。但全州学校较多，始终会有一些学校分不到教师。因此，教育局也会从社会上，招聘一部分符合做教师的人才，充实到教师队伍中来。外地来支教的老师也有，但不多。"

郝爽又问："比如说，我愿意到你们那里去支教，要具备什么条件，要求是什么？"

小陈当即很高兴地说道："你若愿意来，我们非常欢迎！你的条件非常优秀，我们还能要求你什么呢？只是有一条，最好能支教两年。当然这要征得你本人的同意，即使一年，我们也欢迎。"

郝爽说："那好。我先报个名，明年大学毕业后，就到你们那里去支教。"

这天，郝志和开车陪同女儿郝爽，到了里县教育局。

小陈事先得到过郝爽的电话，见他们来了，把他们迎住。双方寒暄几句，小陈把他们带到自己的办公室。

坐下后。小陈对郝爽说："局里知道你要来，想让你先休息两天，在县城内看看。然后，安排你在县城中学工作。"

郝爽说："我不是来工作的，而是来支教的。还是安排到师资较缺的学校去吧。"

小陈说："这是局办公室的安排。"

郝爽坚持说："我是来支教的，就是想到更需要的地方去。如果在县城中学，就没有多大的意义了。"

郝志和也对小陈说："郝爽这次来，主要是锻炼自己，条件差一些都没关系，在县城中学里，恐怕就起不到这个作用。"

小陈听他们父女这么说，一时就拿不定主意了。他对郝志和说："那么我再去办公室，报告你们的想法再定吧。"

后来，教育局尊重了郝志和父女的意见，联系了距县城不远的一所小学，安排郝爽去那里支教。

在局里吃了午饭，下午小陈陪同郝志和父女开车去学校。在路上，郝志和感觉不对头，怎么是往他们从成都过来的方向，往回开呢？

小陈解释说："局里联系的是梨坪小学，就是这个方向。"

郝爽一听，心里便明白了。

去年，郝爽随参观访问团到了里县，正是看到了那所简陋的山村小学校，才萌生了支教的想法。如今，却把她安排在条件优越得多的梨坪，她心里觉得没有安排到她想去的地方，有一点失望。转念又想，可能别人也有别人的想法。况且这里还是在她的争取下，教育局重新安排下来的。她想，是不是县教育局考虑到她是一个刚出大学校门的女生，不宜让她到最艰苦的地方去。

想着，郝爽觉得已不好再去争取了。听小陈说到梨坪小学，只好同意先在这里住下来了再说。

郝爽去年随团曾经来过这里，那时，她是以访问参观者的眼光来看这里的，带有旅游的性质和色彩。

因此，郝爽当时的感受是，坐落在大山河谷之间的梨坪古羌寨，碉楼林立，暗道互通，水渠成网，户户可连，整个古寨犹如一座古式的城堡。这是智慧的羌族先民，为适应当年大环境和本寨小村落的实际形势，结合自身防卫的具体情况而构筑起的民居建筑。羌民族的村寨民居建筑和环境，多是就地取材，垒石成屋，依山而建，傍水而居，而最有其民族特色的建筑就是"碉楼"。

羌寨多建在海拔较高的山坡之上，梨坪羌寨也不例外。那天他们无论是在低矮的暗道里探寻，还是在陡立的木梯上攀登；无论是在碉楼里与羌家主人闲谈，还是在羌民家族的庙宇里，向大禹的神像膜拜，都会切实地感觉到羌民族这一古老民族，文化传统的悠远和深厚。

梨坪羌寨是一个住有上百户人家的大村落，寨内羌族民居，沿山坡而立错落有致，而且还建成为了一个旅游设施较为齐全的景点。被誉为"中国景观村落""中国十大古村寨"之一，在那里到处都能感受到羌族民众的民风民俗……

为此，郝爽心里对羌乡村寨有了一种特殊的感情和向往。

这一次，郝爽不是来访问参观，不是来旅游了，而是要住下来与当地的羌乡民众交流，在这里的小学里支教，与羌乡的小弟妹们共同生活。

梨坪小学，建在半山腰的一块平地之上，是一幢带有羌族民风的教学大楼，共有三层。每层有四间教室，宽敞明亮。大楼的正前方，是一个操场。操场足有小半个足球场大小，供学生们开展体育活动。操场的一端，有一个四十平方米的长方形平台，正中竖立着一根不锈钢的旗杆。旗杆顶端上，飘扬着一面国旗。一栋二层楼房，底层是教师办公室，二层为教师宿舍。校内，还有一个供师生吃饭的食堂。

整个学校的设施，无论怎么看，都体现了现代小学校的规模和景象，与城市里的一般小学校比较，差异不是很大。

小陈带着郝志和父女，来到了校长办公室。校长是一位戴着眼镜的中年妇女，年纪大约四十一二岁，一身得体的女装，让她显现出一个女知识分子的气质。

小陈叫了一声"杨校长"，就把郝志和父女领了进去。

杨校长事先已知他们要来，已准备好茶水。很客气地让来人坐下后，她便亲自把茶水递到了客人手上。

接下来，杨校长向郝爽介绍起学校的大致情况，师生结构，并对郝爽大学毕业就来到梨坪小学支教，表示热烈欢迎。最后，她向郝志和说："请你放心，我们一定会以羌乡民众的诚朴和礼仪，照顾好郝老师的。"

杨校长是羌族人，叫杨春花。她从阿坝自治州师范学校毕业，一直从事小学生的教育工作。后来到成都的师范大学进修，回去后便被派任小学校长至今。她是羌族自己独立培养的第一代师资女干部。

郝志和在梨坪的一家客栈住了一夜，第二天上午又陪着女儿，在羌寨内和附近的地方看看，让女儿熟悉一下周边的环境。

梨坪羌寨，如今已发展成为里县的一个闻名的景区。每天都有来到这里的游客。尤其地震之后，进行灾后重建，原有的危房拆除后，重新建起了一些羌家、藏家特色浓郁的公共设施、民居房屋和碉楼。整个村寨在原有石砌羌民院落的风格上，又新添了具有现代化色彩的建筑，凸显出梨坪羌寨的古老和进步。

下午分别时，郝爽把父亲送出羌寨。

临上车，郝志和又对女儿交代了几句，内容无非是"自己要照顾好自己""如果有什么困难，马上打电话告诉父母"等，这两天来，他也不知重复了多少遍这样的话。

郝爽对父亲说："我都大学毕业，是成年人了，你放心好了。"

望着父亲五十余岁便略微佝偻的身躯，她眼里噙着泪花，向父亲挥手告别。这时，耳边似乎隐隐约约地传来一阵轻吟的歌声。歌是唱给慈母的，也是唱给慈父的。

你静静地离去，

一步一步孤独的背影。

多想伴着你，

告诉你我心里多么地爱你。

花静静地绽放，

在我忽然想你的夜里。

多想告诉你，

其实你一直都是我的奇迹。

把爱全给了我把世界给了我，

从此不知你心中苦与乐。

多想靠近你，

告诉你我心里一直都懂你……

郝爽在梨坪小学住了下来，她感觉眼前的一切既熟悉又陌生。熟悉的是，这是她第二次来到这里，对这里的环境有粗略的了解。陌生的是，第一天踏出校门，就走上了支教的道路，她将如何去面对从学生进入社会的第一堂课。

梨坪小学是一所全日制的小学，学生从一年级到六年级都有，每个年级有两个班，共有十二个班。这是一所建制齐全的完全小学。学生绝大多数都是羌族人家的孩子，除了来自本寨的，还有相当一部分是来自别的村寨，散居在附近的羌族、藏族和汉族家庭的孩子。

学校的老师基本上也是羌族藏族居多。在郝爽来支教之前，学校也接收过支教的老师。至今，仍有三位来自成都的支教老师在学校任教。

郝爽来到梨坪小学时，原来支教的两位女教师，支教期到后就离开了学校。现在，只留下一位去年来支教的男教师，他叫程博。郝爽到来后，接替了已离开的教师的工作，观摩两天，走上了讲台，她教的是四年级的数学。

学校每天都要举行升旗仪式。八点钟时，全校师生集合在操场上，郝爽一看，学生大约有四百五十人。每个班的班主任老师，带着学生站在操场上，其余的老师有十二三位，站在升旗的平台上。全校师生在国歌音乐伴奏中，面对着徐徐升起的五星红旗，敬少年先锋队队礼和注目礼，庄重肃穆。

从支教的第一天开始，郝爽每天都与学校的学生和老师，上课在一起，吃住在一起，渐渐地与他们熟悉起来。

不知不觉就过去了一个月。

这些日子以后，她发现学校的学生，羌、藏、汉都有，每天他们来到学校，穿着各自的服装，有穿羌族的，有穿藏族的，多半是穿汉人的平常衣服，相杂其间，虽然好看，却不整齐。如果是在节日里，都以民族服饰展示，增添节日的欢乐气氛不失为一个美好的景象，一道美丽的风景线。但在平常的学习和工作环境里，能把着装统一，会更显现一个学校的风纪，整齐严明。现在城市的小学、中学都流行穿校服，梨坪小学为何不可一试呢？

一天，郝爽跟校长杨春花说起这件事，杨校长说："统一校服，在县城里的中学和小学，有的已经这样做了，效果很好。可是我们学校条件有限，一套校服起码也得几十元近百元吧，有些为难学生家长，所以还没这么做。"

郝爽觉得杨校长说的也有道理。于是，她对杨校长说："这事我来办吧，争取能让每个学生一套，不收学生一分钱。"

杨校长诧异地说道："你才从大学毕业，哪里有资金来做这件事。"

郝爽也不卖关子，说："我父母就是搞服装制作的，开了一家公司。我去动员动员，想来问题不大。"

杨校长说："不行不行！我们不能让你父母公司为难。这么多校服，少说也得花个几万元吧。"

郝爽说："杨校长，你就不要顾虑这些了。你让我去试一试都不行吗？"

杨校长被郝爽说笑了，说："那好吧，你去试一试。但有一条，我们不能白要，成本价总是应该付的。"

郝爽本来想说："我以支教的名义，捐赠总行吧。"话到嘴边，却欲言又止地改口道："好吧好吧，我听校长的。"她想，等到校服制成送来后，再说捐赠也不迟。

下来后，郝爽给母亲金荷打电话，说明了梨坪小学的情况，以及自己的想法，最后她动员母亲说："这也是支持受灾地区灾后重建的一个好机会，一个好方法。请妈妈帮助！"

金荷本来就对这次地震、对灾区民众一直报以支援和同情的心态。金荷时装公司也曾为灾区捐过款，捐过服装，她还带头发起了员工捐款活动，也支持女儿到灾区羌乡支教。因此，对女儿郝爽的想法也表示赞成。她想，这也是对外宣传金荷时装公司的一个好机会。她与公司几位董事会成员商量，大家都表示赞同后，就立即开始了梨坪小学校服的生产制作。

一个半月后，金荷时装公司作为支援灾后重建的物资，派人把这批校服送往里县梨坪羌寨小学。

这天，郑涛和易小宽开上小货车，一早出发，开了三个小时，到达了梨坪小学。他们把汽车停在学校下方的停车场上，郑涛到学校去找郝爽。不巧郝爽正在上课，同一间教师办公室的程博，问明情况后立即报告了杨校长。

杨校长一听，心想这郝老师还真说干就干上了，而且这么快。她心里十分激动，便叫上几位没上课的教师，下去搬衣物。

当易小宽打开车厢，一个个包装校服的纸箱，整齐地呈现在老师面前。纸箱上还贴有"支援灾区重建，捐赠梨坪小学""情系灾区儿童，传递员工爱心"的标语。杨校长一看，眼里的泪花就止不住地流了出来。

郑涛、易小宽协助老师们卸下纸箱，一起搬进学校的校长办公室。这次共有整整十箱，每箱五十套，共五百套校服。

郝爽下课到了办公室，见到郑涛和易小宽正在和程博说话，就知道校服送来了。心里一阵高兴地叫着："郑叔叔、易叔叔！"却一时不知说什么好。

还是一旁的程博叫住郝爽说："快去杨校长办公室看看吧，有十大箱哩。"

郝爽急忙跑到校长办公室，一看还真是的。纸箱上面还有捐赠的标语，心里想到，母亲比自己想得还周到啊。

杨校长把郝爽叫过去，坐下后说："你看吧，怎么处理？"

郝爽说："这好办呀，上面不是写着'支援灾区重建，捐赠梨坪小学'吗？我们收下就行了吧。"

杨校长说："你在给我出难题呀。不行，我得向教育局请示。"

郝爽说："好的，我和你一起去请示。要是有什么批评，由我去领受。"

杨校长说："好你一个郝爽哪！"说着在郝爽的头上拍了两下，两人都笑了起来。

杨校长把电话打到县教育局，向局长汇报。那边思考了一会儿，回话说：

"那就收下吧。不要负了企业的诚意，也不要冷了支教老师的心啊。"

随后，杨春花校长指示学校，慎重地打下一张收据，盖上学校公章。为了表明自己的职责，杨校长在收据上庄重地签下自己的姓名，摁上一个手印。另外，又安排学校，写了一封情真意挚的感谢信，交由郑涛带回金荷时装公司，表达学校向全公司员工，致以少年先锋队崇高的敬意。

这套红黄白相间的校服，由金荷时装公司自己设计、制作。展开来看，正面左胸上绣有"中国少年先锋队"队徽，队徽正下方是"里县梨平小学校"七个正楷字。背面上方绣的是"好好学习天天向上"八个带弧形的毛体大字。靠服装下部，绣有"成都金荷时装股份有限公司捐赠"小字样。商标当然是"金荷花"牌新商标。

学校对这一份馈赠相当重视，把这五百套校服当作宝贝似的。等到元旦的前一天，也是羌家人准备过的新年，学校召开了一个全校大会，要求各班级的每位学生，穿上分发的校服，统一着装。

看着台下这一片活泼可爱、灿若花朵的少年，统一穿上了崭新的校服，台上的杨春花校长和各位老师脸上都露出了欢欣的笑容。

郝爽的眼里也带着喜悦的泪水，笑了。

商情动荡 ◀

郝爽在梨平小学支教时，心里一直都没忘记她第一次来里县，在山区羌村看到的那所小学，心里一直都牵挂着那所小学。到梨坪小学支教有一年了，她已打听到，那个小羌村叫桃屯。于是，她决定要再去那里看看。

程博知道她有这个想法之后，很支持她，并决定陪她一道同去。

自从郝爽来到梨坪，梨坪小学就只有他们两个是支教老师。先到一步的程博，自然就要对新来的支教老师做出表率。郝爽来后，程博处处都很关心她，帮助她，照顾她，让她很感动。

每到周末和星期天，学校放假两天。这两个年轻人就约着到附近的汶川、里县、茂县及一些羌寨旅行，了解各地羌、藏的风土人情。程博还有写日记的习惯，喜欢摄影，一些地方走了下来，做了大量的笔记，也拍了许多村寨风光、羌寨生活场景、羌民人物肖像特写的照片。

当然，程博也为郝爽拍摄了许多在羌寨风光、自然风光下的个人照。有全景，有特写，也有她与羌民谈笑、与羌族少年的合影。照片中的郝爽青春靓丽，漂亮阳光，让郝爽自己都看得心花怒放，爱不释手。

多走了一些地方，两人之间也互相有了更多的了解，逐渐熟悉起来。两人兴趣相似，谈话也很投机。

程博毕业于科技大学，是一个高材生。在郝爽眼里，他有一米七五的个头，人长得英俊、潇洒、帅气，文质彬彬，而且爱好广泛。他毕业那年，原准备进一个科研所。还是这个科研所到学校招人，点名要他的。后来，他也跟郝爽的想法相似，先出来支教，锻炼自己。便与科研所签了一个缓期两年报到的协议。

本来，程博今年就该结束支教了。他看见郝爽晚一年来，还有一年的时间，如果自己先走了，就只留下郝爽孤孤零零一个人了。于是，他决定留下来，再陪着郝爽干一年，与科研所谈好，征得同意再续缓一年。这让郝爽十分感动。

程博还爱好文学，读书时就在国内名刊上发表过几篇散文和一些诗歌。因此，他来梨坪小学支教，教的就是六年级的语文。他还培养了几个小学生作者，组织他们作文，推荐在县里或州里的报刊上发表。学校的老师和同学都很喜欢他，尊敬他。郝爽和他在一起，很有充实感、安全感和幸福感。

郝爽与程博一年相处下来，心中已隐隐有了爱慕之情。其实这些，程博同样已经感觉到了。他对郝爽这位小他一岁多、聪慧娇巧、漂亮善良的姑娘，也早已有了"触电"的感觉。这可能就是近年来，年轻人心心念念的"眼缘"和"情缘"吧。

所以，这次郝爽一说到要去那所小学看看，程博就决定陪她同去。自然，郝爽也欣然接受。

那天，他们在向杨春花校长说出了自己的想法之后，杨校长也很支持他们，并同意他们到那所学校去支教三个月。

杨校长说："那里的老师我很熟悉，梨坪小学有时也要派老师去讲课。这次，你们就可以作为梨坪小学支援那所学校讲课派去的老师。"

程博和郝爽非常感谢杨校长的安排。这样，既作为完成梨坪小学的支援任务，又满足了两位年轻人到艰苦环境中去锻炼的心愿。

作为过来人，杨校长心里隐隐约约有成全这对青年人的心意。杨春花校长是一位细心的人，其实也是平常程博和郝爽的一些举止，在杨校长眼里留下了印象。她潜意识里已经感觉到，眼前这两位年轻人，真是天造一对，地配一双，再合适不过的恋人了。心中既然有了这种理念，何不促使他们成功呢？杨校长是想以羌家人的民俗善举，做这两位意中人的"月老"和"牵线人"。

暑期放假一结束，程博和郝爽从成都回到梨坪小学，杨春花校长就为他们去桃屯羌村小学支教，做好了安排。

那边，之前也为他们的食宿做好了布置。因为时间只有三个月，从九月进入十月，到十一月时，村寨地处高原地带的山腰上，就已经非常寒冷了。因此，学校安排他们分别住在两户羌民家里。羌家每户都有火塘，便于取暖，食宿，生活都会得到羌家热情周到的照料。以前，有来这里支教或支援授课的老师，他们基本上都是这样安排的。

程博和郝爽两人，到了桃屯羌村小学，接待他们的是学校老师，兼校长的羊红芳老师。

校长羊红芳一见到程博和郝爽，非常高兴，握住他们的手，嘴里不停地说着："达勒跟你，达勒跟你！"

程博和郝爽在羌乡支教已有一两年了，学得了一些简单常用的羌语。他们知道"达勒跟你"就是问好和祝福的意思，就跟藏语"扎西德勒"相似。于是，他们也笑着对羊校长说："羊校长，达勒跟你，达勒跟你！"

羊校长也是一位羌族人，三十五岁左右。学校共有三位老师，但并不固定。有的坚持不下来，干上一两年就走了的。羊老师原来也是从其他学校，派过来临时支援讲课的老师。她来到这里后，看到这种情况很揪心。后来，就主动要求留下来，到这里已经五年了。之后，她还把自己的爱人也动员了过来。从此，夫妇二人就常住在了这里。

学校还另有一位老师，三人就把学校支撑了下来。

学校目前共有三个班，一年级两个班，二年级一个班，共有近百名学生。学生都是本村和附近散居在山地住户的适龄儿童。他们在这里读到三年级时，就送到其他学校继续读书。

羊校长说："你们来了，一定会给我们很大的支持和帮助。但是，我们这里条件很差，可能你们不会很适应，所以定下三个月的时间。即便是这样，我们也很感谢你们，感谢杨校长了。"她还说，"杨校长是我的学姐，我们从同一所师范学校毕业。她比我高许多届，但我们关系一直很好。你们住下后，感觉有什么不便不周的，就明白告诉我。我一定想办法给予解决，让你们顺利地度过这三个月的支教工作时间，共同来培养好我们羌家的孩子。"

羊校长的话语重心长，很朴实，让程博和郝爽两位都很激动。他们表示一定会协助羊校长，做好学校的教学工作，完成自己的支教任务。

住下来后，郝爽才真正感觉到这里的艰苦程度，并不像她起初想象的那么天真烂漫。偏僻山村的生存环境，高原气候的恶劣多变，匮乏的生活物质条件，严厉地考验着人们吃苦耐劳的顽强意志。

郝爽她这时才理解到了，当时里县教育局不愿安排她到这里来，而是去了条件相对优越的梨坪小学的用心。此刻，她在心底里由衷地佩服，包括羊校长夫妇在内的羌民们坚毅的精神。同时，更坚定了自己选择，也更坚定了来这里支教锻炼的决心。她想，哪怕只是三个月，自己也一定会从中得到人生中不可估量的收获。

可以说，正是郝爽的这种从母亲金荷那里遗传而来的，女性在柔媚中显现出来的倔犟性格，征服了程博，让他深深地爱上了她。

程博那天在羌家的火塘边，向郝爽表白心中的爱慕时，郝爽羞涩地将头，轻轻地靠在了他坚实的肩头上。程博用激烈颤抖的双手，捧起郝爽热烘烘的脸颊，深情地在她那不知是因塘火映红的，还是热血熨红的，柔嫩的嘴唇上，久久地烙下一个热吻……

短短三个月，在桃屯羌村小学支教结束时，郝爽又请母亲金荷帮助支援了一百套校服，捐赠给桃屯羌村小学校。

校服是父亲郝志和与郑涛一起开车送来的。汽车开不进羌村，就停在大路边，郝志和给郝爽打电话。一会儿郝爽、程博和羊校长的爱人下来了，几人一起把校服搬进了学校。

父亲是要来看看郝爽支教的桃屯羌村小学，关心女儿的支教生活。同时，也让他看到了程博。

世事难料。本来生产、销售运行十分平稳的金荷时装公司，逐渐陷入了滞缓的衰退困境。

其实，在去年下半年度，公司的销售情况已经有了迟滞的迹象。原来走势很好的服装款式，渐渐地出现滞销、积压。当时，黎水生已经发现了这个苗头，向金荷作了汇报。而且，财务统计的营销收入也在减退。

郑惠也曾向金荷提醒说过，投入产出应有适当的把控。而这时的公司生产运作，却仍然在按照平常的状态进行。

当时，金荷并不是没有感觉。这一步步逼近的窘境，首先出现在广州依琦现代时装公司，他们委托金荷时装公司的外贸出口产品加工业务，突然巨幅下降。这已然使金荷有所察觉，可能出现困境。外加工的业务减少，甚至停止，就意味着这笔收入减少，甚至变得分文无收了。这个压力，全部就要转移到公司自身服装的生产上来了。

那天，金荷与广州依琦现代时装公司的钱瑞梅通电话，双方都说到了当前企业遇到的不正常变化，只是没料到会来得这么迅猛。

但是，公司的生产不能停顿，如果公司内部的生产停顿了，也就是说公司员工的饭碗就会受到影响。因此，金荷在眼前的形势下，不但没有停止或减少公司内部的服装生产量，并且也想通过公司内部的生产和销售上的努力来弥补外加工业务的损失。

而且，在去年年终的财务总决算之中，金荷宁愿公司利润受点损失，也要按照往年的办法，正常分红派股，让持有股份的员工和投资公司的利益，不要因此牵连而受到损害。

金荷希望，这只是一个暂时的现象和困难，只要公司挺一挺就会过去，迎来好转。所以，公司出现的积压，在没有超出承受范围的时候，金荷并没有减产和停产部分服装的考虑。只是对产品的种类作了调整，停下滞销产品，开发新品种，或增加畅销产品的投入产出，借以平衡整个公司的生产。

可是，从今年初以来，市场形势并没有像金荷期待的那样有所缓和。随着服装销售的继续疲软，公司库存积压的增加，金荷感受到的压力也越来越大了。甚至在一段时间里，金荷不得不审视自己的判断和运作，是否失误。

应该说，这就是市场受到了大环境的影响，折射出来的反应。去年中期以来，整个世界受到金融危机风暴的席卷，经济形势受到通货膨胀的打击，势必在世界市场上赤裸裸地暴露出来。受到打击和伤害的，首当其冲就是在市场经济的商海中，"弄潮"的这批庞大的企业群体和个人。金荷时装公司也难以避免。

好在国家高层次的决策者们，以他们超越常人的睿智，坚韧宏大的气魄，似有神助的操控能力，在风雨飘摇的世界经济汪洋中，在汹涌澎湃的经济浪潮的冲击下，为国内经济体系找到了足以自我保护的避风港。国内经济在世界上一片风声鹤唳之下，免遭崩溃的噩运，反而在受到伤害的厄境中，有了绝处逢生的希望和迹象。尽管这希望和迹象，来得缓慢一些。

金荷自从下海经商，迄今已经有三十年了。这三十年中，她由一个初涉商贸的小商贩，靠一个女人自己的韧劲，不懈地努力打拼，逐渐发展到今天，成为拥有一个价值数千万元的服装企业老板，成为一个从服装制作到销售一条龙的驾驭者。一般人不知道，她经历了多少风云变幻，尝尽了多少酸甜苦辣，经受住了多少艰难困苦。但是，那些都在她的人生足迹和甜美的记忆中，成为了过去。

而这次，她从心底里似乎感觉到了异样。这难道会成为她人生中，一道难以逾越的高坎？她还没有预料到事态的险恶，还没有做好一个如何应对的心理准备，这道高坎突然就不期而至了，逼迫着她不得不静下心来，作一番周密的思虑了。

这天，金荷主持召开了一个董事会。

在每遇大事来临的时候，金荷都会召开董事会。一是将事态的严峻告诉大家，二是集思广益，群策群力。她要利用大家的智慧，找出一个合理的应对方案，以图解决问题，渡过难关。今天也不例外。

今天的董事会，全部董事均到会参加了会议。金荷先让黎水生向大家汇报，近半年来的公司销售情况。

黎水生在汇报中，谈到服装的销售时说："从总体的情况看，无论是荷花池批发市场门市部，还是市内五大商厦门店的销售额度，都有下滑的趋势，而且越来越明显，越来越严重。"

他说，其中只有荷花池批发市场内的门市部表现稍微稳定，服装的批发量与以往最差情况时几乎持平。表现最差的，就是市内的五大商厦门市店铺。因竞争较激烈，五大商厦门市店销售量参差不齐。与以前相比，均有减少，只是减少的量有多有少而已。若从服装款式滞销来看，无论是批发和零售，表现在男女西装和部分时装上面。而随时令不同，适时上市的新时装和女裙装，仍受欢迎。出现的积压，主要集中在老旧式男女西装和部分款式时装上。因此，黎水生建议，公司生产投入的服装款式，应该做一些合理的调整。

接着，郑惠汇报了公司财务的支出、资金回笼的情况。她说："主要表现在投入生产的资金，支出较快，回收缓慢。资金周转期过度的拉长，有的月份还出现了入不敷出的现象。"

她分析说，造成财务亏损的原因，一边是产品积压，一边是投入产出不平衡。这样，势必引起恶性循环，资金耗在积压的产品上，造成公司资金捉襟见肘的局面。她建议，暂停一些滞销服装的产品生产，公司可动员员工出力，在不影响正常工作的情况下，协助代售一些产品，减少积压，促进资金回笼。

金荷说："从黎水生和郑惠汇报中谈到的情况说明，目前市场经济形势不容乐观，甚至还非常严峻。"她请大家发表意见和建议，展开讨论。

郝志和认真听了黎水生和郑惠的情况汇报，说："会议下来后，我会和欧副厂长找到车间主任王德川一起商量，合理调整生产线上的加工品种和数量，迎合市场的需求，力争把损失做到最小化。"

欧启亮发言说："同意郝厂长的意见。"然后，说出了一个自己的观点，"公司经营状况，经过自身的努力，如果仍然不能战胜和克服外部因素的影响，那就是遇到了不可抗拒的力量。为保证公司财产不受伤害，我建议取消一年的股金分红，大家团结起来共渡难关。

黎水生说："最近几个星期，我就去荷花池批发市场门市部、市内五大商厦门店，轮流蹲点。收集第一手资料，尽量摸准各类款式服装的销售量，为公司生产提供可靠的信息。

曾广茹同意郑惠的建议，她说："生产自救、销售自救也是一个办法。我可以去动员公司已退休和还未退休的姊妹，把代销搞起来。"同时她也表示，同意欧副厂长的建议，"不要企业都临近亏损了，有人还在想着自己多拿钱。"

胡伟波没有发言。金荷征求他的意见时，他摆摆手，抽着自己的烟，似乎心有旁骛。

最后，金荷作了简要的总结，感谢两位汇报人和众位发言者。她说："感谢你们发表的意见和建议，希望大家以公司利益为重，各自做好自己负责的工作，团结起来，共克时艰。散会。"

金荷是一个胸襟开阔明亮的女人，三十来年的经商历程，让她阅人无数。对于一些无关痛痒、无足轻重的人或事，她宁愿睁一只眼闭一只眼，也就过去了。而对一些她感到不妙的情形，她便会细心地琢磨，究其根源。今天的董事会上，胡伟波的举止，已让金荷察觉到一星半点的不和谐。

于是，金荷想下来后，找一个合适的机会，与胡伟波作一次沟通。

市场形势的规律，并不会以某个人的意愿而去改变或变化，它是受众多纷纭复杂的因素制约的。如果有人想试图以一举之力去改变它，操控它，可以说成功的几率微乎其微。最好的办法，就是去适应它，利用它，调整自己的运作方法，并作出合理的取舍。以最小的损失，去维护或获取最大的利益。

黎水生说到做到，他向金荷说明了自己的想法之后，征询金荷的意思说："金姐，我这一段时间就去几个门市走一走，看看你还有什么事要交代我的。"

金荷想一想说："你可以在每个商厦的门店里，多观察几天。同时，不妨也走访一下商厦内的其他商家，甚至是到其他商厦也去看一看，多收集一些信息，就多一份参考。"

黎水生一拍脑袋："对呀！还是金姐想得周到，我这就去。"

郝志和这天把欧启亮、王德川叫上，去公司库房把积压下来的服装分类清点。他主要是想弄清楚，各类款式积压了多少，让大家都知道，做到心中有数。并且用以分析市场需求的走势，好确定下一步投入生产的种类，以什么款式为主，什么款式为辅。

这项工作，他们共做了两天，三人心里便大概有了一个眉目。

公司库存积压，多为各门市清退回来的服装，大多集中在偏旧的款式上。而公司新设计出产的服装，无论是男女西式时装，还是男女休闲时装，几乎没有积压。这与黎水生在董事会上汇报的情况相符。

从档次上看，档次高的没有积压，库存中较多的都集中在中档偏低的种类上。也就是说，在随时代的进步中，新颖高档次的服装，还是很受欢迎的。生产中应以这类服装为主，考虑到顾客群体的结构，可适当地减少中低档的投入。

在大约摸清楚了库存积压的原因后，郝志和与金荷讨论了下一阶段，公司生产活动的展开方向。

这天，郝志和主持，召集欧启亮、王德川，以及车间各生产流水线主管，各小组长，开了一个"生产专题会"。会上，郝志和把上半年生产情况，做了一个梳理。提出了今后投入生产的服装，在款式和档次上的要求，让各生产线做好人员、技术力量的调整和准备工作。

会上，王德川提到："公司生产了两批校服，虽然量不大，但也考验了公司在这方面的生产能力。"他说，"作为一个储备产品，公司可否也在这上面下下功夫，与学校联系，增加校服种类的生产。"

郝志和表示赞同，说道："作为公司在特殊时期的特殊策略，可以弥补其他服装滞销带来的损失。"他觉得王德川的这个建议很好，可以"生产专题会"的决议形式，提请公司董事会讨论。他说，"只要合符各方面政策的许可，公司作为临时的权宜之计，不妨一试。"

黎水生用了一个月的时间，对金荷时装公司设在荷花池批发市场，市内五大商厦的门店的销售情况，做了一个较为全面的调查。同时，他也对其他的服装商贸大厦，服装市场的经营状况，进行了一些了解。

回到公司后，黎水生整理了一份材料，报给金荷。

黎水生尽管对有的商店只是走马观花地看了一遍，但凭他从十七八岁起积累的经验和练就的眼光来观察、判断，他已对目前各类服装销售的走势，了然于胸。在这份材料里，他记录了许多数据，甚至包括进入商厦的人群性别、数量、年龄结构，都有所记载。并且与前期情况，作出了对比。

所以，金荷在拿到黎水生提供的这份材料时，相当重视。她觉得，这其实就是当前形势下服装市场走势的一份调查报告，尤其对本地市场的服装销售，有着一定的指导意义。

金荷看完这份材料之后，把它放在自己的抽屉里。她想把它作为参考资料，在公司处理服装生产、销售时，随时拿出来看看，可能对当前的市场走势，对公司的作为，起到临时的应对指导和参考的作用。

与此同时，在整个公司内，除正常的生产活动外，围绕克服眼下市场经济的波动，对公司经营带来的不利因素，也在紧张地进行着。

金荷经历了三十来年市场经济浪涛的洗礼，能走到今天，实属不易。因此，为了自己的公司，为了跟随自己这么多年的公司员工，她心里十分清醒，没有理由在这次市场商情动荡的冲击中，轻易地倒下。而且公司的希望，员工的期待，也不容许她轻易地就被击倒。

有两天，金荷把自己关在办公室内，想了很多事情。当她那天走出办公室后，深深地吸了一口气，好像突然换了一个人似的。似乎有一股莫名的力量，又让她浑身充满了精气神。

这天，曾广茹风风火火地走进了金荷的办公室。

按资历算，曾广茹是公司的"元老"级员工了。从原来的服装厂到现在，一直在公司生产中，负责产品的质量检查。她以持有股份员工的名义，被选进公司董事会后，也没有脱离岗位，埋头地做着自己的本职工作。曾广茹五十岁退休那年，金荷征求她本人的意愿，把她留下了来，并聘为质量总监。原因就是看准了她认真负责，勤恳无怨的工作态度。这一干又有五六年了。

今天，让金荷没想到的却是，曾广茹来找她，就是要兑现那天她在董事会上的承诺。曾广茹告诉金荷，她已经劝说好了原公司已退休的三个姊妹，她们都愿主动协助金荷时装公司，到一些商厦和市场，寻找有关系的商家，推销产品。她还告诉金荷，还有一个姊妹在服装城，表示可以专为公司开设一个专柜。

望着兴致勃勃而来的曾广茹，听着她兴高采烈地谈起她的所为，金荷心里一热，泪水都差点淌了出来。

回想起那次董事会下来后，公司员工中出现的一些振奋人心的变化，金荷心想，有这么好的员工，还有什么坎不能跨过去呢？

可是，也有一件令金荷猝不及防的事情，发生了。

正在金荷忙于应对商情动荡的时候，正在她还没有找到合适的机会，准备与胡伟波进行沟通的时候，没料到胡伟波一纸诉状，竟然将金荷和她的金荷时装公司，同时告上了法庭。

股权风波 ◀

胡伟波状告金荷和金荷时装公司，诉讼理由有两条。

一是利用地震灾情，向本公司员工输送利益，滥发救灾补助；二是为了女儿在支教中获得照顾，不惜动用公司资产，制作校服，两次无偿赠送学校。这些行为，破坏了公司财务纪律，致使公司经营出现亏损的情况下，利润进一步缩减，年终股份红利下降，投资公司利益受到损害。因此，提起诉讼，要求法院立案审理。

事情的起因是今年十一月底，金荷时装公司的财务年终决算，预算初表出来之后，公司利润明显地与往年有了下滑。

地震那年，因受灾害的影响，公司利润萎缩，投资公司的股金分红也较其他年份有所减少。那次，胡伟波就很不满意。谁愿意投入了资金，却拿不到预期的回报呢？

而今年，更有迹象表明，金荷时装公司的年终决算，可能还会出现利润大幅下降的现象。这就意味着投资公司的股份分红，又要大打折扣。

那次，公司董事会上，胡伟波就有这样的预感。所以，金荷在征求他的意见时，他手一摆，摇着头一言未发。下来后，胡伟波向投资公司总经理谭钦德汇报情况，也说出了自己的想法。他怀疑金荷时装公司的财务账目有"猫腻"。要求投资公司出面，查查金荷时装公司的账务。

谭钦德告诉胡伟波："投资公司没有权利检查他人公司的账目。"并告诉他说，"你是投资公司派往金荷时装公司的监督经理，平时在报销凭据的审核中，应多注意观察，必要时可与吴媚沟通。如果发现有疑问的，可向金荷时装公司严正指出，不时敲打敲打他们，以保全投资公司的利益。"

胡伟波得到谭钦德的指示，犹如获得了尚方宝剑。

在一次私下找吴媚了解金荷时装公司的账务情况时，吴媚说："我分管的账目，为金荷时装公司的差旅报销，员工生活工资收支部分。每有凭据，都是经过胡经理和金董事长审核过的，才能进入账目做账。这点你胡经理是清楚的。至于有其他不妥的开支入账，我还没发现。"

胡伟波说："谭总经理发话了，你以后要多注意观察，如有可疑的，可及时报告给我。"

胡伟波在吴媚这里，没得到想要的信息。他就把目标，转向公司的一些经营活动上。

那次，胡伟波听说，公司为梨坪小学赶制的一批校服，以捐赠的名义送出去了。接着不久，又送了一批。

胡伟波就把驾驶员易小宽找到自己办公室询问。

易小宽觉得，胡伟波是公司的领导，关心和过问这事也很正常，便一五一十地告诉了他。易小宽自夸地说道："那边小学的路真是难走。我们清早就出发，走了三个多小时。"后又补充说，"胡经理，你不晓得，我们的车在路上，还'抛锚'了两次，好不容易才走拢学校……"

胡伟波要想听的不是这些，就打断了易小宽的话，直接问："一共送去了多少校服？"

易小宽说："一共有十大箱，共五百套校服。当时，车子开不进学校，还是我和郑主任，还有学校的老师一起，费了好大的力气，抬到学校去的……"

胡伟波见易小宽又要夸夸其谈，又截住他的话，问："学校当时态度怎么样，领导怎么说的？"

易小宽说："学校当然很高兴呀！我还看见学校杨校长激动得都掉眼泪了，还请我们吃午饭，吃的是羌族特色……"

胡伟波不等易小宽不着边际地又要说下去，用手止住他，又问："听说后来还送了一批？有多少？"

易小宽说："第二次我没有去，就不晓得了。胡经理可以去问问郝厂长、郑主任就清楚了。"

其实，胡伟波是知道金荷时装公司，为梨坪小学和桃屯羌村小学赶制校服、赠送校服这件事情的。两次捐赠，金荷都与他通过气。而胡伟波要的是准确的数量，要的是证人，因此他才找到了易小宽。对易小宽夸夸而谈的其他情况，他不感兴趣。

金荷时装公司这年的年度决算预报表下来之后，胡伟波是有权利查看的。果然如他所料，本年度公司预算出来的利润，出现大幅下滑。他不能理解，公司生产的年总产值，与去年基本持平，但总收入却差了一大截。这样一来，相应的利润，也比去年少了许多。

胡伟波觉得，公司经营即便受大环境的影响，市场销售走势低迷，也不会出现这么大的差距。这等于说，投资公司今年的股份利润分红，又会像地震那年一样，受到影响，甚至今年比那年更严重。他因此怀疑，金荷时装公司在财务做账时，做了手脚。

胡伟波想："既然我没有权利查账，那么，我就上告，告到法院总有人理。"于是，他整理好了材料，写好了诉状，向投资公司驻地所属的武华区法院，信心满满地投了过去。

法院接到诉状之后，经过讨论，认定这是一桩经济纠纷。诉讼的理由证据并不能立刻确定，其中有存疑的部分。因此，作留置处理，暂未立案。

法院将案例交由武华区检察院审查，以获取相关证据后，方才能确定是否立案。检察院接到此案例后，比较重视。经他们研究决定，立即向金荷时装公司下发检查通知书。

这天，一辆车身标有"检察"二字、蓝白色相间的长安面包车，响着警笛开进了金荷时装公司的大门，吱的一声，停在了办公楼前。

从车上下来一男一女两位穿着制服的检察院工作人员。他们上楼后，到了金荷的办公室，向金荷出示工作证后说："我们是武华区检察院的工作人员，受院里安排通知你，将对金荷时装公司财务账目封存检查，请你配合我们的工作。"随后，向金荷递交了检查通知书。

突如其来的情况，一下把金荷弄蒙了，一时回不过神来。她问对方："你们这是……总应该对我说明原因吧？"

其中一位男士说："投资公司已将你们金荷时装公司告到了法院，案件转到了检察院。我们是按院里的安排执行公务，请你配合。"

金荷这时似乎方才明白，"哦"了一声后，又问："现在就查吗？"

来人说："是的。我们先到财务室看一下吧。"

金荷就把这两位穿制服的检察官，带到了财务室。金荷向检察官介绍了郑惠、罗琴和吴媚后，对三位说："这是检察院的同志，他们要看看账务，你们配合一下。"说完，她就离开了财务室。

财务室内，检察官问郑惠："你们公司的所有财务账目，都齐全吗？"

郑惠回答说："根据财务制度规定，凡是在保存年限内的账目，全部齐全。"

"你们的账本，共有几本？"

"总账一本，分账分两个部分，各一本。"

"金荷时装公司有多少年了？与投资公司合作了多少年？"

"公司成立了二十四年，与投资公司合作，今年是第五年。"

"好的。我们就先查查最近这五年的吧。"

"行。现在就查吗？"

检察官未置可否，出门去给院里打电话。一会儿回来对郑惠说："这样，我们先把账柜封了，明天一早，我们派人来查。"说完，那位女检察官从提包里取出封条，把财务室里的所有账柜贴上封条后，指一指账柜，交代一声："暂时不要动它。"然后，两人走出了财务室。

随后，郑惠也走出财务室，去到金荷那里："金姐，他们把账柜全封了，说是等明天一早来查。"

金荷说："没什么大不了的，等他们明天查吧。"

次日，检察院的面包车带来两位穿便服的女人，到了财务室就开始查账。郑惠和罗琴就在旁边等着，她们要什么就拿什么，问什么就答什么，配合查账。

一连查了两天，进度缓慢，没查完几个月的账，也没有查出个所以然。

这天，检察院开来了一辆中巴车。第一次来的那一男一女两个人，又找到金荷。那穿制服的男检察官说："天天来你们公司查账，进度太慢。院里决定把账本和账册全部带回检察院，专门组织几个人查账，这样会快一些。"

金荷问："查得太慢，是不是我们阻碍了你们？"停顿一下，又问，"按你们的决定办，还需要我们做什么的吗？"

那男的就说："不是，是院里的决定。院里要求，你们的财务人员跟我们一道走，配合我们的查账。"

金荷一想，这不等于是要扣押人质吗？就有些生气了："你们还要什么？"

那男的见金荷不悦，赶紧解释说："请不要误会，我们也是想尽快查完查清，没有其他意思。去的人可以住在院里的招待所。"

金荷说："那就请等一等，别人总要准备一下吧。"

按检察院来人的要求，金荷找了两三个人配合郑惠和罗琴，把财务室的账本、账册，从账柜中取出来，分年度打包装好，陆续搬上检察院的中巴车。

郑惠和罗琴上车时，金荷对她们说："到了那边，一心配合他们查账，他们问什么就说什么，不要害怕，没做亏心事，还怕它鬼敲门不成？我在公司等着你们平安归来。"

中巴车又一溜烟地开出了金荷时装公司的大门。

这里要说说，吴媚为什么没去检察院配合查账呢？

吴媚从学校毕业后，便应聘去了投资公司当会计。一年后和老公结婚，怀上了小孩。可是，天不从人愿，不到四个月就流产了。她被投资公司派到金荷时装公司来，郑惠和罗琴知道她的情况后，处处都照顾着她。这一次，好不容易才怀上，老公天天都小心翼翼地开车送她来上班。眼看已身怀六甲，郑惠和罗琴更不要她做过多的事，生怕她出意外。

这次检察院要把会计带过去协助查账，吴媚一听说就反对："在公司查不是一样吗？再说我做的账就摆在那里，明明白白清清楚楚。我不是怕你们查，我是经不起你们折腾。"

检察院的人一看她这副模样，挺着个大肚子来回走动，确实不便。心想，她不愿意去，也不好勉强。怕万一有个闪失，岂不摊上事了。

其实，吴媚到这里来工作，是凭自己的处世方法和认真态度做事。没想到胡伟波这个家伙，竟然闹了这么一出戏。她既无意伤害金荷时装公司，也不愿得罪投资公司。她不想蹚这道浑水，只好以身孕为由，拍屁股走人。随后，一纸辞职报告打到投资公司，尚未得到回复，便自己回家休养保胎去了。

事后，胡伟波一想起吴媚便咬牙切齿，怀恨在心。他在心里狠狠地骂道："吴媚这小妖精，真他妈狡猾，一看情势不妙，就脚底生风，溜了。"

这几天，金荷从公司回到家里，总觉得身心俱疲，躺在床上就不想动弹。一个女人，承受外部力量对心理打击的耐力，毕竟是有限的，它总会以不同寻常的方式，表现出来。

股权风波

自从这一段时间以来，市场的经济形势滞缓，较长时期没有复苏的迹象。公司的经营活动也亦步亦趋，使她忧心如焚。她苦苦地寻思着办法，自救自保，却不得要领。她不由得眉头紧锁，心乱如麻。这两天，经过公司员工的努力，几乎找到了应对形势变化的措施，她的心绪才稍有好转。

就在这时，胡伟波竟然火上浇油，状告金荷和金荷时装公司，无疑是在她的背后捅了一刀。

父母亲似乎也看出来了，金荷近些日子，回到家里脸色憔悴，神情不振。几次问她，她都用"身子有点不舒服，过一会儿就好了"来敷衍搪塞，却总是一副心事重重的样子。

一周以来，检察院的小车呼啸着，在金荷时装公司进进出出，引起公司内一片哗然。胡伟波告状一事，也在公司内沸沸扬扬，各种猜测在员工中流传。有人说金荷是交友不当，引狼入室。有人说，恐怕是胡伟波抓到了公司的什么把柄，才敢这么嚣张。也有人说既然是检察院查账，还把人都带走了，一定是凶多吉少……议论纷纷，不一而足。

这一切，郝志和都看在眼里。以往，他对金荷的任何决定和处事方法，都不去横加干涉。在他心目中金荷是一个精明能干的女人，相信她面对任何风云变幻，都能够把握住自己。因此，他只是在后面默默地支持着她。即便有什么在他看来不妥的地方，他也只是稍有提醒，浅尝辄止，不会去试图改变她的所作所为。

可是，最近一些日子以来，郝志和发现，金荷的面容越来越苦涩沮丧，精神状态越来越萎靡不振。夜里睡觉时，有几次突然惊醒，好像是受到了噩梦的惊吓，面容难看。这一切让郝志和十分心疼。尤其是胡伟波状告金荷和金荷时装公司，嚣张至极。检察院的车进车出，威风八面。车上那"检察"二字，像两团火焰一样，灼烤得他的眼睛和心脏疼痛难忍。他想，在这个时候，自己一个大男人，如果连自己的老婆都不能保护，他还算个男人吗？于是，他心里似乎有一个声音在告诉他，自己该站出来了。

郝志和利用了两天的时间，把金荷时装公司从成立到现在的情况，细致完整地梳理了一遍，写出了一份上万余字的申诉和说明的文字材料。一口气打印了六份，他要走上一条为公司、为金荷正名的申诉之路。

这天，郝志和把欧启亮、王德川、黎水生叫在一起，对他们说明了他的打算。他把公司的生产和销售拜托给这几位。

欧启亮、王德川、黎水生听郝志和这么一说，就激起了对胡伟波的愤慨。他们都表示支持郝志和，让他放心地去做，公司内的事，他们一定鼎力相助，把公司的事干好。

欧启亮义愤填膺地说："胡伟波这个东西，老子一直就瞧不起他！没想到他竟然来了这一手。如果要上法庭，我就去作证，唱个黑脸给他看。"

黎水生也说："我要去找夏明贵问一下，居然介绍的是这么一个混蛋，把金姐坑害了，坑惨了。"

王德川说："和这种狗眼看人低的人合作，不值得！"

郝志和却说："气话我们放到以后再说，等我去跑几趟，我相信能为金荷，也能为公司讨回公道的。"

这几天，郝志和天天都在劝慰金荷，跟她说："我已把公司的事安排好了，你就好好地在家里休息，什么也别去过问。"说完就开车走了。

金荷在家里休息了两天，一直处于心烦意乱的状态中。她陪母亲去菜市场转了一上午，让民间的烟火气来分散注意力。买了一些蔬菜和鲜肉回来，做几个可口的菜肴，可是自己一口也吃不下去。第二天她又独自去荷花池市场看看，试图以此来忘记这些日子，缓释胡伟波状告自己和公司压在她心头的不快。可是，无论是在菜市场里，或是在荷花池市场内，看到的情形，和心中的思虑，却是风马牛不相及的两码子事。她对公司的事情，始终放不下心。

郝志和非常理解金荷此时此刻，心神不定的心理状况。他知道心中有了心事的人，你要她立马放下，不顾不问不想，是一件很难的事。对当事人而言，也是一种残忍的折磨，结果也可能适得其反。这是郝志和所不愿看到的。于是，以后几天的日子，他都是每天开车把金荷送到公司，然后再去跑自己要办的事情。

郝志和一连跑了五六天。他去了荷花池批发市场管委会，区企业办公室，武华区检察院、法院。在这些地方，他送去整理的材料时，还耐心地对接待人员说明情况，申诉公司的意愿。

那天，他来到政法机关家属院区，去何秋霞警官的家。

何秋霞见郝志和来了，热情地把他让进屋来。何秋霞的老伴钟柯平也退休在家。在客厅落座后，郝志和就迫不及待地拿出材料，交到钟柯平的手上，讲起了他的来意和最近公司出现的情况。

钟柯平和何秋霞夫妇，都很耐心地听着郝志和的讲述。钟柯平把手上的材料认真地浏览了一遍后，对郝志和说："小郝，你既然来找我们，就是对我们的信任。我也告诉你，这事我就答应你，去过问一下。只要你们是在法定纪律内做的事，都会得到法律的保护。从你们以前的为人处世，我相信你们。你们现在在受点委屈，不要怕，邪不压正。要相信法律是公正的，法庭也是公正的。"稍停顿一会儿，他又说，"我现在虽然退休了，但人走了，未必茶就凉了。我可以打电话去法院，打电话给儿子钟诚询问一下，有什么情况再告诉你吧。"

郝志和听钟柯平这么一说，心里非常高兴，感激地说："感谢钟院长！感谢何警官！我相信法律、法庭会给我们一个公道，会为我们正名的。"

一个多星期跑下来，郝志和人跑瘦了，也跑黑了，让金荷看到都心痛。郝志和却说："黑点瘦点更有精神，掉几斤肉算个啥子，只要你不受到伤害，只要你平安无事，比什么都值得。"

将近十天之后，武华区检察院把金荷时装公司的全部账本账册，一件不少地退回了金荷时装公司的财务室。郑惠、罗琴也回到了公司。

那天，他们把账本、账册搬上中巴车的时候，第一次来金荷时装公司时向金荷送达检查通知书的那位穿制服的男检察官，像突然想起什么事来，他询问郑惠："你们认识市里检察院的人吗？"

郑惠立即回答说："我不认识。"

男检察官又问："那钟检察长认识吗？"

郑惠说："不认识，我们什么人都不认识。"

男检察官就以为郑惠不愿多说，"哦——"了一声，就没有再问什么，只对郑惠说："请你回去告诉金董事长，院里明天来人到金荷时装公司作检查结论。"说完一挥手，让司机把中巴车开出了武华区检察院大门。

第二天，武华区检察院派了一位副检察长，来到金荷时装公司会议室。

会议室里，金荷时装公司董事会成员，包括胡伟波在内，全部通知到会。会上，副检察长宣读了检察院作出的结论后，说："检察院履行自己的职责，认真地查阅了金荷时装公司的账目，未发现有违规的行为。投资公司诉金荷时装公司，事实不成立。接着，我们将会把这个结论转告法院方，提请重视。同时，我们也建议并责成投资公司撤诉。"

说完，副检察长将结论副本交给金荷后，就带着同行人员，离开了金荷时装公司会议室。由郑涛陪同他们离开金荷时装公司。

胡伟波此时站起身来，准备离开会议室。金荷叫住他，请他坐下。

接下来，金荷立即召开董事会。会上，讨论与投资公司的合作关系问题。

欧启亮提议说："协议到期后，应马上终止这种合作。"他在述说自己的理由时说，"一开始我就不看好这种合作关系，像这种靠投资，借我们公司的营利赚钱的所谓投资公司，只能同甘却不能共苦的朋友，不要也罢。"

郑惠气愤地说："今天就应停止胡伟波的权利，他不配审核公司经营活动的资金凭证。原来公司经营活动的凭证是由他审核的，反过来他又要求检察院审查，这不是自己打自己的嘴巴吗？把笑话都闹到检察院去了。"

黎水生也说："胡伟波身为公司董事会成员，却要诬告公司，我提议把他逐出公司董事会。"

胡伟波在那里如坐针毡，矛头都指向了他，脸上白一阵青一阵的。他情急之下，站起身来，甩袖走出了会议室。

最终董事会上决定：同意取消胡伟波的审核凭证权，收回他在金荷时装公司的办公室。下一步的事，与投资公司总经理协商后，再做定夺。

几天后，投资公司撤回了对金荷和金荷时装公司的诉状。

金荷得知这个消息，又马上主持了一个公司董事会扩大会议。会议除原董事会成员外，还邀请了王德川、郑涛、罗琴、卢士傅、于文捷、王家蓉等人参加。之前，通知了胡伟波，他没有到会。

会上，金荷把胡伟波状告金荷时装公司的来龙去脉，自己了解到的情况，做了介绍。对武华区检察院检查公司账目的结论，检察院副检察长来公司所作的表态，法院对投资公司胡伟波诉状不予立案的理由，以及责成胡伟波撤诉的情况，也都做了介绍和说明。

金荷说："情况大家已经明白了，现在公司要对两件事作出选择，一是公司与投资公司的合作明年初就到期，是否还有合作的必要。第二点就是胡伟波在公司董事会的职务，是否再继续。请大家表个态，以便公司做出决定。"

刚等金荷话音一落，欧启亮就发言说："投资公司就是为了赚公司员工的辛苦钱，只同甘不共苦，一开始我就没有看好他们，我坚决反对继续合作。胡伟波这东西，一看就不是个好人，不但要把他踢出董事会，有必要时还要反告他诬陷金董事长和金荷时装公司。"

其余的人都纷纷表态，同意欧启亮的意见，中止与投资公司合作，立即撤销胡德波的金荷时装公司董事会副董事长职务。

根据大家的意见，形成董事会决议：第一，金荷时装公司与投资公司协议到期后，停止继续合作。第二，立即撤去胡伟波的金荷时装公司董事会副董事长职务，取消其董事会成员资格，并通知其本人。

金荷主持，由公司董事会成员对会议决议，进行投票表决。表决以举手通过的形式进行，由邀请参会的非董事会人员监督。

表决结果，全体到会的董事会成员，一致同意董事会决议。

因胡伟波没有参加会议，就以反对票计，结果为六比一，通过董事会决议。

董事会表决结束后，金荷说："金荷时装公司与投资公司的合作协议到期后，不再合作一事，由我与投资公司总经理谭钦德商谈。关于撤销胡伟波职务和取消他董事会成员的事，我去通知投资公司。另请公司办公室主任郑涛，告知胡伟波本人，可用电话通知他就行了。"说完后，她对参会的全体人员表示感谢，"今天的会议很成功，谢谢大家！"宣布散会。

这次因参股分红引起的风波，经投资公司的撤诉，似乎应该平息了。

那天，金荷给谭钦德总经理打电话，讲述了金荷时装公司董事会召开会议，形成的决议决定，明年初双方五年合作协议到期后，便不再继续合作。投资公司投入的五百万元股金，及本年度分红，金荷时装公司到时，将如数退还投资公司。

谭钦德在电话里没有作任何表态，他对金荷说："电话里一时说不清楚，明天上午，我到金荷时装公司来，想与金董事长直接商谈。如何？"

金荷说："行。我在公司等你。"

次日十时，谭钦德带上助手小周，一起来到金荷的办公室。见到金荷后他的第一句话："金董事长，很对不起！"接着他又说道，"起初，我们并不知道胡伟波把你告了，他是先斩后奏。事后我们才知道这事，但已来不及了。我这里代表投资公司向你赔礼道歉，你受委屈了！"

胡伟波原是内江地区一家国营企业的职工。在城市经济体制改革中，该企业因缺乏竞争力多年亏损，资不抵债而宣告破产。他在企业破产买断工龄中，拿了几万元钱下岗回家。后因亲戚认识谭钦德，经介绍来到投资公司。到了成都，人生地不熟，为了业绩有所表现，他便像只瞎猫到处乱转，经人牵线认识了夏二娃。才开始夏二娃也梦想像金荷一样，开一个公司，借胡伟波之手弄钱。不想胡伟波根本没把他看上眼，这样就扯上了金荷时装公司。

当时，金荷时装公司运行平稳，没必要借助外力来发展生产。因此，对外来投资入股不感兴趣。然而，胡伟波并不死心，隔了将近十年，终于等到机会来了。金荷时装公司与广州依琦现代时装公司合作外贸产品加工时，金荷想提高本公司服装制作的能力和档次。公司需要购进高档的缝纫设备，更新换代原有的部分老旧设备，才接纳了投资公司的资金入股。

为此，前四年投资公司的股金分红，除地震那年外，都从金荷时装公司拿到了可观的红利。

夏二娃作为两公司中间人，也从投资公司那里拿到了两万元酬金。

今年，因大环境的影响，金荷时装公司的盈利，也受到了冲击。公司利润分红，只有等年终决算出来后才知道。可能会少一些，但不等于没有。

可是，胡伟波前几年把钱拿顺了手，生怕今年少拿或拿不到钱，心急如火地演了这出卑劣的闹剧。

谭钦德向金荷表达了因胡伟波的胡作非为，对金荷时装公司的声誉带来了极大伤害的歉意。他说："我们在得知这个情况之后，立即从法院撤回了诉状。并经公司研究决定，辞退了胡伟波。同时，也请金董事长和金荷时装公司对投资公司的过失，给予谅解。"

金荷听谭钦德把话都说到这个地步了，也不能得理不饶人。便真诚地说："谢谢谭总经理亲自来我公司表达歉意。我们表示谅解。"

谭钦德还是希望能与金荷时装公司合作，但心里没有把握，用试探的口气问道："金董事长，从我们投资公司的意愿来讲，仍然希望与贵公司继续合作，请你们考虑。"

金荷歉然地笑笑说："董事会才作出的决议，一时恐怕不好更改。"但并不把话说死，"如果以后有机会，我希望能与贵公司再次携手合作。"

谭钦德早已料到是这样的结果，不便勉强，站起身来与金荷握手说："好的。"向金荷告辞，离开了金荷时装公司。

▶齐心协力

这场因股权分红闹出的风波，给双方公司带来的不愉快，因投资公司总经理谭钦德的诚意和理智，金荷时装公司金荷的善良和宽容，双方化解矛盾。从此，双方相安无事。

这天，郝志和给何秋霞打电话，向她报告说道，检察院里来人审查了金荷时装公司的账目后，得出结论：金荷时装公司没有违规行为。这等于还了公司的清白。投资公司已经撤诉，他们的总经理已来公司赔礼、道歉。

郝志和说："谢谢钟院长和何警官的帮助！"

何秋霞很客气地回话说："不用谢，不用谢。"她说，"老钟只不过打了几个电话，询问情况，没有帮上什么忙。而是你们自身的清白帮了你们自己。人正不怕影子斜，你们就认准一个正确的道，放开手脚干自己的事业吧。"

年终决算出来之后，金荷时装公司的利润，虽然经过全公司员工的努力，仍然因国际金融危机、国内市场经济疲软等大环境的影响，受到了损失。公司在股金分红上，按照往年的情形分派红利后，把投资公司的股金和分得的金额，一分不少地退还了投资公司。

这时，这场因股权分红的风波，才算彻底平静。公司内纷扬的各种传说，才逐渐消逝。可是，另一个困难，仍然困扰着金荷时装公司。

当年，投资公司向金荷时装公司投入的五百万元股金，金荷只用了三百万元，就足以让公司三条流水作业线的设备得到改造，并满足新设备的购进，这也是当初与投资公司合作时预算的资金用量。其余两百万元，分毫未动。这次退还股金时，这三百万元，只能用公司的盈利来偿还，不足部分，就有可能动用原来提留的生产流动资金，往年结存的储备金。

又进入一个新的年头，公司新一年的生产销售活动，又要重新展开。

由于去年的销售不景气，造成公司库存积压，就占去了公司的利润或者生产流动资金。反过来，就对今年生产资金的投入产生影响。生产资金投入不足，势必对整个公司的生产又造成不良影响。进而，公司员工的收入，也会因此而减少。牵一发而动全身。

为了稳定员工的工作情绪，金荷除了召开全公司员工大会，讲明公司目前所处的困境，号召大家努力工作之外，就是要捏紧钱袋，尽量减少一些额外的支出。另外，要想尽办法减持库存积压，尽量把库存积压的资金，转化为生产流动资金，保证生产的顺利进行。

就在这个时候，一天金荷得到通知，让她去区里参加一个表彰大会。

因投资公司的胡伟波状告金荷和金荷时装公司，才有了郝志和将金荷时装公司的材料上报。材料中列举了很多事例，让区企业办公室了解到，金荷时装公司这么多年来，经过自身的努力，不断发展壮大的经历。而且他们还积极参与社会活动，默默不语地支援地震灾区抗震救灾，自发捐款捐物。公司还发放补助，扶助受灾员工减灾。两次向灾区羌族小学捐赠校服，支援灾后重建工作，社会反响极其良好。

区企业办公室经过调查，确认属实，向上级汇报后，在全年工作总结中，经企业办工作会评定，金荷时装公司获得"年度先进企业"称号，奖励十万元人民币。而金荷本人也获得"优秀企业家"称号，奖励人民币五万元。

区表彰大会后，金荷拿着奖状和奖金回到公司，也召开了一个公司员工表彰会。她把公司获得的奖金，不留一分钱，作为奖励，全部分发给为企业做出不同贡献的员工。鼓励和动员公司员工齐心协力，为公司的发展，努力做好自己的本职工作。

她又把自己获得的奖金，用于生产流动资金入账，投入公司生产中去，以解决公司眼下出现的困难。

年初，去年的年终结算出来后，金荷时装公司的总利润确实比往年下降不少。但是，金荷仍然坚持按入股金额，对股份持有者分派红利。金荷有个原则，公司再难再穷，也不能伤害股份持有者的利益。往年，公司的利润，都是

齐心协力

按股份占有比例，派完股份红利后的所得。公司所得部分，用于生产资金投入或其他开销。上次地震的抗灾捐款，员工的房屋损坏补贴，以及后来向羌乡小学捐赠校服，都是从这里面开支的。而公司利润在分派完股份红利之后，余下的就没有多少了。

因此，有员工考虑到公司出现的困难，主动要求取消今年的股金分红，捐给公司以解决公司生产销售之需。金荷坚决不同意，依然坚持分红。

那天，王家蓉被郑涛叫去，参加公司董事会扩大会议。到了会上，她才知道金荷受了这么大的委屈。

原来，她只是从公司员工吃饭摆龙门阵时听说，近年来公司生产和销售遇到了困难，让金荷有些焦头烂额。没想到胡伟波暗中作祟，把公司和金荷告上了法庭，更是雪上加霜，让公司处于困境当中。

王家容很为金荷担心。那天开完会回去后，她把情况告诉了齐正富。两口子经过商量，有心要帮助金荷一把。

王家蓉、齐正富两口子说到胡伟波，就联想到了夏二娃。

齐正富说："金荷是被夏二娃忽悠了，才认识胡伟波的。胡伟波这个家伙是借投资公司想空手套白狼，利用了夏二娃。真是成也夏二娃，败也夏二娃，让金荷受了不白之冤。"

"就是。"王家蓉也说，"夏二娃是成事不足，败事有余，害苦了金荷，也害苦了金荷时装公司。"

这天，王家蓉、齐正富两口子又来到金荷办公室，他们看见金荷正与郝志和商量事情，正想退出门去。

金荷也看到了他们俩，叫住他们道："有什么事进来说，又不是外人。"

两口子想想也是，就强装笑颜地走进办公室。

王家蓉埋怨金荷说："公司遇到了困难，你受了这么大的冤枉，也没跟我们说一下。那几天，听到一些员工说起，真替你担心啊。"

金荷笑笑，说："谢谢你们关心，你们看这不是都过去了吗？"

王家蓉说："你这个人我又不是不晓得，天大的事都埋藏在心里，不愿让人知道。"说着，从身上拿出一张银行卡，递到金荷眼前。

金荷问："你这是什么事啊？"

王家蓉说："这里面有十万元，是我们这么多年来存下的，准备给儿子买房的首付款。儿子的岳父已经帮他支付了，不要我们的。公司这两年遇到了困难，就算是我们帮忙，捐给公司的吧。"

金荷一听很感动，激动地说："公司再难，也不能要你们的啊。"

王家蓉说："你帮了我们那么多，就不兴我们帮你一回吗？"

齐正富也说："金老板，你就收下吧，算是我们的一点心意。"

金荷摆摆手，说："你两口儿的心意，我领了。但这钱，是你们这十多年来，辛辛苦苦攒下的，你无论如何都要收回去。公司现在还没有走到这个地步，如果真的不行了，我再来向你们借，行吗？"

郝志和在一旁，拍拍齐正富的肩头说："现在公司真的还用不着，你们就先收回去吧。"

齐正富、王家蓉见金荷他俩硬是不要，只好苦笑一下。王家蓉才又把银行卡揣了回去，两口子离开了金荷办公室。

金荷把他们送到门边，望着他们离去的背影，鼻子一酸，眼睛里的泪水，就止不住流了下来。

金荷就是这样一个人，有了自己的企业，心里时时想着的就是自己的员工。反过来，企业有了困难，员工们也会想到她。所以，有些事让金荷意想不到，却在情理之中。

"竹外桃花三两枝，春江水暖鸭先知。"

那天，金荷接到了广州依琦现代时装公司的电话，钱瑞梅在电话里告诉她，眼下经济形势有了复苏的迹象，希望她做好准备，等待双方的继续合作。

进入新的一年后，金荷真的感受到了形势陡然出现了一百八十度的转向，市场经济形势一步步地向着人们预想的方向，走上了正轨。原来积压在仓库里的服装，慢慢地越来越少了，积压的资金也逐渐地变成了活钱，增进了公司的资金回笼。

如果用一个坐标图来显示，金荷时装公司这几年的生产销售走势，人们不难发现，这是一个拐点。去年下行的曲线，到了今年的这时，突然急转上扬，形成一个人们都爱比画的"V"字形。

服装市场，就是这么诡异。

做服装生意的人，几乎都有这么一个感觉。随着时间和季节的变化，有一些服装款式，一时没来得及卖出去，便造成了积压。在百货、服装商家商贩的圈子里，有"一年生意，十年底货"的说法。意思是说，做了一年的百货服

齐心协力

装生意，就会有十年的库存积压。也就是说，赚得的钱都压在货上了，手上的钱都成了这些货物的周转金。

可是，库存年年有，生意还是年年都在做。一些看似过时的服装款式，压个一两年，又风行起来，甚至成了抢手货。

所以，这个商圈里，又有这么一句行话："三年不开张，开张吃三年。"意思大概是说，你不要怕一时无生意可做，不要怕饿肚子，一旦生意来了，一笔买卖就够你吃三年，三年你都会吃饱饭。

金荷时装公司的服装库存积压，主要集中在当时看来已有过时表现的中低档服装上。随着市场经济的复苏，那些积压的服装中，有的款式又恢复了行情。公司里的这些服装，在荷花池批发市场的门市部里，走势也良好起来。即便是走势不好的款式，在黎水生征得金荷的同意后，适当地降价批发，也逐渐地卖了出去。不到三个月，已使库存无几，大大地减轻了公司的经济负担，也减轻了金荷的心理压力。

金荷时装公司的生产，也因形势好转，大张旗鼓地恢复到了从前。现在，公司的服装，以中高档次为主，全面加足马力，投入生产。

金荷、郝志和、欧启亮等人，正在车间流水生产线上，为一道生产工序，商量着改进的办法。

有一款高档的男式西装，原设计的衬垫材料一时缺货，赶不上生产需要。这道工序暂时停了下来，急得王德川找到郝志和、欧启亮想办法。欧启亮建议用其他材料代替，但拿不准，又怕影响质量。正好金荷找郝志和说事，就到了车间。几人在一起商定后，金荷说宁可增加成本，也要用比原设计高一个档次的材料。当即叫设计人员选择，立即购入，不要把生产停顿下来。

正在这时，黎水生给金荷打电话来说："夏明贵和冯小玉到公司来了，在销售部等她，说是有事。"

金荷说："让他们等会儿，我把这边的事处理完了就过来。"

到了销售部后，金荷见到了夏二娃和冯小玉。见到金荷，冯小玉立刻起身对金荷说："很对不起，我们来晚了，有事要跟你说。"

金荷就把他们夫妇带去她的办公室。

那次，郝志和找到欧启亮、王德川和黎水生他们几位，说自己要为胡伟波状告公司的事，去找有关部门送材料，委托他们照顾好公司的工作。

下来后，黎水生就给夏二娃打电话。在电话里，黎水生先把胡伟波臭骂了一通。他说："胡伟波这个家伙，不是个玩意儿！为了自己一心想多拿钱，也不顾当前的经济形势，不顾金荷时装公司生产、销售遇到的困难，罔顾事实，把金荷和公司告上了法院。前些天，检察院天天往公司跑，在公司内部造成一片骚动，给金荷精神上的打击很大。"然后，黎水生问夏二娃，胡伟波的来历和为人，责怪夏二娃，"怎么给金荷介绍了这么一个东西？"

夏二娃接到黎水生的电话，心里震动很大。他犹豫了两天，最后还是忍不住，向冯小玉说起了黎水生电话里说的这件事。

冯小玉一听，就数落夏二娃说："夏明贵呀夏明贵，你看你这是做的什么事啊！这下好了，羊肉没吃着，惹了一身膻臊味不说，还连累了人家金荷。"

夏二娃说："我还不是想帮金荷公司的忙吗？"

冯小玉说："这忙你帮上了吗？还不是帮的倒忙。你还从胡伟波那里拿了两万元钱，这事你去对人家金荷说清楚。"

冯小玉一提起这事，夏二娃胸中就涌上来一股恶气。当时，胡伟波以投资公司的名义说好，一旦事成，投资公司即向他支付五万元中介酬金。结果胡伟波只给了两万元，让他哑巴吃黄连，说不出口。至今，一想起，他就想骂："胡伟波这个王八蛋！"

夏二娃说："老子今天把这两万元还给投资公司，免得让人想起都心烦。"

冯小玉说："不不不！不能还给投资公司。要还，也只能还给金荷时装公司。"

夏二娃说："那你去帮我还给她吧。"

冯小玉说："要去，你自己去。"

夏二娃无奈，只好自己去吧。但又一想，现在正是金荷最烦心的时候，自己若贸然去了，不是更添堵添乱吗？心想等事态稍微平息下来后再说吧。这一等就等了一个多月，等到了今天。

临走时夏二娃叫冯小玉一起走。冯小玉开始不愿意，后一想这么久没见到金荷了，最近又出了这么一档子事，就想来看看她。便与夏二娃一起，到了金荷时装公司。

到办公室里坐下后，金荷说："好久不见了，最近公司的事忙得不可开交，都不知道你们怎么样了，你们现在还好吧？"

冯小玉就说："金荷呀，你公司出了这么大的事情，我们都听说了，真为你担心呢！你不骂我们，还在问我们好不好，怎么说你呀！"

齐心协力

253

夏二娃也说:"金老板,真对不起你哟!我也没想到胡伟波是这么一个玩意儿,这家伙鬼迷心窍,也是我交友不慎,害苦了你。一想起这件事,我心里就不安宁啊。今天,我是特地过来给你赔不是的!"

这时,夏二娃似乎又耍起了油腔滑调,但看得出来,用心是诚恳的。

金荷见到这两位前,也因胡伟波而对夏二娃有些恨意。可是今天,这二位好像是来赔罪的,就假装随意地说:"好了好了,这事已过去了,公司也没受到多大损害。胡伟波也被投资公司辞退了,他是自作自受,我们就不屑再说他了。"她想把话题扯开,说,"你们就说说你们的情况吧,女儿该读高中了吧?"

冯小玉说:"不行,我今天陪夏明贵过来,就是要他把话给你说清楚,向你赔礼道歉。"

金荷说:"你又来了,有什么可道歉的?"

这时,夏二娃开口说道:"以前,我确实有做得不妥的地方,也没找到机会向你赔个不是。今天既然和冯小玉一起来了,我先向你道声歉了。"说着,他从提包里取出两摞百元大钞,放在金荷办公桌上后,又对金荷说,"这是投资公司付给我的两万元钱,说是所谓的中介费。我知道这钱,是从你的公司经营利润中得来的,我不能要。今天,就带过来归还给你的公司。"

金荷听夏二娃这么说,心想他可能又被冯小玉骂了,才这么说的,也算有些诚意了吧。她听夏二娃说着,看看冯小玉。冯小玉也朝她点头,那意思好似在帮夏二娃说:"你收下吧,你收下吧。"

稍停片刻,金荷说:"投资公司以参股分红盈利,无可厚非。夏二哥与投资公司是中介关系,他们支付你酬金,是你应有所得。金荷时装公司扩资纳股,图的是自身的发展,盈利分红也理所应当。你们于我是朋友相助,我本该好好地酬谢你们,怎么就说到要收你们的钱呢……"

未等金荷把话说完,冯小玉就急忙说道:"金荷你别说了,要说帮助,没有你,我们早就喝西北风了。这钱就算是我们的回报吧。"

金荷对冯小玉说:"你这话就更没理了,难道我们姊妹一场,白做了几十年?非要用钱来计算?你们赶快收起来,我是绝对不会收它的。"

夏二娃听金荷说得头头是道,条条在理,而且态度十分坚决,不好再坚持,把钱又放进了提包。

中午,金荷留住夏二娃和冯小玉,在公司的食堂吃一顿便餐。

到了食堂，王家蓉见是金荷和郝志和，陪着冯小玉两口儿来吃饭。赶紧笑嘻嘻地说："今天来了两位稀客，我请客，我请客！"说完，奔进厨房去，招呼齐正富炒几个好菜。

又是三个女人凑在一起，不亦乐乎。摆谈起来，说得稀里哗啦，眼泪横飞。

郝爽回来了。

她决定回到父母的身边，加入金荷时装公司的职工队伍中来。

去羌乡支教两年的郝爽，在结束支教回到成都后，听取了程博的建议，两人一起去了那个科研所。这是一所电子科研机构，担负着国家电子通信设备的科研和制造任务，是部属国家级科研单位。

程博所学的专业，就是电子通信设备设计和制造。在学校读书时，他理论成绩优异，在实习中，也完成和掌握了许多实践操控作业，毕业论文也得到好评，来到所里正好派上用场。所以，他进入单位后，工作起来驾轻就熟，得心应手，很快就适应了所里的工作和生活节奏。

而郝爽学的是金融和经济管理。科研所虽然接纳了她，却只能参与到事务性管理工作中去，和自己所学的专业有些脱节。有些事务性的东西，因为陌生，还得从头学起。这些对于郝爽来说，虽然并不是件难事，但还是要花费一些多余的时间和精力。

尤其在近段时间里，郝爽听到了许多关于父母亲以及金荷时装公司的传闻。特别是对母亲的一些不利的消息，给母亲和金荷时装公司带来许多压力。于是，郝爽与程博商量，在科研所工作不到一年之后，她毅然辞去了这里的工作，要去金荷时装公司，回到了父母的身边。她要用自己学到的知识，协助父母管理和经营好金荷时装公司。

回来后，郝爽才知道，母亲受了这么大的委屈和打击，才知道金荷时装公司经受了这么大的风波和损伤，才知道父亲为了母亲、为了公司付出了多少心血，以至身心疲惫，累弯了身子。

此刻，郝爽也才知道，自己从此应该肩负的责任。

郝爽到了金荷时装公司，金荷原想让郝爽和她一起，在自己的办公室里办公，甚至想把办公室腾给她用。她以母性的本能来扶助女儿，以母亲对女儿的渴望，巴不得她在一夜之间便成熟起来，好让郝爽在尽快地对公司的各项工作熟悉之后，自己就慢慢地退出，让郝爽来当这个家。

可是，郝爽并不同意。她很理智地想到，自己初来乍到，什么都不了解，没有一点工作经历和管理公司的经验。她对母亲说："我现在对公司的市场营销，公司的生产状况，投入产出的程序，不甚了了。包括公司员工的结构，公司与外界社会的联系，人脉关系等等，于我而言都是一张白纸。"

金荷说："我又不是一拍屁股就走了，你有什么不清楚的，有什么疑问，可以问问我和你爸，我们可以陪着你一起干的。"见郝爽没有任何表示，又说，"干了一阵后，渐渐地熟悉起来，慢慢就会知道该怎么办了。"

郝爽仍不认同。她说："你们还是干着，我就先当一个见习生。"

金荷说："你在大学读书的时候，不也是把公司的西服、女裙装拿到学校和同学间去推销过吗，这和公司的经营行为是差不多的。"

母亲的话让郝爽想起了在读大四时，学校提倡学生参加社会实践活动，她便在同学之间和学校内外，摆了几天小摊。出售的衣物就是母亲公司现成的产品，服装虽受欢迎，卖出去了一些，时间最多也就只有半个月。而且，一想起当时手忙脚乱地应付买主的情形，自己都觉得幼稚可笑。

郝爽笑了起来："那不是我为了体验一下专业知识的实践活动，才这么做的吗？一是为了自己人生的社会积累，二是为了减轻你们库存的积压。实际上从中学到的营商之道，只不过是皮毛而已，远远不够的。"

金荷以为，郝爽是怕做不好，一时不敢接手公司的事务，耐心地说道："我都做了三十多年了，遇到什么事该怎么处理，我会教给你的，不要担心。"

郝爽一听，又笑起来了。她对母亲说："你就让我观察一段时间吧。主要的大事，还是你们管着，我自己知道，眼下我该做的事情。"

是的，郝爽觉得，父母有他们自己的处事方法，但这并不等于一切都可以照搬。郝爽想："我也有我的处事方法，我也有我的工作原则，我也有我的行为主张。当这一切都在实践中得到验证的时候，就是我接班的时候。"

于是，郝爽对母亲说："你们的经验我可以学习和借鉴，以避免走弯路。但是，我有自己独立的思维和考虑。如果到了哪一天，我觉得有了把握和必要了，我会向你们提出来的。"

金荷知道，自己的女儿是一个好强的人，从她读书时就能看出来。大学毕业后，她又按自己的主意去支教，就是在培养自己，锻炼自己，打磨自己。此时，金荷想起了金池曾对辛吉英和她说的那段话，似乎有所醒悟。因此，同意了女儿的想法和做法，放手让她自己去体会，自己去感悟。相信她在经过一段时间之后，能够全面地胜任一切。

郝爽到了金荷时装公司后，金荷尊重她的意见，给她独自一人安排了一间办公室。但这间办公室，却正好是在自己和郝志和的办公室中间，体现了作为母亲的用心，看得出还是放心不下，时常想到要照顾她。

郝爽似乎同样也感觉到了，心里像有一股暖流在涌动。母亲毕竟是母亲啊，她无时无刻都像一只母鸡要护着自己的鸡仔一样，不想有一点闪失。自己就由了母亲的安排。

但是，郝爽没有回家去住，而是把自己的寝室，独自搬到了公司的职工宿舍内。在一间公司原来用于接待来客的房间里，郝爽把自己的一应生活用品和电脑之类的东西，搬了进去。她想白天在办公室里做事，晚上有必要时，还可在寝室里办公。

这样，郝爽就可以把自己一天的时间，安排得满满当当，紧紧凑凑的。这是她读高中和大学时起，就逐渐培养起来的习惯和行事风格。特别是到了现在，面对一个企业要让自己去了解，去熟悉，进而去掌控，去管理，更不能有所松懈和怠慢。

那天，郝爽与父母进行了一次推心置腹的谈话。郝爽谈起她回来后，自己的想法和打算，说服了父亲和母亲。父母也知道女儿长大了，她有自己独立的空间，便也支持她。让她没有了思想上的束缚感，一心一意地按照自己的思路，干着自己的事。

齐心协力

助力"北改"

国际金融形势的回暖，给国内经济的发展又带来了良好的机遇。这股暖风又从沿海地区，吹拂到了内地。最先感受到经济复苏的广州，又为金荷时装公司带来了新的利好消息。

广州依琦现代时装公司的钱瑞梅，又给金荷打来电话。她说，要把以前停顿下来的外贸产品加工业务，继续进行下去，而且数量和品种都有增加。同时，对方还向金荷时装公司提出了，向广州依琦现代时装公司支援二十名技工，为期半年的请求。

因为金融危机的影响，广州依琦现代时装公司曾受到冲击，效益减退促使原有的职工辞职较多。当经济回暖时，一下就人手不够了，一时又难以将所需的工人招回招齐，所以才向金荷时装公司提出求援，希望金荷能帮助他们。

这就意味着，金荷时装公司的外贸加工任务加重了，人员却还要减少。让金荷既为公司效益增加而感到高兴，又十分地为难。金荷只好在电话里向钱瑞梅说："继续合作外贸业务没问题，至于支援技工的事，我们内部要商量调整一下，安排好人力后，再给予你答复。"

下来后，由郝志和主持，开了一个生产调度和人员安排的专题会。

金荷、欧启亮、王德川、黎水生、郑涛、卢士傅，以及各流水线主管，都悉数到会。郝爽也到会参加。

会上，郝志和把近期公司的生产状况作了总结。他向车间提出做好接受下一批外贸出口加工业务的准备。

黎水生汇报了销售及市场形势的变化和需求。

欧启亮、王德川则对车间流水线上，准备外贸业务和公司业务加工的调整，提出了安排意见。

最后，会议形成统一认识，决定外贸和内部加工两不误，做好统筹安排。

接着，金荷把广州依琦现代时装公司请求金荷时装公司技术工人支援一事，提出来让大家讨论。

郝志和说："考虑到两公司多年来的合作关系，尤其现在仍在合作，以后也将继续合作下去，支援是应该的。"

欧启亮也说："最开始，对方还为我们培训过技术工人、设计人员。现在，他们都成了公司的骨干。今天，对方既然提出请求，可能是遇到了暂时困难，我们理应支持。同时，这还是一个学习的好机会。"

王德川同意派人支援，但不要影响到公司内部的生产和关键工序。建议派出支援的人员，技术能力强弱搭配，也让一些员工获得先进加工技术的学习。

金荷同意三位的意见。她说："在不影响公司生产能力的情况下，支援义不容辞。好在只有半年时间，公司内部克服一下，就让双方都把困难解决了。"

这时，郝爽发言要求参与支援广州的队伍，以便自己去学习别人的管理经验，结合金荷时装公司的管理方法，可取长补短。

会议最后决定，由郝爽带队，车间平衡一下技术力量，抽调二十位技术工人，去完成支援广州依琦现代时装公司的任务。

出发那天，公司租了一辆大巴车，由郑涛负责把二十名支援广州的员工送到火车北站。郝志和开车搭上金荷和郝爽，也到了火车站。他们是来为员工和郝爽送行的。这天，程博也赶了过来。

郝爽在之前，曾经对父母亲说起过程博。郝志和也曾在那次为桃屯羌村小学送校服时，见到过程博。但郝爽没说起他们之间的关系，便印象不深。后来，金荷也让郝爽叫程博来家做客，但郝爽总说程博太忙，便也没见过面。今天，郝爽要去广州，郝爽让程博来送行，正好让父母和他见见面。

金荷见程博身高体健，一表人才，觉得很不错。以前听郝爽说起过他的情况，想这孩子将来定有出息，心里直夸郝爽很有眼力。而郝志和又见到程博，勾起了心中的记忆，知他是个知书识礼的好小伙，心里也很满意。

候车大厅里，四人见面后都很高兴，便有说有笑，相谈甚欢。

郑涛因两次送过校服，在梨坪小学和桃屯羌村小学都见到过程博，很有印象。他走过来，像熟人一样与程博握手，寒暄问好。

直到郝爽带着二十名员工走进检票口后，郝志和等四人才离开火车站。程博是骑自行车来的，郝志和、金荷难舍地和他招手分别。见他骑车去了，才与郑涛三人坐上小车回家。

这次，金荷时装公司为广州依琦现代时装公司，加工的外贸服装，除原来已加工过的几个型号的衬衣之外，还有一种被叫作"冲锋衣"的休闲服装。

这个服装款式，集卡克衫、运动装、风衣、防寒服于一体，是近年来，流行于世界各地的一种最新款式的服装。近些年也在国内流行开来。该服装适合于老、中、青穿，男女皆宜。且因两至三种颜色的布料搭配，清新时髦，尤其受户外运动者喜爱青睐。

冲锋衣的款式有多种，大致相似又各具特色，而且用料不同于其他服装，因此加工较为复杂，难度较大，无论从裁剪到缝纫，都有一定的讲究。

金荷时装公司是第一次接触到这种服装，加工起来具有较大的挑战性。为此，公司在拿到设计图纸和样件实物的时候，专门抽出几位技术和加工骨干人员，组成一个攻关小组，进行样件制作。

等样件出来之后，又照设计图纸和广州依琦现代时装公司提供的样品，曾广茹携检查人员，进行全面严格检查，认定合格。

于是，就小批量上流水线加工。尤其在关键工序，由技术和骨干指导监督，不能出一点纰漏。通过了流水线加工的全过程，才铺开了进行批量投入制作。这样，大约经过了半个月的时间，公司内部才把冲锋衣的制作程序，调理通畅，开始成批地出来产品。

对这批刚出来的成衣制品，金荷决定，一边送出样品到广州依琦现代时装公司接受检验，一边投入市场，让黎水生在荷花池批发市场门市部，在城内的五大商厦门市，都进行小批投放，接受市场检验。并要黎水生，随时观察销售情况。

一周之内，反馈的信息让金荷十分满意。

广州方面回复说，所有样品均通过检查，要求按计划和数量投产，并按期交付产品。方式仍然照原加工的外贸出口衬衣一样，这边只负责加工，商标包装由他们完成。金荷时装公司，只收取加工和辅助材料费用。

而黎水生反馈的信息说明，荷花池批发市场和五大商厦内的门市，也看好冲锋衣的走势。特别是荷花池门市部，三天之内就把投入的产品批发完了，效果非常好。其他的商厦门市也将会不出半月，把冲锋衣售完。

为此，金荷与郝志和欧启亮商量后决定，公司用两条生产线加工外贸衬衣和冲锋衣，余下一条生产线变成柔性流水线，轮流加工销售仍然看好的高档男女式西装，投放到一定量后，把主要成品的加工就放到冲锋衣上。

同时，设计人员还可在已加工的款式上，进行新款式的设计，作为储备。只要市场需求形势不减，就可以进行多款式的服装生产。双管齐下，把握住这个机遇，增加公司的经济效益。

金荷时装公司在眼下形势良好的时刻，克服了抽调人员去广州的临时困难，力争做到减员不减产，保持当下市场需求的稳定。

一晃，半年过去了。郝爽带队支援广州现代时装公司的任务，圆满完成。她又带着员工回到了本公司。这无疑又给公司增添了人员和技术的力量，让公司的经济效益，又有一个可喜的收获。

这一年，一场轰轰烈烈的"北改"工程拉开了帷幕。

据悉，北改是在城北的一大片区域之内，对老旧城区进行一次全面的改造改建。主要集中在"四轴""四片"地区。

所谓四轴即指金牛大道、沙西线、川陕路、新成华大道等四条道路，以及道路两侧各二百米的范围。这四条道路从一环路到绕城高速公路之间，一大片广阔的区间内，皆为城乡接合部。其内破旧的民居群落，脏、乱、差的环境都将在这次北改中得到整治，让其焕然一新。

所谓四片即指凤凰山片区、大熊猫生态片区、火车北站片区、曹家巷片区。四个片区内，前两个片区属于自然生态环境改造，后两个片区属于营商环境和破旧民居改造。北改之后，四大片区的生态营商和民居结构，将更趋于现代化、高端化。旧貌换新颜，还居民一个优雅舒适的生活环境与空间。

金荷时装公司，就处在北改的四大片区之一的火车北站片区。

那天，金荷让郑涛开车，他们一起去区里参加北改动员大会。会上，区负责人作了相关的布置，要求参会的人员回去后，做好自己的工作，配合政府对涉及的人员做好耐心细致的思想动员，让北改工程顺利地圆满完成。

会上，金荷听到了相关人员的介绍，这个片区包括了她出生的老家，荷花池市场，以及原来的益民小区，她现在居住的新荷小区等处。金荷想，这片区域与公司，与自己，与公司员工，都有着切身的关系，当然值得关心。但问题是下来后，要怎么做，才能让公司的员工与她一道，全心地按照动员会的要求，投身到北改中去。为此，她也想了很多。

听了动员报告的金荷，得知北改工程是成都最大民生工程，它将使城北区域产业现代化、形态国际化、环境生态化，还城北市民一个通畅城北、安居城北、宜人城北。这次北改，也会对公司员工居住环境的改善有很大帮助。

因此，金荷回到公司后，也在公司内做了一个动员。会上，她传达了区政府北改动员会的精神，重要指示。之后她说："这次北改，面积之大，涉及民众之多，而且是一次性改造，是历来城市建设中最庞大的一次。国家花了大本钱，政府下了大决心，就是要把国家改革的红利，惠及千家万户的民众中去。所以，希望涉及北改工程的员工，一定要配合好政府部门的部署和安排，配合政府顺利地完成这一壮举似的工程。"

金荷叫公司办公室的郑涛主任，对公司员工的住家地址，进行登记。但凡是居住在火车北站片区内，与北改相关的人和家庭，她都要了然于胸，以便如何配合市、区、街道的北改工作。

郑涛在公司员工内走访登记，全公司内涉及这次北改范围内的，共有二十六家。下来后，他做了一个表格，把这二十六家的住址位置、房屋结构、大约面积、家庭成员等情况，均列入表格中。然后提供给金荷，让她做到心中有数，好用以配合政府和街道的具体工作。

金荷拿到表格一看，欧启亮、王德川、卢士博、曾广茹等，包括原来服装厂的几位老职工、已退休职工，都在其内。因为原来他们的住家，大多离厂较近，这次北改就进入了这个范围，可能都涉及房屋要进行拆迁。

这天，金荷分别找到这几个人，想听听他们的想法。因为，他们都是金荷时装公司的骨干，是元老级的职工，必须要把他们安顿好。不要因对北改政策的不清楚、不理解，影响到他们的工作情绪。为此，金荷要找他们作一下思想上的疏通。倘若有什么意见，或不同的想法，也算是收集群众意见，好向街道反映。

金荷想到，她此时的职责，就是一个桥梁的作用。总之，把事情办好，对上完成北改政策的顺利落实、执行；对下是职工的利益得到充分的保障，让北改工作在金荷时装公司这里，不致出现障碍，公司的使命就算顺利地完成了。

令金荷没想到的是，找人谈话了解征求意见时，他们的答复，竟然是如出一辙的一致。他们完全赞成北改，支持北改。这让金荷以前的担心，一下似乎成了多余。

金荷最先找到的是欧启亮，她想，如果他的思想通了，其他的员工可能就好办一些。毕竟他在公司员工中，具有一定的威信。

欧启亮对金荷说："自从我第一次找到你帮忙，让原来摇摇欲坠的服装厂起死回生，我就知道你是值得信赖的人。到现在快三十年了，已到了该退休的时候了，这一生能平静地走过来，我已无欲所求。"说到这里，他很感激金荷。提到北改，他又说，"北改要搞房屋拆迁，我双手赞成。换一个居住环境，让我安度退休生活，何乐不为。董事长你放心，我还正盼着早北改，早拆迁，早搬新家哩。到了那天，我请你们去做客。"

欧启亮的话，把金荷的心都说得暖烘烘的。

金荷与欧启亮打了这么多年的交道，早就知他是一个豁达开朗，且有正义感的人。他一直以来负责公司生产工作，认真勤恳。从来都是金荷的得力助手，支持金荷的一切工作。这次北改也不例外，金荷相信在他的带动之下，其余涉及北改相关的员工，也不会在工作情绪上出现大的波动吧。

榜样的力量是无穷的。

其余如王德川、卢士傅、曾广茹，他们的想法和看法，与欧启亮毫无二致，都支持和拥护北改。这让金荷十分感动，这些老员工的思想通了，金荷的任务就算完成了一大半。余下一些年轻人的工作，有老员工做表率，有了榜样就好办得多了。

正如金荷所料，其余的员工有原老厂的，也有金荷时装公司成立后进来的，都对这次北改表示欢迎。盼着早日北改，改善自己的居家条件和环境。水往低处流，人往高处走，谁还不想生活变得越来越好的。所以，想当"钉子户"来获取高额的回报，员工中还真就没人去想过。

反倒是有员工笑嘻嘻地对着金荷说："拆迁户，拆迁富。这次国家想得周到，我这个拆迁户从来没想到过，还能有这么多钱。我这一拆迁，就真的要富了。"

有了这么多理解金荷、理解北改的员工，金荷没有费好大的工夫和精力，这项工作便算顺利地完成了。因此，金荷下一步的想法就是，如何给予这些员工一定的支助。支助他们也是助力北改，让他们乘北改之风，在房屋拆迁后，能够满意地迁入新家。以此来表达金荷时装公司，对这些员工的谢意。

北改逐步进入纵深的阶段。最早划入改造区域的荷花池批发市场，也进入了改造的日程。

荷花池批发市场坐落在成都市的北大门。从八十年代中期开始，就逐渐形成为一个集多种经营形式、多种经营方法、多种经营品类、多种管理服务功能、多地区客商并存的大型综合批发市场。其规模、效益均居我国西部集贸市场之首，闻名全国。已形成的专业市场有鞋类、皮具、服装、百货……

"要得富，荷花池市场有商铺。"多少年来，这已成为商圈里的流行语。

不论是已经步入经商门槛的，还是下海经商的，想在荷花池市场拥有一个商铺，都成了一件梦寐以求的事。哪怕是在这里租到一家商铺，甚至一个货柜，都有致富的可能。

近三十年的风云变幻，荷花池市场已是商贾云集，变成了经商寻梦人向往的风水宝地。这么多年来，荷花池不知道圆了多少人的发财梦想，造就了多少的百万富翁、千万富翁。当然，也有极少数因经营不善，"败走麦城"的背运破落商家、"下海"者，把这里变成了他们的"伤心之地"。这，都是多余的话。

可是，商业的发展让这里的经济呈几何数字增长的同时，这里的社会治安、经商规范、文明秩序、市场整洁都受到了极大的冲击和影响。市场管委会长期穷于应付，还是难以有效地整治，脏、乱、差的现象越来越严重。

市场内垃圾随处丢弃在地上，无人管，无人理，稍有风吹便四处飞扬。进出市场的汽车、摩托车频繁。甚至是各种进入市场的盒饭、订餐送餐的三轮车，一日三餐都有。这些车辆难免因漏油和溅出油水、汤汁，污染路面。油渍犹如一块块长在脸上的疤痕，贴在地面上，在阳光下显得尤其刺眼。

贩卖盒饭的商贩，推着三轮车，或者小车来回走动，人声和喇叭里的吆喝，相互呼应，此伏彼起。吃饭的人，像得到召唤似的向这里集合，随意地在路边、角落里，两人一伙，三人凑成一堆儿，吃相各异。

站在店面门口的店铺老板们，对来来往往的人表现得很热情。过分"热情"的背后，暗藏着的那份企求，却又让人不得不捂紧自己的钱包……

荷花池批发市场一区的环境内，人流涌动，水泄不通，泥沙俱下，鱼龙混杂，让人紧张，让人感慨。同时，也让人更能体会到荷花池市场内的生猛味道，形态各异，众生百象。

多年以来，在深化旧城改造的进程中，优化城市形态，一直是政府治蓉兴蓉的方针策略。相较而言，城西、城南、城东的城市形态已大为改善，有了现代化、国际化雏形。而眼下的北部城区交通最拥堵，治安最复杂，城区面貌反差最大，旧城改造任务最集中，是市民反映最强烈的区域，也是与国际化城市定位最不协调的区域。

成都要打造国际化城市，就要建设国际化的城市形态。"北改"工程就是成都市深化旧城改造的攻坚决战，是建设开放型区域中心和国际化城市的重要手段，是落实双核共兴思路的龙头项目，是增强成都对成渝经济区引擎带动作用的战略抓手。

政府的决策一旦形成，社会各个层面的行动就是最好的体现。

一石激起千层浪。活跃在荷花池批发市场的成千上万户商家商贩，尽管他们在短期内还不会有任何变迁，但一提起一区的事情时，似乎都保持了心态上的距离，内心的矛盾迥异，对事态发展的好坏均持有观望。

这天，街道办公室为落实北改工作，召集荷花池批发市场一区部分商家座谈，话题是市场的搬迁。参加座谈的商家，均是在市场内占有商铺产权的。有像金荷那样因房屋拆迁置换商铺的，有买下商铺自主经营，也有将商铺出租给他人做生意的房东。因为市场搬迁，首先触动的就是他们的利益。这部分人的思想通了，工作做顺了，其余问题即可迎刃而解，北改也便成功了一半。

荷花池市场管委会的主任高振业，也在座谈会就座。高振业已将要退休，这次北改是他在这里经历的最后一个工作任务。他有在荷花池市场十多年的工作经验，对商家们的各种心态洞若观火。

因为金荷时装公司有门市部，就在荷花池批发市场一区内，金荷对荷花池市场在北改中的变化和走向，自然十分关心。

那天，高振业见金荷也来到了座谈会上，招呼她和自己坐在一起。金荷和他谈起这件事时，也想了解其他商家的情况。下来好对自己公司的门市部进行安排，找到一个良好的对策和处置。

高振业跟金荷谈到这次北改大多数商家意向时说："其实，众多商家对这次改变非常期待，只是期待中又有担忧，对未来无法把握。有人认为荷花池外迁是大势所趋，有人则认为荷花池升级，将带来更具备竞争力的市场。现在荷花池的发展，又遇到了瓶颈，就算有不少人肯定是要搬到商贸城里面去，但是这块成熟的市场轻易就放弃，也会造成压力。不过一切都是为了谋求更好的发展空间，所以，正常的情况下，大家都是充满了理解和期待的。"

金荷说："北改是政府的大事，改总比不改好。只是多年生活在这片土地上，在这个市场内打拼，大多数商家对这里有了感情，对新市场有所顾虑和担忧，也是情有可原。"

高振业说："是的。正是因为这些原因，有部分商家有情绪，有矛盾和抵触心理，舍不得离开这里。因此，我们希望有一些商家能站出来，以大局为重，起一个带头和表率的作用。"说到这里，他看看金荷，笑着说，"金董事长，你就是一个很好的榜样，希望你能起到这个作用。"

金荷也笑笑，就把自己心头的想法说出来，也算是在座谈会上的发言。

金荷说："平心而论，我就是在这里出生在这里长大的，是个地地道道的荷花池人。而且，后来又一直在这里经商，要说感情，我还真不想离开这里。"接着她又说，"但是，也正是这里的一切对我的培养，给予我很大的帮助，我也盼望着这里的一切，都朝着美好的方向发展。我知道，这次北改就是一个难得的机遇，请政府相信我，会按照安排去处理好我的一切的，包括我个人和我们的公司。"

高振业说："好！有了你这个表态，有了多数商家的合作，北改何愁不能圆满完成呢。"

座谈会上，金荷认识了许多商家朋友，他们也是在荷花池批发市场内，像金荷一样摸爬滚打了多年，对这里有深厚的感情。听了金荷的发言，他们中有的赞许，有的理解，也有的疑虑，也希望金荷能做一个表率。

无疑，这又把金菏她本人和她的公司，推到了一个众目凝视的前沿。为此，她只好站起来，向在座的所有人说道："就请大家看我们的行动吧。"

金荷回到公司以后，考虑到年内，成都市荷花池市场将关闭改造，未雨绸缪，她就提前着手安排公司在荷花池批发市场内的门市部，在市场关闭时的所有前期和后续的工作。

她叫郑涛开车，载着她和黎水生从城北片区出发，沿北新干道，到绕城高速一侧新建的成都国际商贸城，沿途考察了一遍。他们查看沿途的情况，寻找是否有合适的地方。

最后，他们把眼光锁定在新建的"国际商贸城"大厦处。

经三人观察，眼前的国际商贸城是一个集展示、批发、商务、体验、物流五位一体的综合性商贸区域。比荷花池市场面积更大，划区更规范，设施更齐全先进，功能配套更完善，各区分类更专业更集中，是一个做生意的好地方。

眼下，已经开放的一区，已有许多商家进驻，人来人往，生意还算不错。

随后，他们还特地到了服装批发销售相对集中的二区。这里是服装时装集聚批发中心，也是服装时装生产企业直销集聚批发中心。金荷和黎水生都相中了这一点，金荷时装公司制作的男女各款式时装，休闲装，特别是中高档次的男女西式服装，在这里就有了广阔的展示和直销平台。

而且这里即将打造的西部服装自销专区，中国品牌服装工厂直销城等西部服装集聚批发中心，更是为金荷时装公司，以及"金荷花"时装品牌，提供了展示实力的舞台。

因此，金菏和黎水生对这里的规模和设施十分满意，对这里的市场现状和前景十分看好。他们在心中，已经开始盘算起了金荷时装公司及其销售门市对此商城的利用，筹划着下一步的行动方案。

▶ 市场整合

　　随着荷花池市场即将改造，这里首批将搬离的是荷花池批发市场一区，也就是批发市场首期建起的那片区域。

　　金荷时装公司在批发市场内的门市部铺面，和首批入驻商家的店铺，都要搬走，腾出地盘，为荷花池升级换代，打造一个新型商贸中心。金荷从个人感情而言，是赞成和支持的。

　　那天的座谈会上，金荷表明公司对这次荷花池批发市场改造改建的态度后，其余时间，都在与高振业交谈。他们在交谈中，还提到了民众和商家对这次改造的反响。

　　高振业说："一些市民或商家获悉这一消息后，纷纷表达了各自的意见。从中可见荷花池市场，在市民生活中，心目中的重要地位。"

　　他说："有市民说，'荷花池对我们的生活一直都很重要，很多东西都在那里买，特别便宜实用。如果搬走后，还会有这么方便吗？'面对这些疑问，作为政府和相关部门来说，只能是把政府的部署、政策，以及改造最终达到一个什么效果，耐心地向他们说明，消除他们心中的疑虑。"

　　金荷说："我也听到一些商家的反映。他们在这里经营多年，市场内布料、服饰、箱包、小百货、文具、小电器、日用品等生活物资应有尽有。都是与民众生活密切相关的物资，生意确实不错。"

　　停顿片刻，金荷又说："目前的荷花池市场物资丰富，已经成为成都市，乃至四川省各类生活物资的集散地。市场辐射面广，不光是外省外地市县的商家，愿到这里来进货购物，即便是本市的商家商贩，有的也会到这里来寻找货源。所以，这里的商家都对荷花池市场情深意切，情有独钟。"

说到这里，金荷说商家也有顾虑，"他们觉得这里只是环境不太好，和城市里的其他商贸集群比较起来，有些过时，有些混乱，有些落伍。但丢掉了这里，对他们来说就是一个很大的损失。"

高振业说："显而易见，老百姓更注重生活的本质，而商家更注重环境和生意。如果我们能够让整个商业市场的环境变得更好，经营变得更规范，无论是百姓，还是商家，他们都会拍手叫好的。"

成都荷花池市场从建立以来，迄今已有二十多个年头。尤其是近十来年，荷花池批发市场的上市商品，除保持大众化的特色以外，已逐步向高档化、品牌化方向发展。沿海生产名牌产品的企业，也相中了这块寸土寸金的风水宝地，纷纷前来开店求财。荷花池批发市场，以其地理位置优势，经营规模优势，商品价格优势，已经成为成都市市民日常生活中，不可或缺的重要市场，是各类生活物资的理想购物之地。

因此，高振业在向金荷说到荷花池市场的改造，不得不强调市场在百姓和商家心目中的重要地位，并着重提到了对市场进行一场现代化的改造，向高端化的建设，尤其必要。

而面对现在的荷花池，未来的蓝图将如何描绘呢？高振业也介绍到了。他说，区上已经全面规划出荷花池商业商务中心。它包括北新干道以东、二环路以南、一环路以北，以及人民北路以西五十米的街区范围内，一大片区域。这里作为升级版的科贸基地，将以全新的面貌，出现在广大市民的面前。

在年内，区属商场"成都市荷花池批发市场"原址，也将新建商业商务综合体一期项目，预计三年内建成。今后，这一项目将把荷花池，以及范围内的广场、市场、金荷花等主体市场连成一片，整体打造成为具有天府特色，集衣、食、住、行于一体的多元化活力街区。为此，形成城北片区的一个新型的商务中心。我们姑且把这里称为"新荷花池"吧。

高振业还说，到时，"新荷花池"不会再像原来市场迷宫一般的样子。整个用品市场，将分成四十多个行业进行市场布局。鞋类、服装、布匹、箱包、各类百货等各项同类产品，都集中分区经营。在老旧市场外迁后，原来的荷花池商圈原址，将建设新的现代服务业和房地产项目。目前，荷花池商圈的天海市场已经关闭，取代它的将是"金牛城市广场"。这里将来就会让市场环境，变得更规范，更完好，更整洁，更美观。

由此可见，荷花池地区未来的前景，将会是十分美好的。

当然，这样的改造改建，需要有一定的程序，需要有充分的时间做保障。根据相关部门的部署，成都市荷花池市场的改造，大约需要三年时间才能完成。

那么，在这三年的档期内，商户们的生意将做怎样的调整和安排呢？

高振业解释说："除老市场外，城北片区还有一批全新的商贸中心，可供商户们选择。区属荷花池市场正式关闭时，在市场经营的商户一部分可迁到成都国际商贸城。当然，也有一部分在附近市场租了新的场地，一部分则到了其他区县去拓展市场。"

说到这里，高振业似乎想让金荷明白他的意思，停顿一会儿，又继续说下去："就目前而言，我们的首要任务就是要说服商家，要看到将来的前景，消除顾虑，化解矛盾，在兼顾自己的经营利益的同时，也要了解政府的政策，支持政府的工作，为建造一个更美丽、更科学、更现代、更规范的营商环境共同努力。"

对此，金荷完全理解和支持，而且她和她的金荷时装公司，在此期间，已经做好了自己的打算和周密的安排。

金荷便向高振业说道："我们已经考察了成都国际商贸城及周边的营商环境，已经做好了搬过去的意向准备。"

高振业一听，当即对金荷和金荷时装公司的决定，表示赞赏和感谢。

而与此同时，位于北新干道、绕城高速一侧的成都国际商贸城，新的日用品批发区域也已经启用。

商贸城里的二区，是时装批发区域。现在也开始接纳服装生产厂家门市和时装经营商家入驻。从荷花池批发市场转移到这里的商家纷至沓来，似乎要把这里变成又一个"荷花池。"

在国际商贸城内，包括原来荷花池在内的传统市场，通常采用"现金、现场、现货"的交易模式。市场业态低端，经营方式也较为粗放。未来，商贸城则将大力推行电子商务，以电子订单、汇款的方式来发展经营。将来采购商甚至不用到现场，通过视频就能看样品，甚至进行交易。

高振业在介绍原来的荷花池商场会如何改造改建时，说："这里将会打造成一个升级换代版的新荷花池。"

这就是说，整个原来的荷花池市场将进行一次全方位的改造，在改造的过程中进行全面的重新整顿和组合。在全新的荷花池商圈内展现一个焕然一新的现代化综合城市商业中心和广场。

　　高振业还说道："在原荷花池批发市场撤出，进行改造的过程中，原来的荷花池市场管理委员会，便将自动撤销不复存在了。我的历史使命，也将在这里画上一个句号。到时，我的退休年龄也到了，便放马南山，告老还乡了。"

　　金荷听他这么说，心里就产生了一个疑问："那么，接替市场管委会的又会是谁呢？总得有个管理部门吧。"

　　高振业说："城市规划管理委员会，他们将把这一区域纳入他们统一规划的范围。你们原有的权益，也将由他们统一平衡解决。"

　　而在新的荷花池商务中心的建设中，像金荷等一些持有产权的商家，可根据政府在北改中执行的"产城融合、有机更新、先改受益、共建共享、事权统一"五大原则，享受到优先优惠的待遇，进入新荷花池的市场，进行自己的经贸活动。

　　对此，金荷特别有兴趣，也特别期待。

　　金荷把所了解到的信息，以及那天与黎水生和郑涛一道，去国际商贸城所看到的情况汇在一起，回到公司后向相关的人员作了相应的传达，想征求大家的意见、想法和建议。因为，这些相关的信息，将决定着公司的切身利益，在市场竞争中的具体体现。把握不好，便会对公司利益带来极大的影响，甚至是伤害。

　　郝志和认为时代在进步，市场在变化，他说："公司要发展，就应该紧随时代的进步，跟随市场的变化而变化。'识时务者为俊杰'，我们不能改变时代，也无力左右市场，顺应时代，适应市场却是能够做到的。所以，增强公司自身的定力，加强公司自身的现代化建设，促进自身的适应能力，才能在不断进步和变化的当下，站住脚跟，立于不败之地。"

　　金荷一听，又笑了起来，她对郝志和说："你这些话，又是纯粹的教科书语言。道理我们都懂，关键是要有具体的方案和点子，具体的做法。"

　　郝志和说："我这不是要告诉大家，我们处在目前的大环境下，应该具有的方向感，紧迫感吗？具体的方案和做法大家可以商讨，然后再来决定。"

　　欧启亮也发表了自己的看法。他说："具体的做法，我说不出个所以然来，但是我知道，自从金老板接手了我们原来的服装厂，将近三十年来，一步一步地发展到今天的规模，实在不容易。我有一个深刻的体会，就是脚踏实地依靠大家的智慧，辛勤努力，什么事情都会办成功的。眼下，我们这批人很快就要退休了，我希望金荷时装公司会越来越好。"

最有新意的还是郝爽，作为年轻的一代，她对母亲金荷介绍到的荷花池的未来，特别感兴趣。她说："无论是现在的国际商贸城，还是未来的新荷花池商务中心，其现代化的建设都是时代进步的表现。作为现实中的金荷时装公司，必须紧随时代，在这两个地方都要有自己的一席之地。我愿意在这方面做出努力。"

金荷此刻望着自己的女儿，心里明白她已经长大了，是应该让她接班了。

金荷做出了决定，把原来在荷花池批发市场的门市部，搬到了国际商贸城二区服装批发市场。

在此之前，金荷让黎水生和郑涛去到国际商贸城，与相关负责人在商贸城的二区，定下了约有一百平方米的区域，作为金荷时装公司的经营场地。在经过精心的规划和装饰后，便亮出了"金荷花时装"灯光店招标示牌。这里，成为了金荷时装公司进驻国际商贸城的专营门市。

一周后，金荷时装公司设在荷花池批发市场一区的门市部正式撤出，转移到了国际商贸城二区阵地，拉开帷幕，正式营业。

那天，荷花池批发市场内，有一些商家正在搬离。管委会高振业主任，专门带了几个人前来问候。也有一些相识，或不相识的商家朋友，来到这里送行和告别。

金荷那天也在现场。这里，毕竟是她人生中奋斗了多年的地方。

二十世纪八十年代中，从这里的棚铺市场开始，金荷在这里步入商圈。一直到今天撤离这里，已有三十年了，她见证了荷花池市场的全部演变过程。市场的风云变幻，潮起潮落，都曾经牵动着她的那一股最敏感的神经。曾经的同舟共济，甘苦相伴，让她在这里，经受了多少人生的思考和磨炼。同时，也让她在这里结识了许多商家伙伴。市场演变中的共同利益，共同命运，让他们相识，相知，建立起了深厚的友谊。这其中有欢笑，也有眼泪；有喜悦，也有苦涩。

金荷想：今日和这些商家朋友一别，有的可能还会继续携手共进，有的可能暂时分开，有的可能从此各奔东西。但无论怎样，共同的利益，共同的经历，结成曾经的友情，将让他们心心相印，难以磨灭。

金荷在这里，与高振业主任和管委会告别，在这里与商家朋友分别，却都盼望着不久之后，这里的一切将建立起新的一片天地。到那时再见，再欣喜相逢，延续曾经的美好时光吧。

成都国际商贸城所在地，应该说在之前的许多年间，就已开始打造。最先进入这片区域的是，五块石药材市场，五金电器市场。然后，才有从荷花池零售商品市场迁入的商家，并且已建成了相当的规模。

现在，新建立起来的国际商贸城，又将把荷花池服装批发市场迁移过来，与原有市场组合成一体。如此，成为成都市对外开放型，包罗万象的各类商品相对集中展示，和交易的超级大型贸易市场。

国际商贸城建立起来之后，对城北片区的贸易市场进行全面整合，起到一个相当大的促成作用。为此，成都市内和新都区，都各向这里开辟了多条公共交通客车线路，和新建起的地铁5号轨道列车线路，形成一个纵横相通的交通网络。极大地方便市民和各路客商往返通行。从此，为"科贸之都，文化北城"目标中的"贸"，即现代贸易，落实到了实处。

金荷时装公司入驻国际商贸城开张营业的同时，还有原荷花池批发市场一区的大多数商家。因各自经营的物资不同，被分别集中到了同类物资经营规划区内，展开营业。

而在二区服装批发市场内的，都是经营服装批发的商家。这样划分后，使同类的商品相对集中，大大地方便了前往商城购物的民众，以及前来批发的各路客商。再加上商城内先进的服务购物方式、结算方式、运送方式，就让顾客既省力，又省时间。特别是对外地前来大宗批发、购物的商家，更感到便捷。

因此，商城内人流、物流，都较原荷花池更多，交易额也普遍地增加了。于商于民，都感受到了现代商业的科学化、规范化，并且营商环境相对更优越了，无不令人称好。

金荷时装公司门市部，从荷花池批发市场，转移到国际商贸城后，面积增大了，能展示的服装更多了。在黎水生的指导下，店内增设了货柜和货架，以及特制的模特。金荷时装公司生产的所有服装，分季节性地都可以在这里展示，上架销售。

门店仍由吴熙、侯芳和许菊驻守。商贸城实行统一管理，公司便在商贸城的写字楼租用了一间公寓，由吴熙住宿和临时办公用。每天上下班他从这里往返商贸城，而侯芳和许菊则仍然住在公司宿舍和益民小区，每天从原住处乘公交车或地铁往返商贸城。

商贸城的销售，虽然仍以批发为主，却不像原荷花池批发市场那样有早市，交易多是在白天。因此，批发和零售，都可在同一时间进行。三人的分工吴熙负责批发，侯芳和许菊则负责零售。当然也有合作，营业款的收取，都由吴熙负责。

黎水生说："这是暂时的安排。在经过一段时间的试营业后，将视运行的具体情况再进行调整。"

门店的工作日程安排，仍与原荷花池批发市场门市部一样，周六和星期天的休假，三人轮流执行。黎水生也不时会来这里看看。另外，黎水生还交代吴熙，注意了解这里的电子商务运行情况。他说："公司在适当的时候，是否可以介入，利用现有的科学方法，提高公司销售业务的档次，做到更先进，更便捷，从而促进各类服装的销售量。"

总之，因为这里营业的特殊性，主要面对的买主还是以批发客商为主，以零售为辅。所以，对公司而言，这里的营销地位，还是像原荷花池批发市场一样，是公司对外销售的主要阵地。金荷时装公司和黎水生，对此都相当重视。

因为荷花池市场的关闭，原来许多与金荷时装公司有密切合作的批发商伙伴，可能对成都国际商贸城不熟悉，或者道路不方便，就愿意直接找到公司去进购服装。而且，到公司去选择的余地可能还会大一些，数量多少更灵活一些。公司对他们来说，肯定是敞开大门的。

因此，黎水生也嘱咐吴熙，在接触其他批发商家的时候，也可以向他们推荐，鼓励他们到公司来进购服装。黎水生说："两条腿走路，一是把公司的名声进一步扩散出去，二则，也会增加销售量，促进公司的效益增长。"

对此，金荷表示非常赞许。她希望黎水生的这些举措，能在公司门市部从荷花池市场向国际商贸城过渡的阶段里，不致使服装的销售和经济效益下滑。最为理想的是在持平中，略有上升。

"北改"的进程中，城北地区的面貌，不知不觉悄然发生了很大的变化，达到了预想的效果。作为北改重点区域的金牛区，从而进入了城市改革的"中优"阶段。

金荷时装公司同样，也在外部营商环境不断地改善，内部运行机制的新陈代谢中，发生了一些新的变化。

北改接近尾声的时候，金荷时装公司原来牵涉到北改火车北站片区的二十六位职工，房屋拆迁基本上都得到了妥善的解决。有的是搬进了房屋拆迁后新安置点的惠民小区。有的是以货币置换，发放拆迁款的方式处理。拿到拆迁款和补贴之后，都在各自钟爱的小区内购置了新房。

金荷了解到这些情况后，安排郑涛走访了这二十六位职工的家庭，并向他们表明，公司将予以适当的补助，祝贺他们乔迁新居。补助采取什么方式进行，公司特地征求了他们的意见。

因为他们家庭的需求各不相同，表达的愿望也各不一样。公司在综合了不同的意见之后，决定对每户作出以同等待遇的方式进行补贴。最后，选取了以许广茹家庭为代表，购买了一套价值六千元的厨房设备为标准。其标准供其余家庭参照，以同等待遇给予补助。

这套厨房设备，包括橱柜、燃气炉具、微波炉、餐具及不锈钢水池等。美观大方、清洁、实用，无疑会提高员工家庭生活的质量。凡是愿意和有需求的家庭，均由公司购买后赠送给他们。

有的家庭因不需要厨具，而有其他的需求。因一时无法统一，公司便参照这套厨具的价格，每户以六千元现金发放补助，便于他们灵活处理。同时，也让他们感受到了公司的关怀。

金荷想，"北改"是政府行为，是金牛区当前的重点工作。像自己这种企业，不可能参与到政府的工作中去，只能是配合好政府的工作，做到步调一致。并力所能及地在北改进程中，做到助力政府，惠顾职工，便是完成了自己的工作和尽到自己的职责了。

为此，因火车北站片区北改任务的完成，金荷时装公司的助力北改工作，也因这一行动，告一段落。

这年，金荷时装公司成立，也已进入了第二十六个年头。

欧启亮、王德川和卢士傅等，原来从城北服装厂转入金荷时装公司的老一代职工，都已到了退休的年龄。这是最后的一批，一共有六位。

金荷很尊重他们，曾私下里与每一位老职工都进行过沟通。她征求他们的意愿，是否愿留下来，在公司继续工作？还有什么意向，需要公司协助解决等？在沟通中，这些老职工也很感谢金荷，感谢公司对他们的关心。他们大多数都表示，年纪大了，工作了一辈子，也想歇下来休息了。

公司为这批老职工办理了退休手续，让他们享受退休金待遇。有几位让孩子进入公司，顶替工作的，公司也热情地接纳了他们的孩子。这样，原来服装厂的所有老职工，全部办理退休完毕。

金荷时装公司在为他们办理退休时，将他们原持有的股权股金，在征求了他们的意愿后，全部以现金兑换，收为公司所有。包括原来黎水生入股的金额，金荷在这一次收股中，也一次性地加息退股，并感谢他对公司的支持。

这样，金荷时装公司就没有一分钱的外来股金，完全成为了一个独立资本的民营企业性公司。

在收购这批老职工的股份时，金荷对他们自从公司成立以来，一直对公司的支持特别感动。因此，对股份的增值，是随着公司效益的增长水涨船高，也是有所增加的。也就是说，这二十多年来，这些股份的价值，除了在每年的利润分红后，股金的实际价值也在增加。直到这部分老职工退休时，他们手中的股金，也有了成倍的翻番。

这些老职工在向公司退让股份，拿到公司购股的金额时，都有些不敢相信自己的眼睛，乐得"呵呵呵"地闭不上嘴。他们没想到金荷这么看重他们的价值，恨不得再年轻十岁，再在金荷时装公司干上十年。

在这批最后退休的老职工中，像卢士傅，因剪裁技术高超，金荷一再希望他留下来，他实在抹不过情面，答应金荷再干一两年。他说："我会把自己的绝活，毫不保留地传授给徒弟。"

像曾广茹，超期干了几年，今以带孙子为由，这次也要退了，金荷不好再勉强，只好不舍地放人。

欧启亮当然更不消说了。前两年他把自己的小儿子欧鹏，送进公司当了一名保修工。他说："正是因为金荷的待人让我感动，也是公司的需要，我就把儿子送来顶替我，继续为金荷时装公司出力。"

还有王德川，他在原来的服装厂就是车间主任，进入金荷时装公司后，也一直负责生产车间的工作。后来，公司新的车间建成三条流水生产线作业，也是他一直在第一线抓生产，其功不可没。本来他去年就退休了，公司为他办了退休手续后，又留他干了一年，这次才退下来。

……这些，让金荷十分感激他们。

为此，金荷时装公司为最后这一批退休的六人，开了一个欢送座谈会。

欢送会由金荷主持。她诚挚热情地对这些合作了多年的老职工，老朋友说："感谢你们这么多年来，与金荷时装公司风雨同舟，勤恳工作，并祝你们退休后，晚年生活平静，幸福，美好。"

会上，公司还向他们赠送了简洁美观的纪念品。

郑涛安排公司食堂为他们送行，叫齐正富拿出烹调绝活，做了一桌好菜。由金荷、郝志和、黎水生和郑涛陪着他们，吃了他们在公司的最后一餐饭。然后，由郝志和、郑涛分别开车，把他们一一送回到家里。

金荷时装公司一直以来，就是用这样的方法，来褒奖这些老员工对金荷时装公司，多年来所做的奉献。

市场整合

▶ 后继有人

郝爽结婚了。

经过四年的爱情互动，郝爽和程博结婚了。

他们从羌乡支教回到成都以后，起先都在忙各自的工作，想干一些成绩出来，并不想急于结婚。

可是，时间稍长，双方的父母看两人老大不小了，就稳不住了。三番五次地催促他们赶快结婚，把自己的终身大事办了。郝志和曾自嘲地说："这真是皇帝不急，太监急啊。"

要结婚，首先得有住房吧。金荷曾和郝志和商量过，先拿钱出来为他们买一套房屋。但是亲家方面一听说，就不同意。亲家说："还是由我们先垫支首付款，其余的，由程博和郝爽共同去还房贷。年轻人，就要给他们一点压力，不能什么都由父母包办。"

金荷和郝志和觉得这样不好，他们也应出一份力才对，便与亲家商量。商量过去讨论过来，最后双方商议决定，两亲家各出一半首付，其余让程博郝爽他们自己去完付房贷。

郝爽听说后就笑起来了，她对程博说："你看，这四位老人真逗，买房交个首付，也要搞AA制。"

程博和郝爽都不同意他们的做法，就用这些年他们两人存下的钱，去交了首付款，在"蓉城花园"买了一套一百平方米的精装房。房屋的贷款，也由郝爽和程博自己共同来还。郝爽说："自己的事，要由自己来办，才会有自己真正的幸福。"说得四位老人啧啧称赞。

其实，郝爽和程博所存的钱，也是不够的。还是郝爽找母亲私下"借"了一些，只是没向大家说明白而已。程博的父母还真以为是他们自己节约下来的，暗想郝爽这女子真不错，很会持家，是个好媳妇。

程博的父母程梓林和童玉娟，也是这所科研单位的职工。二十世纪八十年代初，他们从某军事院校毕业后，就被分配到这个单位，从事研究工作。他们俩本是大学同学，到研究所后不久便结婚了。后来，有了儿子程博。

程梓林先在实验室工作，然后做到研究员，高级工程师，研究室主任。前几年提升为研究所副所长。而童玉娟则一直在研究所负责资料收集和管理，现在是研究所档案室主任。

程博就是在这个研究所大院里长大的，耳濡目染，继承了父母强大而优良的遗传基因，而且非常优秀地把它发挥到了尽善尽美，淋漓尽致。

程博和郝爽准备结婚时，金荷对那次王家蓉和齐正富的儿子结婚记忆犹新。冥冥之中，好像给了金荷一个启示。她也想给自己的女儿郝爽举办这样一场婚礼，好让亲朋们都来热闹一下。她想，现在年轻人结婚，不都是这样办的吗？风光一点，场面大一点，让亲朋们高兴满意，也不枉父母一片苦心。

那么，要办这么一场婚礼，应具备什么条件，怎样才能进行呢？

首先，要找一家富丽堂皇的酒店或酒楼。花钱请一个婚庆礼仪公司，为婚礼现场布置装饰一番。音响、灯光、摄影、录像一应齐全。

然后，租几辆豪华轿车，扎上鲜花、彩球、彩带，载上新人，在市内的主要街道上，风风光光地转上一圈。有必要时，可把婚车开到滨江路上，府南河汇流处的合江亭，去照几张婚纱合影照，走一走爱情斑马线。等到婚车开到婚礼现场的酒店或酒楼后，一群人前呼后拥，簇拥着西装革履的新郎和婚纱拖地的新娘，在伴郎和伴娘的陪同下，进入扎有花环、花门的婚礼大厅殿堂。

此刻，礼炮、烟花、音乐齐鸣，摄影的闪光灯匆匆地闪烁不停。新人在众多来宾的呼叫和掌声中，在《婚礼进行曲》的旋律中，款款步上华丽的舞台。彬彬有礼的婚礼主持人，便用亢奋、铿锵、磁性的嗓音，或是柔美甜润的口吻，向高朋满座的嘉宾们宣布，婚庆典礼开始。

再然后，是各色仪程的节目登场，在欢快喜气的氛围中，一一进行。这样，要热热闹闹地进行将近一个小时，才是在主持人的统一指挥下，光临婚礼的嘉宾共同举杯祝福新人幸福，婚宴开场。婚宴场上酒杯频举，觥影游移，欢声笑语，要持续一两个小时之久。

如此下来，一场隆重的婚礼，从筹办到结束，大概要两三天的时间。这便是金荷为女儿设计的一场婚礼，可以弥补自己结婚时的遗憾。

为了让女儿风风光光地出嫁，金荷犹豫了好几天，还是决定要办得隆重一些，光彩一些，热闹一些，不留下遗憾。这是金荷最理想不过的事了。

可是，亲家程梓林夫妇却不以为意。他们告诉金荷："我们有纪律规定，不能为儿子的婚礼大操大办。"

这好像是给金荷的心里，兜头泼了一瓢冷水。

结婚那天，由程博的父母主持，只请了亲家金荷两口儿和金池一家人，还有程梓林的亲戚，共十二个人。他们在一家饭店，摆了一张大圆桌，吃了一顿午饭，就算把婚礼办了。这让金荷心里不是个滋味，很是过意不去。

金荷又在"北荷酒家"为女儿的新婚补办了一次喜宴，像赌气似的。但因碍着亲家的面子，也不好大办，也只请了两桌客人。

金荷的父母，金池一家人，还有王家蓉夫妇，黎水生一家人，郑涛一家人。本来还请了冯小玉夫妇，但夏二娃有事没来。是冯小玉带着夏佳来的。

亲家两夫妇本不想再办，不想来。后来还是抹不过情面，又是郝志和开车来接，只好来了。

这样，一共有二十个人，刚好两桌。现场气氛还算是热闹。大家聚在一起，吃了一个晚餐，了却了金荷的一桩心事。

晚宴上，还是金欣出的一个点子，让气氛活泼起来。他事先找了一个歌手，为郝爽和程博献上一首歌。

当你从我面前慢慢地走过，
时间仿佛定格在这一刻。
让我忽然看到了生活的颜色，
不再像过去那样冷漠。
当你从我心里悄悄地经过，
一点一滴都是那么的深刻。
喜欢听着你安静地歌唱，
歌声里面有你也有着我……

一年之后，郝爽生了一个男孩，把两亲家四口儿真是乐坏了，都争着要来带孙子。金荷为此还想把公司的事一下就交给郝志和与女儿郝爽了事。

最后，还是童玉娟对金荷说："亲家呀，你们现在还有两位都八十来岁的老人，需要照顾，再说还有自己的公司需要经营。而我，已到了退休的年龄，在家耍起还是闲着，不如带个孙子还有点乐趣，你们还是让我来吧。"

郝志和也说："孙子才出生，离不开母乳。"

金荷听童玉娟和郝志和这么一说，随后想想还真是这么回事。孙子还是哺乳期，怎么能让郝爽接她的班呢。真要接班也是一两年后的事。

孙子取名程子浩，由童玉娟带着，住在儿子程博和郝爽的家里，既方便郝爽哺乳，也方便郝爽休息。这样，又过了一年多之后，儿子程子浩已经能说话，到处跑了，郝爽才放心下来，又回到了金荷时装公司。

国际商贸城二区以批发服装为主，并设有高档服装专销区和专柜。这里因营商面积较荷花池市场增大不少，市场前景也更加广阔。

金荷时装公司原在荷花池批发市场的门市部，转移到这边来后，同时在原荷花池市场，一起做服装生意的大多数商家朋友，也把自己的门店，或者是分店搬迁了过来。

当然，也有其他市县的商家，甚至是外省如广东、浙江、湖北、陕西等省的商家，也纷纷赶来，在这里开启了门市部，让商贸城变成了一个超级大市场。而且，这里经营的各式服装，从国内品牌到国际品牌都有，五花八门，蔚为壮观，名牌百出，让人眼花缭乱。

金荷时装公司，除了有自己的营销区域外，也在高档服装专销区内设置了专柜，除了出售本公司的"金荷花"高档时装外，也销售广州依琦现代时装公司的高档时装。把两公司的合作也延续到了国际商贸城。无论是批发，还是零售，生意都很红火。有时，让现有的包括吴熙在内的三个营销人员应接不暇。公司不得不又增派了两位人员过来，一共五人，在这里值守着阵地。

那天，郑涛开车，把郝爽和黎水生送到了这里来。

郝爽是要来看一看公司的营销情况，这是她第二次到这里来了。前次来时，二区进驻的商家还不多，看不出生意的好坏。可是这次进到商贸城二区一看，没想到才半年多的时间，变化竟然如此之大，让她始料不及。

郝爽和黎水生在公司的门市看了一会儿，就有多个批发客商光顾购物。

然后，吴熙又陪着他们去高档服装区域，在公司的专柜处看到，生意也不错。他们为了解商情，同时也在二区的其他商家门市，看了一下。

转了一圈下来，郝爽发现这里的竞争大，且激烈。她心里暗想，如果公司没有一个过硬的品牌支撑，很难在这里站稳脚跟，打开一片天地。同时，也让她明白了，服装市场之大，超乎了她原来的认知和想象。

他们在公司门市，向吴熙交代了一些事务后，就调头回公司了。在回公司的路上，郝爽对黎水生说："黎叔，看来我们除了这块阵地之外，还应该在其他领域里，开辟一些新的市场。"

黎水生说："我们不是还有市内的五大商厦门店吗？"

郝爽笑起来，说："这些我都知道。我说的意思是，我们能否把电商也搞起来，把网购这个市场也打开建立起来，这也是一条路子。"

黎水生说："这个，国际商贸城内也有电子商务服务，我已叫吴熙注意关注。但有些什么东西我就不大懂了，目前只是在关注，考虑可否介入，眼下还没有想到在里面是否有作为。"

郝爽说："这个好办，回去后我们先做做准备，条件成熟了，就可以介入，另外我们自己也可以先做起来。"

这次到国际商贸城走了一趟，让郝爽看到了服装商贸市场的巨大，其中充满了无限的商机。就看你愿不愿去想，愿不愿去寻找，找到了又敢不敢干。

回到公司后，郝爽把去国际商贸城看到的情形，向父亲郝志和及母亲金荷说起。他们问郝爽有什么感想和打算，郝爽就将自己寻思把电商搞起来的想法，向他们说起，而且断定这是今后营商的一个方向。

金荷与郝志和表示支持，他们想现在年轻人的知识，远比自己强多了。自己搞不懂的，就别多管，让他们自己去闯吧。

这样，郝爽就把自己的精力主要放在建立网购平台上面去了。她本来就是学经济学管理的，在这方面有一套自己的理念。她想，现在就是个好时机，正是要运用自己知识的时候了。

郝爽读大学时，有一位同寝室的好姐妹薛泽苹，毕业后就把电商作为创业的路子，自办了一个电商平台。上个月郝爽碰到了她，一谈起电商的话题，十分投机，知道她现在的平台做得风生水起，不亦乐乎。郝爽心想，现在正好自己准备接替母亲的公司，能把电商也搞起来，增创一条营销渠道，可以弥补实体店销售的不足，何乐不为？

于是，郝爽利用一周的时间，到薛泽苹的电商公司里去，进行实际感受。在那里，她看到了一些全新的情景，领悟了一些基本的东西。郝爽对薛泽苹说自己也想把电商搞起来，薛泽苹听后很高兴。她对郝爽说需要的话，她们可进行交流，她的平台还可以为郝爽提供全方位的服务。这就更加坚定了郝爽，要走这条路子的决心和底气。

郝爽回来后，就先给表哥金欣打了个电话，她谈了自己的想法，向金欣求助。她想先把平台所需的东西准备齐，先把平台建起来再说。

金欣是学电子通信和计算机的，研究生毕业后就留校教书，教的也是他学的专业。这方面可说是轻而易举手到擒来的事。金欣完全支持郝爽，他很爽快地对郝爽说："你什么时候需要我帮忙，随叫随到。"

随后，郝爽也给程博讲起这事。

说到这事，还是程博给她出的主意。程博说："搞电商，也是一条营商之道，而且市场前景无量。我建议你不妨一试。"

现在郝爽想干了，程博当然支持她。他说："在这方面也不需要什么设备，有电脑就行。即便需要什么，我就是搞通信设备设计和制造的，还有什么困难能难倒我们呢？"

从二十世纪末才出现的电子商务化交易的活动，经过十多年的进步和逐渐完善，互联网已使传统商业活动中的各环节，走向了电子化，网络化。从电子交易市场，网络营销等，在现代商务活动中，慢慢地得到了普及。

而且，随着电商市场的进一步健全和规范，商品与服务的提供方，在售前的货源品质保障，售中的宣传推介，和售后的服务兑现等方面，也将随着市场完善相关法律及奖惩措施的出台，而会变得更加规范自律。原来的一些电商平台，普遍存在的假冒伪劣商品，在将来的生存空间越来越小。为此，也将吸引更多的民众参与其中，网络平台的商业前景，无可估量。

郝爽也正是看到了这一点，决定在金荷时装公司的销售上，开展网络电商服务，扩大公司的影响力，增加公司的销售渠道，为公司今后的发展，开辟一条崭新的路子。

说干就干，郝爽在金欣的帮助下，先将自己的电商网站建立起来，通过互联网与其他网络平台联系起来。

金欣告诉郝爽："按照建立电商网站的一站式全程，应该包括七个方面，我们经过整合后，就只要四个基点，就可以在电商平台提供一站式的服务。如建站、托管、可信、营销等，这样更简单便捷，且效果不变。平台一旦建起后，不用过多的程序就可展开销售活动。"

郝爽说："一切按照你的设计进行，越快越好。"

经过了一周的时间，郝爽需要的电商平台就建立起来了。当然，这并不是说一周里每天都在忙碌地干，因为金欣也有自己的教书任务，每天只能是在业余时间里，来公司帮郝爽的忙。好在这本身就是金欣的专业，轻而易举就能办成。

下一步，郝爽的要求是要金欣把这一套的操作，教会公司安排的人员。对此，金欣也觉得责无旁贷，愿任劳任怨为郝爽尽责。郝爽笑话他做起事来，真舍得卖力气。金欣便佯装严肃地斜了郝爽一眼，对她说："谁叫你喊我表哥呢？躲都没处躲呀！"说得郝爽"咯咯咯"地笑。

凑巧的是，黎水生的儿子黎明去年大学毕业后，在一家公司干了一年，那家公司因经营不善面临倒闭。听说金荷时装公司正筹备电商平台，他就悄悄地找到郝爽，想跳槽过来。郝爽一听正求之不得哩，让他立马办了辞职，到金荷时装公司。

黎明在大学里学的是平面设计专业，对绘画、摄影、录像这一套滚瓜烂熟。而电商平台里营销服务，时装广告等方面正好用得上黎明的专业知识。黎明过来之后，郝爽又从公司员工中抽调了两人跟着黎明一起，在金欣的指导下，把电商平台的网站建立起来，并开展工作。

公司电商网站，就设在办公大楼的一层，销售部的隔壁。郝爽找了外部的装修人员，在一楼的展示大厅内隔出一间房屋，作为黎明的摄影工作室。

那天，黎水生正从外回到公司，发现儿子黎明正在忙乎，感到一阵惊奇。他把儿子叫过来，问道："你不在公司上班，跑到这里来瞎忙活啥子？"

黎明说："我就是在上班呀！你不知道？我已是郝姐旗下的人了。"

这时，黎水生才知道，黎明已到公司来了三天。因为想做点表现，晚上没回家，住在公司宿舍里。晚上，陪着金欣建网络平台。白天，就筹办摄影室的事，还没来得及告诉父亲。

金荷时装公司最后一批老员工退休之后，在车间一级的管理中，就出现了断层的现象。金荷与郝志和商量后，便从三条流水生产线上的主管中，抽调了一位出来，接替原来王德川的车间生产管理工作，负责协调三条流水生产线上的加工、平衡和调度，接受郝志和的直接指挥。这个人是邹洪。

邹洪是那次和其他二十几位员工一起，从职业技术学校招来的，已在车间干了有六七年了。进公司后，先在车间流水线上做操作工。

小伙子勤奋好学，基本上把流水线上的各道工序，都干过一遍。线上的哪道工序缺乏人手，赶不上进度，他几乎都能顶得上去，不致使上下工序之间出现脱节。王德川曾不止一次地，对郝志和及欧启亮说到过邹洪："这小伙子不错，技术很全面，又舍得干活。"

后来流水生产线主管退休，他们一商量，就把他提起来，当了流水生产线上的主管。这个主管，相当于大企业，大生产车间的工段长。

邹洪当了主管以后，因对加工业务特别熟悉，对加工设备特别了解，对本条流水线上，各工序的操作者的技能，掌握得特别清楚。所以对自己管理的这条流水线，他安排得特别紧凑、合理。在车间三条流水作业线中，是特别出色的。这点深得王德川的赏识。

王德川因多次向欧启亮和郝志和，提起过邹洪，在郝志和的印象中，他是个能力较强的小伙子。所以，这次欧启亮和王德川都同时退休了，中间出现了断层。郝志和经过几天的考虑和考察，很慎重地在车间，征求了一些人的意见后，就把他提成了车间主任，协助自己对车间生产的管理工作。

邹洪调作车间主任后，为让流水线正常地运作下去，他原在的那条流水生产作业线的主管工作，便从线上抽调了一名业务相对熟悉的员工，顶替了上来。

曾广茹这次也退休了，接替她的工作的，就是她的徒弟秦学凤。

那次，黎水生回家乡，为公司招来的女工中，就有秦学凤。她进公司后，就一直跟着曾广茹学习。对服装的检查工作，先是从每一道工序检查做起，一步一步地才走到最后的成衣终检。应该说她对检验工作的要领，是掌握得十分透彻和牢靠的。

迄今已有二十多年工作经验的秦学凤，有她顶替曾广茹的工作，郝志和与金荷都是信任和放心的。

一个企业的正常运行，就像一台完整的机器一样。它的各个部件，各个零件，都必须处于完全的正常位置。一旦运转起来，才能发挥出它最大的潜力，按照操作者的意愿，起到最正确、最大的作用，金荷时装公司也不例外。这点，金荷和郝志和是最清楚不过的了。

在对企业内部的车间生产做出调整，充实了车间和各流水生产线上的管理工作之后，公司对外部经营销售的环节，根据市场情况的变化，也做出了相应的调整。

国际商贸城的营销业务，就像原来的荷花池批发市场一样，是金荷时装公司最主要的营销阵地。公司所生产的服装，有百分之七十左右，要经过这里对外销售。其次，才是设在城内五大商厦内的公司门店销售。

这五大商厦，分布在城市的东、南、西、北、中各个方向。因人口居住的疏密和多少，人口流动大小的程度不同，体现在购买力上也有大小，多少的差异。当然，也有人们购物的倾向与欲望，商品的质量好与差，价格的贵与贱等多种因素的影响，购买力也会出现变化。

但是，就金荷时装公司的服装销售而言，在五大商厦内的销售量，也是各不相同的。一般来说，设在市中心商厦内的门店销售量，都大于东、南、西、北商厦内门店的销售量。而东、南、西、北商厦门店的销售量，也有差别，参差不齐。这就牵涉到公司对各个门店人员的配备，要有一个合理的平衡和调整。对此，黎水生曾做过多次调查，希望能尽量安排得合理一些。

公司外联销售的商家，只有青年路批发产市场的夏二娃一家。当年金荷因与冯小玉这层关系，为了让利给他们，就没有在青年路开设公司的门店，由夏二娃独家经营，专售金荷时装公司的服装产品。现在金荷也无意在青年路，开设公司的门市部店面，哪怕是一个柜台。

从夏二娃常到公司来提货的服装款式，数量来看，他在那里的生意还是不错的。金荷和公司还是一如既往地给予他优惠，对他的销售，没有丝毫的干预。

至于附近市县，常有商家来门市部批发服装。甚至有的商家是开车赶到公司来批发服装，每次批发的服装款式有多种，且数量还不少，而且有越来越多的趋向。即便是这样，金荷和公司也不为所动，根本也没去考虑过，也不愿去想，到市县开设分店的可能性。只要有了这些固定的客户，并且在稳中有所增加，公司的经营就是胜券在握。

所以，金荷认为，把握好公司自己的生产品种，和数量这个度就行了。

这样，金荷时装公司对城内五大商厦门店销售人员，经过实情调查后，也做了相应的调整。以便能更适应服装销售市场的变化，保证公司对内生产和对外营销机制的正常合理的运转。

再说，郝爽回到公司后，对营销也很重视。除了现有的销售手段外，她正在筹划的电商路子，对促进公司今后的营销业务，必将大有裨益。

从公司领导层面看，欧启亮退休后，便只有郝志和一人负责主持公司的生产管理工作。虽然邹洪提升为车间主任，但他的管理权限也只局限在车间的三条流水生产线上。而对公司的生产包括供应、技术、设计、检验、维修等，还有协调合作，全方位指挥，全部是郝志和一个人在承担。

郝志和今年已是五十七八岁的人了，显然精力也已减退。要对公司生产的各个环节，做得面面俱到，确实是勉为其难了。对此，金荷是深有感触的。而金荷为公司操劳了三十来年，她也有了精疲力竭的感觉。

为此，金荷和郝志和不得不考虑让郝爽接班，把公司交给郝爽来管理。

后继有人

郝爽接班

　　金荷决定把公司交给郝爽之前，曾找郝爽问过她儿子的情况，并问她现在能否接手公司的事务。

　　郝爽说："儿子长得很好，由他奶奶带着，长得胖乎乎的真好玩，但就是还小，真有些不放心丢手。再一个，我现在正在金欣帮助下搞电商平台，等网络弄顺畅后，再说接手公司的事吧。"

　　金荷说："大概能有多久？我真的是想歇歇气了。"

　　郝爽说："我知道妈妈累了，再等我半年。半年以后我一定接班。"

　　这半年，郝爽真的没有闲着。

　　电商平台的建立，虽然由金欣和黎明在着手搭建，网络系统，统统由他们负责。这倒是让郝爽省了很多心，再说她也帮不上手。可是，建立网络平台各类手续的办理和审批，与外部网络公司的沟通、协调等事，都要由郝爽去跑路，去找关系。有时还得拉上程博去跑，去走各种路子，甚至要动用身边的所有人脉关系，包括她读书时的同学和老师。

　　好不容易把这些杂七杂八的事情办妥，金欣这边的工作也算有了眉目，搭建起了一个大概的网络框架。经过试运行，还算通畅。接下来，就是最后的完善和节目内容的制作了。

　　郝爽建电商网络平台的事，做到了这个地步时，半年的时间，也毫不留情地溜过去了。

　　那天，金荷把郝爽叫到自己的办公室，她让郝爽以后就在这里办公。办公室里的一切，都由郝爽来处置。她从那天起，就决定退出去了。从此，放手由郝爽接手公司的一切事务。她对郝爽说："你也在公司里待了两年多了，公司里的一切事务，你也应该知晓了。从今以后，公司就由你来打理。"说到这里，她问郝爽，"你看，有什么想法可以直说。"

郝爽说："好吧。这些年让爸妈都受累了，我是应该接手了。只是在以后的日子里，如遇到什么困难，还得请你们帮助和支持。"

金荷说："我们离开公司又不是离开了你，好好地干，我和你爸始终都是爱护你的，支持你的。"

郝爽从隔壁办公室搬进母亲金荷的办公室后，保持了原办公室的模样，未作丝毫改动。她想，如果母亲要来公司，走进办公室后，一定会有一个温馨的感觉。不同的只是把母亲的电脑移走，把自己的电脑搬过来。那里面全是自己平常下工夫积累起来的资料，和有关电商的内容。这些是一点都不能丢失的，也是自己经常要用到的。

郝爽主持公司的工作后，她首先更改了公司的名字。然后，重新把公司的组织机构进一步完善，取消了原来的董事会，成立总公司。

对于这一点，金荷和郝志和都未作干涉，放手让郝爽自己去打理。

现在的金荷时装公司，已经是一个完全独资的私营公司，没有一分钱的外来投资参股，也没有公司内部员工持有股份。所以，原来的"成都金荷时装股份有限公司"已经名存实亡，名实难副。

郝爽决定，将公司更名为"成都金荷花时装责任公司"。除了去掉股份公司的内容外，进一步强调"金荷花"品牌的突出地位。注明本公司就是"金荷花"品牌服装制作的专业性母公司，并承担相应的经济、法律、社会等相关责任。简称"金荷花时装公司"。

为了吸取教训，郝爽还决定公司可以出资参与其他公司的联营或合作。但是，绝对不再吸收外来股金，以及外公司资金参与本公司的任何业务和经营活动。郝爽强调由公司自主独立经营，这一点，得到了父母的支持和认可。

恐怕是"一朝被蛇咬，十年怕井绳"的缘故。郝爽的这个决定可能是因噎废食，可能会对公司的业务，带来某种负面效果，却得到了母亲金荷的赞许。金荷不愿看到自己曾经的遭遇，在女儿身上重演。

同时，金荷也提醒女儿："出资参与其他公司的联营，或合作时，一定要谨慎小心。不要因一时的得利，而落入别人的陷阱和圈套，无法自拔。"

郝爽说:"如果有这样的情况,我会三思而行的。再说,参股之前,我也会先向父母汇报,征得你们的意见和同意。我知道这些产业都是父母辛苦一生,一分一厘攒下来的,我不过只是继承了而已。"

金荷说:"这一点,我们肯定放心,毕竟只有我们自己,才是最了解自己的女儿的。"

撤销董事会,也是基于股份制的不复存在,没必要再有持有股份的人员,参与公司各个层面的管理。郝爽将对公司的全面管理权限,集中在自己手里,不受其他因素的干扰。这样,就避免了出现政令不达的现象和可能,以便于集中管理。

郝爽也知晓在令行禁止中,当然也可以,或也应该,听取相关人员的建议和意见,但决定权一定要集中在自己手里。

自然,有了决定权,也就有了相应的责任。但凡出现需要负责的地方,也应由自己承担。有权就应有责,对此,郝爽是十分明白和清楚的。

郝爽在决定组织公司领导层,选择成员时,她先向父母谈了自己的设想。她希望父亲郝志和,仍能主持公司的生产管理工作,哪怕是一两年。

她以渴望的眼神对父亲郝志和说:"就干一两年。在这一两年的时间内,你也可以培养一两个副手,然后,循序渐进地完成交接工作。"郝爽说,"即便是当一个名誉负责人也行。这样,不致使因父亲的突然退出,出现公司生产和管理的空当和脱节。"

对此,金荷知道女儿从小,就一直依恋着自己的父亲,啥心里话都是先对父亲讲。她就对郝志和说:"你就依了自己的女儿吧。"

郝志和拗不过母女俩的游说,同意了郝爽的建议。他说:"有道是'扶上马,送一程',我就再为自己的女儿保驾护航,护送一程吧。"他看了一下身边的女儿,说,"义不容辞。再累一点也高兴,也值得。"

郝爽十分感动,又像回到了小时候那样,娇滴滴地把身子依偎在自己的父亲身边。

在得到父母的认可之后,郝爽对公司的人事安排做出了自己的决定。

公司改名之后,郝爽便担任了公司总经理的职务,对公司内外的一切事务负责。公司所有事务,她都有权过问,有权管理,有权决定。自然,也有了承担相应责任的义务。她同时直接负责公司财务,电商平台的工作。

总经理下设三位副总经理。分别负责公司生产、技术、质量,采购、营销、人事、行政、保卫等工作，并向总经理负责。

郝志和副总经理，负责全公司的生产、技术、质量工作。兼管各种报销凭证的审核和批准工作。

私下里，郝志和对金荷和郝爽自我打趣地说："我当副手几十年，已经当习惯了。以前是老婆的副手，现在又是女儿的副手。事实证明，一个成功的女人背后，没有像我这样的一个副手还真不行。我也算是一个成功的副手吧。"

此话一出，逗得金荷和郝爽母女俩都"呵呵呵""咯咯咯"地笑起来了。

黎水生副总经理，负责全公司的生产资料采购、生产制品营销、各门市部业务，以及售后服务工作。

有董事会时，黎水生就是副董事长，改为责任公司后便改任副总经理，亦是理所当然。黎水生跟随金荷三十年，现在已是五十来岁了，正值壮年，又是一把经营的老手。他经验丰富，商道稔熟，必定会是郝爽的得力助手。

郑涛副总经理，负责公司办公室，全公司的行政事务，公司保卫工作。

因与金荷和郝志和那层特殊的关系，郑涛一直把他们视为自己的恩人，而且还得到过他们百般的照顾，早已就铁定了心要跟着他们。这次，郝爽接班也没有忘记，郑涛对公司的一片耿耿忠心，因此将他提升为公司副总经理，并委以相应的重任。这让郑涛顿生感激之情，决心继续勤恳工作，以报知遇之恩。

公司领导层人员确定，并有分工之后，郝爽还征求三位副总经理的意见，对公司中层机构的设置和人员安排，做了全面的调整和任命。

公司设置财务总监和财务部，总监和部长均由郑惠担任，直接对公司和总经理负责。增调两名会计，协助郑惠和罗琴的工作。

同时，公司还设置了质量总监和技术部。质量总监由秦学凤担任，技术部部长由于文捷担任。他们分别向公司总经理和技术、质量副总经理负责。

公司只设置一个时装制作生产部，撤去了原来的"成都城北金荷花服装厂"厂长和车间主任。生产部部长由邹洪担任，直接负责公司的三条流水生产线，包括生产任务下达、协调的管理工作，并向生产副总经理负责。

公司设采购销售部，负责公司生产资料的采购和供应，公司生产服装成品的销售工作。采购销售部由黎水生副总经理兼任部长。

公司对外销售的国际商贸城门市部，城内五大商厦内设置的公司门市，进行人员调动、充实、平衡、协调之后，均实行经理负责制。经理分别由吴熙、许菊、侯芳、张勤、周红琪、陈小锴担任。承担时装销售和售后服务工作，他们均向营销副总经理负责。

公司设置公司办公室，其办公室主任仍由郑涛兼任。下设行政、人事、保卫、车辆、食堂等专职或兼职管理人员，实行层层负责制，均向公司办公室和行政副总经理负责。

公司电商平台搭建基本完成，其中包括网络网站、摄影摄像、节目制作，对外联络，经营经销等多项内容。电商平台暂时由黎明负责现有的业务工作，并向郝爽总经理直接负责，汇报相关工作。

因为郝爽觉得，电商平台业务，是公司的一项全新的，专业性较强的工作。公司内知晓，并精通这类业务的人并不多，就暂时直接由总经理管辖。等待时机成熟以后，视发展情况，以后可以单独设置为公司的一个部门。

郝爽在把这些工作岗位和人员，确定完毕之后，"成都金荷花时装责任公司"的组织机构，各司其位，职责明确，趋于完善。人员各就各位时，全公司的各项工作，便对内对外全面展开了。

自郝爽接替母亲金荷的事业，在一个多月的时间内，经过对公司内部的改革、调整后，呈现在人们眼前的，是一个全新的"金荷花时装公司"。

金荷花时装公司生产制作的时装款式，跟原公司生产的保持着一致，没有变化。只是根据季节的不同，计算提前期，及时调整款式和产量，以争取赶上市场的需求。时装产出销售的大部分，就像原来在荷花池批发市场一样，现在集中在国际商贸城。销售仍然以批发为主，零售为辅。城内五大商厦门市的销售，也是与原来一样的方式进行。

还有就是原有的长期商家客户，直接到公司提货，公司亦提供极大的方便。

郝爽曾经带队去广州依琦现代时装公司，支援工作半年，现在与该公司的关系，依然保持不变。有必要时，可加强联系，进一步地扩大合作。

新开发的电商平台，经过黎明和其他两人的努力，已联通互联网购物平台，并与郝爽同学薛泽苹的平台联通，可作为互补，开始对外服务。网购通过快递的方式，对外网络销售公司服装。郝爽把它定为公司以后的一个发展方向，将继续加强这项业务。

这样，目前公司已经有了多条销售渠道，让公司的月销售量明显有所提高。同时，也促进了公司内部生产量的提高，公司经济效益的增长。这是自郝爽接手公司以来，前所未有的现象。金荷知道后，特别高兴也特别放心。

就在金荷时装公司因郝爽的接班，公司内部机制变革，管理部门和人事调整的时候，新改制的金荷花时装公司，对外营销的业务，仍在正常进行。

这天，夏二娃开着长安面包车来公司提货，到了公司销售部。他见到黎水生后，一经说起，才知道金荷已经退下来了，由她的女儿郝爽接替了公司的工作。夏二娃一时没有反应过来，没想到来得这么快。他问黎水生："我以后的业务，该找谁呢？"

黎水生说："还是找我呀！"转而又说，"如果你现在想去见见总经理，我可以带你去。"

夏二娃一下蒙了，问："总经理是谁？"

黎水生说："郝爽呀！现在公司改组，已没有了董事会，公司所有事务由总经理全权负责。"

夏二娃问："那你是？"

黎水生说："销售副总经理，还是负责向你供货。"

夏二娃下意识地"哦"了一声，这下才算明白过来。他没想到自己原来的伙计，现在做得更有出息了。他想去见见郝爽，可一时又没做好思想准备，不知道见面后话题从何谈起。他便由黎水生领着，去公司库房办好手续，领走了所需的服装后，匆匆地告辞了黎水生，回青年路去了。

回到青年路，夏二娃担心郝爽主持公司以后，是否还能从金荷花时装公司拿到优惠价格的服装，心里就有些打鼓。他对冯小玉说了金荷退下来后，郝爽接手金荷时装公司的情况，叫冯小玉打电话给金荷，假装不知，问问情况，顺便也把这事问一下。

冯小玉说："你人都去了，为什么不去见见郝爽，把这事说明白呢？"

夏二娃说："没想到变得这么快，这么突然，让我一点思想准备都没有。万一见了郝爽，人家不同意，那多难堪呀。"

夏二娃是又顾着自己的利益，又顾着自己的面子。一时让他处于两难的境地，不知怎么办，便想着让冯小玉出面。你郝爽碍着母亲金荷与冯小玉的关系，不看僧面看佛面，总得有些顾忌吧。

冯小玉一听夏二娃这么说，就有些不耐烦了，心里很不愉快。她对夏二娃说："你现在叫我装着不知情，去问金荷？你一个大男人，总是要拿自己的老婆当枪使？只有你才想得出来。"她白了夏二娃一眼，"我去问金荷，万一金荷晓得你去过了那边，岂不是更尴尬。要问你自己去问。"

夏二娃无可奈何，思来想去，只好硬着头皮给黎水生打电话。在电话里，他讲了讲了自己心头的顾虑，想通过黎水生从侧面问一下。

黎水生说："这好办，我可以去问问郝爽，把你的情况对她讲一讲，争取还是按原来的办法处理。"但黎水生也拿不准，说到这里便停下，一会儿才说"有了回话，我再告诉你。"

夏二娃便在电话里，对黎水生千恩万谢一番。然后急切地说道："拜托！拜托！等你的好消息。"

夏二娃与黎水生以前是雇佣关系，什么事都是自己说了算，可以颐指气使。现在不同了，两人成了供求关系，说得难听点，夏二娃的利益还要通过黎水生之手才能获得。夏二娃心中便有了人在屋檐下，不得不低头的感觉。

在商道上行走的人，绝大多数都是逐利而行。但就利和义而言，孰轻孰重，弄不好就会生出多少悲喜交集的故事来。古往今来，莫不如此。应该说，义、利之间，是有一条纽带能把它们联系起来的，这就要看个中之人，是如何去把握住它了。

夏二娃以前无故辞退了黎水生，而用了甘老幺，他们之间，夏二娃先是义薄于利，而失大利。现在夏二娃反而有事还得找黎水生了，又不得不寄托以义求利，有时做出失去尊严的样子，把个人形象都整得个猥琐不堪了。夏二娃他本可以理直气壮出面的场合，都畏首畏尾起来。

而金荷于夏二娃，因有冯小玉这层关系，是义利并重，甚至是义重于利。其中，虽有一些不快，一些误会，一些委屈，夏二娃因利而亏心。但金荷则以义重，想征服夏二娃的利欲之心，欲让它变为懂得情义。从而也让金荷自己更纯洁，更真诚，变大义为大利。这一点，金荷做得很聪明，以致退下之后便也无怨无悔，身心愉悦。

当冯小玉背着夏二娃，悄悄地给金荷打电话时，金荷对她说道，自己确实退下来了。她说已把公司完全交由自己的女儿打理，让她掌管公司的所有事务。但是，金荷还是强调了她们之间的情谊，并对冯小玉说："我会去劝说女儿，把对你们原来的那种经销关系，继续维持下去，你们就不必多虑了。"

广州依琦现代时装公司的钱瑞梅，给金荷打来电话说，希望商谈近期的一些合作事宜。

据金荷回忆，她与该公司的合作，从金荷开始经销服装，有了联系以来，就一直很密切。可以说，其中有该公司的帮助，才让金荷一步一步地在经商之路上，走得十分平稳。金荷成立服装公司后，两公司的合作更加紧密。从加工出口贸易衬衣，到共同开发冲锋衣等时装，再到派出人员互相支援，他们都长期处于合作愉快之中。

这次，钱瑞梅来电话的目的，是希望两公司共同合作开发，能打入国际市场的高级时装。对此，金荷很感兴趣。

从目前的金荷花时装公司的规模和技术能力来看，经过三十年的自我努力，而且也经历过出口衬衣的考验，是有这个水平和能力胜任高级时装的开发任务的。再说，广州依琦现代时装公司也很认可，现在的金荷花时装公司的实力。所以，才打电话来商谈寻求进一步的合作。

金荷在电话里对钱瑞梅说："对共同开发高级时装表示赞同，并且双方有长期的友好关系，也有合作的基础。"金荷告诉钱瑞梅，她已经退下来了，公司现由女儿管理。"但这并不影响两家公司的关系，以及今后的合作。"

钱瑞梅在电话那端，对金荷所说的情况，既感到特别的惊奇，也特别的惊喜。她说："你怎么这么快就退休了？我年纪比你还大，不是还在干吗？"

金荷说："人各有志嘛。我退下来后，还想干点别的事情哩。"但是，她要干什么事，却并没有说。

钱瑞梅说："你的女儿我认识，我们还在一起相处了半年呢。"她说，"你的女儿是一个有理想、有头脑、有知识、聪明能干的好女儿。她接替你的班，不会有差错，不客气地说，可能还会比你干得更好哩。"

最后，钱瑞梅很自信地对金荷说："我相信你女儿的能力，并且也相信，她会愿意和我们一起合作的。"

金荷说："那就祝我们的合作成功，而且更加愉快。"

然后，金荷把郝爽的手机号码，告诉了钱瑞梅。同时告诉她，办公室电话未变，希望钱瑞梅能直接与女儿联系商谈。

两天后，郝爽接到了钱瑞梅的电话。之前，金荷已对郝爽说起过这事，郝爽也曾有过考虑，接到钱瑞梅的电话时，已是成竹在胸。

钱瑞梅在电话里对郝爽说："我已与你母亲金荷通过电话，得知你现在已是金荷花时装公司的总经理，年轻有为。希望我们之间的合作，更进一步。"

郝爽说："钱阿姨给我母亲的电话，我已知道。我们也正在朝着高档时装这方面努力，正好有了依琦现代时装公司的邀请。我也希望能与你们，在更宽阔领域里的开展合作。"

钱瑞梅说："很好。我对你母亲谈到的共同开发'高级时装'，只是一个方面。现在，既然你已有了这个想法和意愿，有机会的时候，我们两家公司可以坐下来，进行进一步的商讨，在一些领域，一些项目上的紧密合作，确定一个共同的目标。"

郝爽说："我们可以先按钱阿姨说到的，在'高级时装'上进行第一步合作和试验。这种合作，既是对我们公司技术能力的测试，也是对市场需求的试探。广州处于沿海地区，市场较内地大一些，我们也想把自己公司的品牌，向沿海地区拓展。"

钱瑞梅说："你这个想法很好。成都虽然地处内陆，但是西南地区首屈一指的中心大都市，发展速度很快。应该说，潜在的市场也很广阔。我们也想把我公司的多样产品，展示给这里的广大需求者。"

郝爽说："太好了，我们双方都有向更广阔的地域发展的愿望，相信我们之间的合作，一定会有一个美好的前景。"

钱瑞梅说："那么，我们就携起手来，共同努力吧。"

郝爽与钱瑞梅通电话，双方都是第一次，也讲到了实质性的话题。但是，如果真要干起实质性的合作来时，却一定会有诸多的问题需要解决，有诸多的因素需要具备，有诸多的苦难需要克服。

好在，郝爽早已经考虑到了这一点。她去过对方公司半年，知道对方的实力。因此，郝爽对与广州依琦时装公司的合作，亦是相当重视。事在人为，她以为，公司可以发动自身的能动性，在与对方的合作中向对方学习，边干边解决和克服自身的不足。

但是，自己的主观能动性，还必须要有外部有利条件的支撑。果然不出所料，几天后，广州依琦现代时装公司，为双方实质性的合作，率先迈出了第一步。

几天后，金荷花时装公司收到了广州依琦现代时装公司寄来的一套多种款式的时装设计图稿。同时，他们也寄来了该公司最新制作的两款服装实物，每款五套，一共十套。寄来的服装，是交由金荷花时装公司试销的，并希望及时得到反馈信息。

寄来的图稿，是提供给金荷花时装公司选择和参考用的。每套时装的设计图中，都注明了用料和缝纫制作的要领。

由此可见，广州依琦现代时装公司要与金荷花时装公司展开合作，具有极大的诚意，且积极主动，这让郝爽十分感激。因此，在郝爽的心里也盘算着，怎么样才能与广州依琦现代时装公司真诚地、全面地合作下去。

郝爽拿到这批图纸，找到于文捷和裴敏一起审看。他们一致感觉，这几款时装设计图稿，设计精细，款式新颖。而且从时装面料上的讲究和加工要求来看，若能照图样完成，一定会是时装产品的上乘之作，可谓"高级时装"。

钱瑞梅在后来给郝爽的电话中说："寄来的图样，你们可以选择试制。制出的成衣样品，你们可以在成都本地试销，也可以由广州依琦现代时装公司在广州宣传、试销。如果能在两地打开市场，是最理想不过的事了。"

郝爽已经切实地感觉到，他们与广州依琦现代公司的这一次合作，以"高级时装"为契机，从起初的实质性电话商谈，走到了现在实质性的现实行动。这是郝爽希望得到的结果。

郝爽在电话里，对钱瑞梅说："钱阿姨，我们一定努力！"

更上层楼

金荷花时装公司与广州依琦现代时装公司的合作，发展得十分顺利。

在国际商贸城内，黎水生让吴熙在公司高档时装专柜区，将广州依琦现代时装公司寄来的两种款式新颖的时装，甫一展示，便引起不少人注视。前来二区批发的商家和购物的顾客，在走到公司高档时装专柜前时，几乎都停住了。他们纷纷询问这两款时装的价格，甚至有的服装批发客商当即有意批发。

吴熙不得不遗憾地告诉批发客商，这两种款式的服装，只是试销的产品，数量只有各五套，只用于零售。吴熙对批发客商说："如果你们有兴趣，我们可通知生产公司发货，但只能是下一批了。"

几天后，两款共十套服装，已经售完。

黎水生想，像这类价格不菲的新款时装，能在国际商贸城这种批量销售市场内都有很好的销路。那么，在城内的五大商厦内，销售前景也会很乐观。

于是，黎水生把销售的情况告诉了郝爽。他向郝爽建议："在与广州依琦现代时装公司的合作中，今后应以此类高档次时装为主，加强相互之间的合作关系，双方一定会共赢。"

郝爽在得到黎水生的信息后，又及时地把此信息，反馈到了广州依琦现代时装公司。郝爽在给钱瑞梅打电话时说到，希望他们能批量生产，并向金荷花时装公司提供一些货源，便于公司营销。

与此同时，在郝志和的主持下，对广州依琦现代时装公司提供的设计时装图样，进行比较，并结合当下的季节，选择了其中的两款进行试制。

这次试制，仍然采取攻关的形式。由于文捷和邹洪负责，组织了一个攻关组，成员都是流水生产线上的加工骨干。公司先从面料的购入做起，把辛吉英也请来把关。然后，对面料细致处理，精心剪裁后，才进入各道工序的加工。加工中除对各工序的技术要求外，对缝纫线，针号和针脚的选择，都有严格的考究。再就是对各工序加工的把关，宁可慢，工必精。

对新款式时装的试制，郝志和已有一些经验，每次都是全程密切关注。他说："不怕慢，只怕滥。俗话说'慢工出细活'，就是这个道理。"

就在此时，郝爽收到了一封邀请函，发出邀请函的是规划管理委员会。该管委会邀请原荷花池批发市场内，拥有产权的商家参与座谈。

座谈会的内容，旨在邀请这些商家参与对原市场集中改造，把原来的单一批发市场，推向展示展贸，体验消费，定制服务等，新业态新模式转型中去。并希望到会商家，积极与政府相关部门配合，共同参与到让原来的市场形态华丽转身，快速地向新时代、新时尚、新的创新中心迈进的过程中来。

那天的座谈会上，规划委会刘主任还向商家朋友们介绍道，在荷花池区域内，以落实金牛区政府筹建"天府四川成都城北商贸新中心"的理念，打造一个新型高端的商贸基地，建起"成都荷花池国际服饰时尚中心"。时尚中心内将按功能分区，分别设置高级定制设计师工作室，FDC面料国际馆，智能制造工坊，混合互动空间，多功能教室等。同时，中心还设置有时尚产业孵化平台，配置有摄影工作室，网红直播间，模特培训中心，软件培训中心，服装产业培训中心，服饰文化长廊，"星空秀场"等功能服务区。

刘主任说："未来的荷花池形态会越来越美，业态会越来越精，功能会越来越强。荷花池在转型升级后，一定会让来逛荷花池的市民，心情越来越舒畅。"

郝爽想，将建成的国际服饰时尚中心，不正是自己心目中，要为公司打造电商平台，可以利用的有利场所吗？这其中的"高级定制设计师工作室""智能制造工坊""摄影工作室"，不正能为公司的发展提供有力的帮助吗？可能的话，公司今后制作的时尚服装、高级服装，都可以在中心的"服饰文化长廊"里宣传展示。甚至请来模特，穿上公司制作的时装，在"星空秀场"，举办一场公司服装的走秀表演，又何尝不可呢？

年轻人对新鲜事物的敏感，促使郝爽在座谈会上很有兴趣。她兴致勃勃地就刘主任谈到的话题，结合本公司对荷花池市场转型的期待，与参会商家朋友进行了广泛的交流。

郝爽征求刘主任的意向，对刘主任说："我们愿将自己的产权，投入时尚中心，建立一个自己的高级时装设计、摄影工作室。"

刘主任对此表示欢迎，他对郝爽说："我们今天召开座谈会的目的，就是希望有更多的商家积极参与时尚中心的建设。像你们公司有一套完整的设计、制作、销售的产业链，更适合进入中心，展现你们公司的风采，时装的风采。"

郝爽感到特别兴奋，她期盼地问道："那么，我们什么时候能进入国际服饰时尚中心呢？"

刘主任说："现场早已破土动工，预期将在明年上半年建成。今天就是向大家做个预报，好有一个思想和实际的准备。到时我们会通知大家。"

郝爽说："好的。谢谢刘主任！"

刘主任说："到了那一天，我在时尚中心的大门前，迎接你们！"

郝爽之前也听说过，政府有意依托荷花池市场的转型，在原来的一大片区域内，构筑起一个现代化的高端商务圈，借此建成"天府成都北城新中心"。这对金荷花时装公司来说，也是梦寐以求的一个新的梦想。

一周后，金荷花时装公司投入的两款新时装的试制工作，终于告一段落。首批试制的各两件成衣完成之后，除了各工序都有检验把关之外，成衣也交由秦学风、于文捷，裴敏和邹洪一起，对其进行全面地检查和鉴定。最后形成一份检测报告，交由郝志和与郝爽审阅。

根据检测的数据表明，试制时装的各项尺寸，都在成衣检测允许的误差范围之内，试制样品认定合格。

郝志和、郝爽拿到这份检测报告后，简单地商量了一会儿，决定这两款各两件试制成品，除在公司展示大厅上架展示外，另两件由吴熙负责安排在国际商贸城，以及城内五大商厦内公司的门市部对外轮流展示，征询、收集批发商和零购顾客的意见和反馈。

此外，郝爽还让黎明通过摄影，制作出平面广告，在公司电商平台网站上展出，指定为样品，征求用户的意见。

而在公司内部，郝志和与邹洪商量后决定，进行设备充实，人员调整，将三楼的流水生产线，确定为高级时装的专用生产线。公司新设计的高档、高级时装均由该流水线进行试制和批量加工。

其余两条流水线，仍以完成公司大宗批量时装加工为主，必要时也可承担中档新款时装的试制任务。

之所以进行以上调整和决定，是郝爽已经感觉到外部形势的压力，在逼迫公司生产作出以上改变，以适应形势和市场的需求。她想，假以时日，整个公司的三条流水生产线，均可在成衣制作的能力上，向高档和高级的层次发展。

　　特别是郝爽去参加了那天的座谈会后，时代的进步，时装设计、制作、营销等的新课题都让郝爽意识到，公司必须向现代化、科学化、高端化、新时尚化发展才有出路。否则，寸步难行。

　　毫无疑问，如果现在的金荷花时装公司，经过自身的努力，赶上时代的潮流，必将有一个脱胎换骨的蜕变，更上一层楼。

　　时令又到了春暖花开的季节。

　　金荷花时装公司的服装生产，一以贯之顺风顺水地稳步进行。这是继前几年出现的商情动荡，产销滑坡后，经过多方的努力拼搏，逐渐走上正轨，展现出难得的新局面。

　　从去年就开始的新款时装通过试制，小批量生产后，投入了营销市场。在接受市场的检验中，受到了顾客的青睐。无论是国际商贸城的批发，还是商厦门市的展销和零售，走势都不错。为此，公司已投入有序的批量生产中。

　　随后，郝志和又将广州依琦现代时装公司为金荷花时装公司提供的设计图样中其他款式的时装，依次渐进地进行试制，走过合理的批量生产程序后，又纳入公司时装生产的任务中去。

　　其中，还包括另两条流水生产线上，根据季节变化，把握提前期，提供市场需要的多种女式裙装、转季节时装等公司的传统产品。

　　随着春季的到来，金荷花时装公司，又迈进了一个崭新的好年头。

　　这天，郝爽下班后回到"蓉城花园"的家里，晚一步回家的程博还没休息，就对郝爽说："你猜，我今天接到谁的电话了？"

　　程博这么一问，让郝爽觉得好奇。她说："我咋知道谁给你打电话。是谁？"

　　程博说："是杨校长。"接着他又改口说道，"啊不，现在是杨副局长了。她在电话里，还问到你哩。"

　　今年是"5.12汶川大地震"十周年。阿坝州借此将要搞一个纪念活动，以缅怀在地震中遇难的民众，感谢社会各界在灾后重建中援助过他们的人。里县将设一个分会场，原梨坪小学校长，现已升任里县教育局副局长的杨春花，邀请程博和郝爽前往参加他们的纪念活动。

杨春花与程博和郝爽一直都有电话联系。她知道程博和郝爽结婚了，当时还打电话祝贺了他们。后来，杨春花当了里县教育局的副局长。郝爽接着生小孩，后又接母亲金荷的班。程博也被研究所提拔，当了实验室的副主任。他们各自都在为自己的事业奔忙，反倒疏于联系。

这次是里县组织的一次大的活动。在商议邀请人员名单时，杨春花想起了程博和郝爽，在灾后第二年就来到灾区羌乡支教，一住就是两三年。而且，郝爽还为灾区学校的学龄儿童捐赠校服。她决定一定要邀请他们，即便是作为教育局的客人，也应该邀请他们参加。

里县教育局的报告，上交到县里和州里的组委会，得到了一致的赞许。因此，杨春花在给程博打电话时，就特地提到了郝爽。她说县教育局，里县和阿坝州都将把他们作为重点嘉宾，邀请前往里县参加活动。

到了活动那天，程博和郝爽提前一天下午，由程博开车从成都出发，用了两个半小时左右就到达了里县。地震后都（江堰）汶（川）高速公路已完全修好，近年又修了汶（川）马（尔康）高速公路，快速便捷。而且，一路上风光如画，较程博和郝爽支教时，模样有了很大的变化。

程博开车，注意力都集中在公路上，对公路两旁的风光，没有什么感觉。他只觉得一片片山光水色，被汽车不断地拉近，然后又"唰唰唰"地抛在了车后，来不及看清已有的新貌，没有多少印象。

坐在旁边的郝爽，感觉则大不相同。她两只眼睛不停地向公路两旁扫视，眼前的一切，都让她感觉十分的新奇。离开这里已有七八年了，七八年的变化，已让郝爽认不出原来的模样。现实中的一山一石、一草一木都让她以前的记忆变得依稀，模糊。以至汽车路过梨坪羌寨和桃屯羌村，郝爽都没有发觉，还在不停地用眼光去寻找。

郝爽对程博说："这一路走过，我发现变化太大了，原来的地方让人都已经不认得了。"

程博说："是啊！七八年了，我们却因为忙，都没来得及回这里看看。"

下午三时左右，汽车开到了里县教育局指定的宾馆。在那里，接待的人员告诉他们，杨春花副局长正在开筹备会，可能要到晚上才能有空。

程博和郝爽住进宾馆，在房间里洗了脸，稍坐一会儿就去县城内逛逛，看看灾后十年县城里的变化。

走在街头，他们发现城内已建起了许多新房，其多数都带有羌族藏族民居的特色。路边的花坛内种满各种鲜花，竞相怒放。一个个身着羌民族服饰，藏民族服饰，汉民族服饰的人，男女老少皆有，三五成群漫步在街头。人们在传来的羌族民歌《羊角花儿开》的背景音乐声中，嘻哈打笑，喜笑颜开，和谐相融。好一幅多民族山乡喜乐图。

下午五点半左右，程博接到了杨春花打来的电话，问他们现在哪里？告诉他们晚上一起共进晚餐。挂了电话，程博拉着郝爽就朝宾馆走。到了大门口，他们看见杨春花和羊红芳已经等在那里了。他们赶紧上前，握住扬春花和羊红芳的手，又是寒暄，又是问好。多年不见，双方都显得十分亲热。

现在的杨春花，已是五十一二岁的人了，但精神饱满，目光炯炯。见到程博和郝爽，就像见到了亲姊妹一样，格外热情。她以羌家人待客的礼仪，拉着程博和郝爽的手，在羊红芳的陪同下，一起走进宾馆的宴会大厅。

席间，当杨春花得知郝爽已经是金荷花时装公司的总经理，当上了民营企业的老板。程博也是研究所得力人手，已是实验室副主任。她感慨眼前的两位年轻人，事业有成，前程无量。同时，羊红芳也为程博和郝爽，感到高兴。

杨春花知道小两口儿已有一个快两岁的儿子，她祝福小两口儿一家幸福。

她对程博和郝爽说："大地震已经过去十年了，十年来羌家人的生活有了很大的变化。我们感恩每一位曾经帮助过我们的人，也包括你们小两口儿。"她看看微笑的他俩，又看看羊红芳，接着说，"所以，我们邀请你们来参加这个活动，就是希望你们看看，我们现在美好的家园，感谢你们给予的帮助。希望你们以后，有空常来这里做客，常来这里走走。"

羊红芳点点头，表示赞同。同时对程博和郝爽说道："我们学校诚挚地邀请你们，明天会后，到我们桃屯羌村小学去参观。那里，已经有了崭新的面貌。"

程博和郝爽面对十分热情的杨春花副局长，羊红芳校长的邀请，和她们滚烫的话语，频频点头，表示感谢，并答应今后常回来看看。

第二天的纪念大会，在里县人民大礼堂召开。它作为阿坝州这次活动的一个分会场，布置得庄严肃穆，热烈隆重。

大会由州县宣传文化等相关单位主持主办，会上有州县的相关领导参加，致辞并讲话。对曾经参与抢险救灾，灾后重建的外来支援单位和个人，给予表彰并聘请为州县的荣誉市民，赠与相应的纪念品。

大会主持人在报出个人名单时，每报一个人名都会引起一片欢腾。当念到了郝爽的名字时，台下又发出一阵热烈的掌声，把郝爽一下弄蒙了。她没想到自己所作的那点事情，会得到这么崇高的尊重。她上台领取纪念品和荣誉证书时，脸一下红光满面地笑了。笑得那么真实，笑得那么灿然。

会后，是极具藏羌浓郁色彩特征的歌舞表演，欢歌笑语，把纪念活动推向了一个高潮。

午饭后，程博和郝爽因要赶回成都，便没有参加其余的纪念活动。杨春花副局长把他们送上车时，叮咛他们去桃屯羌村小学看一看，顺便把羊红芳校长送回学校，并邀请和欢迎他们以后再来。

到了桃屯羌村小学，程博和郝爽在羊红芳校长的带领下，跨进了小学的校门。

果然，正如羊校长介绍的那样，羌村小学已从村寨中移出，在公路边一片开阔平坦的土地上，修起了教学楼和办公室。校园内鲜花簇拥，窗明几净，变成了一所一至六年级设置完整，全日制的羌村小学。学生增加了，师资力量也加强了，焕然一新，展现出一所新型的羌民小学的风貌。

同时，整个桃屯羌村也完全变了一个模样，相较于他们支教时，已经变得让他们认不出来了。

今非昔比，程博和郝爽看得心旷神怡，心如潮涌。因为这里不仅是他们曾经支教过的地方，更是他们爱情萌动的伊甸园，结伴一生的起点。

流水生产作业线上，一款款新试制的时装，陆陆续续地下线之后，不断有新的款式成衣成批产出上架、上市出售。"金荷花"品牌的时装，独树一帜，独出心裁，独辟蹊径，独占鳌头。在成都的服装市场上，掀起了一股不小的风潮，让金荷花时装公司，一时独领风骚。

有了好的业绩，且能一直保持，也不是一件容易的事。在进入新的营商环境之中，要保持并有所进步，有所作为，还得要有一番努力。

新形势下，郝爽不得不考虑对本公司的人员和设备，根据大环境下的经济形势，市场供求的变化，进行一些微小的调整。

从母亲金荷手中接下这个公司之后，郝爽根据市场的形势，老一批职工的退休，公司人员结构的变化，以及自己对企业管理的理念和设想，曾对公司作了一次较大的改革，把整个公司的框架，基本固定了下来。近两年来的运行情况，也基本正常。

但是，公司作为一个社会中的群体，总是要在社会活动中，去适应社会的变化。尤其是一个经济实体，它受到制约的因素很多。那么，怎样才能在风云变幻的社会环境中，让公司能够四平八稳地，按照自己的意愿，自己的道路平平顺顺地走下去呢？这便要求公司的领导者，驾驭者，要有审时度势的能力，潜心思考，管理好公司内部的各个环节。同时也要适时调整自己的思路和策略。

管理本身就是一门学问。

郝志和是学企业管理的，这么多年协同金荷，把原来一个服装加工的街道小厂，从濒临倒闭中挽救出来，发展到后来的金荷时装公司，功不可没。从而，自己也在实践中，积累了一些服装企业的管理经验。

郝爽是学经济学的。经济学的教程里，必然也少不了经济管理的内容。这其中管理理论的学习和探索，还要在实践中去验证。特别是接触到了一个经济实体，一个企业，怎样才能学以致用呢？

对郝爽而言，父亲郝志和便是她的一个榜样。因此，她要把父亲挽留下来。而郝志和也愿在这个关头，帮助自己的女儿，接好母亲金荷的班，协助女儿在社会实践中，把金荷花时装公司搞得更好。

这一年多来的过渡，郝爽有父亲的扶助，有像黎水生、郑涛、郑惠等员工的鼎力支持，顺利地接过了母亲的事业。但是，对任何人而言，一旦遇到这样的情况，都会免不了地要对企业的管理，进行一番思索和整顿。以求得企业在纷繁复杂的社会、经济环境中生存下去，甚至壮大。

这时，郝爽考虑到要招收一批具有相关知识，又要有现代进步意识的人员，加入金荷花时装公司的队伍中来。这样的人才，并不是到人才市场去招聘，就可以解决的事。她想到的是，与相关的职业技术学校联系，希望在那里能获得理想的人才。

之前，郝爽的母亲金荷也曾这样做过，这是公司广纳人才的捷径。

到了毕业季，郝爽便从职业学校里招收了二十人。这些都是在招聘志愿中，愿意从事时装制作行业的年轻人。

接着，郝爽又与广州依琦现代时装公司联系，把招来的人送去培训，像她前几年曾带队支援对方那样。其中，有学操作的，有学设计的，有学流水线生产管理的。她想，半年后这批人，又会成为公司的骨干。

到目前为止，金荷花时装公司的员工，已有三百五十余人。这些人，足以胜任眼下公司的全部生产经营活动，足以支撑起一个现代化的服装企业。并为后一步的发展，奠定下一个良好的基础。

郝爽以为，只看到当下而无未来的浅见，只能是走一步算一步的敷衍。就像下象棋，走出第一步时，而应有下一步、两步、三步，甚至是更多步数的深谋远虑，才是一个合格的棋手。管理者一样，亦应具有这样的素质和才能。现在，她正朝着这个方向努力。

正当郝爽与广州依琦现代时装公司，联系培训员工一事时，钱瑞梅又跟她提到了出口贸易服装的事。其中，除出口衬衣外，还有出口男、女西装。无疑，这又是对金荷花时装公司制衣生产的一个考验。

郝爽回答钱瑞梅说："我们将与贵公司一起，经过缜密的商议，制定一个完整的协作方案，努力把这批外贸产品顺利完成。"同时，郝爽想，这也是一条提高公司知名度，向国际市场迈进的途径。

金荷花时装公司与广州依琦现代时装公司的再一次合作，正进行得如火如荼。一茬又一茬的成衣出厂发往广州，一批又一批的任务又不断地接踵而至。再加上本公司的各款新式时装，女装也在线上不断加工制作，公司的三条流水作业线，一直都处于饱和的生产状态，常有人手不足的感觉。

此刻，公司不得不根据库房内，进出各种款式时装的数量，合理调整安排款式时装的适时生产。并且，又要顾及市场销售的状况，采取各款时装轮流上线的策略，在确保质量的前提下，尽量缩短加工周期。员工采取轮流加班加点，以短、平、快、稳的方式，赶制时装，来缓解市场需求。

等到半年之后，赴广州培训的员工回到公司，充实到各个岗位，公司内的人力紧张状况，才得以解决。

正在这时，郝爽又接到了规划管理委员会刘主任的电话。

刘主任在电话中通知郝爽，"时尚中心"大楼已基本大功告竣。大楼共有六层，每层规划为不同功能的展示区。原持有产权的商家，可按自己的需要，获得与原产权面积相同等的一间房屋，作为自己的营商场地，多出部分可以商购，产权同样归商家所有。但是，商家在建立自己的场所时，应按整个中心的统一规划部署，设置自己的营商内容和项目。并签订相应的协议，完善相关的手续。由商家按统一要求进行装修，进驻中心。

这天，郝爽带队，郝志和、黎水生、郑涛、裴敏和黎明等人来到了时尚中心。程博也被郝爽叫了过来，让他给予参谋和建议。

他们在听完刘主任对各楼层功能区划的介绍后，聚在一起讨论，最后决定选择三楼的一套近二百平方米的房间，作为公司设在时尚中心的时装展示室，兼有设计、摄影功能。金荷花时装公司可以此作为公司在中心的据点，向外展示公司的时装、设计理念和广告宣传。

同时，公司还可以在这里收集相关的信息，随时修正和弥补公司的不足，促进公司时装在不断变化的新环境、新时代中，追逐潮流，引领潮流。

站在时尚中心的大楼前，此刻，一幅憧憬中的图画，在郝爽的心目中，正徐徐展开……

更上层楼

▶尾　声

金荷从金荷时装公司退下来后，她耐不住在家的寂寞，经人介绍，走进了一所老年大学。在老年大学里，她选择了汉语言文学专业，静下心来，认真地进行较为系统地学习。

在金荷与郝志和从初识，到交往，到相知，以及结婚后一生的相处中，金荷不知有多少次对郝志和讲到，自己曾经想读大学。甚至讲到了高考时，她不得不放弃的经过。郝志和一直都知道，金荷未读成大学，心里始终有个心结。

两年前，郝志和就曾经劝过金荷，叫她去读老年大学。他说："你可以边读边工作，了却自己的一个夙愿。"

那时，金荷却无暇顾及。

如今，金荷退下来了，郝志和又对金荷说："既然'贼心不死'，何不找一个老年大学读读，还了心愿不说，还可以把你这一生书写一下呢。书名我都为你想好了，就叫《金荷曲》。"

金荷听后，一下笑了。心想郝志和说得有一定道理，她感慨道："知我莫如夫啊。"一向都对郝志和言听计从的她，便对郝志和说，"我听你的，不妨试一试。"意思是，去读老年大学是试一试，读了大学，书写一下自己的事，亦可试一试。至于能不能写成，倒是另外一回事。

于是，金荷走进了这所老年大学。

与此同时，王家蓉儿子齐波的孩子，已读小学了。因亲家那边暂时无力照看，责任就落在了王家蓉的身上。那天，齐波找她一商量，王家蓉便二话不说，毫不犹豫地辞去了金荷花时装公司食堂的事，住进了儿子的家里。

白天，王家蓉忙着买菜做饭，送接孙子上学放学。空时，或者晚上闲来无聊，就在小区老年活动室打打小麻将。日子倒也过得舒心愉快。

金荷花时装公司因员工增多，食堂的厨师也增加了，由公司收回管理。齐正富的手艺好，食堂里离不开他，郑涛不让他走，就留了下来。

冯小玉的女儿夏佳读大学了，住在学校里，只有星期六和星期天回家来，让父母陪陪她，或者说是她陪陪父母。

平日里，夏二娃的生意做得不错，收入也平稳称心。冯小玉就一心协助夏二娃做好生意，多数时间便花在了青年路的铺子上。夏二娃已经六十二三岁了，心想再做两年，等夏佳大学毕业了就收手。做了一辈子生意，也做烦了。

到了晚上，吃了晚饭后，冯小玉和夏二娃两口子，除去散散步外，冯小玉就去跳跳广场舞。两口子少了往日的口角，把日子安排得还算顺意。

这三个女人，平常过着自己的日子，继续扮演着自己生活中的角色，时有互通电话。她们相约有机会好好聚聚，那时相互一起，再吐一吐自己一生的酸甜苦辣，叙一叙人生的不易。

至于郝爽、齐波、夏佳这批后代，三个女人都想，年轻人自有年轻人的天地，毋须我们去干涉，相信他们会理智、妥善地处置好自己的人生，以及上下左右的一切。

王家蓉说："那句话怎么说来着？哦，对了，'天高任鸟飞，海阔凭鱼跃。'那就让他们在自己的天地间飞跃吧！"

尾
声

2022.06.05　初稿完稿于杉桥书屋。

2022.06.23　改定一稿。

2022.08.28　第二稿改毕。

2022.10.18　第三稿改定。

▶后　记

接到这部长篇小说创作任务的时候，因对北门荷花池太熟悉，仅用了十多天构思了小说的大概脉络，取名为《金荷曲》，便着手开始写作。后因是三部曲之一，要与《北城梦》《北门里》相呼应，作协把它定名为《北荷花》。

起初，取名为《北荷花》，怎么念都有些拗口，而且意思也难以明了，究竟要说明个什么东西？作协主席杨君伟先生也有些犹豫，让我也思考一下。想来想去，我就设计了这个题记，想起了一个诗人的一句诗"风拂北城郊，香溢荷花池"，道出了一个地名"城北荷花池"。这样，可能对读者理解书名有一些帮助，"城池之内就是北荷花"，也让书名《北荷花》有了立足之地。我不知道，这种一厢情愿的设想，是否能让读者理解和接受。

既然小说以"荷花"冠名，除了有地名的意思在内外，还要以花喻人，小说的主人公自然就应该是一位女性，这与我以前的构想吻合。于是，我就用了"引子"这段文字，近于童话般的梦境描述。父亲想得到一个女儿，就在女儿出生的那天夜里，他梦见了荷塘里一朵金黄色的荷花，倏然间飘浮到了自家的房顶后，悄然消失了。这时，他听见了女儿落到人世的第一声哭啼。天遂人愿，他给女儿取名——金荷。

小说内容要求反映商圈生活，人物百态，并且以金牛元素为主，用以体现城市的变化和时代的进步。这应是整部小说的主题思想。

商圈，自从人类社会形成，有了以物易物，有了交易，有了货币，就有了商化，有了商圈。千百年来，商圈内各类人物粉墨登场，百象丛生。在平等交易，诚信相待的同时，也让商圈成为一处藏垢纳污之地。尔虞我诈，勾心斗角，坑蒙拐骗，不一而足，演绎出了多少妙趣横生，卿卿我我，悲喜交集，酸甜苦辣的故事来。

到了今天，时代的进步本应把人际之间的关系，陶冶得更纯净，更真诚。然而，在商界，在商圈中仍不乏有陈旧的陋习、思维、行为存在，偶尔也会冒出一股恶臭的气息，泛起一串浑浊的浪花。但是，这些永远都不会成为主流，不会成为过多去描绘的主题。主流和主题应该是正直的一个"人"字，一个现代社会环境下的商业氛围。这就是《北荷花》这部小说所要表达的主体思想。

本部小说的内容，是以反映商圈中人的生活为主，这就与单纯地描写商道上的人情世故不一样。如果只写商道，就会出现许多非常人所能接受的骗局、陷阱、奸诈、残酷等情节和场面，甚至是恶战。这不是本部小说所要反映的宗旨，恰恰相反，它要呈现在读者面前的，是一副商圈人全面的生活状态。

小说的时代背景，主要放在了改革开放的年代。小说主人公从无奈初涉商道，到后来事业有成的经商过程，表现了时代的进步；从经商的青年路市场，荷花池市场的变化，到国际商贸城，到"新荷花池新中心"，生活环境的变迁，体现了城市的发展。

荷花池市场，以及周边的城北地段，本就处在金牛区的辖区范围之内。因而，在这片土地上演绎出来的故事，在这片土地上生活的人们，毋庸置疑，自然就打上了金牛区的烙印，就充满了金牛元素。

关于人物的设置，我很庆幸用了女主人公，这就省去了很多烦恼和思索。如果主人公是男性，我便要去构想很多商场上的陷阱，人物思维和行为等，来展示经商道路上的险恶。那样故事可能会更精彩，更会吸引眼球。但是，如果把握不准，又会与现今提倡的社会风尚相悖，惹来不少麻烦。女性就不同了，相对好把握一些，叙事也简单一些。这是我以女性为小说主人公的初衷。

在当今的父氏社会体系里，女性处于相对弱势群体之中，这么说没有丝毫贬低女性的意思，有小说《北荷花》作证。当然，女性也有女性的特点。善良、同情、胆小、包容、细心、忍耐、重情、节省、助人、韧性、虚荣、直爽、义气……亦有小说《北荷花》作证。

小说以主人公金荷为主线，大部分笔墨都倾注在她的身上。金荷因无奈从商，走上了经商之道，这便是小说要求反映商圈人生活的旨意。她踏上商道就是踏进了商圈，与商圈内的人打交道，有了交集，也成了一个商人。在她的经商道路上，她有过彷徨、迷茫，有过被抢劫，被欺骗的经历；有过赚钱的喜悦，也有过失望、失败的痛苦。于是我设计了"夜遇不测""第一桶金""另谋生计""商务生变""成立公司""商标事件""商情动荡""股权风波"等情节，来说明商道的险恶、诡异，以及给人带来的酸甜苦辣。

但是，金荷是一个商人，更是一个社会中人。她也有常人的生活，有事业，有爱情，有父母女儿，有同学人脉，有悲欢喜乐，儿女情长，也食人间烟火，有一切常人应有的一切。于是我设计了"金家有女""一次探监""喜迎新婚""乔迁新居""儿女成长""地震扶难"等情节进行描写。当然也有其他章节的内容描述，以图努力把金荷塑造成一个完整的，既普通又具有一定典型性的小说主人公的形象。

我不知道，我的这种尝试，是否已达到了应有的效果，这应由读者来加以评判。

除此之外，以冯小玉、王家蓉为副线，也描写了她们的家庭，生活。尤其以冯小玉为主，与主人公既是同学，又是商道上的伙伴。三个女人组成了小说中的一些重要情节，用以来描绘商圈中的一些现象，用以来烘托主人公的形象。我也不知道用这样的写作方法，能否取得理想的结果。

关于其他人物的设置，我把重点放在了夏二娃和郝志和两个人物身上。

夏二娃是典型的商圈中人形象。他身上带有浓重的商人气息，务商把他从原来本分、老实、有几分木讷，却又有点小聪明的农村青年，演变成了一个油腔滑调，爱动心思，善耍小伎俩，自私重利，性格矛盾的商道中人。小说从多个侧面对他进行描绘，以图达到这种效果。

郝志和则不一样，他作为金荷的陪衬，正直、低调。平常他都处在一个幕后的状态，但在关键时刻，他又敢于出面扭转局面。为此，我设计了几个场面来体现他的这种人物性格特征。如金荷遇劫，地震时刻，金荷被胡伟波诬告，到最后女儿接班等情节的处理，都让郝志和从幕后走到了幕前，变得鲜明高大起来。

根据小说故事情节的需要，还加入了诸如黎水生、郑涛、齐正富、欧启亮、王德川、何秋霞、胡伟波、甘老幺等等人物的描写。小说还对政府最基层干部黄殿兰、高振业用了一定的笔墨，颂扬了他们所代表的政府基层干部的形象，认真、负责、勤勉、奉公、廉洁。

以上所有提到或没有提到的小说人物，都是这部以商圈人物世故为主题的小说中人。他们因种种关系与小说题材有了瓜葛，也是这部小说描绘的人生百态中的一员，只是因职业不同，而显示其相应的形象而已。整部小说，共有六十多人。

在书写这部小说时，我反复采用了一些隐写、直写、白描、插叙、倒叙、对白、回顾、细节描述等手法，想把故事讲得更明白一些，让人物的性格特征更能凸显一些。同时，这些手法的运用，也给读者留下了许多遐想的空间，让读者与作者共同去感悟，去探索。

在语言运用方面，因是描写的当代，语境就是现代语言。不像我写《大宋天回》，要参考宋时的语境，随时翻阅《水浒全传》，文字中就有文言带白话的特点。但现代语言就没有文言白话简洁，显得有些啰唆。

为了把小说写得更生动风趣一点，我在书写的当中，多带有亦庄亦谐的文字，其中就少不了一些俚语俗语，尤其带有川西和成都地方特色的词句、歇后语、村言野语。我不知道这种方法，是否能得到读者的认可。

以上便是我在构思和写作这部《北荷花》长篇小说的过程中，对小说写作的构想、谋篇、书写方法运用的说明。但愿对阅读这部小说的读者，能够起到一点辅助作用。如果可能，我就心满意足了。

长篇小说《北荷花》的初稿写出来后，有朋友询问我，想了解我写这部小说的创作构思是怎样进行的。于是，我就写了以上这些说明文字，不知道我是否已经把它说得十分清楚了。特此记之。

该小说形成雏形之后，作协曾经开了两次修改研讨会。作者根据会上的发言，又作了两次修改和内容补充，最后就成了这个模样。值此，我要向金牛区作协，向两次参与修改研讨会的朋友，致以诚挚的谢意！

那么，最后读者拿到手上以后，为什么小说书名又变成了《北城繁花》呢？这里得啰唆几句。小说报经出版社，出版社审阅后建议书名改为四个字为宜，于是，这套三部曲都作了更名处理。由此，原《北荷花》便更名为《北城繁花》，与三部曲的《北城纪事》《北城烟火》相呼应。特予说明。

俞运康